桃花飞尽东风起

叶兆言

北方联合出版传媒(集团)股份有限公司
万卷出版公司

目 录

回味中的长江三鲜	001
西津古渡	015
文化中的乡音	021
蔡公时的意义	026
诚知此恨人人有	034
江南文人	050
江南女子	085
郴江幸自绕郴山	116
欲采萍花不自由	143
恨血千年土中碧	160
记忆中的"文革"开始	175
人，岁月，生活	190
动物的意志	212
动物和男人	215
动物和女人	219
动物和儿童	223
动物和老人	227
好人和坏人	231
拉车的和坐车的	235
贫穷的和富有的	240
当官的和做老百姓的	244
巴兰的驴子	248

捡到象牙筷子弄穷人家	251
一棵树一样的大白菜	254
流言蜚语	257
怀念柳树	260
折得疏梅香满袖	263
天谴霓裳试羽衣	265
别蕚犹含泣露妍	267
十里荷花	270
窗前一丛竹	273
百年终竟是芭蕉	275
买了垂丝海棠	277
世间宁有杨州鹤	279
樟之盖兮麓下	282
桃花飞尽东风起	286
登泰山看雾淞吃驴肉	288
东京看樱花小记	291
文学少年	298
文学青年	308
革命性的灰烬	317
皇帝的小红裤衩	334
大桌山房	338
李小山的箴言	344
徐乐乐的开脸	348
关于速泰熙的采访	352
妙在无处可寻	356
南京的女书画家	359

初识弘一法师的岁月	362
圆霖法师的回忆	364
苏北水乡的感伤	369
城市的幸福感受	372
沙家浜的记忆	374
养在深闺人已识	377
翻越高黎贡山	380
路过歌德故居	383
古代文人的当官	386
关于顾阿桃	389
乡关何处	392
古人也曾包装	396
爱杀诗人	399
举子过夏和夏巢	402
江南，天堂和生态	405
芥子园在什么地方	409
在金华的李清照	412
不喜欢屈原的理由	415
点点香魂清梦里	417
为谁流下潇湘去	419
后　记	421

回味中的长江三鲜

恣看收网出银刀

小时候，刀鱼的称呼一直让我很困惑，如果是说形状，长得像一把匕首的鱼多得很，为什么偏偏长江中这种细细长长的玩意儿叫刀鱼。当然，更让人不喜欢的是刀鱼刺多。我父亲苏州人，苏州人很会吃，尤其擅长吃鱼，大家印象中，他书呆子气很重，除了读书写作，干什么事都显得笨拙，偏偏吃起东西来，舌尖上功夫十分了得。父亲吃瓜子，放一大把瓜子在嘴里，然后极为潇洒地一口吐出来，全是分成两瓣的瓜子壳，每一对壳都是完好的。

刀鱼刺最多，又细又软，根本不是少年儿童可以对付的。父亲喜欢刀鱼，一是因为味道鲜美，还有一个重要原因，就是可以孩子气地表演他的舌头功夫，攥起一大块放嘴里，让人吃惊地吐出一嘴很干净的鱼刺，不带一点点鱼肉。父亲过世以后，家里只要有机会吃刀鱼，就会想到他当年表演吐鱼刺的模样，母亲会忍不住地说："你爸爸要在，肯定又要露一手了。"同时必定还会加上一句，"当年刀鱼真是便宜。"

那年头，南京市场上的刀鱼确实很便宜，最好的也就四毛钱，是最大最新鲜的那种，买回来，中间一段清蒸，头尾放油锅里炸，炸成金黄色，再抹点盐，味道非常香。我对吃刀鱼一向没什么兴趣，基本上不会去碰中段，犯不着去和那讨厌的鱼刺做斗争，要吃也就吃点头和尾，将油炸过的头尾一阵乱咀嚼，吞下肚去。

四毛钱一斤的刀鱼说便宜，当然只是相对。当时这些钱，大致相当于今天四十元，说贵不贵，说不贵也不便宜。长江三鲜出自长江下游，都是季节性的回游鱼，到日子来，到日子就走了。平心而论，刀鱼的性价比并不高，在长江下游，无论江南还是江北，鱼虾之类本不是稀罕之物，可供选择的鱼类很多，吃刀鱼也可以，不吃刀鱼也可以。对于广大的老百姓来说，吃不吃什么长江三鲜，就这么回事。

一直觉得长江三鲜的神奇，是文化人吃出来的，很多事，一经过知识分子评点，经过他们加工，经过他们渲染和夸大，立刻热闹起来，立刻身价百倍。老百姓当然也吃刀鱼，也吃鲥鱼，也吃河豚，也知道到日子可以尝个鲜，不过吃了就吃了，不会像文人那样写文章到处张扬。长江里可吃的好东西多得很，在日常生活中，所谓"三鲜"可有可无，在衣食无忧的前提下，大家才会想到去品尝享受。

我的童年和少年时期，中国人的日常生活应该说都比较艰苦。事实上，翻开中国大历史，好日子坏日子仔细计算，所占比例差不多。人生不如意事常八九，可与语人无二三，你幸运了，好日子会多一些，你触霉头了，坏日子会多一些。真正的盛世并不多，俗话说上有天堂下有苏杭，这句话的本意，是带着血和泪的，不仅仅描绘了江南的富裕，更重要的一层意思，是说这一带相对太平，战乱要少一些。在老百姓看来，不打仗，能吃饱，能穿暖和，能过上一个安稳日子，基本上已离天堂很近了。

历史学家告诉我们，大历史上的中国，差不多五百年一大乱，几十年里必有一小乱。大乱是亡国，马边悬男头，马后载妇女，国破家亡妻离子散，你如果碰巧生长在这样的年代，那真是太不幸。小乱是什么呢，是那些局部的不安定，比如各式各样内乱、军阀混战、国共争夺江山、反右、三年自然灾害、"文革"和一次次政治运动。过去不久的二十世纪，除去了改革开放这些年，有一大半时间，实际上都处于民不聊生的动乱中，大乱有过，小乱也着实不少。就老百姓的日常生活而言，好像对乱世习以为常，习惯成了自然。乱世的好处是可以让人隐忍，大家会觉得活着就好，会觉得能活下来便是幸运。好死不如赖活不是一种积极的人生态度，事到临头，又能怎么办呢，隐忍就是最大的抗争。

一直觉得最倒霉的，永远是处于底层的穷苦百姓。以我父亲为例，虽然被打成右派，事实上他的实际生活小水平，并不是很低。很多有名的右派，只要没被开除公职，没被判刑，只要他们认错服罪，仍然可以还有一份不错的收入。除了"文化大革命"初期那段最糟糕岁月,熬过最困难的那几天,大多数时候,说是经济上养尊处优并不为过。自古以来,再乱再苦,中国知识分子的生活,总是要比老百姓好,好得多。

农谚有"春潮迷雾出刀鱼",春天来了,长江三鲜中最早上市是刀鱼。或许我孤陋寡闻,描写刀鱼的古诗好像并不多,北宋的苏东坡"清明时节江鱼鲜,恣看收网出银刀",算是最著名的一句。南宋的刘宰《刀鱼诗》算是一首,"肩耸乍惊雷,鳃红新出水。佐以姜桂椒,未熟香浮鼻"。刀鱼又叫"鮆"鱼,陆游"鮆鱼莼菜随宜具,也是花前一醉来",这个"鮆"就是刀鱼。扬州人还有一句大俗话,"宁去累死宅,不弃鮆鱼额","鱼额"是鱼头。食不厌细脍不厌精,真正的吃货常会有一些很奇怪的总结,所谓"刀鱼的鼻子,河豚的嘴",意思是说,刀鱼的鼻子最好吃,河豚的嘴唇最鲜美。

民以食为天,事实上,诗人们写到了长江三鲜,并不是因为他们的嘴特别馋,并不是因为他们都是饕餮之徒,也不是说滚滚长江中,就只有这三种鱼的味道才最鲜美。古代文人开出的美食排行榜,通常也只是为了押韵上口,胡乱说着玩玩,千万不要太当真。二月春风似剪刀,几乎没有什么例外,一般写到长江三鲜,都会包含人生的一种感悟。感时花溅泪,恨别鸟惊心。冬去春来,面对永恒的大自然,诗人品尝享用了长江三鲜,犹如面对新上市的碧螺春茶,看绿肥红瘦,迎来了新便送去了旧。人生天地之间,若白驹之过隙,忽然而已。东风一樽酒，新岁独思家，吃是为了活着，活着可不仅仅为了吃。长江三鲜就像春天里的鲜花，它盛开了，告诉我们新的一年已经来临。年年岁岁花相似，岁岁年年人不同，冬去了春来了，我们已经又老了一岁。

记得"文化大革命"刚结束的时候，刀鱼还算不上什么稀罕之物。我母亲在靖江有个学生，这个学生设宴款待我父母，居然办了一个刀鱼全席，一桌菜都是用刀鱼做的，其中最夸张的是一盘无刺刀鱼，厨师事先已小心翼翼地将鱼刺剔除了，而刀鱼形状竟然还是完整的。这属于高手绝活，很容易让人惊叹，不过这种技艺并不入擅长吃鱼的父亲法眼，他觉得完全是邪门歪道，你吃的那刀鱼连刺都没有，还有什么意思。

离离原上草，一岁一枯荣。过去这些年，刀鱼的价格一直在飞涨，涨到最后，只剩下一个字"贵"。再后来，贵也没有了，据说在长江里很难再打到刀鱼。偶尔在餐桌子上还能遇到，真正懂行的会告诉你，那个并不是真正的长江刀鱼，长江刀鱼基本上已消失，已绝迹，苏东坡笔下的"恣看收网出银刀"已经成为一个传说。

网得西施国色真

描写鲥鱼的古诗词要更多一些，譬如王安石和苏东坡就专门写过。历史地看，刀鱼是藏在民间的小家碧玉，鲥鱼则天生一股福贵气，可以作为贡品，孝敬皇上他老人家。明朝诗人何大复写到了"五月鲥鱼已至燕",代价是什么呢?"白日风尘驰驿路,炎天冰雪护江船",必须是快马加鞭往京城送,然后才可能"银鳞细骨堪怜汝,玉箸金盘敢望传"。另一位明朝诗人于慎行也有这样的描写,"六月鲥鱼带雪寒,三千江路到长安。尧厨未进银刀脍,汉阙先分玉露盘",意思都差不多,远在北京的皇帝想吃点鲥鱼不容易。

康熙爷六下江南,乾隆爷六下江南,你不能说他们是为了赶过来品尝长江三鲜,但是真要在小说里这么写上一笔,电视剧中如此演上一段,也不能算什么大错。宋梅尧臣有《时鱼诗》,"四月时鱼跃浪花,渔舟出没浪为家",时鱼就是鲥鱼,捕鲥鱼的热闹跃然纸上。明末清初吴嘉纪的"船头密网犹未下,官长已鞴驿马送",活脱一幅官场逢迎拍马的清明上河图。

时令到了,大快朵颐的日子也就到了。如今想食长江鲥鱼是一件非常奢侈的事情,今人不是古人,没有口福解馋,不妨先念几句古代名家的诗过过瘾。"鲥鱼出网蔽江渚,荻笋肥甘胜竹乳。百钱可得酒斗许,虽非社日长闻鼓",这是王安石的。"芽姜紫醋炙银鱼,雪碗擎来二尺余。尚有桃花春气在,此中风味胜纯鲈",这是苏东坡的。当然,还是清朝的郑板桥写得最直截了当,"扬州鲜笋趁鲥鱼,烂煮春风三月初"。

和刀鱼一样,长江中的鲥鱼也基本绝迹了。看晚清和民国的旧小说,无聊文人在南京雅聚,只要是赶上了季节,你去看过中山陵,游过玄武湖,然后再去夫子庙,随便找家像点样的小馆子，都可以热气腾腾地现蒸一盘鲥鱼端上来。时令菜的特点是过时不候，你必须得赶巧，必须要事先做好功课，一定要有时间观念，早不行，晚也不行。

小时候，父亲给我讲鲥鱼的学问，说这家伙就是海里的鲞鱼，是天生的旅行家，喜欢东游西逛，说它在海水里为鲞鱼，到了长江中则为鲥鱼。换句话说，鲥鱼就是鲞鱼，鲞鱼就是鲥鱼。俗谚有"来鲥去鲞"，很多年来，我一直对这样的观点深信不疑，也曾在餐桌上跟别人卖弄过。后来才弄明白，所谓鲞鱼，尤其是我们经常要吃的苏州特产"虾籽鲞鱼"，看形状差不多，其实不是一回事，根本沾不上边。鲞并不是指一种具体的鱼，所有剖开晾干的鱼都可以叫鲞鱼。

江南人所说的鲞鱼很可能是"鳓"，查百度，这个鳓鱼又叫曹白，长相和长江鲥鱼差不多，味道也像，也是烹调时不去鳞，因为它们的脂肪都在鱼鳞下面，鳞千万不可破，破则脂流味减，生生地糟蹋了好东西。鳓鱼长年生活在大海中，在江浙一带常常被加工成鱼干，父亲生前最喜欢用它来下酒，还是隔水蒸，加点葱姜，拍两个鸡蛋在里面，这样可以吸去一些咸味，口感会更好。

错误的印象有时候会祸害我们一辈子，虽然鲥鱼和鲞鱼无关，也不是"鳓"，但是父亲说的故事，起码还有一部分是对的，这就是鲥鱼是天生的旅行家。为什么它叫鲥鱼呢？拆开"鲥"这个字就足以明白，到时间会来的鱼叫鲥鱼。从这个意义上来说，长江三鲜都是"时"鱼。要讨论它们，既离不开时间，也离不开空间。鲥鱼进入长江的日子与刀鱼差不多，它的体力好，游得也远。据说它真正的产卵地，应该是江西鄱阳湖，因此理论上，鲥鱼的捕捞区域，可以包括整个长江中下游。厉害的鲥鱼可以逆水再往上游，游到洞庭湖，最极端的例子甚至能够游到宜昌附近。

按照书上的说法，长江鲥鱼中味道最鲜美的，应该从南京到马鞍山这一段，特别是在当涂到采石这一区域，理由是再往上游，体力消耗太大，营养成分已经不够了。这让人想起了女运动员的故事，据说刚怀孕的女人体力最好，因此运动学上有一种故意，就是计算好了准确日子，让女运动员在重大比赛多少天之前受孕。鲥鱼为什么不是在长江的入海口味道最好，原因就是它还没完全做好产籽的准备。真正经过了长途跋涉，游到产籽区域，力气已经用完，鲥鱼在长江下游是宝，到了长江中游便是草，人老珠黄不值钱。

书上的说法不可不信，当然也不能全信。反正我小时候，鲥鱼已经不太容易游到南京，能享用的鲥鱼都是从镇江运过来。那年头也没什么快件公司，菜场上基本上也不会卖，它太昂贵了，属于奢侈品，而且不易保存，说坏便坏了。我印象中，鲥鱼都是人家送的，要么从江阴送过来，江阴是我母亲的老家。要么从靖江送过来，我母亲有学生在那边，反正能够吃到的原因总是很偶然，突然有人过来了，拎着一条鲥鱼，进门便扯着嗓子嚷开了：

"趁新鲜，赶快做出来，赶快。"

记得有一位镇江的年轻人，连续几年都会送鲥鱼过来。他是个喜欢读书的知青，不停地到我们家来借书还书，不知道用了什么办法，到日子准能弄到鲥鱼，弄到了立刻往南京赶，直奔我们家，如果我父母不在，他会指挥保姆赶快加工，一点都不见外。说起来也是无亲无故，不过是一位喜欢看书的年轻人，可他跟我们家的关系，就像真的亲戚一样，或者套用当时样板戏《红灯记》中李铁梅的唱词，"虽说是亲眷又不相认，可他比亲眷还要亲"。

年轻人喜欢读书，因为喜欢读书，经常到我们家来借书看。因为经常借书，可能觉得总是跟人家借书看，无以回报，因此到了有鲥鱼季节，舍不得独自享用，一弄到鲥鱼立刻往我们家奔。很显然，他插队落户的地方，是可以捉到鲥鱼的。我母亲常说这孩子真是个厚道人，每次都说要给钱，一定要给钱，可他坚决不肯收，说自己也不是花钱买的，既然他没花钱，怎么可以收我们家的钱呢。

说老实话，年轻人的鲥鱼究竟什么来头，他怎么就弄到手了，一直也没真正搞清楚过。由于交通不便，等他匆匆赶到我们家，多少都会有些不太新鲜。如果天气太热，味道就不对了。有一次，好不容易蒸好端上桌，干脆是不能吃，已经有点臭烘烘，只好闻了又闻，然后倒掉。我父母觉得非常可惜，这么好的鲥鱼，简直就是暴殄天物。

说起来，已是四十年前的旧事，也不知道为什么，一想到吃昂贵的鲥鱼，我毫无流口水的感觉，反倒是要想到那个喜欢读书的年轻人。现如今再也不会有这样的年轻人，没有书读，又特别想读书，为了读书，到处找书看。这样的年轻人和真正的长江三鲜一样，几乎已经绝迹，已经不存在。没书读的时候拼命想读，真有书读了又反而不读，既是一段历史，也是一种现实。有人说"文革"时年轻人都不读书，事实当然不是这样，我年轻的时候，从来没什么读书节，也没人会号召读书，可是身边总还会有些货真价实的读书人。

据今年6月30日的《新闻晨报》报道，长江鲥鱼近三十年不见踪影，专家据此得出结论，它已经功能性消失。什么叫功能性消失呢？根据学术界通行说法，目前这种情况只能暂时判断为"功能性"灭绝，如果接下来二十年仍无法找到它们的踪迹，那么就可以判断这种鱼彻底绝迹。

又是河豚欲上时

从小喜欢《十万个为什么》，让写一部最有影响的儿时读物，毫不犹豫会填上这个。我小时候很讨人嫌，经常追着人问十万个为什么，为什么这样那样。大人不是大百科全书，也不是百度，怎么可能明白那么多为什么，不好意思对孩子说不知道，心里先烦了，就转移话题，让你该上哪玩上哪玩去。

不免想到了"竹外桃花三两枝，春江水暖鸭先知"。想到古人也喜欢抬杠，康熙年间的毛希龄就批评说："春江水暖，定该鸭知，鹅不知耶？"当然更忘不了后面两句，尤其刹尾的"正是河豚欲上时"。苏东坡完全可以名正言顺地为长江三鲜代言，他喜欢刀鱼，喜欢鲥鱼，更喜欢吃河豚。为了河豚鱼，他的原话是"直那一死"，翻译成现代汉语，就是"值得一死"。

记得小时候,我在江阴第一次吃,外婆买了一小碗别人烧好的河豚,加上半锅青菜,名义上吃了,究竟什么滋味,基本上没感觉。因此关于河豚的童年记忆,无非会不会做,敢不敢吃,舍得不舍得买。河豚产地的老百姓,主要是后面两个选择,敢吃和舍得买,当时一块钱一碗,大家都穷,一块钱已经很贵。

河豚是长江下游的美食,到日子,就有人拼死吃一回。当然那是并不遥远的过去,现在野生河豚基本绝迹,想拼死赌命也不行。能吹牛的只剩下如何吃,去哪吃,何处河豚最好吃。事实上一说起这个,最得意的就是江苏的扬中人,有种当仁不让的自豪。别处也有河豚,酒肉穿肠过,吃了也就吃了,偏偏扬中人认真,把吃河豚当回事,不仅单纯地吃,还能吃出一个文化,年年都要正经八百地过河豚节。

声势浩大的河豚节期间,每天吃掉七八千条河豚。扬中人相信,他们的烹饪技艺天下第一。于是忍不住又要问十万个为什么,行家为我解释,理由非常简单,河豚进入长江产籽,溯流而上,终点就是扬中,优胜劣汰,体力不好游不到这儿,因此你品尝的,都是河豚中的奥运选手。

这解释无论怎么专业,也是故事,而且明显与鲥鱼的故事矛盾。其实大家都心知肚明,与刀鱼鲥鱼一样,长江里早就没什么河豚。奥运会已取消,哪里还有奥运选手,就算有,也扛不住每天七八千条。现如今都是人工饲养,同样人工饲养河豚,为什么非要赶到这来大快朵颐。一到日子人满为患，能吃的馆子、能住的酒店，都满了。

都知道此河豚早已经不是那彼河豚，说扬中经济发达，完全因为吃河豚肯定不对，起码是很重要的原因之一。我还是没搞明白，扬中是江苏最小的一个县级市，人口排在倒数，为什么居民存款、银行里统计出来的人民币，在富庶的江苏却排名第一？为什么呢？不知道。反正有钱永远是硬道理，有了钱，才能玩吃河豚，吃了河豚，又变得更有钱。

二月水暖河豚肥，意思是说又到了可以吃河豚的季节。一说季节，朋友忍不住要笑，现如今还有啥季节，蔬菜反季，水果反季，人也反季，天气乍冷忽热，春天刚开始，夏天的威势就已经来了，迫不及待打开空调。至于吃河豚，到处都有四季皆可，有闲情便行，有银子就成。想当年"文化大革命"，最流行一句人定胜天，说穿了只是口气大图嘴上痛快，现在不流行这话了，反倒真有些敢跟老天爷叫板的意思。

搁历史上，吃河豚是地道的民间享受，康熙和乾隆一次次下江南，什么样的传奇都有，唯独没听说过吃这玩意儿。皇帝他老人家自然不敢吃，就算想，有这个心思，大臣们也不敢准备。拼死吃河豚，注定了一种平民老百姓的境界，民不畏死，奈何以死惧之。想当年苏东坡吃河豚，有人问滋味如何，他能够很平静地回答一句："直那一死。"意思是太鲜美了，人生苦短，遇上河豚这么好吃的食物，就算死也值。

苏东坡有个一起遭贬的哥们儿叫李公泽，同样失意文人,苏轼为美味不惜轻生,这位李先生便有些扭捏,面对美味不说怕死,随手找了个堂皇的理由。他义正词严地予以拒绝,认定河豚是一种邪毒,非忠臣孝子所宜食,把吃不吃河豚上升到哲学的骇人高度。后学根据两位先贤的河豚观做出结论,所谓"由东坡之言,则可谓知味,由公择之言,则可谓知义"。

生活在长江下游的老百姓对季节最为敏感,这一带四季分明,不同日子,有不同的美食。父亲生前,一心想学知味的苏东坡,十分向往河豚,无奈那年头还不能人工养殖,作为一个反过党的右派,一名被贬的职业编剧,一名经常要下乡体验生活的写作者,久有食河豚之心,却很难如愿以偿。二月水暖河豚欲上,他发现自己总是赶不上吃河豚的日子,总是很不凑巧地错过了大好季节,心有余而力不逮,与一帮民间的饕餮切磋美食,为了没有品尝过河豚,难免抬不起头的感觉。

一直觉得河豚能被我们津津乐道,源于它的有毒。这也是父亲的深切体会,直到改革开放,他老人家才有幸大快朵颐,第一次吃河豚,为此还专门写过文章,被好几本谈美食的集子收录。过去年代的河豚是禁食之物,不允许市场流通,因为不允许,因为一个禁字,仿佛禁书一样,勾得文人心里痒痒的。无毒不丈夫,人生乐趣有时就是一次小小的出格,冒险不危险,给嘴馋一点理直气壮的借口。

今天的河豚基本上已没毒了,正是因为没毒,死不了人,才可能大张旗鼓地吃,才敢搞轰轰烈烈的群众运动。江苏的扬中有河豚节，迄今办了十二届。江苏的海安也有河豚节，已经办了五届。两家都在哄抢"中国河豚之乡"的招牌，好像都抢到了，都觉得自己才是正宗，都觉得自己是名门正派。如今这节那节太多，水太深，有需求，就会有供给，就会有骗子出来蒙事，就会有官员煞有介事站主席台上，笑容满面地发奖授牌。一时间，很多很没有文化的事情，都突然变得有文化了。

还是怀念有毒的河豚，有毒才是原生态，有毒才是真正的文化。记得曾兴冲冲赶去参加过河豚节，顿顿都是河豚，太他妈的腐败。印象最深的吃河豚火锅，行家说的种种剧毒——河豚肝、河豚眼、河豚唇，逐一生涮品尝，在过去早自杀了几回，现在却是屁事都没有。真所谓，世事难料人生无常，这年头该有毒的没毒，不该有毒竟然有毒，谈笑风生之际，感慨之心顿生。《说文》对幸的解释是"吉而免凶"，《尔雅》的解释是"非分而得谓之幸"，如果你读过南朝萧梁时期的皇侃所写的《论语义疏》，一定会见到这样的句子：

"凡应死而生曰幸，应生而死曰不幸。"

江苏一家河豚生产养殖基地，每年可以有650万尾河豚鱼进入市场，大家不妨掰手指想想这个数目。

2015年9月24日　河西

西津古渡

到了镇江,如果觉得肚子饿,先去吃一碗锅盖面。民以食为天,人是铁饭是钢,吃饱了才有劲,才能干好正事。你可以找个熟悉的当地人询问,哪家面馆人气最旺,哪家锅盖面最地道,最具有代表性。也可以不求人,借助手机上网搜索,求救百度浏览点评,这样的面馆应该有很多,很可能就在你身边。据行家介绍,现如今镇江的锅盖面馆不少于两千家,其中大约只有五十家,味道才能称为正宗。不少吃户到镇江玩就为了吃碗锅盖面,它们是真正的大众美食,价廉而物美,江苏境内要评最好面条,锅盖面一定榜上有名。

有一碗锅盖面垫底,可以直奔西津古渡了。到镇江,不吃锅盖面,不看一眼西津古渡,基本上算是白来。再做个减法,锅盖面也可以不吃,西津古渡不能不看。为什么呢?因为这里有着真正的中国文化,而且还是文化中的精华,温故可以知新,访古能够得道,西津古渡是个很好的历史标本,是一块年代久远的活化石,你来了竟然不看一眼,太可惜。

当然,如果时间来得及,你也可以顺带去别处看看。镇江的好风景差不多集中在一起,沿长江一字排开,最适合时髦又实用的一日游。现代化的交通便利,能让你不经意间,最大附加值地看到很多风景。你不妨先去焦山景区,匆匆看一眼《瘗鹤铭》,中国书法史上有着特殊意义的一块碑,笔法之妙为"书家冠冕",对后来的书法影响巨大。焦山碑林在全国排名第二,能紧随著名的西安碑林排在老二,可见收藏丰富,同时又必须精益求精。看过大名鼎鼎的《瘗鹤铭》,你便可以飘然而去,接着上北固山。北固山上有北固楼,何处望神州,满眼风光北固楼,千古江山英雄难觅,当年毛主席他老人家坐飞机经过镇江,看着下面的美丽景色,感慨万千得意非凡,立刻让秘书笔墨伺候,默写了两首宋人辛弃疾与镇江有关的诗词。北固山上还有甘露寺,刘备曾在这里招过亲。如果你更喜欢民间神话传说,干脆再接着去金山,在金山寺烧一炷香,想象一下许仙,想象一下白娘子,想象一下法海。法海是金山寺的开山祖师,他居住的地方叫"法海洞"。

然后你就应该去西津古渡了,说起镇江,最应该向大家隆重推荐的一定是这个地方。还是那句话,你可以不吃锅盖面,不喝恒顺的老陈醋,甚至不去最著名的那三个"山",但是一定要去西津古渡,这里才是重点,才是最大的代表,你一定要去。也不用往太远处引用,就说说唐诗宋词,有意无意间,你肯定会遭遇到这个西津古渡。一个古字不是随便说说就是,没有响当当的来头不配称之为古。说中国历史,谈华夏文化,没有名人便没办法说事,李白、杜甫、白居易、王安石、辛弃疾，反正古诗词里能留名的那些显赫人物，南来而北往，都会在这留下他们的足迹。人过留名雁过留声，遥想当年，一个历史上查不出生卒年份的唐诗人张祜在这候船，闲极无聊，靠吟诗打发时光，在墙壁上涂鸦抒发情怀，结果一不小心，便留下了一首千古绝唱：

金陵津渡小山楼，一宿行人自可愁。
潮落夜江斜月里，两三星火是瓜洲。

西津渡又名金陵津渡，为什么会有这样一个名字，后人真还搞不太明白。百度有解释，说"唐朝镇江名金陵，故称为金陵渡"。显然有点不靠谱，唐人写镇江的诗很多，把镇江称为金陵的例子并不多见，同时期写南京的唐诗很多，说起金陵都是特指南京，譬如李白《金陵酒肆留别》"金陵子弟来相送"，毫无疑问与镇江无关。金陵是南京，金陵渡在镇江，完全两回事，千万不要搞错。起个名字固然有原因，也用不着太较真，名字就是名字，后人不知道就不知道，弄不清楚也没多大关系，牵强附会反而错上加错。上海天津武汉的最繁华地段，都有南京路，"南京"二字没什么特别意义，也就是一个民国特色的取名而已。

为了更好地了解西津古渡，你最好能够看一眼中国地图，看一看滚滚长江如何向东流。人们印象中，万里长江像一条龙，从西边蜿蜒过来，一路向东，很少有人会去想，它最北面的位置在什么地方。当然是在长江下游，就在江苏境内,就在镇江。镇江是长江的最北端,从江西的九江开始,长江以一个很大角度向北偏移,这意味着镇江像个牛头那样,有力地顶向了北方。西津古渡恰恰在这个关键位置,就在牛角尖上,它是整个江南的最北,在纬度上,甚至要比安徽的省城合肥更偏北。合肥早已远离长江。说它属于北方城市也算不上什么大错,近现代历史上的当地名人李鸿章李合肥,段祺瑞段合肥,习惯上都觉得他们已是北方人。

若没有中国文化知识,不知道历史和地理,没时间概念,没空间意识,西津古渡的意义会大打折扣。除了一条仿旧的石板古街,一家家砖木结构的店铺,一栋栋飞檐雕花的客栈,一个元朝的古塔,一些洋人留下的老房子——那是英国人的领事馆,还有一大群见了生人都不知道害怕的野猫,你可能什么也没看到。你会想不明白地追问:长江在哪,古渡口又在哪,为什么这些似曾相识的旧门面、旧街道,就应该具有特殊意义。名人走过的地方太多,到处都可能有他们留下的印迹,不就是一个准备过江的古渡口吗?不就是留下几首大家会唱的古诗词吗?万里长江能过江的地方太多了,凭什么就应该这个渡口最有名气?

好吧,那只能再往前说,晋楚更霸赵魏困横,事实上西津古渡的重要性,直到东晋南迁,才真正开始体现出来。永嘉之乱让司马氏的王朝摇摇欲坠,中原开始水深火热。大批北方难民纷纷逃往江南,其中有个叫祖逖的好汉,率亲族宗党几百家一同南迁。那时候,坐镇南京的琅琊王镇东大将军司马睿俨然成为朝廷代理人,他任命祖逖为徐州刺史,这显然是个虚空头衔,不过是做人情封官许愿。因为此时北方的徐州早已落入敌手,是沦陷区,祖逖人在江南,只能望江兴叹。

二次世界大战爆发,法国的戴高乐将军逃到英国,组成了流亡政府,那时候好歹还有人有钱有枪,还有同盟国做后盾,祖逖的境遇相差太多,没人没钱没装备,基本上就是一个光杆司令。司马睿发给他一千人的食粮和三千匹布,让他自己渡江去招募军队,能做到哪一步算哪一步。几乎是以卵击石,结果祖逖不畏艰难,不怕流血牺牲,从西津渡出发了,渡江北上,船行至长江中间,面对浩瀚江水,他敲着船桨说:

祖逖不能清中原而复济者,有如大江!

他的意思是说,如果不能收复中原,我就不再回来了。这便是著名的典故"中流击楫",多少年来,人们很少去追究此次北伐是否成功,甚至对祖逖具体在什么日子渡江,也没有确切记载。

对于中国人来说,表现的只是一种精气神,东晋南迁开始了长达260多年南北大分裂,"风萧萧兮易水寒,壮士一去兮不复还","中流击楫"传承了荆轲的精神。发生在镇江江面上的这个故事,不仅有勇士赴汤蹈火的壮怀激烈,在中国大历史上,还体现了汉族文化以中原为核心的王道思想。诸葛亮《后出师表》的所谓"汉贼不两立,王师不偏安",

并不是尖锐的民族矛盾，不过是把与"汉朝"相对峙的政权称之为贼，更多的是一种权力冲突。东晋南迁之后，尤其是南宋仓皇北顾，权力斗争已演变为一种激烈的民族对抗，习惯于强势的中原汉族政权转为劣势，处于明显下风，镇江的军事桥头堡作用立刻彰显出来。退必须守进可以攻，镇江在，江南还在，镇江已失，江南不保。

战乱年代如此，和平岁月也一样重要，这里是江河要津，对面就是北方大运河的入口，我们都知道，大运河是古代中国的经济命脉，北去南来，你都得从这个运输的大枢纽走过。西津古渡自始至终离不了一个实用，如今的实用当然变得不实用了，交通上的重要地位不复存在，功能完全改变。事实上，西津古渡已沦为摆设，只是一个人文景观，正在派着别的用场。

西津古渡成为一块文化上的金字招牌，成为穿越时空的一个门洞或者一扇窗户。我们都知道，所有的访古注定都会有现实意义，长话短说，还是那句广告词，到镇江旅游，西津古渡一定要去。在这你会遭遇摆脱不了的历史，这个历史中不仅有遥远的过去，很可能还会有未来隐约的身影。

2014年10月31日　河西

文化中的乡音

乡音正变得越来越有文化，它有个通俗的同义词叫土话，土鸡价格看涨，原汁原味的土话行情，也跟着上升。披上文化外衣，乡音成为一个时髦词，说来让人感到脸红，我对它并没什么好感。有些话可以想，最好别说，一说出来刺人耳朵，很可能大逆不道，招骂。

譬如从来不喜欢南京话，我热爱南京，真的很热爱，可是真不喜欢南京话。南京话是我的家乡话，是我的乡音。梦里不知身是客，作为一种交流工具，平时很少去想，你不太会去想自己是否喜欢家乡话。家乡这玩意儿，跟岁月一样，只有在离开时，只有在怀念中，才能感觉到它的亲切，才能感觉到它的存在。

历史地看，金窝银窝不如自己的狗窝，南京人喜欢南京，南京人说本地话，天经和地义，跟文化完全沾不上边。你真的不太会去想我们正在使用的这种方言土话，有一个很文雅的名字叫乡音。跟什么人说什么话，易懂为准绳，方便是原则。在南京说南京话，自然而然，与喜欢不喜欢没多大关系。说了也就说了，喜欢也就喜欢了。热爱和喜欢方言肯定没什么错，过分热爱和喜欢，就会有些幼稚。不止一次被追问要不要"保卫南京话"，我总是忍不住要笑，南京话又不是一战后的马德里，又不是二战中的斯大林格勒，不保卫会怎么样。同样，南京话也不是1937年的首都，日本鬼子的攻击下说沦陷就沦陷。

很多煞有介事的问题，没有被提出来之前，根本不是问题。这年头，耸人听闻最有效果，耸人听闻才有效果。为问而问，为号召而号召，口号喊得响亮一些，自然会有人听见，然而口号终究口号，吓唬人只是吓唬人。乡音与方言和土话相比，内容差不多，表现形式略有不同。感觉上，乡音两个字很抒情，可以入诗，也适合写散文。现实生活中方言是活生生的，作为一个词汇却难免静止，它仿佛文绉绉的书面语，只适合在论文里写。乡音是动态的，飘浮在空气中，更容易进行文化上的炒作。会叫的孩子有糖吃，差不多是同一个玩意儿，我们更习惯说"乡音袅袅"，方言一旦成了乡音，文化含金量立刻提升很多。

南京话是我的母语，现实生活中，我特别能够理解那种要保卫南京话的悲愤心情。以我居住的地方为例，那里是南京西北角，过去穷乡僻壤，现在居住人口主要是省级机关干部和高校老师，因为学区房，因为文化素质稍稍高一点，房价变得奇贵。如果紧挨着这一段美丽的秦淮河散步，会发现耳边都是别人的乡音，你可以听到各式各样苏北话，或者是江南的吴侬软语，本土的南京话成了弱势群体，除了上学的小孩子还在说。

现如今,很多城市都存在类似情形,外来户越来越阔,原住民越来越穷。自己的故乡正在成为别人家乡,三十年河东,三十年河西,风水轮流转。我们说南京这个城市宽容,说它从来都不排外,其实还有个潜台词,还有另外一个真相,就是这个城市事实上也没什么能力可以排外。不仅南京如此,上海北京省会县城,大小城市都一样。鹊巢鸠占反客为主是城市发展的动力,历史有它的自身规律,习惯性地逆来顺受也好,自身不够努力也罢,现实就是现实,结果就是结果。文化学者告诉我们,在明朝的时候,南京话曾是中国最流行的普通话。我不知道这话靠不靠谱,是不是自说自话的意淫,反正感觉非常自恋。很显然,对自己方言和乡音的得意,对消逝的过去感觉良好,往往都会附加了一份失意与无奈在里面。

事实上,在公共场合,只有大人物才会肆无忌惮说方言。混得好的人可以任性,可以用不着迁就别人,他们用方言发号施令,说着人们听不太懂的乡音,自有种不可一世的霸气。领导人对下属,黑社会老大教训马仔,老和尚开导小和尚,都可以随心所欲地说家乡话。下属对上司,学生对老师,同一个方言区例外,你必须夹着舌头顺应,得说人家能听懂的话,你必须迁就别人。电影《金陵十三钗》中的妓女都说很地道的南京话,这完全是一种想当然,事实上,无论在哪个城市,本土妓女都占少数,因为这个行当毕竟不光彩,要离家乡远一点才对。妓女应该南腔北调,说带着自己乡音的普通话，为什么呢？因为她要为别人服务，就应该迁就别人。

　　小时候，除了会说南京话，我还能说一口很不错的北京话和江阴话。小孩子学语言很快，不知不觉就会，不知不觉就让第一母语南京话变得生疏。在外地待久了，一旦回到家乡南京，舌头仿佛打结，一下子改不过口来。记得刚去学校上课，往往不敢开口说话，就怕同学讥笑。人是群居的动物，语言是用来交流的，在大众场合，一旦你发出来的音调与别人不一样，显出了一些特别，立刻会成为一个相当严重的问题。

　　这也是我为什么不是很喜欢方言的原因，方言成群结队人多势众，大家都躲在家里说一样的话，一样的腔调，你可以感到一种集体力量。依靠着本土优势，方言有其天然的保守性，它永远是从众的，随大流的，排外的，自以为是的。任何人的方言都可能精彩，都可能独一无二。我们有足够理由为自己的方言自恋，绝不能因为方言而迂腐。

　　相对而言，我更喜欢乡音，乡音既是方言，又不是方言。乡音是孤寂的，和家乡一样，只有背了井离了乡，你才能够感觉到它的存在。老乡见老乡，两眼泪汪汪，几个南京人在外地相遇，尤其是在国外的街头碰上，一开口冒出几句南京话，这个感觉很温暖。他乡遇故知是意外，能听到久违的家乡话，更是一种惊喜。在家千日好，出门一日难，方言是在家称王，乡音是离家暗自神伤。

　　少小离家老大回，乡音未改鬓毛衰。乡音里全是历史，全是城市和乡村的记忆。二十多年前在台湾，我听到一群当年的官太太说南京话，有一种说不出的沧桑感。她们打扮时髦，涂着浓浓的口红，用一种很异样的眼神打量着大陆同胞。听说我来自南京，眼睛里立刻放出光来，问我在哪个学校读书，家住在什么地方。然后又告诉我自己过去住哪里，在哪所女子中学读书，天天从哪条街上走过。印象中，南京话永远是很土的，那天在台北，我突然觉得自己的乡音变好听了，竟然有了些洋气，用今天的时髦话，就是有些牛逼了。

在西南角的云南，在西北角的青海，我也遇到过类似情形。都是历史留下来的南京移民，说起来很遥远，云南的南京人是明朝迁过去的，青海的南京人是什么时候我已经忘记，反正也有很长时间，已经传了好几代人。别时容易见时难，当年一道圣旨，举族而迁，不想去也得乖乖地去。白云苍狗人生无常，离家的南京人身处异乡，顽强地保持着乡音，他们跟我说着他们的南京话，老祖宗留下来的腔调，跟今天的南京话已有很大差别，隐隐地觉得有点像，又不太像，真的不太像。

乡音中的最大文化是悲欢离合，乡音能够袅袅，能够余音绕梁，能够昆山玉碎凤凰叫，芙蓉泣露香兰笑，并不是因为它好听，而是包含了有意思的民间故事。乡音来自民间，发源于底层，是人生的一部分，必须有点人情，有点联想，有点沧桑感。换句话说，乡音必须得有故事，有故事才好玩，才值得品味。

2015 年 6 月 12 日　河西

蔡公时的意义

蔡公时先生生于1881年，我对这一年总是有着特殊记忆。这一年是鲁迅出生的年份，一个小说家对历史有兴趣，想起近现代史的人物，忍不住就要用自己熟悉的鲁迅为参照。譬如想到甲午海战，那一年鲁迅十三岁，一个十三岁的孩子会如何看待这场战争。又譬如到了辛亥革命，鲁迅正好三十岁，这一年，他又做了什么，岁数相仿的年轻人又怎么样。

甲午海战是中国近现代史上非常重要的一个节点，毫无疑义，十三岁的孩子弄不明白来龙去脉。对于鲁迅来说，祖父下狱父亲病重，家道中落，他充分感受了世态炎凉。有关蔡公时青少年时的文字记录很少，能想象的就是这些十三岁的孩子，对日本的认识完全取决于周边人态度，大人们会怎么议论，私塾老师会怎么说。

十年以后，蔡公时和鲁迅都到了日本，几乎同时进入弘文学院。这时候，他们已是二十岁出头的年轻人。弘文学院有点像日本人办的新东方，属于日语速成学校，或许留日学生太多的缘故，来自江西的蔡公时与来自浙江的鲁迅，并没有在这儿结识。1928年，蔡公时在济南取义成仁，鲁迅似乎也没留下任何文字，这非常遗憾，因为我们没办法知道他当时对这个重要事件的看法。

甲午中日之战改变了中国命运，让国人充分意识到自己的不足，意识到要打仗，光靠嘴狠是不行的，光靠生气也是不行的。战争有时候避免不了，打铁还需自身硬，这一仗的结果，是台湾割让了，大把的银子赔了。然而中日之间的对立情绪，还远没有后来那么严重。中日关系越来越坏，仇恨越来越深，变得你死我活，非要再打一场大战决定生死，那是后来的事。当年很多年轻人，对清政府未必有多少好感，对小日本也谈不上恨之入骨。人心在思变，无论朝廷还是民间，都觉得应该虚心向日本学习，都觉得到日本去，能学到一些先进的东西。

留学日本是那个年代很亮丽的一道风景线，中国的革命党人，绝大多数都和日本有关，这里面不外乎两个原因，一是因为革命，反抗清政府，被迫流亡到了东洋。一是受流亡的革命者影响，在日本的青年学子纷纷参加同盟会。一般来说，与留学欧美的学生相比，留日的年轻人要激进很多。徐锡麟和秋瑾是留日学生，陈独秀和李大钊是留日的，汪精卫和蒋介石也是留日的。汪后来成了大汉奸，但是"引刀成一快，不负少年头"这两句诗大家都应该知道。

和鲁迅一样，蔡公时也是在日本参加了同盟会，要比较革命资历，贡献比鲁迅大得多。鲁迅只是普通的同盟会会员,用今天的话说,一名革命群众。蔡公时是货真价实提着脑袋干,早在辛亥革命前,就追随黄兴参加钦廉之役,参加镇南关起义。辛亥革命军兴,留日的江西学生李烈钧成了江西都督,蔡公时是江西军政府交通司司长,此时的鲁迅只是绍兴县城一名中学教师。用比较通俗的话来形容,当时的蔡公时已当上局级干部,已经有了做官僚的资本。

从1912年到1926年,鲁迅当了十四年的科级小公务员,而这个阶段的蔡公时,一直追随孙中山。二次革命讨袁,亲至湖口前线作战。二次革命失败,被通缉,又流亡日本。护国运动,护法战争,蔡公时始终跟在孙中山后面,曾在广州的大元帅府给孙做过秘书,是孙中山弥留之际亲睹遗容并聆听遗言的几个国民党人之一,在党国元老中德高望重。拼资历,蔡公时比不上汪精卫,起码要比后起之秀的蒋介石强。

到1928年,南方的国民政府北伐,国民革命军势如破竹,大胜北洋军阀,很快攻入济南。这时候,蒋介石手握军权,成为最有实力的第一号人物。自古两军对垒,都在淮海一带决战,逐鹿中原,谁赢,谁就可以得到天下。只要拿下徐州,攻入济南,继续挥师北上,平定北京指日可待。然而也就是在这个节骨眼上,日本人开始捣乱,在中国的领土上,借口要保护侨民,公开出兵占领济南。说起来真够窝火,本来只是中国人在内战,日本人非要横插一杠。从内心深处来说,日本不希望北伐成功,不希望中国统一,不愿意中国强大。不管是面对北洋军阀政权,还是面对南方革命政府,日本人首先考虑的是在华利益,是利益的最大化。

两军对垒，难免擦枪走火，北伐军的军歌是"打倒列强，除军阀"。一年前，国民革命军攻入南京，发生了北伐军人和当地流氓参与的暴力排外事件，造成各国外侨9死8伤，其中死者就包括一名日本人，日本领事馆也在事件中遭洗劫。结果导致英美军舰开火，日本海军陆战队遵照他们政府的训令，没有进行抗击，并拒绝参与英美的行动，而负责保卫领事馆的海军少尉荒木，感到未能完成护卫使命自责剖腹自杀。此事在日本引起巨大反响，一年后在济南，尽管国民革命军已经事先做了防范，要求严格约束部下，情况却变得完全不一样，日本人突然变得强硬起来，而且非常蛮横，说干就干，直接出兵干涉。

蔡公时临危受命，出任国民政府外交部山东交涉员，在刚接手工作的第二天，日军便持械进入交涉公署，置国际公法于不顾，蓄意撕毁国民政府的青天白日旗及孙中山画像，强行搜掠文件。为避免事态扩大，蔡公时据理力争，谴责日军破坏国际法，结果被捆绑的"各人之头面或敲击，或刺削"。蔡公时耳鼻均被割去，血流满面，临终前怒斥日军兽行，高呼"唯此国耻，何时可雪"。从此，这个殉难画面被定格，成为济南"五三"惨案中最为悲壮一幕，它彻底颠覆了中日关系，而蔡公时与济南这个城市再也分不开。

事实上，由于此前签订的一系列不平等条约，发生在济南的中日冲突有其必然性。此次冲突，日方死亡军人达230名，平民16人，中国方面死亡高达3000人以上。13年前，袁世凯在不得不签订卖国的《民四条约》以后，曾将签订条约的日期定为"国耻日",民间老百姓弄不太清楚"民四条约"与"二十一条密约"的关系,只是一味抱怨不应该签订。《民四条约》给了日本人法理上的依据,它埋下了祸根,成为中日冲突不可避免的死结。济南惨案之后,蒋介石在日记中写道:"身受之耻,以五三为第一,倭寇与中华民族结不解之仇,亦由此而始也!"据说此后蒋的日记中,"雪耻"二字不断出现。很显然,济南惨案后果非常严重,甲午以来中国人遭受的耻辱记忆,被立刻唤醒,被迅速放大,中日双方的极端民族主义情绪,经此事件也变得不可调和,它其实就是此后的九一八事变、一二八抗战、长城抗战、七七卢沟桥事变、八一三淞沪抗战的先声。

蔡公时惨死是野蛮时代的一个见证,对后世有着永远的警示作用。公理何在,公法何在,是可忍,孰不可忍。在文明社会,很显然,公理和公法一旦缺失,人就有可能成为野兽。蔡公时本着一种和平意愿,以协商的态度,以谈判的方式,结果却是在济南殉职。他的死不止是中国民族的耻辱,也是日本民族的耻辱,同时是"正派人难以想象的"全人类的耻辱。蔡公时惨死给刚成立的南京新政权敲响警钟,让国民政府放弃了对日希望,丢掉了与其合作的幻想。与英美相比,日本才是更大的更危险的敌人。历史地看,小不忍则乱大谋,国民革命军并没有因为蔡公时的惨死,就匆匆与日军在济南决一死战,而是主动放弃济南,牺牲济南,忍辱负重绕道北上,最终完成了北伐大业。那年头,还不流行核心利益一词,然而很显然,对于当时的国民政府来说,完成北伐统一全国，就是最大的核心利益。

济南惨案在事后，中日双方都有过主动放大的企图，都在这件事上大做文章，都在宣传上极力渲染己方无辜与对方野蛮，双方民族情绪均经此事变被点燃。中国老百姓绝对不会想到，明明是我方吃了大亏的济南惨案，明明是蔡公时等被割耳、削鼻，尸体被焚烧，在日本国内竟然会激起反华的舆论浪潮。当时南京国民政府据驻日特派员殷汝耕报告："此间关于济南消息日渐具体化。我军对日侨剥皮、割耳、挖眼、去势、活埋、下用火油烧杀、妇女裸体游行当众轮奸等事，日人言之凿凿，其所转载京津、伦敦、纽约各外报亦均对日同情，归咎于我。"面对这种恶意宣传，南京政府也意识到"用事实宣告全世界"的重要性，国民党上海党部立即成立了一个专事针对日本的国际宣传部门，用今天的话说，双方都在炒作济南事变，要让国际舆论站在自己一边。

江西同乡李烈钧把蔡公时称为"外交史上第一人"，国民政府要人纷纷题词纪念。于右任题词"国侮侵凌，而公惨死，此耳此鼻，此仇此耻。呜呼泰山之下血未止"；冯玉祥题词"誓雪国耻"；李宗仁题词"民族精神，千古卓绝"。蔡公时的血不会白流，对他的纪念在当年很隆重，为勿忘国耻铭记历史，1929年5月，山东省政府在泰安岱庙竖一石碑，四棱锥体形，上刻"济南五三惨案纪念碑"九字。济南建起一座"五三亭"，在时任省教育厅长的何思源提议下，当时山东省内各县几乎所有的公学都建立了纪念碑。

时至今日，尽管很多人可能已不知道，蔡公时纪念馆仍然是济南最重要的人文景点。作为一种历史记忆，它始终在提醒人们什么叫国耻。忘记过去意味着背叛，这句话的另一层含义，是必须要有一个准确的记录，要让真相昭告天下。不管怎么说，无论什么样理由，中日之战都是人类历史上的一场悲剧，都是文明社会的惨痛教训。重温历史不难发现，1928年济南惨案后的中日关系，从官方到民间，双方都存在着必须一战的心理，走向战争几乎完全不可避免，官方利用着民意，民意又绑架了官方。中方虽然一直处于守势，最重要原因不是不想打，而是国力太弱，内乱不止，知道自己暂时还打不过对方。事实上，自济南惨案开始，抗战时代已悄悄开始，战争机器已启动。有一种思路始终被鄙视，被唾弃，无论日本还是中国，主和的观点都会被认为是反动，违反了历史潮流，不符合主流民意。

现如今的济南蔡公时纪念堂，供奉着一尊烈士全身铜像，这是陈嘉庚先生为代表的南洋各界同胞捐款铸造，1930年的原物，历经了很多故事，直到70多年后，才从遥远的南洋运到济南。早在1928年，徐悲鸿画过一幅《蔡公时被难图》，曾在福州展览，十分轰动，可惜战乱不断，原画不知所踪。当时国民政府要员的题词，也因为这样那样原因，手迹早已不复存在，如果保存下来，都是非常好的文物。最可惜的当然是烈士遗骸，蔡公时殉难，日本军为掩盖罪行，毁尸灭迹，将同时枪杀的十余人遗体进行焚烧。后人曾发现烧而未化的头骨4只，还有脚手骨和肉炭等，都是惨案中遇难的外交人员尸体，这些残骸被装入皮箱，寄存在南京国民政府外交部地下室。

　　1937年，中日全面开战，外交部撤退重庆，没将它带走。1946年还都南京，放地下室内的烈士遗骨已不见踪影。有传言说，遗骨被日军发现，为毁灭枪杀外交人员的证据而再度被毁。还有一种说法，国民政府仓促撤退，小偷光顾外交部地下室偷走皮箱，发现是一箱骨头，便把箱子丢弃路边或扔到了江中。

2015年7月3日　河西

诚知此恨人人有

1938年1月最后几天,春节临近,对于中国人来说,过去的一年十分糟糕。七七卢沟桥事变,北平沦陷。"八一三"上海淞沪抗战,首都南京丢了。抗日抗日,口号喊得惊天动地,大家都没料到最后会这样。1月26日,沦陷在北平的周作人写了两首打油诗:

廿年惭愧一狐裘,贩卖东西店渐收。
早起喝茶看报了,出门赶去吃猪头。

红日当窗近午时,肚中虚实自家知。
人生一饱原难事,况有茵陈酒满卮。

自从进了民国,旧体诗中最有趣的便是打油诗,虽然还罩着古旧长衫,离高贵已经有段距离。譬如胡适先生写给周作人的《再和苦茶先生·聊自嘲也》,"不敢充油默,都缘怕肉麻。能干大碗酒,不品小盅茶"。若没有抗日这样的大背景，没有国难临头，打打油还真是挺好玩。然而中华民族已到最危急时刻，再继续打油就有问题。周作人这两首打油诗，显得很不正经，喝喝茶，看看报，吃点猪头肉，放下闲书倚窗坐，一樽甜酒不须辞，完全是两耳不闻窗外事的样子。查当时记录，周作人这段日子最主要的工作就是翻译《希腊神话考证》。

1月30日是旧历除夕，周作人在日记中恶恨恨地写了这么一句：

> 今晚爆竹声甚多，确信中国民族之堕落，可谓无心肝也。

不妨想想当时情形，文化人不讲起理来，让人哭笑不得。凭什么你老人家打油喝茶看报吃猪头肉，却不让老百姓过年放爆竹。毫无疑问，国家到这一步，大家心头不好过，谁会真甘心亡国灭种呢。国家兴亡匹夫有责，事实上此时此刻，很多文化人也没闲着，留美出身的胡适选择出任美国大使，在异国他乡四处演讲，直接影响了美国人的对日态度。梁漱溟先生专程去延安，与窑洞里的毛泽东彻夜长谈，前后共谈了八次，最长的一次通宵达旦。梁希望毛以国家为重，走改良主义道路，毛自然不可能接受，他希望梁读一读恩格斯的《反杜林论》。梁漱溟是学哲学出身，不得不承认自己不太能读懂。三十年后"文化大革命"，《反杜林论》一度非常流行，我祖父我父亲都恭恭敬敬地抄过，我母亲文化程度不高，竟然也抄写过这本书。

1938年1月29日，也就是民俗小年夜，毛泽东致电邓发，请他转给远在苏联莫斯科的王稼祥，说红军大学缺战略教本，让王搜集一些这方面书籍，赶快找人翻印。王稼祥是中共驻共产国际代表，留俄出身，属于"二十八个半布尔什维克"之一，1949年以后的第一任驻苏联大使。都说留日学生比较容易激动，以比周作人小七岁的郭沫若为例，他们情况类似，都是留日，都娶了日本女人，都生了孩子。结果呢，郭沫若抛妻弃子，毅然回国参加轰轰烈烈的抗战；而留在北平的周作人，只是在日记中发牢骚，骂别人没心肝。当时毅然抛妻别子离家出走的，还有留学英国的老舍先生，这位老北平去了武汉，投身到文化人集体抗日的洪流之中。

图穷匕首见，不到最后关头，人的真面目看不清楚。自从鲁迅逝世，说周作人是文坛领袖并不为过，左翼文坛固然很热闹，很受年轻人喜欢，但是内行看门道，真正懂得文章好坏的，显然更看重周作人的文字。因此沦陷北平的周作人一举一动，便有了完全不同寻常的意义。为什么他不能像郭沫若或者老舍那样离开北平呢？张中行先生晚年回忆，说自己当年曾给周作人写过一封信：

> 那是盛传他将出山的时候，我不信，却敌不过一而再，再而三，为防万一，遵爱人以德的古训，表示一下我的小忧虑和大希望。记得信里说了这样的意思，是别人可，他决不可。何以不可，没有明

说，心里想的是，那将是士林的理想的破灭。他没有回信。

不知道周作人有没有收到这封信，即使收到，怕也不会太当回事。不回信意料之中，毕竟那时候的张中行还未满三十岁，是个名不见经传的屌丝和粉丝。不过这确实代表了很多人心愿，在1938年的北平，形势非常险恶，日记中的周作人和现实中的周作人，正激烈斗争，往后退一步苏武牧羊，往前走一步李陵投降。读周作人日记，大有要准备认领苏武的意思。这一年的2月9日，日本大阪每日新闻社在北京饭店召开"更生中国文化建设座谈会"，出席人员不是日本人，就是落水的汉奸，周作人居然长袍马褂，也跻身于其中，一副洒然自得之态。

《大阪每日新闻》刊载了消息，并发表了会议参加者照片。好在是战时，虽然有不太清晰的照片为证，大家听到的还都是传闻，有人愤怒谴责，有人将信将疑，也有人为之辩解。周作人心静如水，颇有些出污泥而不染，在10日晚上，也就是参加座谈会的第二天，又毅然至福全馆，赴日本友人山宝之招宴。在旁人眼里，都是不得了的大事，周作人则泰然处之，清者自清浊者自浊，没觉得这些事有什么大不了。热爱周作人的读者，最后只能用"小事精明，大事糊涂"来形容。与周同岁的日本作家武者小路实笃公开发表了一篇文章，说自己很想派人去慰问周作人，可是在这特定时刻，"或者于他反有妨碍吧。不过正如我爱日本一样，周作人之爱支那是当然的事，我的友情不会得使他人对于周作人之爱支那的事引起什么疑惑的"。

瓜田李下，有些嫌疑必须要回避，黄泥巴落在裤裆里，不是屎也是屎，连日本朋友都明白的道理，周作人不会不知道。武者小路实笃还说，"我想听听周作人对于谁也不曾表白过的真心话。也想听支那的人们对于日本第一希望什么"。周作人据此致信武者小路实笃，也是公开发表，作为推心置腹的回应：

> 现今中日两民族正在战斗中。既然别无通路，至于取最后的手段，如再讲什么别的话非但无用，亦实太鄙陋矣。如或得晤面，则或当说废话发牢骚，亦未可知，但现今却是不想了，读尊作后甚想奉书，又恐多言，如或使更感到寂寞则亦甚抱歉，故只此不赘，诸希谅查。

周作人这封信，很智慧地玩了一回不说之说的把戏，好像没说什么，又好像都已经说了。然而有些事并不是周作人觉得怎么样就怎么样，你自己以为是一片冰心在玉壶，有信心同流而不合污，人家那边已经为你坐实汉奸罪名，中华全国文艺界抗敌协会通电全国，严厉声讨，请援鸣鼓而攻之，声明应立即将周作人"驱逐出我文化界之外，藉示精神制裁"。武汉的《新华日报》发表题为《文化界驱逐周作人》的短评，指出"周的晚节不忠实非偶然"，是他"把自己的生活和现社会脱离得远远的"的必然结果,那些文化界中对所谓"硕子鸿儒""盲目崇拜"的人,应以此得到一次教训,"一个人尽管有了'渊博'的学问,并不就能保障他不会干出罪大恶极的叛国行为来,并不能保障他们不做汉奸"。

由老舍倡议,楼适夷起草,经郁达夫修改的十八人署名的《致周作人的一封公开信》发表了,这封信写得很诚恳,其中不乏精彩段落:

> 我们了解先生未能出走的困难,并希望先生做个文坛的苏武,境逆而节贞。可是,由最近敌国报章所载,惊悉先生竟参加敌寇在平召集的更生中国文化建设座谈会:照片分明,言论具在,当非虚构。先生此举,实系背叛民族,屈膝事仇之恨事,凡我文艺界同人无一不为先生惜,亦无一人不以此为耻。先生在中国文艺界曾有相当的建树,身为国立大学教授,复备受国家社会之优遇尊崇,而甘冒此天下之大不韪,贻文化界以叛国媚敌之羞,我们虽欲格外爱护,其如大义之所在,终不能因爱护而即昧却天良。
>
> 我们觉得先生此种行动或非出于偶然,先生年来对中华民族的轻视与悲观,实为弃此就彼、认敌为友的基本原因。埋首图书,与世隔绝之人,每易患此精神异状之病,先生或且自喜态度之超然,

深得无动于心之妙谛，但对素来爱读先生文学之青年，遗害正不知将至若何之程度……

一念之差，忠邪千载，幸明辨之！

周作人最后成为汉奸，确实让人心痛，也就是张中行说的那个"是别人可，他决不可"。偶像就这么被无情地打破了，"一念之差，忠邪千载"。胡适给周作人写了一封信，寄到北平，是一首含蓄的白话诗：

藏晖先生昨夜作一个梦，
梦见苦雨庵中吃茶的老僧，
忽然放下茶钟出门去，
飘然一杖天南行。
天南万里岂不大辛苦？
只为智者识得重与轻。
梦醒我自披衣开窗坐，
谁知我此时一点相思情。

周作人也写了一首16行的白话诗回答，听说胡适即将赴美，所以寄到华盛顿的中国使馆转交：

老僧假装好吃苦茶，
实在的情形还是苦雨，
近来屋漏地上又浸水，

结果只好改号苦住。
晚间拼好蒲团想睡觉，
忽然接到一封远方的话，
海天万里八行诗，
多谢藏晖居士的问讯。
我谢谢你很厚的情意，
可惜我行脚却不能做到；
并不是出了家特地忙，
因为庵里住的好些老小。
我还只能关门敲木鱼念经，
出门托钵募化些米面，
老僧始终是个老僧，
希望将来见得居士的面。

　　文化人干的事就是有文化，干什么事都是文化。打哑谜，玩太极，走一步算一步，这些都是周作人的强项。他的最终下水，基本上属于温水煮青蛙，一点一点加温，从无到有，从勉强到严重到很严重，最后终于无法回头。似乎游刃有余，很快黔驴技穷，"深得无动于心之妙谛"的周作人，聪明终被聪明耽误，不该参加的会参加了，不该拿的钱拿了，坦然去赴日本人宴会，最后到伪政府里任职，写鼓吹东亚共荣的文章。最让人感到不堪的，他老人家居然沐猴而冠，穿上了日本人的军服，去检阅童子军。

　　一失足，千古恨，文化终于不能再遮羞。关于周作人的下水，有过各种分析各种解释，无论周作人自己，还是那些喜欢他文字的好心人，说来说去，都难免避重就轻，都说服不了别人。譬如编造"地下党"身份，譬如保护了北京大学的校产，玩所谓身在曹营心在汉的把戏，用时髦的网络语言就是千方百计为他"洗地"。然而事实终究事实，墨悲丝染，染于苍则苍，染于黄则黄，再洁白的蚕丝，颜色变了就是变了，饿死事小失节事大，因此"染不可不慎也"。

1942年12月，小日本偷袭珍珠港，太平战争爆发。大汉奸周佛海在日记中哀叹，觉得此战一开，惹怒了强大的美国佬，日本帝国恐怕难逃失败厄运。重庆的国民政府喜出望外，窗户纸捅开了，中美两国终于可以大大方方地联手。中日虽然开打很多年，直到这个时间点，我们的国民政府才正式向日本宣战。作为一名职业军人，黄埔一期生的宋希濂接受记者采访，明确表示他看到了胜利的希望。令人啼笑皆非的是周作人，这位被大家认为充满了智慧的长者，根本不懂什么叫国际政治，看这段时期的日记，不是他请日本人吃茶聊天，便是赴日本人的宴会喝酒，似乎活得非常潇洒。在北平的文化人，遇上日本人找麻烦，第一个本能反应，是赶快去找"周启明"，也就是说赶快找周作人，为什么呢？因为周是可以在日本人那里说上话的。

12月26日，周作人在伪中央电台作广播演讲，讲题为《日美英战争的意义与青年的责任》。一二三四说了很多，每一条都很丢脸，每一句话都可以作为罪证。动不动就是要为东亚民族解放而战，"我们身为东亚民族的人，应当在此时特别紧密联络，团结一致，以对抗英美的侵略，以求本身的解放，这是东亚民族最紧要的时期，我们切切不可以忽略"。责任也好，意义也罢，无论怎么振振有词，都是大东亚共荣圈那一套的胡说八道，出自能写一手锦绣文章的周作人之口，真让人情何以堪。好在当时媒体并不发达，没多少人听广播，讲话稿发表了，也没什么人愿意阅读。人在做天在看，那年头做汉奸也不容易，同样要不停地开会，赶场子发言表态，太平洋战争爆发后的两个月，周作人忙得不亦乐乎，一个会接着一个会开，宴会吃了一顿又一顿。日本人很在乎宣传，而且显然是被暂时的胜利冲昏头脑。

不难想象抗战胜利，周作人应该会有的狼狈，此一时彼一时，早知今日，何必当初。1945年日本人宣布投降，南京和上海开始了对汉奸的大规模检举，紧接着北平也着手清算，周作人曾有过去延安的打算，知道国民政府肯定饶不了他，但是真去投奔共产党，人家也未必会欢迎。结果呢，认赌服输，以汉奸罪被逮，判处十年徒刑，关进了南京的老虎桥监狱。我祖父说起周作人，总是觉得很惋惜，认为他"思想明澈，识见通达，实为少数佳士，即使做奸，情由可原"。现实总是残酷的，大家都不愿意看周作人这样那样，偏偏他就是这样那样了。许广平先生在周作人被抓的那几天，曾在上海对祖父谈起过周作人，说周做汉奸后的"种种表现，皆贪吝卑劣，且为一般文人作奸者之挡箭牌，以为启明先生尚为汉奸，他何责焉"。祖父将这段话记录在了日记上，说自己"闻而怅然"，心里很不痛快。

周作人比祖父大了将近十岁，他弟弟周建人也比祖父大，祖父敬佩周作人的文章，与周建人私交更好，他们在商务印书馆共事多年。"文革"后期，我作为一名中学生，曾经见过周建人，他是人大副委员长，出门可以坐红旗牌轿车，在当时代表着非常高的国家领导人待遇。有一天过来跟祖父聊天，红旗轿车就停在胡同里，不知什么原因，汽车抛锚了，然后又来了一辆，小胡同里一下子停了两辆红旗，很是扎眼，许多孩子远远地在观看。与鲁迅和周作人相比，这位作为三弟的周建人学问如何，我一直弄不太清楚，他当过浙江省省长，还当过共产党的好几届中央委员，后来又是民进的最高领导。

　　我小时候不止一次听父亲说起周作人，他当然也是无意中听大人说的，意思无非周作人这家伙向来言行不一，说是一套，做又是一套，说他过日子太讲究，什么都很精致，要吃好的，要喝好的，文章虽然写得很漂亮，可文章漂亮又有什么用呢，还不是当了汉奸。抗战八年，正是父亲接受中小学教育的年头，他随着祖父逃难到四川做难民，受周围环境影响，对叛国投敌的汉奸深恶痛绝，有一种天生的仇恨。周作人被判徒刑，完全是情理之中，很显然，对于汉奸，仅仅只有一个道德审判还不够，该法办还是得法办。南京夏天很热，老虎桥监狱通风条件非常差，黄裳先生曾有文章记录当时的情景，看见周作人光着上身，笨拙的身体在席子上爬，完全一副斯文扫地模样，旁边还放着个装花露水的小瓶子，显然是用来驱蚊止痒。

研究中国现代文学的都知道，鲁迅与周作人兄弟绝对不能绕开。可以喜欢或者不喜欢他们，但是你必须要有足够的了解，必须认真地去读他们的作品。否则就会有太多人云亦云，就会有太多误读，而人云亦云和误读的重要原因，可能还是因为周氏兄弟文字太多，真要耐心读完并不容易。好文章要慢慢品，与许多研究现代文学的朋友聊天，都会有一种差不多观感，刚开始，你会觉得鲁迅文章好看，像投枪像匕首，看了觉得过瘾，到后来，便会觉得周作人文章更有味道，更好看更耐读。说起周作人的下水，每一代人看法不一样，出发点不同，结果也就不同。祖父那一代读书人，崇尚他的学问，总体来说是敬重和惋惜。父亲那一代，印象中的周作人，也就是一个落水的大汉奸卖国贼，肯定好不了，他的结局是罪有应得。

我们这代人对周作人的观点，相对复杂一点，既没有祖父他们那代人的敬重和惋惜，也没有父辈那代人的轻蔑。我们小时候，汉奸当然不是什么好东西，是坏人，但是国民党反动派也是坏人，所以他们都差不多，都是一丘之貉。还有地富反坏右，很长一段时间，我们所接受的教育，世界上只有两种人，好人和坏人，坏人太多，天下乌鸦一般黑，像周作人这样的便基本上被淹没了。如果不是攻读现代文学专业，不是为了一个硕士学位，我很可能根本不会去接触周作人的作品。问题在于，改革开放以后，右派平反了，地主富家摘帽了，反革命变成一个十分模糊的词，国民党反动派也不是过去那个概念，唯一不太可能更正的是汉奸罪名。

自古汉贼不两立，王业不偏安，老百姓心目中，文章好看不好看不重要，汉奸和男盗女娼一样，永世都不可能翻身。周作人的不幸是遭遇到了北平沦陷这样的乱世，他没有挺身而出，恰恰相反，半推半就地挺身而入，从出世的风流儒雅，变成入世的自甘堕落。周作人之幸运是抗战胜利后，国民党政权很快垮台，改朝换代让他成为真正的隐士，事实上，他只坐了短短三年牢，在解放军还没过江前就被释放。此后的十八年，除了史无前例的"文化大革命"，文化人在劫难逃，他的生活也谈不上太糟糕。政治运动一个接一个，三反五反，反胡风反右，他照样写文章，数量很多，质量也不错，真不能写就翻译，用各种各样笔名发表，每个月有四百大洋仍然入不敷出。

时来天地皆同力，运去英雄不自由。周作人落水本应成为文化人心中永恒的痛楚，毫无疑问，没有人会原谅他做了汉奸这个事实，然而也未必会有多少人太当真。过去一百年，中国文化人一方面不断地扮演崇高，说不完的大话，另一方面又有着太多无耻，太多让人难堪，因此，周作人的故事让人痛心，也容易让人聊以自慰。它给了我们一个可以鄙视他人的制高点，给了我们一个五十步讥笑一百步的机会，仿佛旧时指责邻人偷盗女子失节，人们与生俱来的道德优越感，往往会在不知不觉中油然而生。崇高感的诞生，并不是因为自己真的有多崇高，而是我们觉得别人还不够崇高。口号越喊越响，节操却一次次落地，正因为如此，也就有了后来历次政治运动中文化人的尴尬，有了上纲上线，有了检举揭发批判，有了互相构陷落井下石。

　　中国文化人的最大不幸，不仅仅是遭遇乱世，生命受到威胁，更多是在不知不觉之中，一步步放弃了抵抗。明末清初的时候，面对清廷威逼和诱惑，顾炎武有一句十分体现文人之雄壮的话，"刀绳俱在，无速我死"，意思是说，你再逼我，我就死给你看。人皆有怕死的一面，真到了生不如死地步，死也就没什么太可怕。侯方域没人逼他，并没有刀架在脖子上，大清只用一个恢复科举，就将他给降伏了。因此《桃花扇》的故事精髓，在于国难当头，是与非的判断上，一个妓女很可能比一个文化人更有骨气，更明白道理。做人应该有底线，然而人生之困惑，往往是我们并不知道底线在哪，经常会书读得越多，越糊涂。

　　事实上，有意无意地，周作人一直在悄悄为自己辩护，他可以认错，可以认罪，是不是真在忏悔，只有他心里才明白。巴金先生说起"文革"，认为最大的悲哀是很多人并没有罪，却真心地觉得自己有罪。认罪不认罪，忏悔不忏悔，是一个不太容易说清楚的话题。抗战胜利后那几个月，各路汉奸仿佛热锅上蚂蚁，1945年11月16日，十分平静的周作人写了一篇《两个鬼的文章》，振振有词，痛斥中国士大夫的言行不一致，说他们所做的事，无非是"做八股、吸鸦片、玩小脚、争权夺利，却是满口的礼教气节，如大花脸说白，不再怕脸红，振古如斯，于今为烈"。

　　在这篇文章中，周作人说自己很幸运，终于可以不再与虚伪的士大夫为伍，"吾辈真以摆脱士籍，降于堕贫为荣幸矣。我又深自欣幸的是凡所言必由衷，非是自己真实相信以为当然的事理不敢说，而且说了的话也有些努力实行，这个我自己觉得是值得自夸的"。周作人说所有这一切其实"也只是人之常道，有如人不学狗叫或去咬干矢橛，算不得甚么奇事，然而在现今却不得不当作奇事说，这样算来我的自夸也就很是可怜的了"。听其言观其行，真不敢相信此时的他竟然还能这么说，还能有这样的自信，写完文章二十天后，12月6日，周作人便以汉奸罪被逮，送到北平炮局胡同监狱。

　　周作人说自己文章中向来有两个鬼，一个是流氓，一个是绅士，话说得有些绕，拐弯抹角，不熟悉他文风的人，很可能不明白要表达什么。三言两语也解释不清楚，说白了，就是好文章要包含两种气息，在看似讲道理的文章中要有流氓气，在看似捣蛋骂娘的文章中要有绅士气。一味讲道理难免"头巾气"，一味风花雪月难免轻浮，在写作技巧方面，对于文章之道的精通，周作人绝对是高手和达人，你可以不喜欢他的为人，然而不妨碍欣赏他的文风，学习他的文字。只是欠了账都得还钱，功不唐捐，在现实生活里，在有意无意中，无论是耍流氓，还是装绅士，一定要慎之又慎，认真再认真。

　　士当以器识为先，一命为文人，无足观矣。读周作人文字，还是那种感慨，总会有一种心痛，惋惜他的落水，更痛心他被人鄙视，让人看轻。那些人格上还不如他，那些远比他更不光彩的行为，在政治正确的旗号下，大话空话言不由衷，溜须拍马随大流，争名夺利，动辄上纲上线，检举揭发批判告密，各种无耻和不堪，都可以肆无忌惮，都可以堂而皇之。龙游浅水也罢，虎落平阳也罢，现实就是现实，事实不容改变，祸因恶积罪有应得，周作人显然不足以成为知识分子的表率，他从神坛上跌落，名誉一落千丈，斯文从此扫地，因为他的存在，因为有他这块挡箭牌，中国文化人的整体道德水平，似乎都被拉低了。

2016年2月17日　河西

江南文人

1

刚写了一篇不短的文字谈江南的女性,自古才子佳人,天生一对,地造一双,说完江南佳人,意犹未尽,索性继续嚼舌,顺藤摸瓜,谈谈江南的文人。江南文人以才子著称,有才自然是好事,然而被称作才子,不一定都是表扬。人们常说文人无行,"无行"则是才子们的恶谥。民间老百姓眼里的才子,大都属于唐伯虎一类,地主老财奸污丫鬟使女,是恶霸行径,唐寅调戏秋香,便是风流。文人无行的说法,有一层宽宏大量的意思,好比说小孩子不懂事,偶尔闯祸捅些纰漏,不是什么了不得的大错误,用不着太当真。狗天生要吃屎,文人尤其是才高八斗的文人,似乎有干坏事的专利,有和女人调笑的特权。无情未必真豪杰,唯大英雄能本色,一头扎进脂粉堆里不出来,这样的江南文人可以找出很多。

在中国古代社会，真正官场上混迹，搁哪朝哪代，吃喝嫖赌几样德行，公开的嫖是不能沾的。传说中，明清两代皇帝，都有秘密访问妓院的记录，而且还留下杨梅大疮的疑案。再往前看，宋代的徽宗和妓女李师师相好，并由此打翻了醋坛子，利用职权报复有着共同嗜好的嫖客。这些传说的基础，都建立在皇帝不该去妓院的游戏规则之上，都说明皇帝嫖妓不符合公理，是例外。皇帝可以有三宫六院，寻花问柳，就有失于行为规范。与此相反，那位引起徽宗醋意的周邦彦则不同，周是浙江杭州人，是标准的江南才子，徽宗时为徽猷阁待制，提举大晟府，用今天的话来说，所谓大晟府只是个音乐机关，算不上什么什么几品大员。俗话说，无官一身轻，周邦彦才华出众，能填一手好词，而且精当工丽，格律谨严，被称为"词家之冠"。他的词多半是写给女孩子，这些女孩子又多半是妓，皇帝去妓院是邪门，周邦彦流连平章是正道，恰巧体现了才子本色。要怪也只能怪皇帝跑错地方，在妓女的香巢中，正在鬼混的周邦彦风闻徽宗微服私访，来不及跑，吓得只好躲在床底下。有没有看到皇帝与妓女做爱，且不去细究，窥探和知道皇上的隐私同样也是大罪，据说周邦彦一生不得志，重要原因就在这里。

如果民间故事都可以当真，传说都是写实，名妓李师师一定在徽宗的枕头边，说了不少动听的好话，要不然徽宗心里的疙瘩永远解不开，岂止是不让周邦彦做官，要杀他跟杀只鸡一样。风流必有代价，这代价可能是原因，也可能是结果。古往今来，失意文人总是占着大多数，人生不得意者十有八九，既然失意，便找到了充分堕落的借口。文人本来就不太拘小节，考场名落孙山，官场小人陷害，于是"解心累于末迹，聊优游以娱老"。李白明明失意，却做出得意的样子说：

我本楚狂人，
凤歌笑孔丘。

黄庭坚一生坎坷，在《鹧鸪天》也做出这种佯狂模样：

身健在，且加餐，
舞裙歌板尽情欢。
黄花白发相牵挽，
会与时人冷眼看。

放浪形骸似乎是中国文人的一个传统。难怪范仲淹在《岳阳楼记》中，要振臂一呼，号召大家不要自说自话，胡乱找借口，要"居庙堂之高则忧其民，处江湖之远则忧其君"，人生无论是否得意，官场或进或退，都不能失其人文精神。风流得理直气壮，这是不对的。国家兴亡，匹夫有责，读书人一头栽在女人身上，整日风花雪月，儿女情长，结果便只有亡党亡国。

人之初，性本善，性相近，习相远。根据老祖宗的教导，人类身上的种种坏毛病，都是后天造成的，循乎理者则为贤，纵乎欲者则为不肖。人能够纵乎"欲"，似乎又是对性本善的讽刺。清朝的袁枚是浙江人,他来到南京做官,做了几任县太爷,突然对官场失去兴趣,便在南京的小仓山买了一块地,修了随园。他身上的那点才子气,可谓发挥到了极致,别人是因为不得志,所以醇酒美人,落魄才当名士,官场失意才消沉,袁枚则不然,他的自供状很幽默:

不作公卿,非无福命只缘懒;
难成仙佛,又爱文章又爱花。

真是一个活脱的江南才子写照。袁才子的意思,当才子就当才子,用不着这样那样的借口。中国文人的立足点,从来是在做官这一点上,写诗作词,琴棋书画,都是业余爱好。只有当了官,才能算修得正果,要不然,都是不务正业,都是旁门左道,后人以古人的文章好坏,来看文人的成就大小,古人却不是这样,虽然写文章立言,也是件重要的事情,但是和立功立德这样的大是大非相比,已经远在其次。至于立功立德如何衡量如何判断,最简单的办法,就是看能做多大的官。袁枚也算是名重一时的人物,有《小仓山房集》,有《随园诗话》,还有《子不语》,但是在馆阁诸公的眼里,仍然是野狐禅,算不得文化人的楷模。

2

唐伯虎是世人眼里的风流才子,袁枚则是士大夫心目中的花花公子,他修建了名震江南的"随园",好得连皇帝都眼红。乾隆下江南,曾专门派人去他家描图,以便回京修皇家公园时参考。袁枚有一大帮的姨太太,这还不过瘾,妙在还有一大群跟着学写诗的女弟子,所谓"素女三千人,乱笑含春风"。浩浩荡荡的江南才子大军里,似乎只有袁枚配得上"风流教主"的雅号,他活的时候轻松快活,死了也没被戮尸、查禁著作。有名的江南文人十有八九,没什么好结果,轻则罢官解职,重便流放掉脑袋,这是名重一时的江南文人常见的结局,而袁枚则以善终让人羡慕不已。

袁枚选择南京定居,有一个重要的理由,是"爱住金陵为六朝"。魏晋风度历来是江南才子们仿效的样板,是精神上的源头。事实上,六朝之前,江南并没有什么出色的文人,大文人没有,甚至小文人也不多见。江南仿佛小商品批发一样的出文人,这都是后来的事情。孔子孟子是北方人,庄子是北方人,古时候有名有姓的,差不多都是北方人。老子的籍贯有争论,其中一个观点说他是楚人,江南虽然也曾经是楚地,那是被楚国征服以后的事,和老子的楚仍然挨不上。楚人中有出息的文人屈原和宋玉,同样与江南无关。

江南像样一些的文人最初都是北方人,永嘉南渡,大批士子拖儿带女,一下子全跑到江南来了。江南文化在一开始就是北方文化的缩影,因此,江南文人骨子里还是北方文人,这北方是失败的北方,是异族大举入侵时仓皇南逃的北方。北方汉人逃往南方是迫不得已,那时候的江南,经济谈不上富庶,文化十分落后。在骄傲的北方人眼里,江南地广人稀，饭稻羹鱼，或火耕而水耨，虽然地势饶食，无饥馑之患，但是一个个都是天生的懒鬼。北方的汉人移居南方，真是委屈了他们，是不得已而为之，南蛮鴃舌之人，很长一段时间里，不入北人的法眼。

都说魏晋时期，文学开始自觉，读一读《世说新语》，便一切都明白。这是一个文人辈出的年代，既有建安七子，又有正始名士和竹林名士，这些辉煌的人和事，其实都发生在北方。建安七子的孔融被曹操杀了，正始名士中，三位主将除王弼二十多岁早死，余下的两位也被司马懿所杀，竹林名士有七贤，嵇康被砍了脑袋，一杀再杀又杀，留下一条性命的，只好老老实实地学乖。在那个特定时代里，学乖最好的办法是装糊涂，于是就吃五石散，一种和毒品差不多的药，吃下去，浑身会发热，甚至发狂，产生奇异的幻觉，见了苍蝇，也要拔出剑去追。要不就喝酒，猛喝，一个个都成了酒徒，成天醉醺醺说酒话，司马昭想和阮籍结成儿女亲家，阮籍一醉两个月，硬把这场婚事躲了过去。

南渡以后，北方的文人成了南方的文人。既然是失败的北方，此时就谈不上什么强秦雄视天下，也没有一点点西汉的恢宏广大，聊以自慰的一点魏晋风度，因为接二连三掉脑袋，此时迅速堕落变质，只剩下一些空谈和装疯卖傻。六朝虽然紧接着魏晋，在文风上看似一脉相承，然而骨子里其实就只有软弱两个字，史家所谓"气格卑弱"。西晋已经亡了，南来诸人无所作为，唯一的发泄机会，便是在饮酒游宴时，面对良辰美景，哭着说："风景不殊，正自有山河之异！"这类伤感的话可怜兮兮，结果便是让大家流眼泪，哇啦哇啦一起哭。

江南文人所继承的，正是这种颓败的北方文人的传统。古老的吴越文化，究竟什么样子，江南文人其实并不清楚。根据吴越争霸的态势看，春秋时期的吴人和越人，并不像后来那么柔弱，吴王夫差一度称雄为霸，越王勾践卧薪尝胆，都有过可歌可泣的历史。成者为王败者寇，越灭吴，楚亡越，秦始皇统一中国，江南的民风一变再变。都说是一方水土养一方人，而人是可以流动的，北方人来到南方变软弱了，这是一个错觉，因为来南方之前的北方人，已经没有多少硬骨头。鲁迅先生《魏晋风度及文章与药及酒之关系》，是谈及魏晋时期最有趣的一篇文章，他在文章中引用了刘勰的话：

> 嵇康师心以遣论，阮籍使气以命诗。

嵇康师心掉了脑袋，阮籍也就不敢再使气，而师心和使气恰是魏晋风度的精华所在。南渡的北方文人，把盛行一时的老庄玄学，带到了南方，既然干涉政治会掉脑袋，那么空谈喝酒和装疯卖傻的种子，便会在南方湿润的空气中，生根发芽，蓬勃发展，并结出丰硕的成果。六朝人物紧接着魏晋，然而魏晋风度中的精华已不复存在。"大抵南朝多旷达，可怜东晋最风流"，旷达和风流既可以是好辞，也可能有贬义，总之一句话，北方文人是因，江南文人是果，江南的文人其实是为北方文人枉担了骂名。

江南文人常常挨骂,有其活该的一面。在魏晋时,文人们大约还是佯狂,南渡以后,越来越不像话,到后来,索性就真的破罐子破摔,不想好了。阮籍在北方的时候,喝酒归喝酒,毕竟写出一些像样的文章,《晋书》上说他"博览群书,尤好庄老":

> 籍本有济世志,属魏晋之际,天下多故,名士少有全者,籍由是不与世事,遂酣饮为常。

到了六朝时期,江南文人喝酒不输给阮籍,荒唐和放纵有过之无不及,写文章,差不多一篇像样的东西,也写不出来。在《魏晋风度及文章与药及酒之关系》一文中,鲁迅曾以很生动的文字写道:

> 因为他们的名位大,一般的人们就学起来,而所学的无非是表面,他们实在的内心,却不知道。因为只学他们的皮毛,于是社会上便很多了没意思的空谈和饮酒。许多人只会无端的空谈和饮酒,无力办事,也就影响到政治上,弄得玩"空城计",毫无实际了。在文学上也这样,嵇康阮籍的纵酒,是也能做文章的,后来到东晋,空谈和饮酒的遗风还在,而万言的大文如嵇阮之作,却没有了。

东晋时的王孝伯曾担任过刺史，不算太小的官，但是这位老兄读书太少，又不熟悉用兵，光知道空谈和笃信佛教，结果在战乱中被杀。这么一个活宝，《世说新语·任诞篇》上，却留有他大言不惭的语录：

> 名士不必须有奇才，但使得常无事，痛饮酒，熟读《离骚》，便可称名士。

南渡前后，江南发生了翻天覆地的变化，这里既然是北方人征服的领域，在文化上，拼命向北方看齐便是必然的事情。江南的文人只不过是继承和发扬光大了北方文化人的名士传统，事实上，早在南渡之前，北方文化已先一步地大举南下，东汉灭亡以后，江南民风向北方学习已经蔚然成风。当时的江南士族，都卷着舌头学习洛阳话，结果南腔北调，反而制造出一种很怪的杂交方言。北方人的习俗，成了江南人追求的时髦，人有时候就这么贱，北方人越看不上南方人，南方人越不自信，越巴结北方的文化。亲眼目睹这种变化的葛洪，在《抱朴子》中以居丧为例，说明江南如何受北方影响。吴国之风俗，人死了，往往丧过于哀，换句话说，非常讲究形式主义，很把死人当回事，晋室东迁以后，南来诸人把魏晋名士的放诞带了来，于是"居丧不居丧位"，停尸期间照样"美食大饮"，比北方的还要不像话。随着时间的发展推移，江南名士的放荡不羁、任诞空灵，与魏晋相比，处处有过之无不及，差不多成了日后才子们的标签。

3

六朝时期是江南文人大领风骚的年代，这一段的文学史，江南文人撑足了场面。苏东坡称赞韩愈"文起八代之衰"，我一直没闹明白，所谓"八代"，究竟是哪八代，反正软弱的六朝逃脱不了干系。江南文人出了几百年的风头，终于被人逮住机会好生收拾，口诛笔伐，揍得鼻青脸肿。代表人物是唐宋八大家，他们提倡古文，反对骈文，矛头直指六朝文风。这八大家对后世的影响极大，只要看看最流行的《古文观止》，数一数那里面所选的文章篇目，便可以知道厉害。

唐宋八大家中，没有一个江南文人。江南文人在六朝，过足了文字游戏的瘾，骈四俪六，锦心绣口，一个个都成了花架子。"八代"之文未必像苏东坡说得那么衰，那么一无是处，说骈文中没有好文章，绝不是事实，但是骈文的路越走越窄，发展到后来，完全忽略了思想意义，只去堆砌华丽的辞藻，玩弄稀奇古怪的典故，音调声韵方面的限制越来越多，便一头钻进了死胡同。

政治上，江南在此时已失去了领导地位。隋朝的建立，标志着黄河流域的汉人重新一统天下。六朝的都城南京，被隋文帝下令放火烧掉，江南的政治文化中心地位，转眼间灰飞烟灭。从统治者角度出发，既然黄河文化的地位已经确定，具有挑战意味的长江文化，便是一种不安定因素，必须扼制和制裁。走向末路的六朝文学传统，在隋唐遭到痛击，这是历史必然，然而作为一种文学传统的影响，却仍然贯穿了整个唐朝。韩愈和柳宗元的古文，并没有一下子就扭转了骈文的地位，韩柳在当时的影响和地位，远不如后来。他们只是开始，古文运动真正成为气候，还得等到北宋，到欧阳修王安石以及苏氏三杰手里，这才轰轰烈烈，从此逐渐称霸文坛，一直熬到五四新文化运动。

江南文人在隋唐以及北宋，实在没有什么太大的作为。经济上，江南似乎再也不会萧条，已成了名副其实的鱼米之乡，但是文化上又不得不仰望北方。唐诗中并不缺乏江南人，大诗人几乎和江南无缘。根据《中国大百科全书》的人名统计，唐朝人才分布的比例，排名前五的是陕西、河北、河南、山西、山东，江苏虽然排名第六，其实是中间包含苏北的缘故，像徐州，完全应该算作北方。至于浙江，竟然排名于甘肃之后，差不多只是排名第一的陕西的十分之一。这个统计数据，和六朝之前的两汉大致差不多。历史绕了一个圈子，又回到了原来的起点上。

北宋的人才，自然还是黄河流域占上风。排名前几位的是河南、河北、山西、山东，唐时的老大哥陕西开始衰落，已落到长江流域的省份如江苏、四川、浙江、江西之后。值得指出的，是到了北宋期间，江西的文人迅速崛起，在人数和成就两方面，都实实在在超过了江南。唐宋八大家中，除了韩柳和苏氏三杰，余下的三位江西人，像欧阳修、王安石，都是文坛领袖级别的人物，曾巩名气虽然稍弱一点，但是他的文笔简洁锋利,像《越州鉴湖图序》,也是不可多得的好文章。古文之外,黄庭坚不仅字写得好,他开创的江西诗派风行一时,晏殊和他儿子晏几道的词,是南宋词创作大繁荣的先声。

江西文人的崛起,似乎是一个明显信号,这就是政治中心仍然还在北方,由于经济的原因,文化中心已经向长江流域倾斜。江西文人加上江南文人岭南文人,已是一股不可小觑的力量。随着北宋的崩溃,南宋定都杭州,汉文化的中心又一次完全转移到南方。江南文人扬眉吐气的日子终于来了,有人对《宋史》中的儒林人物进行统计,浙江一跃为首,遥遥领先于其他各省。不仅是儒林,当宰相的,写词的,绘画的,都是第一。

三十年河东,三十年河西,宋朝南迁,和西晋东移,原因差不多,结果也有很多相似。都是失败的大逃亡,骨子里都缺钙,都有软骨病。江南文人似乎只有处在尴尬的地位上,才有大显身手的机会,而后人探讨"国民性",检讨中国人的种种毛病,追溯其源头,大都喜欢从宋朝南迁开始。到二十世纪三十年代,罗家伦在南京就任中央大学校长,在演说中,提出了"诚,朴,雄,伟"的学风。所谓雄,是"要纠正中国民族自宋朝南渡以后的柔弱萎靡之风",换句话说,就是要补钙,要治软骨病。

江南文人在南宋时期,并没有走六朝文人的老路,历史不可能简单重复。江南文人中,既出秦桧,也出陆游这样的爱国诗人。爱国诗成了江南文人创作的重要主题。南宋诚然无法和大唐相比，宋诗当然没有唐诗的雄浑，但是宋人用自己的脚，走出了新路。宋诗自有文学史上的独特地位，这一点，钱钟书先生的《宋诗选注·序》评价最为精确。南宋军事上算不上强大，文化艺术却不能不说厉害，宋词前无古人后无来者，音乐绘画都达到了前所未有的高度。江南文人此时已羽翼丰满，不是一句"江郎才尽"能轻易打发。

宋以后的江南文人，差不多成了一支职业军团。能插上一脚的地方，都能见到江南文人忙碌的身影。官场上，有各种大大小小的俗吏，得志的和不得志的，挤成一团。风月场合，酒楼妓院，达客贵人的府上，富商的后花园，江南才子们大显身手。写诗，填词，玩小曲，画几笔文人画，编几出传奇剧，江南文人一个个都是才子，在家是有名的居士，出家是有名的高僧，而且天生适合帮闲的角色，做清客，做讼师，做幕僚，甚至做账房先生。

按照唐宋八大家的思路，江南文人大都不能及格。然而江南的文人实在太多，真正继承唐宋八大家衣钵的传人，仍然出在江南。明朝的归有光唐顺之，为维护古文运动的正宗地位，不懈努力，终于成了地道的八大家弟子，成为后来风行一时的桐城派的师宗。他们不仅在维护上立下了汗马功劳，在八股文方面，也成为一代俊豪。我对八股文没什么深入了解，只知道归有光的八股文写得很漂亮。古文名家中，许多都是八股文的高手，八股文和骈文一样，似乎也不该一笔抹杀。

归有光和唐顺之是江南文人中很不错的代表，他们把唐宋八大家的文章，抬到了吓人的高度。就影响而论，八大家只是后劲大，是因为不断地有人吹喇叭抬轿子，才逐渐成为气候，其实在当时也就那么回事，完全不像后人标榜的那样。古人的包装和今天不太相同，那时有时间差，弄不好要隔好几百年。韩愈在世的时候，并没有几个人说他的文章好，他的地位是隔了一个朝代的欧阳修和苏东坡硬捧出来的。即便这样，韩愈文章的高度也不是一步到位，在明初的文坛，"文必秦汉，诗必盛唐"，此时要说八大家的散文好，绝对会得一个没文化的罪名。唐宋八大家如雷贯耳，成为中国古代散文的正宗，这是后来的事情，是归有光唐顺之他们闹的结果。

我一度对归有光很入迷，对《项脊轩志》和《寒花葬志》百读不厌，那时候还不知道他是八股文高手，只知道考场并不得意，很大年纪才考上举人，以后玩命考进士，可怜考了八次，也没考上，于是赌气不考了。倒是他的弟子在科场很得意，福星高照，一考一个准，归有光在文坛上有那么大的名，似乎也和那些得意弟子有关。师出名门这是个惯例，水涨船高，师徒之间可以相互照耀，相互沾光。我因为归有光的关系，才去读八大家的散文，读了八大家，再读《史记》，已经是拜访老师的老师。按师承关系去读书，有时候是一件很有趣的事情，钱钟书先生曾举过一个著名的例子，如果喜欢鸡蛋，没必要去研究下蛋的母鸡，可是人有时候就喜欢做没必要的劳动。

江南文人丰富多样，自古文人都是要相争的，派系观念因此很强，无论抬高还是贬低，都免不了意气用事。好在江南文人人数众多，宋以后的历次文学运动，差不多都能插上一脚，占些位置。事实上，真正能把文人集合起来的也许只是科举，文风是一回事，诗歌流派是一回事，考场这一关谁也逃脱不了。考试让人到了同一起跑线上，大家不得不对是否金榜题名心服口服，科举是文人的唯一出路，是否有功名便成了衡量一个人成就的绝对标准。这标准横行了几百年，辛亥革命推翻了封建王朝，遗老们谈起革命党来，有两个江南文人的印象总算不太坏，一个是蔡元培，另一个是吴稚辉，印象不坏的原因是这两位有举人的头衔，是有功名的人。

　　江南文人在明清两朝科举中，如鱼得水，取得了骄人成就。江南出文人，首先表现在科举上。逐鹿中原，舞枪弄刀，这不是江南才子们的强项。才子的刀枪是手头的一支秃笔，这支笔未必能得天下，却可以捞个官做，混碗饭吃。学而优则仕导演了一场和平的战争，不流血，一样刀光剑影。《儒林外史》第一回"说楔子敷陈大义，借名流隐括全文"中，王冕一边喝酒，一边指着天上的星对人说："你看贯索犯文昌，一代文人有厄。"贯索和文昌是两个不同的星座，贯索有九颗星，象征牢狱，文昌有六颗星，如半月形，被认为是主持文运，贯索犯了文昌，天下的文人便要倒霉。王冕说的厄运就是科举，他听到这消息，第一个反应是要坏事，因此不无担心地预测："这个法却定的不好，将来读书人既有此一条荣身之路，把那文行出处都看轻了。"

明清两代，一是汉人统治，一是满人当权，就科举而言，大同小异，是一丘之貉。江南文人成了应试的常胜将军，在明代，浙江和江苏能入《明史》的列传人物，占据了前两位，进士及第人数分获第一和第三，中状元的人数占第一第二。到了清朝江浙两省势头更猛，尤其是江苏的苏南，已明显超出自宋明以来，一直排名于前的浙江。清朝一共只有一百十二个状元，苏南的仅苏州一府，就出了二十五人，而这二十五人，又恰好是江苏状元人数的一半，如果再加上浙江的状元，成就便更可观。

状元如此，进士及第更是大把大把地抓。江南文人在考场上，证明了自己的价值，究其根源，还是和江南的经济繁荣分不开。经济是基础，有了这样的基础，读书人才有出头之日。然而经济基础和科举得意，并不能完全证明江南文人如何了不得。事实上，江南文人如果没有思想支撑，永远都是酒囊饭袋。

4

明清之际，江南文人数量上占有绝对优势，就其品质而言，江南文人能让后人立为楷模的并不太多。科举制度从明朝开始步入极端，一部《儒林外史》便是最好的记录。明太祖朱元璋和他的儿子明成祖，政治上是一流好手，对待知识分子，总有点格格不入。或许是出身的缘故，这两位大明的皇帝，最容不得文人的傲气，作为天子，他们喜怒无常，拿文人当人时，"金樽相共吟"，不当人，说翻脸就翻脸，动辄"白刃不相饶"。明初著名的诗人高启，因为两句"小犬隔花空吠影，夜深宫禁有谁来"，引起朱元璋的猜疑而被腰斩。另一位名气不太大的诗人，在谢明太祖赐食的诗中，写了几句"金盘苏合来殊域，玉碗醍醐出上方""自惭无德颂陶唐"，其中一个"殊"字，被拆解成"歹朱"无德，于是推出斩首。

明成祖杀文人比其父更狠更残忍，方孝孺一案，株连九族，为了方孝孺曾说过一句"即便是株连十族又何仿"，于是朱棣为成全一个"十"，又滥杀了方孝孺的学生。在统治者高压政策下，无权无势的儒生寒士，只能噤若寒蝉，无所作为。从大趋势上看，江南文人的黄金年代是明末清初，这一时期的大动乱，知识分子获得了统治阶级想管又暂时管不了的相对自由。这时候出现了顾炎武，出现了黄宗羲，明末清初的江南文人很会闹事，因为会闹，所以很热闹。以江南文人为主体的东林党，借着反对阉党起家，经过一次次的党锢，终于在晚明时成了气候。

东林党人第一次有组织地体现了江南文人的力量。晚明的士风，不外乎两条道路，一是醉生梦死，腐化堕落，以出世态度远离官场，所谓张岱的"好精舍，好美婢，好娈童，好鲜衣，好美食，好骏马，好华灯，好烟火，好梨园，好鼓吹，好古董，好花鸟，兼以茶淫橘虐，书蠹诗魔"，在这一条路上，出现了写和读《金瓶梅》的文人。另一条路是入世，读书致用，学而优则仕，前有东林，后有复社，崇祯年间，复社成员曾在南京苏州两地碰头多次，根据当时留下的与会名单，共有两千零二十五人参加了聚会。这么大的规模，似乎也可以作为资本主义的萌芽来考察，同志一词，也就是在那时开始流行起来，"出处患难，同时同志"，复社雅聚的直接目的，是为了制止阉党余孽的猖狂进攻，这一目的，当时确实已经达到。在晚明，东林和复社俨然成为革命组织，江南文人皆以是组织中人引为自豪。

江南文人在明末清初这一特定历史阶段，表现得很暧昧。大敌当前，亡国差不多已成事实，无论是阉党，还是复社，党争代替了团结一致御寇，涉嫌报复成了一种公开的手段。《桃花扇》以戏曲的形式，记载了当时的尖锐冲突，失势的阮大铖企图讨好复社成员侯方域，结果遭到了李香君的怒斥。和江南文人相浮相沉的秦淮八艳，旗帜鲜明地站在反对阉党的一边，这种冲突导致了阮大铖后来对复社成员的残酷迫害。清军入关以后，一度处于劣势的阉党余孽马士英和阮大铖，一度把持了南明小朝廷，为了排除异己，马阮之辈借口复社中有人参加过大顺农民军，因此制造了"顺案"。国家都到了这一步，还是闹，临了真把国家给闹亡了。

亡国了，何去何从，大是大非，活生生地就摆在面前。虽然结果证明，所有的抵抗都是徒劳，仍然有一些江南文人参加了抵抗运动。黄淳耀和侯峒坚守嘉定，陈子龙和夏允彝起兵松江，顾炎武和吴其沆在昆山举事，仅仅从军事的角度出发，这些抵抗无济于事。秀才碰到兵，有理说不清，亡羊补牢已经来不及，但是江南文人表现出的这种姿态，怎么说也是一个亮点。可惜这些亮点稍纵即逝,接下来的表现便太令人失望。明亡于清是中国历史上的大事,对于清帝国来说,它不过是摘了一个熟透了的桃子,是水到渠成,顺理成章。明朝的统治阶级自毁长城,自己挖了自己的墙脚,阉党弄权,党争不断,江南文人以及整个中国文人的颓废倾向,饥荒遍地,农民起义此起彼伏,于是好端端的汉人天下,落到了满人手里。撇开狭隘的汉民族正统观念,明亡于清其实是历史进步。晚明是一个无法收拾的烂摊子,以亡国的必然性而言,明朝的崩溃在劫难逃。大声疾呼"国家兴亡,匹夫有责"的顾炎武,虽然提出了警告,似乎也没有起到多大作用。

> 有亡国,有亡天下。亡国与亡天下奚辨?曰易姓改号,谓之亡国;仁义充塞而至于率兽食人,人之相食,谓之亡天下。
> ……是故保天下,然后知保其国。保国者,其君其臣,肉食谋之;保天下者,匹夫之贱,均与有责焉耳。

对于后人来说,明亡于清,有两点痛心疾首,对于老百姓,连年战乱,家破人亡妻离子散,天下已亡,国何以堪。对于知识分子,除了普通老百姓的痛楚之外,还有一个逐渐丧失思想自由的过程。明末清初的江南文人,思想十分活跃,明朝亡了,思想自由的惯性仍然存在,清政府在一开始,对江南文人多少有些放纵,和明朝初年的两位皇帝相比,清初的几位皇帝肚子里更有文化,虽然是满人,他们的汉学基础以及对传统文化的认识,要比朱姓皇帝高明不知多少。正是因为高明,一旦着手收拾江南文人,一下子就能置于死地。

用不着苛求江南文人的亡国责任,要检讨的只是江南文人身上固有的软骨病,这种软骨特征,不仅表现在抵抗无力,更表现在经不起读书做官的强烈诱惑。明末清初的江南文人,并不缺乏不怕死的义士,但是不怕死,并不能说明就能抵挡得住官场的诱惑。迫切地想当官是文化人的死穴,中国历来讲究学而优则仕,学而优当官本来是个好传统,和世袭制度相比,让读书好的人处在领导岗位上,总比靠前辈的福荫好得多。因此,在一方面,中国科举制度的功劳不能一概抹杀,富不过三代,万般皆下品,唯有读书高,读好了便有官做,这是最公平的竞争。然而,在另一方面,僵硬的科举让读书人都读傻了,学而优则仕走向了反面,成了读书人只有做官这一条绝路。

清朝的科举和明朝如出一辙,仅此一项,江南文人对于亡国的惨痛,就抚平了一半。亡什么国,不就是改朝换代,那时候的文人,虽然不至于说满人不是汉人,也是中国人,因此大好河山落在清人手里,不能算是亡国,但是"六年忠义好凄凉,一阵夷齐下首阳"之后,清朝统治者恢复科举,读书人眼见着出人头地的日子又来了,于是一个个"身上安排新顶戴,胸中整顿旧文章",又神气活现地出现在考场上。满人不仅在军事上彻底打败了汉人，也用官场的乌纱帽为鱼饵，将汉人完全制服。

江南文人中，只有少数人讲究民族大义，绝大多数都下水当了汉奸。在明末清初，并非只有投降这一条道路，像顾炎武黄宗羲那样铁了心做遗民，也没有多少性命之虞，可是科举的诱惑，牵着江南文人的鼻子，却在这条小道上一路走到黑。前面已经说过，秦淮八艳之成名，和江南文人的交往分不开，譬如李香君的养母贞丽，不仅"有侠气，尝一夜博，输千金立尽"，而且"所交接皆当时豪杰"，因此有其母则有其女。后人力捧秦淮八艳，要害就在于说明江南文人的缺钙，到关键时候，只注意到了生前，已顾不上身后，什么民族大义，什么亡国灭种，什么遗臭万年，都忘得干干净净，临了，连秦淮河边的风尘女子都不如。遥想当年，东林党人和魏忠贤的阉党斗争，复社党人大骂阮大铖，即所谓轰轰烈烈的"南都攻阮"，他们的集会地点往往是在妓院，那时候，这些人是如何的光明正大，如何的正气凛然。他们能打动秦淮河边妓女的法宝，不是大把大把的银子，而是疾恶如仇的一股正气。

江南文人感到无地自容，是他们和阉党斗争了一辈子，结果在科举这根指挥棒的调度下，不仅和阉党中人一起携手走进考场，而且把当年的根深蒂固的党见分歧，也一并带入清朝官场。清初的几位皇帝眼里，汉人的党争十分可笑也十分可恶，党人们相互勾结，相互排挤，"人人各亲其亲而私其党"，解决这种结党营私的最好办法，就是把天下智谋之士都掌握在自己手中,让他们狗咬狗,自相残杀。江南文人和阉党的斗争,某种意义上来说,也是南人和北人的斗争,在最初的较量中,江南文人又一次堕入下风。譬如代表东林和复社党人的陈名夏,丢人也算丢到家,先是明朝的状元,有着不算太小的官衔,李自成入京,俯首称臣,清兵入关,又俯首称臣,是标准的奴才坯子。他在清初也算一名得到重用的汉族大臣,是江南文人在清廷中的一面旗帜,而他昔日的对头冯铨,作为阉党和北人的代表人物,同样也是清朝的重臣。陈名夏竭力替主子卖命,吃辛吃苦地干了好多年,然而在讨论汉人是否留辫子时,为一句"留发复衣冠",竟然谪戍充军,另一说法更惨,是索性掉了脑袋。

5

江南文人在清朝开国初年,还真捞到了一些做官的机会。满人是征服者,一个个都是马上英雄,喜欢打仗,好武功非文治,对于具体的管理事务,有些不耐烦。"明季失国,多由偏用文臣",满人为了吸取这一教训,不屑于做那些婆婆妈妈的事情,因此有关管理方面的琐事杂务,便让投降的汉臣去做。他们既然当了主子,免不了要多招收些奴才,中国的历史上,最不缺乏的就是奴才。江南文人如鱼得水,成群结队地到清朝的官场里去打工,是人是鬼,赶紧捞个一官半职。

统治者收拾文人,本来迟早的事情,翻开中国的历史,不收拾文人反倒是桩怪事。江南文人翻不了天，翻不了，也要收拾。在清人眼里，和元朝的蒙古人一样，中国人大致也可分为四等，汉人中的北人和南人，分别被列在最后两等，而南人是最心怀叵测的。清统治者对待江南文人，先是放纵，暂时不管你们，然后按部就班，一步一步了结。在明末清初，江南文人多少还有些傲气，清朝逼顾炎武出来做官，一而再，再而三，他就是不肯出山，不出山也没怎么样。许多人当了遗民，清朝皇帝网开一面，心里有火也先憋着，急着要做的事太多，还顾不上这些。

　　清因明制，恢复了科举，江南文人从羞答答，逐渐过渡到神采飞扬地走向考场。清朝皇帝终于找到了收拾江南文人的机会，顺治十四年，南北两个考场都出现了作弊现象，于是引起了科场大狱。贿通试官，卖买关节，这本是明朝留下来的陋习，可是此时却给了清政府最好的借口，正好用来打击汉族士子的气节。汉人总是觉得自己了不起，了不起却又要忍不住考场作弊，还有什么狗屁的气节可言。这一次科场大狱，牵连之广，杀头和流放之多，创中国有史之记录。被杀头的大都是主考的考官，而参加考试的众多举子，一个个也人人自危，惶惶不可终日。为了鉴别是否作弊，要进行当堂复试，复试不合格就有作弊之嫌，就得治罪。仅此一个刺刀下的当堂复试，读书人的"士风士气"，便"荡扫无遗"。

　　江南文人引以为豪的那种气节，南都攻阮时的团结，松郡起义时的豪迈，仿佛让人迎面扇了个大耳光，顿时无影无踪。总算还有一个叫吴兆骞的,在复试时,多少有些骨气,没有尿湿裤子。当时,凡有通关节嫌疑的举子,都聚集中南海的瀛台,在皇帝的眼皮底下当堂复试。谢国桢在《清初东北流人考》一文中,曾描述了当时的情景:

> 复试时举子仍是戴着刑具,和犯人一般,每举人一名,命护军二员,持刀夹两旁作严厉监视,与试的举子,悉惴惴其栗,几不能下笔,如何能做得起文章。汉槎很愤慨地说:"焉有吴兆骞而以一举人行贿的吗?"遂交了白卷,皇帝自然要生气,凡不中试的举人,都把他们打了四十大板,充军到宁古塔去!并且把他们的父母兄弟妻子都连同谪戍,这样子看他们还胡闹不胡闹。

汉槎是吴兆骞的字,江南吴江人,少年得志,恃才傲物,曾对当时极有文名的汪琬说:"江东无我,卿当独步。"早在参加科举前,吴兆骞就是赫赫有名的人物,明亡之后,他现成的大名士做得有些不耐烦,出山应江南乡闱,本意是想随手捞个官做做,不料竟遇上了奇祸,流放东北。东北虽是满人发迹的地方,但是在当时却非常荒凉,对于一个习惯于江南生活的人,北国的天寒地冻,真把他折磨得够呛。如果说在复试时,吴兆骞身上多少还体现了一些江南文人的名士气,流放数年之后,他除了可怜巴巴地盼着返回老家,已经没什么别的奢侈的欲望。吴兆骞在关外待了二十三年，终于得到皇帝的恩准，带着老婆白首同归。据说吴兆骞写的一篇祭长白山赋，以其文字瑰丽，打动了康熙。这显然是一篇拍马屁的文章，因为这篇文章，皇帝脸上露出笑容，于是大家捐款，用钱将吴兆骞从关外赎了出来。

去清朝的官场谋事，在明朝的遗民看来，已经是丢人现眼，吴兆骞经此一折腾，读书人的斯文彻底扫地。如果说科场之狱，只是收拾了那些有意仕途的读书人，这些人本来已经失节，是大姑娘偷人，是寡妇再醮，罹祸咎由自取，是活该，那么另一路自以为天高皇帝远，躲在江南做名士的文人，却因为几乎是同时期发生的"哭庙"事件，灾难从天而降，莫名其妙地惨遭迫害。一六六一年，顺治驾崩，哀诏到了苏州，例于府堂设幕，"哭临三日"，苏州的老百姓趁江苏巡抚在庙，借机向他请愿，要求罢免新任吴令任维初。这任维初是山西人，做了苏州的地方官，别的能耐没有，横征暴敛却是第一等高手，上任伊始，就剖开大竹爿数十片，在尿里浸着，警告说：

> 功令森严，钱粮最急，国课不完者，日日候此，负欠数金者责二十，欠三钱以上者亦如之。

这是一位偏爱打人屁股的汉人官员，喜欢打屁股，同样是明朝的陋习。苏州人想，你又不是满人，何至于如何凶恶，大家都是亡国奴，相煎何必这么着急。于是串通起来驱任，没想到江苏巡抚朱国治不是黑脸的包公，恰巧是任维初的后台，这一刁状撞到了枪口上，朱国治不帮着苏州老百姓说话，反以"震惊先帝之灵"为由，参奏哭庙的人为大逆不道。本来只是一桩小事，由于双方都是汉人，清统治者索性小题大做，把那些早就想收拾的另一路江南文人，狠狠惩膺一下。结果自然是杀头，不是杀一个人，而是杀一连串。这一连串中，最知名的就是批《水浒》的金圣叹。

金圣叹是江南才子的一个典型，他身上洋溢着的名士气，直到今天仍然为人津津乐道。明亡后，他不得已参加会试，以"如此则心动乎"为题作文，篇末竟然敢这么写：

> 空山穷谷之中，黄金万两，露白葭苍而外，有美一人，试问夫子动心否乎？曰：动动动……

他一口气连写了三十九个"动"字，这样的卷子自然不可能中。明末清初确实有这么一帮文人，亡国似乎和他们也没什么太大关系，只是终日兀坐，以读书著述为务。据说金圣叹最喜欢屈原，平日以《离骚》为下酒菜，一边高声朗读，一边尽情喝酒，醉则须眉戟张，遇到贵官豪绅，嬉笑怒骂以为快事。金圣叹的文字挥洒自如，独出腔调，在明清小品中别具一格，而所批的"六才子书"，即《离骚》《庄子》《史记》《杜诗》《水浒》《西厢》，其批评方法，明快如火，惊才绝艳，在中国的文学批评史上也独树一帜。

然而统治者不会把金圣叹的那点文字把戏放在眼里，江南文人以才傲物，清朝的皇帝早就不耐烦。金圣叹在哭庙案中,完全是被动牵连,最初被捉的十一名主犯中,并没有他。实事求是地说,哭庙一案,确有借机闹事之嫌,金圣叹根本算不上什么幕后主谋,但是上面既然想收拾你,也就无处可逃。他被押到南京,不问情由,先吃两夹棍,然后三十大板,立刻皮开肉绽。事情闹到了这一步,他自知活不了,给家人写了一封信,说:

> 杀头至痛也,籍没至惨也,而圣叹以无意得之,不亦异乎?若朝廷有赦令,或可相见,不然,死矣!

金圣叹糊里糊涂地丢了脑袋,死到临头,他仍然没有忘了幽默。值得挂上一笔的是,在哭庙惨案中处于对立面的两位昏官,临了也没有好下场。朱国治后来去了云南,以刻剥军粮,将士积怨,"乃脔而食之,骸骨无一存者"。任维初也因为犯了别的案子,被判杀头,行刑地点正好和金圣叹相同,是南京的三山街。笔记上有两则金圣叹临刑前的描写,一是他昔日想批佛经,和尚说:"我出个上联,你若能对上,马上拿出佛经来让你批。"和尚出的上联是"半夜二更半",金圣叹听了,江郎才尽,怎么也想不起下联,结果在临死前,正值中秋,倒让他想起了一个绝对,是"中秋八月中",连忙要儿子去告诉和尚,可惜对联对上了,想批佛经也没时间了。另一则更神,说刽子手刀都举起来,他突然喊慢,说有话要对儿子说,儿子跑到他跟前,他用耳语悄悄说："豆腐干与虾仁一起细嚼，有火腿味。"说完从容就义，他那宝贝儿子想半天，不知道这话是什么意思。

有人还杜撰了金圣叹临刑前口占的一首诗，虽然是瞎编，却也有几分他的玩世不恭腔调：

　　天公丧母地丁忧，
　　万里江山尽白头。
　　明日太阳来作吊，
　　家家檐下泪珠流。

6

清统治者用汉人收拾汉人，一箭双雕，收到极好的效果。科场舞弊事发，是行贿的举子因为没有兑现考中，自己觉着吃亏喊冤闹出来的，哭庙案从表面看，也是汉人之间的争斗，是汉人压迫汉人的结果，清统治者无形中成了主持正义的法官，似乎很公正，不偏不倚，被杀的人也只好捏鼻子。科场和哭庙两大案，敲响了江南文人自由时代结束的丧钟，接下来便是更进一步的文字狱，一桩接着一桩，此起彼伏，动辄大动干戈，譬如庄氏的《明史辑略》案，被缚者数百，杀头七十余位，江南文人从此水深火热，是进亦忧，退亦忧，稍有不慎，便有杀头之罪。对江南文人的控制，有一个逐渐收紧的过程，在一开始，很多人认为只要明哲保身，看准了，捞一把，混个大官小官做做，或者索性清高，惹不起，躲起来，就不会有什么事。事实却证明书生之见，不仅可笑，而且危险。重温历史，有时候不能不为明末清初的江南文人感到遗憾。江南文人作为一个群体，在这个时代，思想特别活跃，文化异常发达，虽然不是什么盛世，但是对于渴望自由空气的文化人来说，却真是一个十分难得的机会。

明末的东林和复社，与阉党展开殊死决战，其进步性不言而明，可惜，过多的结党结社，使得小团体大行其道。如果说早期的结合，还是同声相求，同仇敌忾，到后来，便是纯属附会风雅，拉帮结派。由于今天所能见到的材料，大都是东林和复社党人自我标榜的文章，所以轻易不太可能看出他们当时有什么不妥。其实仔细考察，便可以知道当初的所谓结社，最初的目的只是为了应付考试，猎取功名。说穿了，不过大家凑在一起学习经义，揣摩风气，为了有更好的机会捞个一官半职。为出仕读书已经成了一剂毒药，这就是为什么明亡之后，会有那么多党人先投李自成的大顺军，继而又跑到清人那里去做官。

官场的诱惑深深伤害了江南文人的灵气，奔走经营，争官夺利，往往混淆了是非，颠倒了黑白。有些人似乎明白这种弊端，因此一味地清高起来，或寄情于山水，或闭门不出，两耳不闻窗外事，声色犬马，管他亡国不亡国。明末清初的江南文人，或进或退，都有严重问题，进则厕身官场，结党营私，同流合污，退则隐居江湖，逍遥逃避，醉生梦死，江南文人似乎始终找不到理想支柱，找不到精神上的最后寄托。当国家这部机器一步步失去控制,作为先进的知识分子群体,在这种历史性的崩溃面前,江南文人中的大多数,不仅无能为力,更糟糕的是没有任何作为。

江南文人引以为自豪的,绝不是出了多少个状元,封了多少名宰相,有很多人得意于仕途,驰骋大大小小的官场,也不是因为有了东林党,有了复社,出了很多风流才子,潇洒于秦淮河畔,画舫笙歌,酒食争逐。江南文人骄傲,是因为有了顾炎武,有了黄宗羲。在这样的乱世中,依然能有几位保持头脑清醒的文化人,江南文人才不至于一下子完全被人看扁。因为有了顾炎武和黄宗羲,江南文人一下子增加了许多亮色。限于篇幅,这里只谈顾炎武,作为明末清初最杰出的江南文人代表,顾炎武的影响,绝不局限于所生活的那个时代。事实上,顾炎武当时的影响也许并不能算太大。他关于亡国和亡天下的议论,同时代未必有多少人知道,知道了也未必肯听进去。顾炎武既不是东林党的领袖,也不是复社的盟主,更谈不上执文坛之牛耳。明末清初,名声更大的应该是钱谦益,是陈名夏,是吴伟业,可惜这些人都成了汉奸,名列《贰臣传》,丢人现眼,遗臭后世。顾炎武没有什么了不起的功名,学而优则仕这条路和他无关,然而一生中,可圈可点的事迹实在太多。《辞海》关于顾炎武有这么一段记录:

> 学者称亭林先生。少年时参加"复社"反宦官权贵斗争,清兵南下,嗣母王氏殉国后,又参加

了昆山、嘉定一带的人民抗清起义。失败后，十谒明陵，遍游华北，所至访问风俗，收集材料，尤致力于边防和西北地理的研究，纠合同道，不忘兴复。晚岁卜居华阴，卒于曲沃。学问广博，于国家典制、郡邑掌故、天文仪象、河漕、兵农以及经史百家、音韵训诂之学，都有研究。晚年治经侧重考证，开清代朴学风气，对后来考据学中的吴派、皖派都有影响。

顾炎武是中国历史上真正承前启后的人物。他的著作等身，为后人所熟悉的有《日知录》《天下郡国利病书》《肇域志》《音学五书》《韵补正》《亭林诗文集》等。一个人能写一大堆书，不稀罕，关键在于是什么样的书。顾炎武的学识，和宋朝开始流行的理学不一样，不是如程门师徒雪夜相对静悟出来的，而是靠自己的双脚，脚踏实地到处调查研究，然后才变成文字著作。顾炎武曾批评过当时的信口空谈，认为世人所谈论的时髦理学，其实只是一种禅学，不货真价实地取之经书，而是依靠一种偷懒省事的"语录"。利用前人的只言片语，做出后人自说自话的全新解释，这种学风正是顾炎武力图要改变的，全祖望《顾亭林神道表》谈到顾氏如何做学问，这样写道：

遍游边塞之区，游历所至，二马二骡，载书自随，遇边塞亭障，必呼老兵退卒，问其曲折，与平日不合,即于坊肆中发书对勘。故于山川险要,皆经目击,因能言之了了如指掌。

曹聚仁在《中国学术思想史随笔》谈到顾炎武,也就着全祖望的思路,进一步发挥:

倘若经行平原、大野,没有可以留意的地方,便在马上默诵经书注疏。他又喜欢金石文字,一走到名山、巨镇、祠庙、伽蓝所在,便探寻古碑遗碣,拂拭玩读,钞录大要。他所著述的,都是他自己旅行中实地勘察所得的资料,和一般人的闭门造车、过蠹鱼生活的大不相同。

顾炎武的学问人格,也让清统治阶级垂涎,这是一块顽固不化的石头。为了巩固统治,清政府开设"博学鸿词科",想把像他这样的优秀人物,统统招入自己的人才库备用。但是,顾炎武拒绝了一切诱惑,软硬不吃,既没有恃才傲物,趁机要个好价钱做官,也没有志灰心馁,遁身山林,做出世的大名士。冒头杀的风险,他大讲经世致用之学,奔走南北,与明遗民在一起,随便发表政见。他的一腔正气,与日月同在,与山河并存。所有这些,清政府不仅不加以干涉,还由当时的陕西提督张勇的儿子出面,向顾炎武请教学问,并想刻他的著述。清统治者向来不把杀人当回事,尤其不在乎杀文人,偏偏对于顾炎武,却保持了最大克制。一直到他已经七十岁，清政府仍然不忘拉拢引诱。顾炎武义正辞严地说：

> 七十老翁何所求，正欠一死，若必相逼，则以身殉之，一死而先妣之大节愈彰于天下，使不类这子，得附以成名，亦人生难得之遭逢也。

清政府对待顾炎武，总算是明智的。"刀绳俱在，无速我死"，顾炎武视死如归，统治者也无奈他何。杀一个顾炎武有何难，他的精神既然已经存在，肉体上的消灭也就失去意义。顾炎武为江南文人做了最好的表率，是后来一切读书人的楷模。还是前面已经说过那层浅薄的意思，因为有了顾炎武，因为有了顾炎武开创的学风，江南文人活着，多少还有些奔头，好歹还有些出路。从发展的眼光来看，亡国有时候并不是一件最坏的事情。亡国有时候不过是改朝换代，可怕的是亡天下，天下若要亡，这世界便到了末日。

江南文人在明末清初或进或退的两种表现，经过清统治阶级的严厉打击，得到了最有效的扼制。在强权政治面前，江南文人似乎再也潇洒不起来，为了保住自己可怜的脑袋，开始做起死学问。这是坏事，也是好事，做死学问的直接结果，就是造成了乾嘉学派的横空出世。江南文人在清代三百年的学术思想史中，又一次体现了人多的优势，平心而论，清朝比明朝好得多，清朝文章学术之盛，集中国几千年封建社会之大成，"汉唐以来，未有其比"，诗、词、小说、古文、小学、天算、地理、水利，都是前朝所不能比拟的，而这种繁荣，江南文人功不可没。

  清朝的文化繁荣，可以和欧洲的文艺复兴相媲美，这是一个值得深思的现象。中国的封建社会，最出色的应该是大清帝国，它创造了前所未有的辉煌。清朝的崩溃是因为遭遇了资本主义，这是江南文人做梦也不会想到的事情。为什么文化人失去了思想的自由，依然能够戴着镣铐，取得那么好的学术成就，后来学者应该常常扪心自问。江南文人的地位，是明清两代奠定的，而清代的学术思想，其实是对明代学风的否定。清代的江南文人，给他胆子也不敢搞小团体，结党营私既然是死罪，老老实实地待在书房里做学问，就是很自然的事情，死学问有时候也可以做活。在官迷心窍方面，清朝文人要比明朝文人有节制得多，起码在鸦片战争之前是这样。同样，在放浪形骸方面，清朝文人相差得就更远，正如有人评价的那样，明人飘逸不羁，不认真，是浪漫主义，而清人则拘谨严肃，喜欢一板一眼，是古典主义。

  清朝的学术是明朝学术的反动，正是这种反动，成全了江南文人。江南文人在清学术思想方面，占有十分重要的地位，譬如吴学，譬如浙东学派。此外，像皖学和扬学，无论从地理概念，还是从学理思路，和江南文人都一脉相承。清朝的江南文人，很少有像明朝的名士那样，流连在秦淮河畔。唐伯虎、秦淮八艳、《板桥杂记》，这都是明人的故事，它们伴随着民间的加工夸张，构成了一幕幕虚幻的风流传奇。然而，风花雪月远不是江南文人的真相，江南才子在清朝没有那么多的风流韵事，有的只是不堪回首的文字狱，没完没了的腥风血雨，清人因祸得福，死学问做成了真学问，这种真学问是有惨重代价的。

江南文人是一个说不完的话题。《诗经·周南·汉广》上曾说："江之永矣，不可方思。"这里的"永"，比较容易解释，是长的意思，而"方"则有些分歧，一说为竹木编成的筏，在这用作动词，翻译成大白话，就是坐着竹筏也到不了尽头。另一说是"周匝"，意思是环绕，遇小水可以绕到上游浅狭处渡过，而长江太长，不可能绕匝而渡。这两种说法都有来头，也许都对，也许都不对。不管怎么说，江之永矣，不可方思，描写了一个男子追求爱情的失望心情，这一点大致错不了。江南文人的话题很长，有些话还是留着以后再说。通常情况下，追求爱情和追求真理相仿佛，对江南文人的描述，最后只能是不了了之。

1999年11月10日　碧树园

江南女子

从西施说起

能叫出名字来的美女,而且还得成为正面形象,最早的也许就是西施。西施长得究竟如何,我一直很怀疑。我们都知道东施效颦这个成语,美是不能模仿的,不仅不能模仿,就算用笔来描述,也是一件十分困难的事情。古人用沉鱼落雁来形容女人的美丽,表面上看是个高招,其实也是黔驴技穷,想不出别的什么办法,不过是利用通感打马虎眼。轻而易举地就能找出一大堆表达美女的词儿,这些词儿再漂亮,只能是绕圈子,隔靴搔痒。巧笑倩兮,美目盼兮,翩若惊鸿,婉若游龙,宋玉在《登徒子好色赋》中写道:

> 增之一分则太长,减之一分则太短,著粉则太白,施朱则太赤,眉如翠羽,肌如白雪,腰如束素,齿如含贝,嫣然一笑,惑阳城,迷下蔡。

后来的文人写美女，不管大才小才，东扯西拉，基本上这个套路。清人在为《板桥杂记》作序时曾说：

> 传美人难于传英雄，英雄事业，如印板文字，易于点窜，美人之一笑一颦，一盼一睐，能倾堕城国，役使百灵。作者当搦管吮毫时，其精神已为美人之灵爽所摄，纵横卷舒，不能任意。子长能传楚霸王，而不能传虞姬，非子长到此才尽，实子长至此胆怯也。

江南女词人吴文璧也有类似的意思，她的《咏虞姬》仰天长叹，直逼李清照的《乌江》。李清照称赞霸王：

> 生当作人杰，
> 死亦为鬼雄。
> 至今思项羽，
> 不肯过江东。

吴文璧却为虞姬打抱不平：

> 大王固英雄，
> 姬亦奇女子。
> 惜哉太史公，
> 不纪美人死。

司马迁岂止是没记虞姬之死，连活着的虞姬也没写。不写是因为太难写，以太史公的笔力，都感到困难，更何况后世不争气的文人。我们不知道虞姬是何方人氏，楚霸王没脸回江东老家，只能假设她也是江东同乡，应该算作江南女子。楚汉争雄，不论胜败，项羽刘邦注定写进历史，而虞姬只是轻轻地带过一笔。总算梅兰芳为虞姬做了些实事，《霸王别姬》成了梅派的保留剧目，虞姬因此也得到普及，可惜梅先生的眼睛太大，太亮，扮演的虞姬怎么看都不太像古典的美人。

西施之千古留名，表面上是因为她漂亮，实质上却是因为她的间谍生涯。西施是女间谍的鼻祖，是世界上美人计最成功的范例。据记载，西施到了吴国以后，一起得到吴王夫差宠爱的还有一位郑旦，吴王显然是很爱这两位来自越国的美女，以至于郑旦一直很内疚，觉得吴王如此爱她们，她们不应该背叛吴王，以怨报德。爱是没有国界的，然而西施的心肠似乎很硬，传奇小说上写她是那种有复国大志的女子，她的思想境界非常符合女英雄的身份。

让人百思不解的，是西施始终没有成为反面形象。从正史的角度看，西施是一个典型的女人祸水的故事，英雄难过美人关，尽管吴王夫差是一个很有男子气的君王，临了还是栽倒在西施的石榴裙下。有很多理由可以指责西施，背信弃义，搞阴谋，甚至还有第三者，但是情人眼里出西施，别人这么做不对，不可以，放在西施身上，就可以找出种种理由原谅。千百年来，人们对西施就是恨不起来。我一直不喜欢卧薪尝胆这个传说，如果是民主选举，我毫无疑问会投夫差一票。好男儿应该真枪真刀，越王勾践为了麻痹吴王夫差，竟然不惜在吴王的宫里尝屎。这是一个想到就恶心的记忆，人即使忍辱负重，也不至于惨到这一步。失败的勾践在吴王宫里当差，成天装孙子，吴王身体久佳，勾践当着吴王的面，尝了尝吴王拉的屎，讨好地说："大王身体很快就要好了，因为大王的屎有一股酸味，说明大王的消化系统正在恢复正常。"

究竟是因为勾践吃了屎，还是因为西施在枕头边不断吹风，吴王夫差终于放虎归山，让勾践重新回到已经被吴国灭亡的越国旧地。故事的结局大家都知道，西施的结局有很多种传说，十有八九都是悲剧。其中广为流传的是吴国灭亡之后，西施被装进皮口袋投入江中，为此，唐李商隐《景阳井》诗云：

> 肠断吴王宫外水，
> 浊泥独得葬西施。

另一位唐诗人皮日休，在《馆娃宫怀古诗》中也说：

> 不知水葬今何处，
> 溪月弯弯欲效颦。

林黛玉小姐在《红楼梦》中跟着凑热闹，饭后无事，挑了历史上的几位大美人，一口气写了五首诗，打头的一首，便是吟西施的：

> 一代倾城逐浪花，
> 吴宫空自忆儿家。
> 效颦莫笑东村女，
> 头白溪边尚浣纱。

意思都差不多，有时候真闹不明白，人们喜欢和留恋西施，是由于她美丽动人，还是由于成功的事业，或者由于红颜薄命。名士青山，美人黄土，不同的人不同遭遇，便有不同的角度，表面上看，当然是因为爱美，爱美之心人人有之，然而往深处挖，可能又是因为事。人以事传，历史上的美人数不胜数，"英雄事业，如印板文字"，如果没有颠覆吴国的功勋，西施的故事也许根本就不复存在。四十年代与张爱玲齐名的女作家苏青在《论红颜薄命》中，曾不无幽默地写道：

> 譬如说吧，西施生长在苎萝村，天天浣纱，虽然有几个牧童、樵夫、渔翁等辈吃吃她豆腐，她的美名可能传扬开去到几十里以外的村庄吗？即使她有一天给挑水夫强奸了，经官动府起来，至多也不过一镇的人知道，一城的人知道足矣，哪里会名满公卿，流传百世，惹得文人骚客们吟咏不绝呢？

李白称赞西施"秀色掩古今，荷花羞玉颜"，这是泛泛的表扬，属于应景文章，倒是另一位唐诗人王维独具慧眼，颇有感叹地留下了这样的诗句：

谁怜越女颜如玉，
贫贱江头自浣纱。

西施所以成为西施，关键在于获得机遇，大丈夫成功立业，楼船一举风波静，江汉翻为雁鹜池，如果西施在吴越争霸中，不是扮演了那么吃重的角色，她不可能流芳百世。几千年来，有多少美丽的江南女子，默默无闻地在江边溪头浣纱。艳色天下重，西施宁久微？朝为越溪女，暮作吴宫妃。西施的高明之处，在于没有仅仅满足于富贵荣华，没有因为一时间改变了自己的贫贱身份，就忘乎所以，就高枕无忧。西施是道道地地的女英雄，是灭亡吴国的祸水，是复兴越国的功臣，人生一世，有时候非得狠狠地折腾一番，才能够有所作为，才能流芳百世或遗臭万年。树挪死，人挪活，假设西施一辈子老老实实在江边溪头浣纱，假设西施安安分分一直做吴王的宠妃，西施的故事肯定是一点味道也没有。

莫愁，莫愁

南京有个莫愁湖，旧称"南都第一名胜"，想不明白为什么会如此名重，有一种说法是莫愁湖因为莫愁姑娘得名，莫愁为绝代佳人，艳称古今。关于莫愁究竟是什么地方的女人，有多种说法。比较有趣的是两本考证书，一本是《金陵莫愁考》，另一本是《莫愁非妓辩》，不仅力证莫愁是南京的女人，而且强调她的出身，是好人家的女儿，绝非烟花贱质。凡事一当真就特别可笑，事实上，莫愁既然能有多种传说，正好说明不一定特指某一位女士，很可能是许多女子的化身，再说，就算莫愁是个歌妓，也没什么可以大惊小怪。清净荷花，污泥不染，婊子中不缺乏好女人，这是古今中外历史已经证明的事实。在文学作品中，妓女的形象不论国内国外，都不是太坏，不仅不坏，有时候甚至好得过分。旧时代的女子，想要留名后世，很不容易，除非真有西施那样的特殊运气，被选进皇宫，又干出一番大事，否则，最好的成名机会，也许就是当妓，有幸遇上那些风流文人，被写进文章或者诗歌之中，文章诗歌留了下来，于是这些女子也跟着流芳百世。

已故的张弦先生在越剧《莫愁女》中，将莫愁处理成悲剧人物，他将原本应该属于六朝的故事，移植到了明朝。上世纪七十年代末期，该剧十分成功，曾经连演一百多场，后来又拍成电视戏曲片，在南京影响很大。对于传说中的人物，怎么改编都可以，然而我不赞成将莫愁写得可怜巴巴的。中国老百姓胃口总是不停地变化，一会喜欢轻松的喜剧，一会又要看惨兮兮的悲剧，《莫愁女》中都是眼泪，许多人受戏的影响，已经快闹不明白"莫愁"这两个字，究竟是什么意思。

莫愁莫愁，不知忧愁，古代美女取名莫愁，望文生义，显然是一位性格活泼可爱的姑娘。莫愁是一种姿态，我喜欢莫愁这两个字，它是和平年代风俗画中的重要点缀，传神地表现了古代江南女子的性格特征。历史上的莫愁不应该是多愁善感，莫愁是典型的江南少女，洋溢一种青春的气息，飘动着悠然自得的风采。古往今来，数不清的女孩子在江边溪头浣纱，毕竟只出了一位西施，大多数女孩子都过着平常的生活，平平静静地嫁人，生孩子，养儿育女。桃花流水在人世，武陵岂必皆神仙，莫愁莫愁，何愁之有。

把莫愁定位在江南女子身上，似乎有些自说自话。人世间有种种痛苦，生老病死，悲欢离合，莫愁岂能不愁，而且快乐也不能算是江南女子的专利，北方女子未必一天到晚都是愁眉苦脸。事情总是相比较而言，一般地说，由于黄河流域一直占据了中国文化的主导地位，男人们逐鹿中原，决战淮海，谁最终在黄河流域站稳了脚跟，谁就得到了天下，因此，发生在北方的战事，远远多于江南。北方为雄，南方是雌，北方为阳，南方是阴，北方是男性的天下，江南是女性的世界，气候温和的江南常常处于相对和平的环境里，北方打得死去活来，南方充其量也只是跟着"城头变幻大王旗"，谁赢了就给谁纳粮。对于老百姓来说，纳粮缴租反正是躲不过的事情，最恐惧的日子莫过于战争，只要能远离战乱，丰衣足食将不会成为问题。

已经很难确定吴越时代的模样，今天所能见到的文字材料，差不多都是魏晋南北朝以后。越灭了吴，自己很快也灭亡了，江南一度是楚国的天下。自楚以后，江南实际上都是由北方人控制，或者说，是由来自北方的人控制。西晋末年，在少数民族的压迫下，发生了中国历史上第一次大规模的南迁，大批北方人纷纷南下，于是有了南徐州南通州南豫州这些地名。南来之人不仅带来了北方的地名，而且改变了南方的民风，时到今日，江南人十有八九，可以找到一位北方的祖宗。祖籍河南这是一种最常见的说法，古吴越人的后裔，早就被来自北方的汉人所淹没。来自北方的汉人似乎总摆脱不了战争失败的阴影，南方柔弱的民风，恰恰是这些失败的北人造成的。从不多的文字记载中可以找到这样一些信息，古吴越人英勇好战，且善于运用计谋。

元朝时的中国人分四个等级——蒙古人、色目人、汉人、南人。南人就是南方的汉人。南人受歧视由来已久，这种歧视更多的是来自北方的汉人。北方的汉人无论得天下为王，还是失天下降敌，似乎都有充分的理由骄傲。尤其是后者，先当一天奴才为大，而南人，用鲁迅先生的话来说，就是"为奴隶的资格因此就最浅"，浅了就活该被别人看不起。好在南人也不跟北人怄气，被人看不起也得做人，南人比北人勤劳，这是一个不争的事实。谚语有"苏常熟，天下足"，江南的富庶使得这里的人民安居乐业，热爱和平生活。纳粮缴租还真算不上什么大事，天下财赋，大都集中在东南一带，明清两代，赋税差不多都集中于太湖流域。据史料记载，康熙初年，直隶钱粮每年九十万两，福建湖广是一百二十万两，广西仅六万余两，而位于江南的苏州一府，每年就是一百八十万两，此外，还要另缴米麦豆一百零五万石，同样位于江南的松江一府，每年上缴六十三万两，米四十三万石。这些数据充分说明了江南的富裕，一府上缴国库的赋税，比一个省甚至几个省都多。江南成了中国粮仓和钱库，虽然鞭打了快牛，雁过拔毛，上缴了那么多的钱粮，江南仍然富得流油。世家富室集中在这一地区，这里的人口明万历期间，已经占中国的六分之一。

　　暖风吹得游人醉，直把杭州当汴州。社会经济的繁荣，给了江南女子不用发愁的机会。上有天堂，下有苏杭，不愁吃，不愁穿，还有什么不满足的。一方水土养一方人，江南女子用不着帮男人打江山，刀光剑影，出生入死，她们的男人天生没有这样的胆子和机会。有得必有失，有失，也会有得，江南男人武不行，只好在笔墨上面做文章，江南女子至多也就是在和平年代里，红袖夜添香，伴夫婿读书，凭运气捞个状元夫人做做。王宝钏寒窑苦守的故事，注定和江南女子无关，忍辱负重，这不是江南女子的特长。

　　江南女子注定是《红楼梦》中的人物，是金陵十二钗，是金陵十二钗的副册和又副册，做小姐就是宝姐姐和林妹妹，当丫鬟便是晴雯和袭人。江南女子是为才子们准备好的佳人，江南女子是水做的骨肉，江南女子柔情蜜意，江南女子仿佛春天的彩蝶，是水中月，是镜中花。江南女子具有最快乐的天性，是美好生活的一部分，最适合居家过日子。江南女子生性不愁，生性不愁的江南女子待字闺中，就等着嫁一个好丈夫。

民间以娶江南女子为幸，贵为帝王，经常到江南来选妃，这不仅是江南女子国色天香，很重要的一个因素，是由于环境因素养成的好性格。明朝的第十一代皇帝嘉靖，登基十年没有龙子，于是便派人到江南来广求淑女。史料记载嘉靖十年选妃，选中的九个人中间，江南仅南京一地，就同时选上了三位美女，她们分别是方氏、郑氏和王氏。王氏被册为庄妃，生了太子载壑，方氏后来则升为皇后，即明史上记载的"孝烈皇后"。到江南来选美女的观念可谓根深蒂固，即使到本世纪最极"左"的年代里，林副主席的公子林立果选美，也专程派人来南京活动，结果果然让他在南京选中了一位。

铜雀春深锁二乔

三十年代的李四光先生，不仅是地理学家，对文学和历史也有着浓厚的兴趣。在一篇题为《中国周期性的内部冲突》文章中，他揭露了这样一个事实：中国历史以八百年为周期，每个周期都从短命而军事上十分强大的王朝开始，它把经过数百年的内部纷争的中国，重新统一起来，尔后便是五百年的和平，中间经过一次改朝换代，接着又是一系列战乱，最后，首都从北方灰溜溜地迁往南方。

所谓南方动乱少安定多，只是相对而言。战争是阻挡不住的，战争对江南女子的伤害，丝毫不亚于北方女子。杜甫描写的"闻道杀人汉水上，妇女多在官军中"的悲惨景象，在美丽的江南并非难得一见。光是南京一个城市就可以举出很多例子。远的不说，往近里计算，日军占领南京时的大屠杀，辫帅张勋的复辟杀回南京，曾国藩的湘军攻占天京，太平军定都金陵，胜利者三日不封刀，杀人无数，每一次都给南京的妇女带来极大的伤害。

晚唐诗人杜牧的《赤壁》传唱古今，其中最著名的二句，是"东风不与周郎便，铜雀春深锁二乔"。后人对此颇不以为然，认为只是轻薄少年的戏语，是另一种不哭九庙哭女人。赤壁大战的意义，不仅保住了孙吴的政权，而且从此正式确立的三国鼎立的态势，倘若没有一场东风，火烧魏军，胜利的天平显然会向曹操倾斜。成者为王败者寇，魏军赢得胜利，顺江而下，何止是二乔被囚，结局将是国破家亡，生灵涂炭，仅仅两个小女人算什么。

二乔还真算不上小女人，大乔是孙权的嫂子，小乔是周瑜的老婆，这两个女人不保，孙吴政权还有什么戏可以唱。女人从来就是战争的直接受害者，大至帝王，小到平民百姓，一旦被征服，只好乖乖受侮辱。仍然以南京为例，大乔小乔逃过了劫难，别的人可就没这份幸运，陈后主携着爱妃张丽华跳了井，井圈上留下了胭脂的痕渍，结果是被隋军从井里拉了出来，陈后主还被留了条狗命，张丽华作为亡国的祸水，被晋王即后来的隋炀帝杨广下令斩首，地点就在南京朱雀路上的四象桥边，美人头落，鲜血四溅。

更惨的是李后主的小周后，据记载，小周后貌美善舞，深得李后主宠爱。"小楼昨夜又东风，故国不堪回首月明中"，小周后被带到了北方，竟然被作为胜利者的宋太宗

"强幸"。"强幸"就是强奸,就是理直气壮地干坏事,失败的皇后尚且如此,民间江南女子的悲惨遭遇不难想象。弱肉强食,富裕的江南从来就是北方强权觊觎的对象,遇到改朝换代,兵荒马乱,江南女子便成了砧板上鱼肉,任人宰割。

顾炎武的《秋山二首》其中有这么几句:

> 一朝长平败,
> 伏尸遍岗峦。
> 北去三百舸,
> 舸舸好红颜。
> 吴口拥橐驼,
> 鸣笳入燕关。

向北驶去的大船,船上都是美貌的江南女子。船上装满了,就用骆驼和马车驮,胜利者得意洋洋地吹着胡笳。对于"吴口",顾炎武先生作了自注,语出《晋书·慕容超载记》:"使送吴口千人。"所谓吴口,即位于江南的吴地子女。这一惨景几乎是历史的重复,元好问《癸巳五月三日北渡三首》第一首是这样写的:

> 道傍僵卧满累囚,
> 过去旃车似水流。
> 红粉哭随回鹘马,
> 为谁一步一回头。

战乱毁坏了江南平静祥和的生活，土匪冲进大观园，秀才遇到兵，金陵十二钗们的结局会如何，真不知如何设想才好。"马边悬男头，马后载妇女"，胜利者兽性大发，为所欲为，什么样的事情都可能发生，什么样的事情已经发生。《嘉定屠城纪略》留下了这样的证据：

> 妇女寝陋者，一见辄杀。大家闺秀及民间妇女有美色者皆生掳。白昼宣淫。不从者钉其两手于板，乃逼淫之。嘉定风俗雅重妇节，惨死无数。

我们的史书记载中，总喜欢强调异族入侵造成的伤害，其实我们汉人中，不是东西的也不在少数。曾国藩和太平军之间的较量，江南人民身受其害，太平军来，为害一次，曾国藩的湘军来，又为害一次。至于拉大旗作虎皮，助桀为虐，以汉奸的身份祸国殃民，更是可以找出一大堆败类，满兵入侵江南，原明朝徐州总兵李成栋降敌，转身成为急先锋。事后，仅他小子一人，用了三百只大船，才运走他所掠的女子和玉帛，这是地地道道的发国难财。

除了战争，在和平的岁月里，江南女子有时候也会成为家族的牺牲者，那些名门闺媛贵夫人，往往会因为父亲或丈夫获罪，从社会的上层一下子跌到最底层。看旧时书籍，常有满门抄斩之说，按现在的理解，总以为是一家大小，不分男女，统统杀头拉倒，其实不是这样，要斩只斩男丁，女的却留下来，送入教坊，或给人为奴。黄云眉《明史考证》引云：

洪武三十五年十二月二十四日，教坊司右韶舞安政等，于奉天门题奏：有毛大芳妻张氏年六十，病故。奉旨，锦衣卫分付上元县抬去门外，着狗吃了，钦此。

故事发生的地点就在南京，根据金性尧先生考证，"洪武三十五年"应为"二十五年"之误，因为朱元璋只做了三十一年的皇帝。这位张氏大约是洪武初年进教坊的，原来显然是大户人家的贵夫人，否则死就死了，完全用不着向皇帝汇报。如果不是因为丈夫获罪，很可能是《红楼梦》中贾母一类的人物。俞平伯先生曾在故宫里见过朱元璋的谕旨，随手记了两条，看了之后，让人哭笑不得：

洪武二十六年二月十九日锦衣卫百户郝进传奉圣旨：蓝总兵通着军前卫指挥千户百户总旗小旗造反，凌迟了。着王那里差的当人同郝进去，将会宁侯并他的儿子都凌迟了，家人成丁的也废了，妇女与晋府配军。马匹多时，牵两三匹回来，其余的交在晋府。家产解来京城，来东胜马匹多。好生机密！着那里不要出号令。钦此。

奇文共赏，朱元璋真是潇洒，之乎者也说不来，也不硬鹦鹉学舌，反正他老人家是皇帝，想怎么说，就怎么说，大白话就大白话。朱元璋没文化，他的儿子明成祖也好不到哪里去。在学问方面，明朝的汉人皇帝，还真不能和清朝的满人皇帝相比。明太祖蓝玉案株连一万五千余人，明成祖杀方孝孺，夷其九族，还不过瘾，又杀师友一族，硬凑足十族之数，丝毫不比其父逊色。鲁迅先生《且介亭杂文·病后杂谈》也曾提到明成祖如何对付建文帝的旧臣：

　　景清剥皮，铁铉油炸，他的两个女儿则发付教坊，叫她们做婊子。

根据《明史》记载，景清不但被灭族，而且"转相攀染"，到处牵连，所谓瓜蔓抄，结果整个村庄成了废墟。送入教坊，用今天的话来说，就是送到妓院。教坊是国营的妓院，可不是人待的地方，《教坊录》有这样的记录：

　　永乐十一年正月十一日，本司右韶舞邓诚等，于右顺门里口奏：有奸恶齐泰的姐，并两个外甥媳妇，又有黄子澄四个妇人，每一日一夜，二十条汉子守着，年小的都怀身，节除夜生了个小龟子。又有三岁的女儿，奉钦依由他，小的长到大，便是摇钱的树儿。又奏黄子澄的妻，生一个小厮，如今十岁也。又有史家，有铁铉家个小妮子，奉钦依都由他。

二十条汉子守着，是轮奸的意思，这种惩罚骇人听闻，奸后生了孩子，还得继续受罪。邓之诚《骨董琐记》曾引《南京法司记》上一段文字更为离奇：

> 永乐二年十二月，教坊司题卓敬女杨奴、牛景妻刘氏，合无照依谢升妻韩氏例，送淇国公转营奸宿。

教坊已经不是人待的地方，可是上面提到的两位，连入教坊资格都不够，是地位太低，还是年老色衰，不得而知。送出去"转营奸宿"，荒唐得近乎离谱。明朝开国的两位皇帝身上，显然太多的流氓气，惩罚别人也是刁钻古怪。在这方面，敢于到处题字留诗的康熙乾隆，要有文化得多。满清政府为了巩固自己的统治，对汉人采取了铁腕手段，动辄杀头，流放充军，妻女为奴，但是好歹还有些规矩，还有个《大清律》作幌子，即使手段同样恶劣，在措辞上也文雅一些，之乎者也不会用错，那种过分粗鄙的话，起码不像康熙和乾隆的口吻。不过，如果以为清朝皇帝会手软，就大错特错，权力这玩意儿永远带着血腥气，顺者昌，逆者亡，亘古不变，康熙年间的丁介曾写过这样的诗句，刻画清统治者的铁血政策：

> 南国佳人多塞北，
> 中原名士半辽阳。

天知道有多少美丽的江南女子流落到了塞北。宁国府荣国府一旦被查抄,金陵十二钗们不管正册副册又副册,只能是花落人亡两不知。什么金枝玉叶,什么国色天香,到时候都乖乖地落在一身汗臭的焦大手上。不管是明朝还是清朝,被流放的江南女子受的罪都差不多。北国天寒地冻,南国佳人赤着脚,穿着极薄的单衣,破冰汲水,这样悲惨的景象,常常可以在文人笔记中见到。红颜未必薄命,然而美丽的女孩遭受不幸,的确更容易引起人们的同情。

二十四桥仍在,往事不堪回首,江南女子真到了这一步,只能听从命运的安排,除了抬起头看看南飞的大雁,也别无良策。

秦淮八艳

秦淮八艳是文人性错位的产物。中国的文人爱国通常有两种表现,一路是自托美人,最典型的便是屈大夫,不但用美人香草自喻,而且是位遭遗弃的妇人。路漫漫其修远兮,吾将上下而求索,初读《离骚》的时候,我总是不明白他为什么要这样哀怨。李商隐的"神女生涯原是梦,小姑居处犹无郎",有专家已经考证,这里的"神女"和"小姑",实是诗人自况,换句通俗的话说,就是女扮男装。

另一路是一头扎进脂粉堆,整日流连在青楼,逮着几位中意的妓女,不管三七二十一,穷吹猛捧。清初的余怀在《板桥杂记·自序》中,曾为自己的这种行为辩护,有人责怪他,说:"天下兴亡多少事,可歌可泣的太多,为什么你专写妓女,专门为妓女做传?"余怀默然听着,然后笑而回答:"此即一代之兴衰,千秋之感慨系所系也!"

前些年,秦淮八艳红火过一阵,香港大老板揣着大把钞票,想在内地投拍电视连续剧。妓女戏当然是极好的题材,票房有保证,老百姓爱看,女演员愿意演。报纸上屡屡有"再现一代名妓"的字样,看了心里总有些别扭,风流不忘爱国,这好歹也是中国文人的传统,但是今天中国的文化人,较之明末清初的文人,真不知差千里万里,于才于德,都远得离谱。我在《南京女人》中谈到过"秦淮八艳",有两段可以全盘照抄:

> 秦淮八艳有别于历史上的其他美人,也许在于她们不像中国历史上其他的美人那样,专门是为帝王准备的。她们不承担亡国祸水的罪名,在爱情方面,她们享有较别人更多的自由。她们有选择的权利。换句话说,一般的男人可以爱她们,她们也可以爱上一个普通的男人。秦淮八艳和西施相比,和赵飞燕相比,和武则天相比,更多一些平民百姓的人情味。当然,秦淮八艳的真正意义,关键在于她们有不做亡国奴的骨气,在于她们很好的文化素养和不同凡响的政治见识。外在的美可遇,内在的美难求,时穷节乃现,只有到了国破家亡的最后关头,才能看得出一个人的节操。

秦淮八艳是一面镜子,桃花扇底看前朝,通过这八位不同凡响的风尘女子,人们看到的是中国文化的颓败,是中国男性知识分子的虚伪和装腔作势。像钱牧斋和侯方域,都是名重一时的大才子,这些才子都是先虽高调,最终却失节投机,走到他们平日所鼓吹的理想的反面去了,爬得太高,摔得就重。倒是秦淮河边的八位小女子,轰轰烈烈地唱了一曲正气歌,活活羞煞男子汉大丈夫。

享有六朝金粉之誉的南京,说起名妓,不计其数,可是人们偏偏对秦淮八艳念念不忘,重要原因不是好色,而是感伤。商女不知亡国恨,隔江犹唱后庭花,盛世里真没有必要大谈秦淮八艳,历史上有两个时期,秦淮八艳常常被人津津乐道,一是明末清初,亡国了,清政府在军事上取得了绝对的胜利,在文化思想上,还没有开始文字狱,明遗民复国无望,便到妓院去寻找红粉知己,到女人国里去爱国,于是有了《板桥杂记》,于是有了《桃花扇》。也许清政府故意暂时给汉族士子一个发泄的机会,在妓女身上翻不了天,《板桥杂记》和《桃花扇》里的文字,真要是顶起真来,杀头灭族完全可能。

抗日战争爆发前后,晚明史掀起一股热朝,譬如柳亚子和阿英,在当时都是不遗余力地收藏这方面的史料。亡国似乎已经迫在眉睫,知识分子们又想起了昔日秦淮河边的妓女,像《葛嫩娘》等差不多已成为抗战文学的一部分。世界上从来就没有无缘无故的爱和恨，如果仅仅是因为妓女戏有人爱看，拍了能赚钱，这样的电视连续剧注定不会有什么生命力。并不是说在今天就不能谈论秦淮八艳，要害是以什么样的姿态来谈。隔江犹唱后庭花，不仅仅是商女不知亡国之恨，那些听唱的人同样在醉生梦死。

江南女子的艳名，有一大半是娼妓造成的。在封建社会里，良家妇女好端端地在家待着，旧时文人的笔墨很难落到她们的身上。文人笔下的女人，写自己老婆的，大都只是悼亡之作，许多著名的爱情诗，对象往往是娼妓。旧式的包办婚姻，给了文人一个在妓女身上用情的机会，因为婚姻既然不是爱情的产物，男人到婚姻之外去寻找知音，也就不足为奇。《西厢记》里写大家闺秀，私订终身后花园，在贾母看来，是那些没见过世面的穷文人的杜撰，是在纸上凭想象吃富家小姐豆腐。大户人家的后花园和菜园子是两回事，只要看看《红楼梦》中的环境描写，就不难体会贾母为什么会有这样的观点。

秦淮八艳除了反映一种爱国精神之外，客观地说，也折射出江南繁荣昌盛的事实真相。既然南方不能成为中国的政治中心，由于经济文化的高速发展，这里自然而然地成了才子佳人大显身手的场所。说起来可笑，秦淮河边一家连着一家的妓院，和妓院连锁配套的一系列服务项目，都跟科举制度紧密相关。秦淮河边的夫子庙，是江南最大的孔庙，山东曲阜和各地祭祀孔子的庙宇都尊为孔庙或文庙，独有南京戏称为夫子庙。夫子庙旁边，是江南贡院的所在地，贡院就是考场,所谓"贡",大约是准备贡献人才的意思。在"明经取士"和"为国求贤"的幌子下,江南读书人汇聚于此,考上考不上,都有充分的理由寻花问柳,考上了,春风得意马疾轻,一日看尽长安花,考不上,黄金白璧买歌笑,一醉累月轻王侯。

究竟是因为事实如此,还是因为无聊文人的过度渲染,江南女子留给后人很多想象空间。从文人的笔墨里,我们见到了太多的江南风尘女子,仿佛整个江南就是一个浮华的温柔乡,仿佛此地的大多数女子没别的事可做,都在从事卖笑生涯。有人做了小曲来比较南北妓女的不同:

门前一阵车马过,灰场。那里有踏花归去马蹄香?
绵袄绵裙绵裤子,膀胀。那里有佳人夜试薄罗裳?
生葱生蒜生韭菜,腌脏。那里有夜深私语口脂香?
开口便唱冤家的,歪腔。那里有春风一曲杜韦娘?
开宴空喝烧刀子,难当。那里有兰陵美酒郁金香?
头上鬏髻高尺二,蛮娘。那里有高髻云鬟宫样妆?
行云行雨在何方,土炕。那里有鸳鸯夜宿销金帐?
五钱一两等头昂,便忘。那里有嫁得刘郎胜阮郎?

难怪北方人要笑话南方的男人没出息。大丈夫不能马上杀敌,马革裹尸,只能写些无聊的小文章打油诗,从这个意义上来说,江南才子真不是什么好的称呼。同样的道理,江南的佳人也很难竖贞节牌坊。有什么样的需求,便会有什么样的供给,难怪江南会出秦淮八艳,难怪秦淮八艳琴棋书画都会一点,历史上的扬州曾以盛产为纳妾买婢准备的"瘦马"闻名,清人章大来《后甲集》上说:

> 扬州人多买贫家小女子,教以笔札歌舞,长即卖为人婢妾,多至千金,名曰"瘦马"。

扬州虽处江北,由于紧挨着江边,很多风气其实是和江南相通。"瘦马"之名始于扬州,在江南早就广为效仿。很多文章在谈到当年的妓女时,盛夸其有文化有品位,殊不知这种文化品位饱含着历史沧桑,浸透了血和泪。秦淮八艳作为江南娼妓的出色代表,不过是人肉买卖的产物,或许都有过类似当"瘦马"的经历,是地道的科班出身,最起码也经过速成和短训班的训练培养,她们后来脱颖而出,成为佼佼者,成为同类中的精英,声名远传,"四方之士争一识面为荣",门前车水马龙,最终还是摆脱不了红颜薄命的厄运。

英雄还让女儿占

一九〇四年春,秋瑾女士去日本,在一个三等舱里,一位日本友人向她索诗,并给她看日俄战争地图,其时,日俄之战正在我国东北进行,无能的清政府借口中立,任由两强相争,大片国土成了战场,白山黑水之间,无辜的中国居民血流成河,秋瑾看着地图,泪飞如雨,挥笔写了一首诗:

> 万里乘风去复来,
> 只身东海挟风雷。
> 忍看图画移颜色,
> 肯使江山付劫灰。
> 浊酒难销忧国泪,
> 救时应仗出群才。
> 拼将十万头颅血,
> 须把乾坤力挽回。

秋瑾女侠是江南女子中的亮色,仿佛在一片翠绿中,终于有了一朵鲜艳的红花。人们的印象中,南方是一片温柔的土地,南方人是软弱的象征,男人不刚,女子怯弱,英雄志士在这里落魄销魂,柔弱的封建帝王在这偏安亡国。江南的气候环境似乎更容易出后主,孙权之后,有吴后主孙皓,以后又有陈后主和李后主,都是大名鼎鼎,活生生地成为北方人的笑料。历史上有名的亡国皇帝,大都出在南方。南方意味着顺从,南方意味着屈服,南方就是失败。

然而什么事都有例外,面对北方的强大,南方从来没有真正地顺从和屈服过。虽然在南北对抗中,北方总是占着上风,南方并不是没有一点作为。祖逖北伐,中流击楫,发誓说:"不收复中原,决不回头。"风萧萧兮易水寒,壮士一去不复还。以后又有明朱元璋的北伐,有国民政府的北伐,这几次北伐,都是以少胜多,以弱胜强,以恢复汉族统治而告结束。其实,北方的汉人真没什么可以骄傲的资本,南方的种种坏毛病，差不多都是已失败的北方带来的。在更北方或西北的少数民族压迫下，北方的汉人统治土崩瓦解，哗啦啦如大厦倾，于是仓皇南逃，匆匆迁都，于是有了东晋，有了南宋，有了南明。南方小朝廷骨子里的软弱，早在北方时就已经种下了。

美丽富裕的江南，不仅成了北方士族的收容站，最后又成为恢复汉族统治的根据地。江南女子不只是风花雪月，江南女子也有黄钟大吕。秋瑾是西施精神上的传人，"莫道男儿尽豪侠，英雄还让女儿占"，这是王金发称赞秋瑾之辞。一个秋瑾，足以改变人们对江南女子的传统看法。作为一个女人，秋瑾既能吟词赋诗，也能"闺装愿尔换吴钩"，"协力同心驱满奴"。她显然是个急性子，"瓜分惨祸依眉睫，呼告徒劳费齿牙"，要干就得立刻干，并且取义成仁，她牺牲的时候，实际年龄只有三十一岁，在她英勇就义三年之后，满清政府终于被她的同志们推翻了。

江南人自有其性格刚烈的一面，仍以浙江人举例。在国民党的高级军事将领中，浙籍军官占了相当的比例，这里不能排除蒋委员长喜欢当同乡会长的嫌疑，但是浙江人喜欢闯天下，富于冒险和开拓精神，却是众所周知的事实。在浙籍军官中，不缺乏能征善战的骁将，譬如陈诚，譬如胡宗南，譬如汤恩伯，这些人虽然不是共产党的对手，但是在抗日战争中的作用，不能一笔抹杀。值得一提的，同样是南方人同样能征善战的湖南人，正好可以作为浙江人的一种补充。人们印象中，南方人在军事上打不过北方人，以本世纪的战绩来看，并不是这样。

刚柔相济，柔能克刚。以柔克刚历来是南方人的强项，而江南女子似乎更擅长此道。早在几千年前，老子就曾经说过："天下莫柔弱于水，而攻坚者莫之能胜，以其无以易之。"风靡江南的越剧，靠的就是软绵绵的唱腔。一九二三年，第一个女子越剧戏班在嵊县成立，当时叫"文武戏班"，戏班成立几个月后，由班主带着闯荡大上海。在此之前，越剧还只是叫"绍兴文戏"，被命名为越剧是后来的事情，那时候都是由男人来演唱的，女子戏班到了上海，请早就在上海滩站住脚跟的大哥哥们高抬贵手，给她们一个出头机会。唱绍兴文戏的大哥哥们做梦也不会想到，这些来自家乡的小妹妹，看上去是那么柔弱和没见过世面，日后会彻底打碎他们的饭碗。

女子越剧最终称霸艺坛，这是以柔克刚的最好范例。刚开始，女子越剧惨淡经营，从草台戏班转移到正式的舞台上，多少还有些不适应。观众也只是些中下层的绍兴人，譬如纱场的女工，偶尔有几个穿长衫的先生来听戏，总是先在楼下东张西望一番，仿佛做了什么不体面的事情，就怕被别人看到。功夫不负有心人，经过一番努力，不折不挠的小妹妹硬是学会了大哥哥的拿手戏，又不断创新，逐渐形成别具一格的越剧新腔。等到抗战爆发，江浙人士纷纷涌入上海租界避难，也不过十几年的工夫，女子越剧轰动了上海，不仅把男班阿哥们杀得黯然失色，而且很快偃旗息鼓，退出江湖。

从此女子越剧一统天下，到了四十年代初，上海日夜演出越剧两场的戏园竟有四十余家，每天的观众人次，已经超过了誉为国剧的京剧。越剧再也不是下里巴人的东西，据史料记载，一九三八年除夕，在上海凤阳路的通商剧场，以头牌花旦姚水娟主演的《倪凤扇茶》，因其扮相俊秀，眉黛生情，唱腔甜润入味，引来了满堂喝彩，掌声经久不息。演出结束后，有个同乡人送了一只花篮祝贺演出成功，这是越剧历史上第一只象征荣誉的花篮，以后送花篮一度非常流行，成为典型海派意味的捧场，只要是名牌越剧演员登场，演出结束的时候，台前的花篮就多得放不下。

吴侬软语和都市女郎

吴侬软语是江南女子的特征，在过去，最有韵味的吴方言是苏州话。吴语是汉语中的一个重要语系，现在，大家心目中，最能代表吴方言的已经是上海话。很多江南人去北方，不管是苏州人，还是杭州人，北方人听起来似乎都差不多，都觉得说的是上海话。

生活在吴语系的江南人，明白自己的语言有许多不同。俗语有"宁听苏州人吵架，不听宁波人说话"，虽然都属于吴方言，苏州话好听，一度几乎成了定评。由于帝国主义的入侵，有了租界，西风吹进来，上海成了中国最繁华的所在地。自从太平天国起义，战乱不断，江南富商纷纷涌入租界避难。史料证明，租界的繁华是中国的有钱人自己堆出来的，外国人不过是坐收渔利。二十世纪初，上海滩也差不多成了妓女的天下，来自全国以及世界各地的风尘女子，都到此地来淘金。看晚清小说，妓女中最有身份的，仍然是操吴侬软语的江南女子，那时候，最时髦的腔调，是带些苏州口音的上海话。聪明的妓女想在上海滩混，第一件事就是抓紧时间练习这种语言。

赛金花晚年和别人谈起自己的身世时，对人心不古颇有感叹。比较了过去和现在接客方式的不同，她抱怨时下的妓女没有文化，太直截了当，一见面就搂搂抱抱。回顾赛金花的一生，确有值得骄傲的资本，这位江南女子见过很多世面，自从在苏州下海以后，她不仅走南闯北，而且一度从良，成了公使夫人留洋国外。后来又二进宫，成为京城炙手可热的名妓。她最出风头的年代义和团大闹北京，由于见多识广，会几句洋泾浜外语，据说和八国联军的总司令关系十分火热，且做了几件实实在在的好事，至于他们之间是否有肉体关系，历来是小报文人喋喋不休的话题。

用文化来评价妓女，和用色相谈论作家一样荒唐。在妓女身上寻找文化难免可笑，曾经见过一首赛金花的诗，还真不知说什么：

> 含情不忍诉琵琶，
> 几度低头掠鬓鸦。
> 多谢山东韩主席，
> 肯持重币赏残花。

韩复榘当山东省主席的时候，赛金花早已年老色衰，潦倒穷途，诗写得不好也不坏，一个老妓女的形象跃然纸上。首句中的"琵琶"用典，让人联想起白居易的《琵琶行》中"千呼万唤始出来，犹抱琵琶半遮面"的老妓，后两句便不太像话，仿佛棉袄的罩衫太短，粗陋的内容全露了出来。对于旧时妓女是否有文化，还是那句话，千万不要当真，我们今天能见到的历代名媛诗选，有很多都是无聊文人的代笔，那些所谓出自名妓之手的诗词，十有八九靠不住。这就好比别以为林黛玉薛宝钗真能写诗，能写的其实是曹雪芹。像李清照这样的才女毕竟太少，女子无才便是德，旧式的教育思路阻碍了女子在文学上面的正常发展。

不过，赛金花今不如昔的观点，也有几分道理，因为老派人眼里，过去的东西都美好，都正确，都是样板和规范。对于江南女子的看法，同样如此。我们总是可以听到太多的对时尚女性的批评，不仅满脑袋旧思想的人士感到不适应，那些具有进步思想的年轻人也感到格格不入。五四前后，出生于苏州的俞平伯先生给朋友写信时，痛斥上海是一个让人堕落的地方，妓女成群，骗子横行，俞先生对几千年来家乡引以为自豪的繁华，进行了言辞激烈的抨击，他为当时的年轻人开的一张治病药方，就是坚决离开上海，越早越好。

历史的发展从来不以人的意志为转移，繁华让人堕落，无数能人志士在这消沉，在这毁灭，但是灯红酒绿的繁华不仅没有受到丝毫妨碍，而且如火如荼，越来越生机勃勃。上海逐渐成为江南的代言人，江南的时尚终于以这座城市为代表。上海意味着时髦、新潮、洋派、东方明珠、冒险家的乐园，意味着一系列流行的新词汇，它既位于江南之冠，而且绝对领先国内。吴姬越娃这些常常出现在古曲诗词的字眼已经老掉牙了，天堂之下的苏杭再也不新鲜，上海从一个小渔村，转眼之间变作暴发户，成为东方的国际化大都市。吴侬软语依旧，夹了些洋泾浜的外语词汇，乡下妹子一个个都成了现代都市女郎。

江南在二十世纪中，发生了翻天覆地的变化，城市人口迅速扩大，农村居民急剧减少，今天富庶的江南，也让传统意义上的江南女子跟着改变。西施莫愁和秦淮八艳，由于故事太过遥远，和她们已经没什么关系。今天的时髦江南女子，一个个都是活生生的都市女郎，年轻俊美，充满活力。她们涂着鲜红的口红，把头发染成各种可能的颜色，坐在摩托车后面，搂着情人的腰，小巧的坤包里放着BP机或最新款式的手机。最新潮的江南女孩，和广州女孩北京女孩没有任何区别。江南女子的个性特征正在消失，或者说已经消失，时髦的女孩差不多都成了标准件。

女子的地区特征消失，是社会发展的必然趋势。江南女子很快就会成为一种历史概念，成为中国传统文化的一部分。世界只是一个地球村，小小的江南被淹没，自然在情理之中。江南正越来越城市化，农村包围城市的说法将不复存在，城乡区别再也不能以贫富来衡量。江南繁华的小城镇，富裕的县级市，完全改变了旧有的城市概念。到处都是卡拉OK，到处是宾馆酒楼，到处都可以洗桑拿打保龄球。大城市有的,县城肯定有,县城里有了,小镇上也会有。只要有钱,到哪都一样。只要有钱,吃快餐,吃肯德基吃麦当劳,吃粤菜吃重庆火锅,想吃什么都有,要什么样的服务,就有什么样的服务。江南女子将为清一色的都市女郎所代替,乡下妹子不久的将来,注定会在江南消失,那时候的乡下妹子,是那种"妹妹坐船头,哥哥在岸上走"的带有表演性质的妹妹,只是打情骂俏时的一种临时称呼。

甚至连吴侬软语最终也将消失,人人尽说江南好,游人只合江南老,时代不同了,江南女子四处流动,漂泊随缘,南来而北往,东去日本,西征美国,闯荡澳大利亚,定居加拿大。若干年后,不一定人人都说英语,但是上海人见面就说上海话的习惯,肯定会大为改观。事实上,今日的上海话,已经有吴语普通话的意思。这是一个趋向大同的时代,江南女子和北国女子,包括和外国女子之间的差异,将越来越缩小。江南女子已不再柔弱,不但可以踢足球打排球,而且在国家队当绝对主力。

未来的世界里,江南女子无所不能。苏东坡给王荆公写过一首诗,其中有两句绝佳,可以拿来作为这篇文章的结尾:

> 细看造物初无物,
> 春到江南花自开。

1999年9月4日　碧树园

郴江幸自绕郴山

林斤澜是父亲的挚友,他不止一次对我说过,江苏作家和浙江作家相比,现代是浙江强,当代是江苏强。现代是祖父那一辈,当代是父亲这一辈。现代作家中,浙江有鲁迅,有茅盾,有郁达夫,有艾青,都是高山仰止的顶级人物,自然无法比拟。到当代作家这一拨,按照林斤澜的看法,江苏有高晓声,有方之,有陆文夫,还有汪曾祺,情况完全不一样。

对新时期最初几年的文学,我始终有些隔膜。作为一名中文系大学生,你没有办法不感觉它活生生的存在,而且一段时间,江苏以及全国的文学精英都在眼前转悠,这些人是父亲的好朋友,在我没有成为作家之前,父辈的名作家见了不计其数。我常常听父辈煮酒论英雄,在微醺状态下指点文坛,许多话私下说着玩玩,上不了台盘。我记得方之生前就喜欢挑全国奖小说得主的刺,口无遮拦,还骂娘。最极端并且留下最深印象的,是高晓声神秘兮兮告诉我,说汪曾祺曾向他表示,当代作家中最厉害的就数他们两个。天下英雄,使君与操,余子谁堪共酒杯?我一直疑心原话不是这样,以汪曾祺的学养,会用更含蓄的话,而且汪骨子里是个狂生,天下第一的名分,未必肯让别人分享。

　　提起八十年代初期文学,不提高晓声和汪曾祺这两位不行,他们代表着两种重要的文学现象。八十年代中期,有一次秋宴吃螃蟹,我们全家三口,高晓声与前妻带着儿子,林斤澜夫妇,加上汪曾祺和章品镇,正好一桌。老友相会,其乐融融,都知道汪曾祺能写善画,文房四宝早准备好了,汪的年龄最高,兴致也最高,一边吃一边喝彩,说螃蟹很好非常好,酒酣便捋袖画螃蟹,众人的喝彩声中,越画越忘形。然后大家签名,推来推去挨个签,最后一个是高晓声儿子,那时候,他还在上中学,第一次遇到这种场面,有些怯场。高低声对儿子说,写好写坏不要紧,字写大一些,用手势比画应该多大,并告诉他具体签什么位置上。高晓声儿子还是紧张,而且毛笔也太难控制,那字的尺寸就大大缩了水,签的名比谁字都小,高因此勃然大怒,取了一支大号的斗笔,蘸满墨,在已经完成的画上扫了一笔。

　　大家都很吃惊,好端端一幅画活生生糟蹋了,记得我母亲当时很生气,说老高你怎么可以这样无礼。汪曾祺也有些扫兴,脸上毫无表情。事后,林斤澜夫妇百思不解,问我为什么会这样。我说可能是高晓声对儿子的期望值太高了,他忍受不了儿子的示弱。按说在场的人,朋友一辈的年龄都比高晓声大,只有我和他儿子两个小辈,高晓声实在没必要这么心高气傲,再说签名也可以裁去,何至于如此大煞风景。

第一次见到高晓声，是考上大学那年，他突然出现在我家。高晓声和父亲是老朋友，与方之、陆文夫都是难兄难弟，一九五七年因为"探求者"打成右派，一晃二十年没见过面。乡音未改，鬓毛已衰，土得让人没法形容，农民什么样子，他就是什么样子，而且是上世纪七十年代的农民形象。那时候右派还没有平反，已粉碎了"四人帮"，刚开完三中全会，右派们一个个蠢蠢欲动，开始翘起狐狸尾巴。这是个日新月异的时代，高晓声形迹可疑转悠一圈，人便没有踪影，很快又出现，已拿着两篇手稿，是《李顺大造屋》和《漏斗户主》。

高晓声开始给人的印象并不心高气傲，他很虚心，虚心请老朋友指教，也请小辈提意见。我们当时正在忙一本民间刊物《人间》，对他的小说没太大兴趣。最叫好的是父亲，读了十分激动，津津乐道，说自己去《雨花》当副主编，手头有《李顺大造屋》和方之的《南丰二苗》，就跟揣了两颗手榴弹上战场一样。《李顺大造屋》打响了，获得全国短篇小说奖，这是后话。我记得陆文夫看手稿，说小说很好，不过有些啰唆。话是在吃饭桌上说的，大家手里还端着酒杯，高晓声追着问什么地方啰唆了，陆文夫也不客气，让我拿笔拿稿子来，就在手稿中间删了一段，高当时脸上有些挂不住。我印象中，文章发表时，那一段确实是删了。

上世纪八十年代初期的文学热，和现在不一样，不谈发行量，不谈钱。印象中，一些很糟糕的小说，大家都在谈论，满世界都是"伤痕"，都是"问题"，作家一个个像诉苦申冤的弃妇。主题大同小异，不是公子落难，就是才子见弃，幸好有"帮夫"的红颜知己出来相助，以身相许，然后选个悲剧结局悄然引退。公式化概念化的痕迹随处可见，文学成了发泄个人情感的公器，而且还是终南捷径，一篇小说只要得全国奖，户口问题工作问题包括爱情问题，立马都能解决。当时有个特殊现象，无名作家作品一旦被《小说月报》转载，就会轰动。我认识一位老翻译家，五十岁出头，译过许多世界名著，国外邀请他讲学，介绍中国当代文学。偏偏对当代创作一点不了解，那年头出国不容易，可怜他搞了一辈子外国文学，还没有迈出过国门一步，便随手揣一摞《小说月报》匆匆上飞机。这些《小说月报》还是我堂哥三午送的，并不全，逮着一本算一本。

　　高晓声显然也是沾了文学热的光，他回忆成功经验，认为自己抓住了农民最关心的问题。对于农民来说，重要的只有两件事，一是有地方住，一是能吃饱，所以他最初的两篇小说，《李顺大造屋》是盖房子，《漏斗户主》是讲一个人永远也吃不饱。一段时间内，高晓声很乐意成为农民的代言人，记得他不止一次感慨，说我们家那台二十寸的日立彩电，相当于农民盖三间房子。父亲并不知道农村盖房子究竟要多少钱，不过当时一台彩电的价格，差不多一个普通工人十年工资，因此也有些惶恐，怀疑自己过日子是否太奢侈。高晓声经常来蹭饭，高谈阔论，我们家保姆总在背后抱怨，嫌他不干净，嫌他把烟灰弹得到处都是。一来就要喝酒，一喝酒就要添菜，我常常提着饭夹去馆子炒菜，去小店买烟买酒。高晓声很快红了，红得发紫，红得保姆也不相信，一个如此灰头土脸的人，怎么突然成了人物。

高晓声提起农民的生存状态就有些生气，觉得国家对不起农民。他自己做报告的时候，农民的苦难是重要话题。也许是从近处观察的缘故，我在一开始就注意到，高晓声反复提到农民的时候，并不愿意别人把他当作农民。他可能会自称农民作家，但是，我可以肯定，他并不真心喜欢别人称他为农民作家。农民代言人自有代言人的拖累，有一次，在常州的一家宾馆，晚上突然冒出来一个青年，愣头愣脑地非要和高晓声谈文学。高晓声刚喝过酒，满脸通红，头脑却还清醒，说你不要逼我好不好，我今天有朋友在，是大老远从外地来的，有什么话以后再说行不行。那青年顿时生气了，说你看不起我们农民，你还口口声声说自己是农民，你现在根本不是农民了。高晓声像哄小孩一样哄他，甚至上前搂他，想安慰他，但是那年轻人很愤怒，甩手而去。高晓声为此感到很失落，他对在一旁感到吃惊的我叹了口恶气，说了一句很不好听的话。我知道对有些人，高晓声一直保持着克制态度，他不想伤害他们，但是心里明白，在广大的农村，很有这样一些人，把文学当作改变境遇的跳板，他们以高的成功为样板，为追求目标，谈到文学，不是热爱，而是要利用。我知道高晓声内心深处，根本就不喜欢这些人。

这样的人，当然不仅农村才有，也不仅过去才有。仔细琢磨高晓声的小说，不难发现，他作品中为农民说的话，远不如说农民的坏话更多。农民的代言人开始拆自己的台，从陈奂生开始，农民成了讥笑对象。当然，这农民是打了引号的，因为农民其实就是人民，就是我们自己。中国知识分子阶级总处于尴尬之中，在对农民的态度上，嘴上说与实际做，明显两种不同的思维定式。换句话说，我们始终态度暧昧，一方面，农民被充分理想化了，对缺点视而不见，农民的淳朴被当作讴歌对象；另一方面，又把农民魔鬼化了，谁也不愿意去当农民。结果人生所做一切努力，好像都是为了实现不再做农民这个理想，甚至为农民说话，也难免项庄起舞，意在沛公。

父亲一直遗憾没有以最快速度将汪曾祺的《异秉》发表在《雨花》上。记得当时不断听到父亲和高晓声议论，说这篇小说写得如何好。未能即时发表的原因很复杂，结果汪另一篇小说《受戒》在《北京文学》上抢了先手。从写作时间看，《异秉》在前，《受戒》在后。以发表而论，《受戒》在前，《异秉》在后。

汪曾祺后来的大受欢迎，和伤痕文学问题小说倒胃口有关。当时，除了汪的《异秉》，还有北岛的《旋律》，这小说是我交给父亲的，他看了觉得不错，也想发表在《雨花》杂志上。根据行情，这些小说并不适合作为重点推出。大家更习惯所谓思想性，编刊物的人已感到需要新鲜的东西来冲击一下，但是这仍然需要时间。对上世纪八十年代初期文学有兴趣的人，不妨去翻翻当时的刊物目录。那时候，汪曾祺的小说，包括林斤澜的小说，显然不适合做头条文章。这两个人后来都获得全国短篇小说奖,只要看获奖名单的排名,就知道不过是个陪衬。我记得有人说过,汪曾祺和林斤澜只是副榜,有名气的作家早拿过好几次了,既然大家私下里叫好,就让他们也轮到一次。

和高晓声迅速走红不同,汪曾祺小说有个明显的慢热过程。高晓声连续两届全国奖,而且排名很靠前,一举成名天下知。汪曾祺却是先折服了作家同行,在圈子里获得越来越多的认同叫好,然后稳扎稳打,逐渐大红大紫。客观地说,在上世纪八十年代初期,高晓声名气大,到八十年代中后期,汪曾祺声望高。这两个人在八十年代不期相遇,难免棋逢对手,英雄相惜。高晓声一度对汪的评价极高,但是我印象中,绝对是汪成名之前,有一次他甚至对我说,汪的小说代表了国际水平。正是因为他强烈推荐,《异秉》还是在手稿期间,我就看了好几遍。

高晓声一直得意《陈奂生转业》中的一个细节,小说中县委书记问寒问暖,把自己的帽子送给了陈奂生,说帽子太大,他戴着把眼睛都遮住了。这顶帽子显然有乌纱帽的意思,县太爷戴着嫌大,放在农民的头上却正好。熟悉高的都知道,他有"阴世的秀才"之美称,是个促狭鬼。"陈奂生"是高晓声笔下的一个重要人物,出现在多篇小说中,要比李顺大更有血有肉,而"帽子"恰恰是塑造这个人物的重要道具。在一开始,陈奂生有顶帽子叫"漏斗户主",这是他的绰号,然后日子好起来,手里有了些闲钱,便想到进城买顶"帽子",因此演绎了"进城"故事,再获全国小说奖的荣誉，然后不安分地"转业"，竟然要做生意了，莽莽撞撞走县委书记的门路，居然堂而皇之地戴上了县太爷的"帽子"。高晓声经常在这种小聪明上下功夫，也就是说经常嵌些小骨头。我觉得汪曾祺对高晓声的赞许，也在这一点上，他说高有时候喜欢用方言，自说自话，不管别人懂不懂，不管别人能不能看下去。汪的意思是他反正明白，知道高小说中藏有骨头，那骨头就是所谓促狭。

　　曾经有两次，和汪曾祺谈得好好的，突然就中止了。我一直引以为憾，后悔自己没有找机会，把没说完的话进一步谈透。一次是上世纪九十年代，父亲已经过世，他来南京开会，在夫子庙状元楼的电梯里，很认真地对我说："你父亲的散文，我都看了，很干净，没有一个多余的字……"因为是会议开幕前夕，他刚说完，电梯已到达，门外有人在招呼我们。汪曾祺意犹未尽，被一个小姐带走了。我很遗憾话刚开始就中断，匆匆开始，又匆匆结束。我知道后面还有话要说，他的表情很严肃，并不像一般的敷衍。作为长辈，他很可能要借父亲那本薄薄的散文集，说些什么。也许他觉得父亲不应该写那么少，也许他觉得我写得太多了，总之，提到父亲的时候，他眼睛里充满了一种悲哀。

　　还有一次是上世纪八十年代的扬州街头，当时父亲也在场，还有上海的黄裳先生，我们一起吃早餐，站在一家小铺子前等候三丁包子。别人都坐了下来，只有我和汪曾祺站在热气腾腾的蒸笼屉子前等候。我突然谈起了自己对他小说的看法，说别人都说他的小说像沈从文，可是我读着，更能读出废名小说的味道。他听了我的话，颇有些吃惊，含糊其辞地哼了一声，然后就沉默了，脸上明显有些不高兴。我当时年轻气盛，刚走出大学校门，虽然意识到他不高兴了，仍然具体地比较着废名和沈从文的异同，说沈从文的句式像《水经注》，而废名却有些像明朝的竟陵派，然后捉贼追赃，进一步地说出汪曾祺如何像废名。蒸笼屉子里的三丁包子迟迟不出来，我口无遮拦地继续说着，说着说着，汪曾祺终于开口了："你说的也有一定道理，然而——"他显然已想好该怎么对我说，偏偏这时候，三丁包子好了，他刚要长篇大论，我们交牌子的交牌子，拿三丁包的拿三丁包，话题就此再也没有继续。

　　我自己也成为作家以后，才知道汪曾祺当时为什么不高兴。一个作家未必愿意别人说他像谁，像并不是个好的赞美辞，作家永远独一无二的好。汪曾祺喜欢说他与沈从文的关系，西南联大时期，汪是沈从文的学生，在写作上曾接受过指导。上世纪八十年代也是沈从文热兴起的时候，沈门嫡传是一块金字招牌，汪曾祺心气很高，显然不屑于以此作为自己的包装材料。平心而论，汪小说中努力想摆脱的，恰恰是老师沈从文的某种影响。在语言上，汪曾祺显得更精致，更峭拔，更险峻，更喜欢使才，这种趋向毫无疑问地接近了废名。"为人性僻耽佳句，语不惊人死不休"，鲁迅先生谈起废名时，曾说他有一种"着意低徊，顾影自怜"的情结，汪曾祺也提到过废名的这种自恋，而且是以一种批评态度。废名的名声远不及沈从文，汪谈到一些文学现象，为了让读者更容易明白，在习惯上，提到更多的还是沈从文，因为熟悉程度上来看，毕竟自己老师更近一点。事实上，说他像沈从文听了都不一定高兴，说他像不如沈从文的废名，当然更不高兴。

高晓声成名后，闹过很多笑话，譬如用小车去买煤球，结果撞了一个老太太。他赔了几十元钱，为此很有些怨言，我笑他自找，煤和霉同音，在上世纪八十年代初，很大的官才有小车坐，如此奢侈，报应也在情理之中。那时候，北岛在《新观察》做编辑，有一次来南京找高晓声组稿，用开玩笑的口气问我，听说高写了一篇海明威式的小说，是不是真有其事。我告诉北岛，高不止写了一篇这样的小说，而是断断续续写一批，这就是《鱼钓》《山中》《钱包》，以及后来的《飞磨》，所谓"海明威式的"说法并不准确，应该说是带一些现代派意味。

高晓声一度很喜欢与我聊天，觉得我最能懂他的话，最能明白他的思想，而且愿意听他唠叨。一九八四年年初，江南下了一场罕见的大雪，我们去了江阴，躲在一家宾馆里，足足地聊了两天两夜。电网遭到破坏，结果我们用掉了许多红蜡烛。秉烛夜谈的情景让人难忘，那时候，已经五十好几的高正陷入一场意外的爱情之中，谈到忘形之际，竟然很矫情地对我说，现在他最喜欢两个研究生，一个是我，另一个当然是与爱情有关了。那是我印象中，高晓声心态最年轻的时候。

忘不了的一个话题,是高晓声一直认为自己即使不写小说,仍然会非常出色。毫无疑问,高晓声是个绝顶聪明的人,如果认真研究他的小说,不难发现埋藏在小说中的智慧。机会属于有准备的人,从一九五七年打右派,到二十年复出文坛,他从来没有放弃努力。在"探求者"诸人中,高晓声的学历最高,字也写得最好。他曾在上海的某个大学学过经济,对生物情有独钟,虽然历经艰辛,但自信心从来没有打过折扣。落难期间,他研制过"九二○",并且大获成功,这玩意儿究竟是农药,还是生物化肥,我至今仍然不明白。高晓声培育过黑木耳和白木耳,据说有很多独到之处,经他指导的几个人后来都发了大财。

我不知道高晓声有没有对别人表达过这种观点,那就是文学虽然给他带来了巨大荣誉,可是他一直相信,自己如果不写小说可能会更好。在上世纪八十年代,随着改革大潮的深入,他似乎看到了更多的发财机会,然而,他的年纪和已经获得的文学功名,已经不允许再去冒险。很多人的印象中,高晓声只是一个写农民的乡土作家,是个土老帽,可是大家并不知道,他身上充分集中了苏南人的精明,正是利用这种精明,他轻易敲开了文坛紧闭的大门。关于高晓声的成功秘诀,总能听到两个简单化的推论,这就是被打成了右派,是苦难成全了他,另外,他熟悉农民,因为熟悉,所以就能写好。

很显然,高晓声不会真心赞同这种简单观点。某种特定的场合,他或许会这么说,然而只是权宜之计,是蒙那些玩文学评论的书呆子,他知道这绝不是事情的真相。同时具备两个条件的大有人在,为什么偏偏高晓声出人头地。写作作为一种专业,自然应该有它的独特性。首先,是写作这种最具体的劳动行为,让作家成为作家。作家如果不写,就什么都不是,千万不要避重就轻,颠倒黑白。在被打成右派以前,高晓声就已经是个作家了,因此真实的答案,是一九五七年反右剥夺了一个作家的写作权利,不只是剥夺了高晓声,而且凋零了后来那一大批"重放的鲜花"。事实上,新时期文学的初级阶段,真正活跃在文坛上的,还是那些"文革"后期的笔杆子,这些人中既有初出茅庐的新手,也有重现江湖的旧人。时过境迁,那些充满时代痕迹的文字,都是很好的文学史料,譬如方之,早在上世纪七十年代初期,就孜孜不倦地写过一部关于赤脚医生的小说《神草》。

把写作形容为一种手艺似乎有些不大恭敬,然而又不得不让人感到尴尬,它确实是真相的一部分。通常认为粉碎"四人帮"前后的小说泾渭分明,是完全不同质的文学现象,却很少去注意它们的一脉相承。其实"文革"腔调并不是一刀就能斩断,在前期那些伤痕文学问题小说中,"文革"遗韵历历可数随处能见。高晓声的精明之处,在于他一眼就看透了把戏。换句话说,在一开始,文学并不是什么文学,或者不仅仅是文学。文学轰动往往是因为附加了别的东西,高晓声反复强调自己最关心农民的生存状态,关心农民的房子,关心农民能否吃饱,这种关心建立在一种信念之上，就是文学作为一种工具，可以用来做一些事情。"利用小说进行反党"是"文革"中作家们很重要的一个罪名，"文革"已经结束了，人们仍然相信通过小说，能改变民间的疾苦。

成也萧何，败也萧何。高晓声身上贴着农民作家的标签，俨然是农民利益的代言人，但是他早就在思索究竟什么是文学这个问题。连续两次获得全国短篇小说奖，在当时是非常骄人的成就，面对摄像镜头的采访，在回答为什么要写作的提问时，高晓声嘿嘿笑了两声，带着很严重的常州腔说："写小说是很好玩的事。"那时候电视采访还很新鲜，我母亲看了电视，既吃惊，又有些生气，说高晓声怎么可以这么说话。十年以后，王朔提到了"玩文学"这样的字眼，正义人士群起围剿，很多人像我母亲一样吃惊和生气。高晓声可不是个油腔滑调的人，他知道如何面对大众，决不会用一句并非发自心腑的话来哗众取宠。

恰好我手头还保持着一九八〇年的日记，在十二月六日这天，记录我和高晓声的谈话：

"我后悔一件事，《钱包》《山中》《鱼钓》这三篇没有一篇能得奖。"

"是呵，《陈奂生》影响太大了，"我说，"我看见学校的同学在写评选单的时候，都写它。"

"唉，可惜，"他叹气。

"陈影响比较大。"

"是的,陈是雅俗共赏的,大家都接受。"
"但愿上面(评奖组)会换一下。"
"不会的。"

如果不是记录在案,真不敢相信当时会有这样的文字,而且是小说体。有一点我永远也忘不了,这就是高晓声对自己的这些现代派小说自视甚高,在十二月十四日的日记中,有这么一段记录他的话:

"《山中》是我最花气力的一篇小说,一个字,一段,都不是随便写出来的。"

我告诉他,《山中》以及同类题材三篇反应不好,有人看不懂。

他只是抽烟,临了,拧灭:"一句话,我搞艺术,不是搞群众运动。"

……

"我的作品,要是有个权威出来说话,就好了。"

我说:"光权威还不足,有更厉害的。"

"谁?"

"洋鬼子。"

他笑了。

"真的,你不要笑。现在最怕的就是洋鬼子,假如有个外国人站出来,说高晓声的作品如何,再和一个什么时髦的流派不谋而合。于是,你就要轰动了。"

他信服地点点头。

"像把《钱包》翻译出去,就是件好事。"

"对的,外国人他们是识货的。"

"当然,不能光译文,最好是那些精通汉文的文学家,他们对中国社会了解,感受深,感觉也准确。"

"就是呀,要不然,我的语言他们理解不了。"

那段时候,和高晓声之间有很多这样的对话,我只是觉得好玩,随手记了下来。当然有些属于隐私,不便公布。我不过想说明一点,当高晓声被评论界封为农民代言人的时候,身为农民作家的他想得更多的其实是艺术问题。小说艺术有它的自身特点,有它的发展规律,高晓声的绝顶聪明,在于完全明白群众运动会给作家带来好处,而且理所当然享受了这种好处。但是,小说艺术不等于群众运动。在当时,高晓声是不多的几位真正强调艺术的作家之一,他的种种探索,一开始处于被忽视的地位,即使在今天提起的人也不多。我们谈起大陆的现代派运动,往往愿意偷懒,一步到位,从上世纪八十年代中期开始说起,张口就是新潮小说或者先锋小说。其实早在八十年代初期,有思想的作家就蠢蠢欲动,值得指出的,大陆的现代派最初更热衷的是形式,这集中在那些尚未成名的青年作家身上,中年作家通常不屑于这些时髦玩意儿,王蒙小说中有些意识流已难能可贵,像高晓声那样在小说中描写人的普遍处境，极力在内容上下功夫，用北岛的话来说，写出了"海明威式"的小说，简直就是凤毛麟角。

汪曾祺的叫好，充分反映了文坛的一种期待。高晓声动用了"国际水平"这样的大词，说明他在汪的小说中，看到了自己久已等待的东西。如果说，高晓声还在试图寻找艺术，还在琢磨如何做好艺术这道大菜，汪曾祺横空出世，很随意地将美味佳肴端到了读者面前。

汪曾祺的小说，很像一场不流血的革命，悄悄地来了，悄悄地有些反响。它不像意识流小说那么时髦，那么张扬，那么自以为是。新时期初期小说中的现代派，更多的是外在，表面上做文章，不加标点符号，冒冒失失来上一大段，然后便宣称已把意识像水的那种感觉写出来了。意识流更像是一场矫情做作的形式革命，根本到达不了文学的心灵深处，在一开始就老掉牙，它的特殊意义，不过是往保守的传统叙述方式中，扔了几颗手榴弹。

如果汪曾祺的小说一下子就火爆起来，结局完全会另外一种模样。具有逆反心理的年轻人，不会轻易将一个年龄已不小的老作家引以为同志。好在一段时间里，汪曾祺并不属于主流文学，他显然是个另类，是个荡漾着青春气息的老顽童，虽然和年轻人的方式完全不一样，然而在不屑主流这一点上找到共鸣。文坛非常世故，一方面，它保守，霸道，排斥异己，甚至庸俗；另一方面，它也会见风使舵，随机应变，经常吸收一些新鲜血液，通过招安和改编重塑自己形象。毫无疑问，汪曾祺很快得到了年轻人的喜爱，而且这种喜爱可以用热爱来形容。在上世纪八十年代中后期，他的声名与日俱增，地位越来越高，远远超过了高晓声。

一九八六年暮春，我的研究生论文已经做完，百无聊赖。一个偶然契机，为一家出版社去北京组稿，出版社的领导相信，我的特殊身份会比别人更容易得到名家稿件。这颇有些像今天的学生打工，当时并没有任何报酬，只是报销了差旅费。我第一次到北京不住在自己家，因为还有一个研究生同学与我同行，而且几乎整天骑自行车在外面跑。通过分配在北京的大学本科同学，我们下榻在外交部招待所，所以要提一句，因为它前身是著名的六国饭店，虽然破烂不堪，一个房间住六个人，当年的豪华气派隐约还在。短短的几天里，收获颇丰，我们走马观花，接连拜见了许多名家，其中就包括汪曾祺。

从六国饭店去拜见汪曾祺，仅仅从字面上看，仿佛在说一个民国年间的古老故事。事实上，当时的商业大潮已如火如荼，北京已开始像个大工地。我们骑着两辆又破又旧的自行车，风尘仆仆到了蒲黄榆路，见了汪曾祺以后，称呼什么已记不清，对于父辈的人，我一向伯伯叔叔乱叫。事先林斤澜已打过招呼，汪曾祺知道我们要去，因此没有任何意外，只是问我们从哪里来，怎么来的，问父亲的情况，问祖父的情况。我们冒冒失失地组稿，胡乱约稿，长篇短篇散文，什么都要。汪笑着说他写不了长篇，然后就闲扯起来。

那一年我已经快三十岁，做过四年工人，读了七年大学，当过一年大学教师，社会经验严重不足。我只是一个业余的编辑，初出茅庐，对文坛充满好奇心。汪曾祺住在一套很普通的房子里，不大，简陋，记忆最深的是卫生间，没有热水器，只有一个土制的吸热式淋浴器，这玩意儿现在根本见不到。很难想象自己心目中的一个优秀作家，就生活在这样的一个环境里，房子仍然还有几成新，说明在这之前的居住环境可能更糟糕。我记得林斤澜几次说过，汪曾祺为人很有名士气，名士气的另一种说法，就是不随和。我伯父也谈过对汪的印象，说他这人有些让人捉摸不透，某些应该敷衍应酬的场合，坚决不敷衍应酬，关键的时候会一声不吭。说老实话，我的这位伯父也不是个随和的人，他眼里的汪曾祺竟然这样，很能说明问题。

在父辈作家中，汪曾祺是最有仙气的一个人。他的才华出众，很少能有与之匹敌的对手。父亲在同龄人中也算出类拔萃，但是因为比汪小六岁，文化积累就完全不一样。虽然都被打成右派，虽然都长期在剧团里从事编剧工作，汪的水平要高出许多。很重要的一个原因，是汪在抗战前，基本完成了中学教育，而父亲刚刚读完小学。童子功不一样，结果也就不一样。和汪曾祺接触过的人，都应该有这样的体会，那就是他确实有本钱做名士。名士通常学不来的，没有才气而冒充名士，充其量也就是领导干部混个博士学位，或者假洋鬼子出国留一趟学。汪曾祺和高晓声有一个共同点，都是大器晚成。苦心修炼而得道，不鸣则已，一鸣惊人。高晓声出山的时候，已经五十岁，汪曾祺更晚，差不多快六十岁。

在我的印象中，并没有见到多少汪曾祺的不随和。只有一次，参观一个水利枢纽展览，一位领导同志亲自主讲，天花乱坠地做起报告来，从头到尾，汪曾祺都没有正眼瞧那人一眼。这给我留下了非常深刻的印象，以后遇到类似的场合，忍不住便想模仿。我们已经习惯忍受毫无内容的报告，习惯了空洞，习惯了大话，习惯了不是人话。仅仅一次亲眼目睹已经足够了，窥一斑而知全豹，这正是我在现实生活中所期待的，而在此前，文人的名士气通常只能在书本上见到，我成长的那个年代里，文人总是夹着尾巴做人，清高被看成一个很不好的词，其实文人不清高，还做什么文人。

还有一次是在林斤澜家，父亲去北京，要看望老朋友，一定会有他。那次是林斤澜做东，让我们父子过去喝酒，附带也把汪曾祺喊去了。林和汪的交情非同一般，只有他才能对汪随喊随到。开了一瓶好酒，准备了各色下酒菜，在客厅的大茶几上摆开阵势，我年龄最轻，却最不能喝，汪因此笑我有辱家风。这时候已是一九八九年的秋天，汪曾祺自己的酒量也不怎么行了，父亲也不能喝，真正豪饮的只有林斤澜。对于父亲来说，我吃不准是不是最后一次与林汪在一起，好像就是，因为自从前一年祖父过世，这是父亲最后一次去北京。这样的聚会实在太值得纪念，记得那天说了许多不久前发生的事情，汪和林都有些激动，有些感叹，也有些愤怒。后来话题才转开，印象中的汪曾祺，不仅有名士气，而且是非分明，感情饱满。

记忆中，更多的是汪曾祺的随和。那一年在扬州，我作为具体办事人，竟然安排他住了一间没有卫生间的房间。这种疏忽如今说起来，真是不应该原谅，应该狠狠地打屁股。让已经高龄的汪半夜三更起来上公共厕所，只有我这种刚出大学门的书呆子才能做出来，事实上，我根本就没想到上厕所的问题。当时完全是为了搞情调，好端端的酒店不去住，却住到了小盘谷公园，这里风景如画，于是便忽视了它的设施太落后。这是我一直感到后悔的一件事，虽然汪从来没有表示过怨言，而且夸奖我比他年轻时办事能力强，但是我不得不承认自己确实不像话。说起来真惭愧，当时我身上带着一笔公款，因为稀里糊涂，这笔公款竟然几次差点丢掉，一次丢在包租的面包车上，还有一次更悬乎，人都上了去镇江的渡轮，突然想到搁钱的黑皮包还丢在参观的地方。

　　我的糊涂一定也给汪留下了印象，到后来，每次出发转移，他都笑着问我，钱是否带着或保管好了。我父亲已是有名的糊涂人，他的公子事实证明更糟糕。那时候，还没有一百元的钞票，也不过是几千块钱，害得我成天丢魂落魄。前后大约有半个月，江南江北访古寻幽，就我一个莽撞的年轻人，冒冒失失地领着几位老先生东奔西跑，这种荒唐今天想起来根本就不可能。除了应该到的名胜之外，我们还去了一些很容易被忽视的地点，在扬州，去隋炀帝陵，在常州，去黄仲则的两当轩，参观一间东倒西歪的旧房子，去赵翼故居，拜谒一个破败的楠木大厅，还去了正在筹备的恽南田故居，汪在那写诗作画，泼墨挥毫技惊四座。

高晓声和汪曾祺都是我敬重的前辈，是我文学上的引路人。上世纪八十年代的大多数时间，我在大学里苦读，不断地写些东西，对自己的未来，一直没什么明确目的。是高晓声和汪曾祺这样的作家，活生生地影响了我，让我跃跃欲试，但是也正是他们，让我对是否应该去当作家产生怀疑。按照我的看法，高和汪能成为优秀作家，都是因为具备了特殊素质，他们都是有异秉的人，高晓声绝顶聪明，汪曾祺才华横溢，而我恰恰在这两方面都严重不足。

我忘不了高晓声告诉的一些小经验，他告诫我写文章，千万不能走气，说废话没有关系，但是不要一路点题，写文章是用气筒打气，要不停地加压，走题仿佛轮胎上戳了些小孔，这样的文章看上去永远瘪塌塌的，没有一点精神，而文章与人一样，靠的就是精神。高晓声还教会我如何面对寂寞，很长时间，我陷入深深的苦闷之中，写的小说一篇也发表不了，他却认为这是好事，说你只要能够坚持，一旦成功，抽屉里的积稿便会一抢而空。对于小说应该怎么写，高晓声对我的指导，甚至比父亲的教诲还多。同样，虽然没有接受过汪曾祺的具体辅导，但汪文字中洋溢的那种特殊才华，那种惊世骇俗的奇异之气，一度成为我刻意的学习样板。我对汪曾祺的文体走火入魔，曾经仔细揣摩，反复钻研，作为他的私淑弟子，我至今仍然认为《异秉》是汪曾祺最好的小说。

毫无疑问，这是两位应该入史的重量级人物。评价他们的文学地位，不是我能做的事情，是非自有公论。我不过坐井观天，胡乱说说高晓声的聪明和汪曾祺的才华。进入上世纪九十年代，我一直在想，为什么我敬重的这两位作家，都不约而同越写越少。很显然，写作这工作，在高汪看来，都不是什么难事。高晓声不止一次告诉我，事实上，他一年只要写两三个月就足够了。对于高晓声来说，写什么和怎么写，他都能比别人先一步想到。他毕竟太聪明了，料事如神，似乎早就预料到文学热会来，也会很快地就去，在热烈的时候，他是弄潮儿，在冷下去的时候，他便成了旁观者。在七十年代末八十年代初，高晓声每年写一本书，到八十年代和九十年代，几年也完成不了一部作品。

　　年龄显然是个很好借口，然而肯定不是唯一的托辞。这两个人出山的时候，年龄都已经不小了。有时候，我会自以为是，不知天高地厚地做假设，会不会物极必反，这两个人的聪明和才华，最后不幸都成了反动的东西。譬如高晓声，他敏锐地意识到，既然是搞文学，就要把它当作艺术来搞，就要有探索，有试验，然而这种探索和试验，由于脱离群众，注定是不会叫好的，对于一个成名的作家来说，不叫好将是一件很难忍受的事情。高的聪明是不是表现在他清醒地意识到，既然不叫好，还写它干什么。因为聪明，所以看透了文学的把戏。在高的晚年，已经看不到什么写作激情，而在汪曾祺后来的文章中，同样也看不到激情，汪刚出山时的那种喷薄之势，那种拔剑四顾无对手的气概，说没有就没有了。

　　有时候，过分的尊敬是否也会成为一种伤害。我们给知识分子似乎只有两种选择，不是捧上天堂，就是打入地狱。进入八十年代，作家地位有个短暂而急剧的上升过程，因为上升太快，后来的作家便会有些不服气的委屈。从一个小细节上，也可以看到这种变化。譬如父亲最初称呼汪曾祺，一直叫他老汪，然而到后来，不知不觉地便改口了，改成了"汪老"。我记得邵燕祥在文章中，好像也提到过，他也是不明白自己怎么就改了称呼。毫无疑问，这里面很大的原因是出于尊重。我想汪曾祺自己未必会喜欢这样，他可能会觉得很意外，觉得生分，当然也可能根本就没有意识到。然而，即使是没有意识到的问题，仍然会成为问题。在后来的写作中，汪曾祺似乎总是有太多的才华要表现，表现才华最后演变为挥霍才华，结果才华仅仅也就是才华，既是手段，又是目的。

举个不恰当的例子，新时期文学开始阶段，文学水准虽然粗糙，却很像历史上的初唐，这是个生机勃勃的时代，孕育着大量机会。高晓声和汪曾祺能够复出文坛，叱咤风云，显然与时代有关，早不行，晚也不行。高晓声曾经特别喜欢重复一个段子，说有四个人要过河，被摆渡人蛮横地拦住了，要他们拿出自己最宝贵的东西来，否则就留下来。四个人分别是有钱人、大力士、做官的、作家。有钱的用钱开路，大力士亮了亮拳头，做官的说我给你换个更舒服的工作，作家无计可施，便说我唱首歌吧。唱完了，摆渡人说你的歌难听死了，还不如做官的说得好听，于是把他扔在了河边。天渐渐黑了，作家又冷又饿，想到家中的妻儿，不禁仰天长叹,说自己平生又没有做过孽,为什么没有路可以走。这一声长叹让摆渡人听见了,说这才是你最宝贵的东西,比刚才唱得好听,我送你过河吧。高晓声想说的是,作家就应该有这种发自内心的感叹,而且他进一步发挥这个故事,说摆渡人在做官的照顾下,改行了,作家便当起了摆渡人,因为他突然明白自己的工作性质和摆渡人是一样的。

  高晓声在晚年,根本不愿意对我谈起什么写作。他已经变得不屑与我说这些。他的心思都用到别的事情上,像候鸟一样飞来飞去。作为小辈,对他的私事我不应该多说,只是感叹他晚年的生活太不安定,安定又是一个作家所必需的。作家通过写作思考,不写作,就谈不上思考。有一天,他突然冒冒失失地出现在我面前,说今天在你这儿吃饭,有什么吃什么。那时候父亲已经过世了,他好像真的只是来吃饭,喝了些酒,夸我妻子烧的菜好吃,尤其喜欢新上市的蚕豆。我们没有谈文学,没有谈父亲,甚至都没有谈自己,谈了些什么,我根本记不清楚。妻子连忙又去菜场,专门烧了一大碗蚕豆让他带走。他就这么匆匆来,匆匆去,机关的车送他来,然后又是机关的车送他去。晚年的高晓声可以有很多话题,他开始练书法,练自己发明的气功,不断地有些爱情故事,可惜都与文学没什么关系。

  我一直不明白的是,好端端一个中国当代文坛,为什么很快从初唐,进入了暮气沉沉的晚唐,没有盛唐,甚至没有中唐。从王杨卢骆的欣欣向荣,一下子到了李商隐和杜牧的年代,这种太快的过渡,让人匪夷所思,让人目瞪口呆。我忘不了汪曾祺讲述的"文革"中被江青接见的故事。他叙述的时候，先是平静，继而苦笑，最后忍不住感叹。这是他一生最戏剧性的一面，后来，他用典型的汪氏简洁文笔，将这段故事写下来寄给我，如果说我不长的编辑生涯中，还编过一些好稿子，这篇文章应该名列榜首。二〇〇〇年初冬，汪曾祺的老家为他设纪念馆，征集留言，我写了几句话：

> 汪先生的才华举世公认，即使"文革"那样的背景，也出类拔萃。假如没有被打成右派，没有"文化大革命"，没有政治运动，汪先生一定会取得更大成就。好在历史终于给他最后机会，汪先生丰富了新时期文学，影响了一代作家。求仁得仁，这是人间的第一等快事。功遂身谢，名由实美，汪先生仰首伸眉，笑傲文坛顾盼自雄。

写了这段文字以后，我知道自己以后一定还会再写些什么。早在一九四六年，接受记者采访的时候，沈从文先生很有激情地说起当时最好的青年作家，是刚在《文艺复兴》上发表小说的汪曾祺。到"文化大革命"中的一九七二年，沈先生给巴金夫人萧珊写信，又描述了汪曾祺当时的形象，说他现在已成了名人，头发也开始花白，"初步见出发福的首长样子，我已不易认识"，这"不易"两个字很耐咀嚼，然后笔锋一转，说"后来看到腰边的帆布挎包，才觉悟不是首长"。生姜自然老的辣，沈先生是什么人，笔落惊风雨，诗成泣鬼神。

到"文化大革命"结束的时候,巴金老了,沈从文老了,写小说已没有那个精力。待从头,收拾旧河山的光荣任务,天降大任落到汪曾祺和高晓声这一代人身上。一个人真没有机会,呼天天不应,求地地不听,但是机会一旦出现,就只能属于有充分准备的人。聪明过人的高晓声登场了,才华过人的汪曾祺也登场了。当我们仰天长叹,对剥夺巴金和沈从文写作权利的那个时代,表示切齿痛恨之际,不得不庆幸后面一代人的运气太好,他们苦尽甘来,终于在最后抓住际遇。

今人不见古时月,今月曾照古时人。凡是读过《异秉》的人,都免不了去想,去思索,琢磨小说中王二的"异秉"究竟在什么地方。汪曾祺借王二之口,幽了一默,说他的奇异之处,只是"大小解分清"。什么叫大小解分清,王二进一步解释说:

> 我解手时,总是先解小手,后解大手。

这是王二随手扔的一块香蕉皮,顿时很多人中计,滑了一个大跟头,小说结尾时,厕所里已人满为患,大家都去抢占茅坑,研究自己是否有"异秉"。我喋喋不休提起《异秉》,喜欢这篇小说之外,更觉得可以用它说事。无论高晓声的聪明,还是汪曾祺的才华,都十分难得,这些东西本身就是异秉，是镜中花，是水底月，无迹可寻，可遇不可求。后人如果不明白，希望通过模仿，学些聪明和才华的皮毛，驾轻车走熟路，野心勃勃到文坛上去闯荡，去捞些什么，注定只能铩羽而归。高晓声和汪曾祺获得了应有地位，后来作家如果不能从他们的树荫中走出来，不另辟蹊径，不披肝沥胆，文学的前景就没什么乐观。换句话说，当代文学如果不够繁华，是否与太多的聪明和才华有关。

2003年1月2日　河西

欲采萍花不自由

1

破额山前碧玉流,
骚人遥驻木兰舟。
春风无限潇湘意,
欲采萍花不自由。

柳宗元的这首诗,发行量巨大的《唐诗三百首》没有选。"文化大革命"中的批林批孔读物《柳宗元诗文选注》也没有选,这本小册子1974年第一版印了三十万,无意中成为人们想学点文化的教材。我那时候才十七岁,对古文没什么感觉,有兴趣的只是柳宗元"名列囚籍,身编夷人"的流放生涯。中国的大历史告诉我们,改革派通常没什么好下场,不是砍头,便是流放。当时的宣传机器,努力把柳宗元这个法家人物,塑造成一个英姿飒爽的英雄,既高又大还全，可是我更喜欢他倒霉蛋的模样。

　　这也就是我为什么记住了这首诗的原因。春光明媚，潇水和湘江两岸苹花盛开，有个叫曹侍郎的朋友来看望落魄潦倒中的柳宗元，一起喝酒，然后就写诗。古人写友谊的好诗太多，"桃花潭水深千尺，不及汪伦送我情"，大诗人李白把那点意思直截了当说破，这是开门见山，柳宗元却绕个圈子，不说朋友相见不易，只说友谊已经成了奢侈品，想采摘一些河边的苹花送友人都做不到。拐弯抹角是艺术很重要的一个技巧，十几年前讨论朦胧诗，把朦胧两个字反复说，恨不得用显微镜放大了看，其实对于中国的古典诗人来说，诗不朦胧，根本就玩不起来。

　　南北朝时，东晋的丞相王导与尚书左仆射伯仁是好朋友，王导的堂兄王敦不太安分，阴谋叛乱，有人因此主张将与王敦有关系的人统统杀了，斩草要除根，以免后患。王导自知难逃厄运，赴阙待罪，主动跑到元帝那里去领死。伯仁背着王导，在元帝面前拼命为他说好话，结果王导被免罪，躲过了一劫。后来，作乱的王敦终于成了气候，攻入南京，毫不含糊地将伯仁杀了，王导事后才知道自己遇难，伯仁曾极力救过他，而伯仁有难，他却袖手旁观，没能帮上忙，于是陷入深深的后悔之中，哭着说：

　　　　吾虽不杀伯仁，伯仁由我而死。幽冥之中，负此良友。

这个故事从表面上看，是说人的忘恩负义。如果真这么简单，便算不上什么好故事。很多人非常看重友谊的回报，投之以桃，报之以李，只要看准了，友谊会是一笔很不错的投资。但是，如果仅仅从投资做生意的角度来看待友谊，就看低了古人，起码《世说新语》中不推崇那种以结党营私为目的的友谊。这个故事的要害在于后悔和自责，也就是说忘恩只占了极小的比例，关键在于负义。

朋友有难，自己未能给予帮助，仅此一点，足以让王导后悔一生。谁都知道，伯仁之死，与王导既没有直接关系，也没有间接关系，"由我而死"不过是表达一种过分悲痛的心情，是高标准严要求。王导并没有因为自己不是杀人犯而推托罪名，在他看来，自己该出手时不出手，能救人而不尝试救人，罪同杀人。至于他真去救了，能不能救下伯仁，这已经不重要。

友谊也是一种美，这就是可以尽最大的努力去帮助朋友。伯仁这么做了，王导却没有。伯仁享受到了这种美丽，他帮助王导，救了他的命，并且不以救命恩人自居。友谊是一种很自然的东西，斤斤计较就变质和变味。友谊是一种自我完善，从表面上来说，它是为别人，然而实际上更是为了完善自己。伯仁充分享受到了友谊之美，他在王导最需要帮助的时候，悄悄地帮助了他。王导也享受到了，不过是一种反向的，那就是对友谊的忽视，这让他惊醒，让他自责。自责是一种很有意义的反思。

章士钊先生与大汉奸梁鸿志是好友，章因为资助过年轻时代的毛泽东，虽然被鲁迅痛骂，其实有一个很不错的晚年。1973年章逝世，毛泽东送了花圈，周恩来亲自参加追悼会，比较当时许多功勋卓著的开国元勋被迫害致死，章士钊可谓是善终。在纷乱的人世中，一个有点名气的风云人物，想修个善终并不容易。抗战期间，梁鸿志下水做了大汉奸，成了汪伪政权的行政院长，他想为老友章士钊也谋个部长干干，苟富贵，无相忘，然而章一口拒绝了。抗战胜利以后，梁成为阶下囚，章不忘旧情，毅然充当梁的辩护律师，这在当时需要相当的勇气。最后梁仍然被判处死刑，章士钊十分惋惜，毕竟梁有着十分渊博的学识，不过既然自己尽心尽力，也无愧于老友。换句话说，章士钊做了他所应该做的事情，关键时刻，他救不了梁鸿志，却拯救了自己。他不会在梁鸿志被处死以后，因为自己为洁身自好而无动于衷睡不着觉。

2

友谊是讲究境界的，不是拉杆子结拜兄弟。桃园三结义只是民间虚拟的神话，就好比国际间外交无诚意可言一样，结义通常都靠不住。越是高层次的结拜，越靠不住，桃园三结义的要害是帮刘备打天下，飞鸟尽，良弓藏，狡兔死，走狗烹，关羽和张飞的幸运，在于偏安西南一隅的刘备始终没有大杀功臣的机会。真给刘备做了大一统江山的皇帝，难免不像宋太祖和明太祖一样。

对皇帝只能说什么尽忠，妄谈友谊是找死。培根曾经说过，君王并不能享受友谊，因为友谊的条件是平等，而君王和臣民的地位永远悬殊。不管怎么说，友谊与尽忠还是有近似的地方。友谊的血管里隐藏着许多单向阀，它意味着血液一直朝着一个方向流淌。友谊是电筒里射出来的光，它直指目标，从来不拐弯抹角。友谊不是养儿防老，友谊是无私的母爱，只知施予，不图回报，只知耕耘，不问收获。

当然，认定友谊不问回报或许非常片面，所有的比喻都有局限，只谈到了问题的一个方面。拉罗什福科在《道德箴言录》中曾说：

> 我们经常自以为我们爱某些人胜过爱我们自己，然而，造成我们的友谊仅仅是利益。我们把自己的好处给别人，并非是为了我们要对他们行善，而是为了我们能得到回报。

这种赤裸裸的观点从另一个角度逼近友谊的本质。拉罗什福科认为，没有什么事能与爱自己相比，当我们把友谊看得过重，爱友胜过爱自己的时候，"我们只不过是在遵循自己的趣味和喜好"。爱友胜过爱自己，说穿了仍然是一种自爱：

> 人们称之为友爱的，实际上只是一种社交关系，一种对各自利益的尊重和相互间的帮忙，归根

结底，它只不过是一种交易，自爱总是在那里打算着赚取某些东西。

在中国古典诗词里，我们可以读到许多表现友谊的佳句，譬如杜甫的诗中，就常常可以读到他对李白的思念。据郭沫若考证，在现存的一千四百四十多首诗中，和李白有关的占了将近二十首。

> 渭北春天树，
> 江东日暮云。
> 何时一樽酒，
> 重与细论文。
> ——《春日忆李白》

> 醉眠秋共被，
> 携手同日行。
> ——《与李十二白同寻范十隐居》

> 故人入我梦，
> 明我长相忆。
> ——《梦李白二首》

从杜诗的题目中，也可以看出杜甫对李白的敬重，《赠李白》《冬日有怀李白》《天末怀李白》《寄李十二白二十韵》《送孔巢父谢病归游江东兼呈李白》，喜欢杜甫的人免不了略有些不平，杜甫写了这么多诗拍李白的马屁，李白的回应并不多，而且还有几分怠慢。明朝都穆《南濠诗话》说：

> 今考之《杜集》，其怀赠太白者多至四十余篇，而太白诗之及杜者，不过沙邱城之寄，鲁郡东石门之送，及饭颗之嘲一绝而已。盖太白以帝室之胄，负天仙之才，日试万言，倚马可待，而老杜不免刻苦作诗，宜其为太白所诮。

杜厚于李，李薄于杜，按郭沫若的观点，虽然只是"皮相的见解"，毕竟也是不争的事实。李白写给杜甫不多的诗中，那首"饭颗诗"是杜诗爱好者不能容忍的：

> 饭颗山头逢杜甫，
> 头戴笠子日卓午。
> 借问别来太瘦生，
> 总为从前作诗苦。
> ——《戏赠杜甫》

古时候没有照相机，诗人的形象完全靠文字来形容。李白这一戏赠，落实了杜甫的苦相，一副可怜巴巴的模样。比较李白对杜甫和孟浩然截然不同的态度，不难看出友谊的差异。李白在孟浩然面前完全变了一个人，那种清狂傲气全没了踪影：

> 吾爱孟夫子，
> 风流天下闻。
> 红颜弃轩冕，
> 白首卧松云。
> 醉月频中圣，
> 迷花不事君。
> 高山安可仰，
> 徒此揖清芬。
> ——《赠孟浩然》

用这些诗来论证李白厚此薄彼是不确切的。孟浩然比李白大十岁多一些，李白也比杜甫大十岁多一些，正是这十岁多一些，很自然地产生了语调上的变化。长幼有序，中国古代文人之间的友谊，多少都有些亦师亦友的意思。尊长爱幼，友谊是为了让自己得到提高，李白敬重孟浩然，杜甫敬重李白，都不乏这种浅显的功利目的，与傲气不傲气无关。

杜甫被称为"诗圣"自有其道理，一个长得很清纯的女孩子，自称是文学青年，热爱诗歌，谈到李白和杜甫，说她喜欢李白，不喜欢杜甫，因为李白靠才华，杜甫靠刻苦。才华是天生的、自然的，刻苦则是后天的、人为的。我让这个女孩子说出她喜欢的李白的某首诗，和不喜欢的杜甫的某首诗，她顿时有些狼狈，随口报了一句，却是唐人王之涣的"黄河远上白云间"。

　　诗人被误读不是什么奇怪的事情，既然是误读，过错就不能怪诗人自己了。毫无疑问，杜甫是中国最伟大的诗人。说杜甫没才华，必须得有十二分的无知才行。杜甫对于李白，既有年龄上的敬重，更有风格上的佩服。友谊的功利心就在于，我们总是佩服那些比自己更棒的人，友谊的益处在于我们能够以他人之长，改善自己所短。贺拉斯的一句名言曾被经常引用，那就是"对于思想健康者，什么也比不上一个令人愉快的朋友"。蒙田随笔中记载了一个小故事，一位年轻士兵的马在比赛中赢得大奖，国王问士兵那匹马想卖多少钱，是不是愿意用它换一个王国，士兵回答说："当然不，陛下，但我很乐意用它来换一个朋友，如果我能找到一个值得我交朋友的人。"

　　李白对于杜甫的意义，不仅是志同道合，更重要的还在于它能像一块磨刀石一样，能将杜甫的思想磨得闪闪发亮。正像培根说的那样，"讨论犹如砺石，思想好比锋刃，两相砥砺将使思想更加锋利"。武侠高手切磋武艺，双方必须是真正的高手才行，杜甫之倾慕李白，李白之倾慕孟浩然，都是差不多的道理。友谊为互相学习提供了好机会，友谊可以从友谊中得到东西。培根关于友谊必须平等的观点，似乎也可以稍作更正，既然人们指望从友谊中得到些什么，就无所谓谁厚谁薄。换句话说，友谊的双方略有些不平衡，也没什么大不了。

3

我的祖父与朱自清先生有很不错的交情，1976年，祖父与俞平伯先生相约，一起去看望病中的朱先生遗孀，此时距朱逝世已经快三十年。祖父在给俞先生的信中写道：

> 下书访佩弦夫人之事。前曾相约，五一以后共往一访。今五月将尽，故此奉商。弟可以要教部之车，而清华道远，耗油量多，不欲以私事而享此"法权"。至于雇车，其事不易，费亦不少。考虑久之，是否容弟先往，缓日再为偕访。弟已托人探询到朱夫人宿舍，于何站下车，入清华何门为便。到清华之公共汽车自平安里出发，则夙知之也。

这一年祖父八十二岁，当时没有出租汽车，从祖父住处去远在郊外的清华很不方便。俞先生回信同意祖父先去，祖父于是进一步"详细探明到彼之远近"，弄明白"下公共汽车而后，只须步行一站光景即到"，自忖"弟之足力犹能胜也"。到五月三十日终于成行，并写信向老友报告经过：

> 昨日上午与至善出城访竹隐夫人，往返四小时有余，坐一小时，多年积愿，居然得偿，堪以自慰，兄伉俪代致意，已经转告。竹隐夫人不能谓如

何佳健，肺气肿，时觉气喘，右目白内障，曾动手术，视力已极差。子女五人，在京者仅两人，乔森在京市农林局，女容隽在北京师院，只能每周或间周来省视一次。有一每日能来三小时之阿姨帮做杂事，长时则独居一室。此境不能多想，设或临时病作，步履倾跌，呼而无应，如何是好。弟于此未敢说出，今作书简述，自当以所虑相告。

老派人的古板做法，在今天看来有些陈旧。不过，我们至少从这里看到友谊给人带来的另一种自慰。记得也是在"文化大革命"后期，祖父去上海复旦看望郭绍虞先生，市里要派一辆小车给他，祖父想了想，决定还是坐三轮车去，因为他觉得看望朋友是私事，而且坐小车去也有摆阔之嫌疑。考虑到当时教授属于"臭老九"之列，郭先生虽然是"文革"前的国家一级教授，日子未必好过到哪里，祖父不愿意让老朋友感到陌生。

"花径不曾缘客扫，蓬门今始为君开"，君子之交，其淡如水。割脖子换脑袋，同生共死，这是友谊的一种过分夸大。友谊根本用不到走那样的极端。友谊有时候都是些婆婆妈妈的小事，简单，琐碎，平淡，是"相思相见知何日，此时此夜难为情"。友谊根本用不着出生入死，譬如大家都熟悉的吴宓和陈寅恪晚年友情，1961年夏天，吴宓专程去广州看望陈寅恪，临行前，陈先生来信详细嘱咐，关照下火车后如何雇三轮车，大约要多少车钱。又特别说明，自己家人多，不能安排吴住宿，"拟代兄别寻一处"。当时正值三年困难时期，陈在信中实事求是地写道：

> 兄带米票每日七两，似可供两餐用，早晨弟当别购鸡蛋奉赠，或无问题。

这是一次感人的会见，陈先生这一年已七十六岁，身体很不好，因此与吴宓分别时，会很伤感地说"暮年一晤非容易，应作生离死别看"。陈死于"文革"中，吴死于"文革"结束后的1978年，六十年代初的这最后一晤，蕴藏了无限意味。对于吴宓来说，年长六岁的陈寅恪亦师亦友，让他终生敬重。到1971年，被群众运动无数次戏弄和迫害的吴宓，因为久无陈寅恪的音讯，按捺不住思念之情，给远在广州的中山大学革命委员会写了一封信，询问陈寅恪的消息。此信当然是石沉大海，陈寅恪夫妇早在两年前就已经含冤离开人世。我在《闲话吴宓》一文中曾引用过这封信：

> 广州国立中山大学革命委员会赐鉴：
> 　　在国内及国际久负盛名之学者陈寅恪教授，年寿已高（1880光绪十六年庚寅出生），且身体素弱，多病，又目已久盲——不知现今是否仍康健存，抑已身故（逝世）？其夫人唐稚莹（唐筼）女士，现居住何处？此间宓及陈寅恪先生之朋友、学生多人，对陈先生十分关怀、系念，极欲知其确实

消息，并欲与其夫人唐稚莹女士通信，详询一切。故持上此函，敬求贵校（一）覆函示知陈寅恪教授之现况、实情，（二）将此函交陈夫人唐稚莹女士手收，请其覆函与宓，不胜盼感。

信中说陈先生1880年出生，是手误，应该是1890年。据说陈寅恪生前也很关注吴宓的命运，1967年，他的女儿从成都回广州探望老父，陈寅恪迫切地向她询问吴宓的近况，结果女儿只能无言以对。杜牧诗《赠别》中有这样的句子，"门外若无南北路，人间应免别离愁"。友谊有时候正是因为距离，因为离乱，会产生特殊的美感。

4

友谊常会面临严峻的考验，有时候如履薄冰，稍不留神，便掉进水里。我这个年龄的人，不会忘了小时候暑假里看的电影《战上海》，都能记得反派主角汤恩伯。这个汤恩伯完全是个草包，在人民解放军面前，像个小丑似的，蹦了两下就完蛋。真实的情况当然不是这么简单，汤恩伯能混到那么高的军衔，要是没有真才干，蒋介石绝不会把最后看家的那点军队都交给他指挥。

汤恩伯并非出于黄浦，能得到蒋介石重用，与陈仪的引荐分不开。陈仪是日本士官生，与蒋介石既同乡又同学，交情非同一般，他与鲁迅和郁达夫也是好朋友。汤恩伯是陈仪的得意门生，情同父子，在最后关头，陈仪曾秘密动员他反戈一击，像傅作义那样起义，接受共产党的改编。这是一个聪明的选择，就当时形势看，汤虽然重兵在握，战场上已无任何胜机。如果听陈仪的话，蒋介石说不定都去不成台湾，而汤在大陆49年之后的地位，起码能和傅作义一样平起平坐，当个共产党的部级干部。

然而汤恩伯选择了失败，在恩师与党国之间，或者背师，或者叛国，他选择了不可救药的党国。人各有志，勉强不得，汤恩伯的悲剧在于，他没有告密，但是陈仪策反之事被军统侦破，他就不得不站在证人席上，为恩师陈仪的"罪行"作证。陈仪因此被枪毙，汤也陷入终生愧疚之中，据说他在台湾很不得志，已无心于名利场，郁郁寡欢，疑神疑鬼，在家里为陈仪设了牌位，动不动就烧香磕头，惶惶不可终日。

不由地想起一个差不多的故事。在莎士比亚时代，培根结识了女王宠臣和情人艾塞克斯伯爵，两人成为好友。艾比培根小六岁，对他的才华十分敬佩，在艾的极力推荐下，培根在政界如鱼得水。可以这么说，没有艾塞克斯，就没有培根。艾塞克斯后来终于失宠，并以叛国罪被逮捕法办，培根作为一名王室顾问和法律公职人员，奉命参与此案的审理工作，由于他和艾塞克斯的私交众所周知，因此在审理过程中，为了表示不徇私情，表示自己坚决站在女王和国家利益的立场上，培根表现得非常严厉和公正。六个月以后，艾塞克斯被保释回家，传记上说，艾对培根的表现非常失望，于是他就开始筹划一个新的政变阴谋,结果事泄失败,又一次被捕入狱,最终被处以极刑。

在艾塞克斯案件中,培根的做法曾得到后人的非议,人们不能容忍同流合污,也不赞成落井投石。培根的对手在这一点上大做文章,极力往他身上泼污水,结果,许多人一方面喜欢培根的文章,一方面又对他的人格产生怀疑。罗素不得不在《西方哲学史》上为培根辩护,认为把他"描绘成一个忘恩负义的大恶怪,这十分不公正",既然艾塞克斯已经构成叛逆,此时抛弃这样的朋友,"并没有丝毫甚至让当时最严峻的道德家可以指责的地方"。不仅罗素义无反顾地支持了培根,许多著名学者都持差不多的态度,一位研究培根的权威学者,在阅读了培根与艾塞克斯的全部材料后,断然指出培根对艾塞克斯的处理,没有任何值得非议之处,大多数的指责不过是诽谤而已。《培根传》的作者也说:

> 培根的行为曾经受到一些人的苛责。不过谁也不能否认艾塞克斯的确犯有叛国罪。所以很难理解那些责难培根的人到底期待培根做什么?

要求培根像章士钊为梁鸿志那样做辩护,是不现实的。理智和情感常常冲突,友谊虽然简单,到复杂的时候,永远不是语言所能描述清楚。培根也不可能像汤恩伯那样自责愧疚,西方价值体系中的理性思想,远比东方的盲目忠君报国,更富有人文主义的色彩。友谊毕竟不是哥们儿义气,不是小集团利益,不是沆瀣一气。友谊是试金石,可以折射出不同的光芒,培根的做法在人情上似乎有些欠缺,但是培根所以能成为培根,能成为一名大哲学家,成为一名大科学家,成为英国思想史或者说人类思想史上具有里程碑意义的人物,自有其内在的道理。

5

柳宗元的古文对后人的影响,显然要比他的诗大得多。我至今也弄不明白什么叫法家,柳的法家思想对我毫无影响。谈到思想教育,培根的《人生论》对我的影响更大,受益更多。印象中,柳宗元的最大特长是写游记,譬如《永州八记》,非常适合当写作的范本。林纾选评《古文辞类纂》的游记一栏,所选柳宗元文章的篇幅,相当于另选的古文大家韩愈、苏洵、苏轼、王安石的总和。

寄情山水多少有些迫不得已。并不是今天的人才想当官,古时候的人其实也很在意官场。柳宗元被贬为永州司马,司马在汉代是个大官,在唐朝却是贬谪的无职无权的闲散官员,他的心情一定很沉重。好在还能游山玩水,写诗写散文,此外,心目中必定依然存在着友谊,毕竟还有一批志同道合的朋友值得挂念。友谊不仅能提高自己的境界,还能增加快乐,消除忧愁。没有友谊的社会是繁华的沙漠,海内存知己,天涯若比邻,只要心中存着友谊,虽然被贬穷乡僻壤,也不会感到孤独无援。

友谊之美是实实在在的。这也就不难理解偶尔有朋友来看望柳宗元，会产生那么大的激动。李贺诗中有这样的句子，"梦中相聚笑，觉见半窗月"，一旦美梦成真，好友相逢，那份惊喜真不知如何形容才好。柳宗元做了十年的永州司马，苦尽甘来，终于获得了升迁，告别潇水湘江，告别了一望无际的水边萍花，升任柳州刺史。当年一起被贬的好友刘禹锡，也由郎州司马升任连州刺史。升了官，春风得意，柳宗元的诗风和文风都有所改变，他的倒霉蛋形象便不复存在，接下来，只是一心一意积极从政，为人民做了不少好事实事。虽然已经过了一千二百年，如果谁有机会去柳州，一定还能听见当地的老百姓在谈论他。

2001年7月22日　河西

恨血千年土中碧

1

中华书局出版朱东润先生主编的《中国历代文学作品选》，是高校文科教材中很有影响的一套书。读大学期间，上《古代文学史》，我不是逃课，就是坐在课堂里自顾自阅读。朱先生主编的这套作品选有好多卷，每本都十分厚重，记得自己曾对有关李贺的记录很不满意，那段文字的大意，说李贺生活孤独，性情冷僻，对广阔的现实生活缺乏了解和感受，而当时的社会非常黑暗和混乱，因此诗带有阴暗低沉的消极情调。作品选虽然是"文化大革命"前出版，限定在高等学校范围内发行，但是其批评腔调，已经上纲上线。对于喜欢李贺的人来说，这种批评多少有些刺耳。说一个作家没生活，一度批评界很流行，仿佛生意场上说人做买卖没本钱，又好像说女孩子天生不够漂亮，没生活是年轻作家的致命伤，这棍子抡谁身上都合适。

我最初读到的李贺的诗，是"文化大革命"结束前夕，现在回想，犹如一场隔世的春梦。当时在一家小工厂做学徒工，闲着无事，把苏州人民纺织厂和江苏师范学院联合注释的《李贺诗选注》搁包里带出带进。由工人师傅和大学师生联手选注法家著作，在那时候颇为时髦，我堂姐就和北京机床厂的师傅一起注释了魏源的文章。运用马列主义和毛泽东思想总结历史上儒法两条路线斗争的经验，一度轰轰烈烈，如火如荼，"文化大革命"初狂写大字报造就了一批书法家，这次对法家著作的大规模注释，也为训诂学培养出一些人才。我有个朋友没上过大学，因为参加工人注释小组，开始对古文有兴趣，恢复高考后，成为第一批训诂专业研究生，后来又成为最早的训诂学博士，这些年来，动不动就到国外讲学。

把李贺算在法家的阵容里，难免莫名其妙。我疑心是喜欢李贺的人搞了小动作，因为那年头只要把某个人列入法家，就可以在无书可读或者有书不许乱读的情况下，堂而皇之地开机印刷他的作品。据说唐朝的诗人中，毛泽东最喜欢三李，凭我的记忆，李白和李商隐并没有被列入法家殿堂，当时也没有印刷他们的诗集。天知道李贺为什么会交上好运，到"文化大革命"后期，出版界浑水摸鱼是经常的事。

很长时间里，李贺给我留下的是一个积极向上的印象：

男儿何不带吴钩，
收取关山五十州。

请君暂上凌烟阁，
若个书生万户侯？
——《南园十三首·其五》

寻章摘句老雕虫，
晓月当帘挂玉弓。
不见年年辽海上，
文章何处哭秋风。
——《南园十三首·其六》

那是一个读书无用的时代，受这些诗的影响，我作为一个小工人，当时做梦也不会想到自己日后会成为一个作家。寻章摘句，男儿不为，和李贺诗中的那种饱满激情相吻合，我骄躁不安的，是遗憾自己没有建功立业的机会，是不能"报君黄金台上意，提携玉龙为君死"。"吴钩"和"玉龙"都是兵器的别称。王朔在《动物凶猛》中，谈到小说主人公当时急切盼望中苏开战，这代表了一大批男孩子的心情。我们喜欢看战争片，喜欢把敌人打得落花流水，看《地道战》和《地雷战》长大的一代人，对战争绝不会有什么恐怖之感。

2

差不多同时期，我有一位整天捧着《唐诗三百首》的邻居,这人是演员,舞台上扮演小生,"文化大革命"后期没戏演,以吟诵唐诗为乐。我至今也忘不了他吟诗的模样,他给我留下的最深刻印象,是以三百首为排行榜,谁入选《唐诗三百首》最多,谁就是最好的诗人。李贺的诗没被选入《唐诗三百首》,因此便不入这位邻居的法眼。在他看来,李贺即使是什么法家,在诗上面也是邪门歪道,要不然不会那么多杰出的唐诗人,偏偏漏掉他一个人。

可是我却很喜欢李贺的诗。不仅仅因为上面提到的那些激情诗篇,这些诗给人的印象,与初唐诗人同样斗志昂扬的边塞诗并没太大区别。让我入迷的是李贺的用字,是他独特的修辞手段。"为人性癖耽佳句,语不惊人死不休",用杜甫的这两句诗借来形容李贺,再合适也不过。譬如:

骨重神寒天庙器,
一双瞳人剪秋水。
——《唐儿歌》

民间骂人常说谁谁谁骨头轻,李贺用质量的"重"来修饰骨,用感觉的"寒"来点缀神,看似漫不经心,却化腐朽为神奇,点铁成金。清朝方扶南批注的《李长吉诗集》指出,"凡寒字率薄福相,此偏用得厚重"。而"瞳人剪秋水"更是在通与不通之间,成语有望穿秋水之说,"秋水"就是眼睛,这里用了一个动词"剪",让人好不喜欢。同样是重和寒,到了《雁门太守行》中,又有了另外一种神韵,

"塞上胭脂凝夜紫",于是"霜重鼓寒声不起"。再如《马诗》中的"此马非凡马,房星本是星。向前敲瘦骨,犹自带铜声""夜来霜压栈,骏骨折西风"。敲击马骨,能发出金属的悦耳声,马骨像刀锋,能将凛冽的西北风切断,在马的骨头上,做出这样一些出色文章,真是匪夷所思。

钱钟书评点李贺诗,说他喜欢用具体坚硬的东西作比喻,比如弹箜篌的声音,用"昆山玉碎"和"石破天惊"来形容。"荒沟古水光如刀",把流动的水光比作闪动的刀光。"香汗沾宝粟",说汗珠犹如粟粒。写到酒,明明是液体,却说是"缥粉壶中沉琥珀",用固体的"琥珀",来形容流动的美酒。又"琥珀浓,小槽酒滴珍珠红",琥珀比酒取其色,珍珠比酒取其形。总之,李贺的诗,善于通过奇特的比喻,用两物之间的某一点相似,让我们用不同的感觉器官去感受,去触摸,变虚为实,变看不见摸不着为看得见摸得着,又变实为虚,变寻常为不寻常。

> 长吉细瘦,通眉,长指爪。能苦吟疾书,最先为昌黎韩愈所知。所与游者,王参元、杨敬之、权璩、崔植辈为密。每旦日出与诸公游,未尝得题然后为诗,如他人思量牵合以及程限为意。恒从小奚奴,骑距驴,背一古破锦囊,遇有所得,即书投囊中。及暮归,太夫人使婢受囊出之,见所书多,辄曰:"是儿要当呕出心乃已尔!"上灯,与食,长吉从婢取书,研墨叠纸足成之,投他囊中。非大醉

及吊丧日率如此，过亦不复省。

　　　　　——李商隐《李长吉小传》

　　我想自己喜欢李贺的另外一个原因，是因为那种为写诗而写诗的艺术家气质。是不是法家根本无关紧要，积极向上和消极低沉也无所谓，作为一名读者，喜欢某个作家，往往只需要一些非常简单的原因。我忘不了当时情景，每天一早起来，匆匆骑车去郊外的工厂上班，自己是修理工，上班也不是很忙，闲着没事，不让看书，只能傻坐。对付傻坐最好的办法，便是默诵一些古典诗词，而李贺的诗似乎最适合反复品味。我那时不仅爱看带注解的古典诗词，同时还迷恋当代年轻人现写的诗歌。我的一个堂哥有一批酷爱写现代诗的朋友，这些朋友的诗以手抄本的形式悄悄流传，若干年后，成为风行一时的朦胧诗的骨干分子。

　　李贺骑着毛驴出外觅诗，和当代那些年轻人的创作不谋而合。我熟悉的一位年轻诗人，常常说话的时候，突然拔出笔来，在随手捞到的纸片上疾写，写完了，塞在口袋里，然后继续谈笑风生。这些今天看来十分矫情的行为，当时却是实实在在地感动了我。虽然没有投入诗歌写作，但是我的所闻所见，已饱受了诗的潜移默化。人活着，就应该像一首诗一样。很显然，那是我一生中最富有诗意的一个阶段，在古代李贺和当代诗人之间，我找到了让人兴奋的共同点。我发现写作也可以成为人生命本能的一部分，在流行的大话谎言式创作之外，在满纸的大批判或者个人崇拜的语林之外，在文化的沙漠里，还存在着一种别的写作方式。

我并没有想到自己日后会成为一个作家，只不过是提前做好了准备，如果有机会投身写作，我知道应该怎么样。

3

对李贺的诗，确实可以有不同的理解。《李贺诗选注》的前言写得颇有火药味，当年也没认真看，今日重读，不由得感到好笑：

> 今天，当我们运用马列主义和毛泽东思想来总结历史上儒法两条路线斗争经验的时候，有必要正确评价李贺及其诗歌，把被颠倒的历史重新颠倒过来。

事实上，这种义正词严已经有些老掉牙的口吻，我们今天偶尔还能听到。在谈到李贺的诗歌是否"欠理"这一传统评价时，前言用了更激烈的言辞予以反驳：

> "欠理"，这是历代儒家之徒和反动文人给予李贺的另一罪状。他们说的"理"，就是"三纲五常"一类儒家的道德规范、唯心主义的天命论和形而上学，也就是维护反动秩序的一整套孔孟之道，在他们的心目中，这个"理"是神圣不可侵犯

的，是他们的命根子，而李贺竟然胆敢对此发出叛逆的呐喊，掷出批判的投枪，这确实欠了他们的"理"。

最早说李贺诗欠理的是同时代的诗人杜牧，这个"十年一觉扬州梦，赢得青楼薄幸名"的浪荡子，说了李贺一大堆近乎夸张的好话之后，突然笔锋一转，说李贺"盖骚之苗裔，理虽不及，辞或过之。骚有感怨刺怼，言及君臣理乱，时有以激发人意。乃贺所为，得无有是？"杜牧的意思很明白，李贺诗的文辞是漂亮的，只不过是"理"弱了一些，如果"少加以理，奴仆命骚可也"。换句话说，李贺的诗再加上理，恐怕要比大诗人屈原还要厉害。

不妨看看杜牧是怎么夸李贺的：

云烟绵联，不足为其态也；水之迢迢，不足为其情也；春之盎盎，不足为其和也；秋之明洁，不足为其格也；风樯阵马，不足为其勇也；瓦棺篆鼎，不足为其古也；时花美女，不足为其色也；荒国陊殿，梗莽邱垄，不足为其怨恨悲愁也；鲸吸鳌掷，牛鬼蛇神，不足为其虚荒诞幻也。

光说好话没用，好话有时候也会说过头。排比句有一种很强烈的修饰作用，但是只要是个比喻，就会片面，就会有缺陷。放在一起说，难免冲突打架，钱钟书先生《谈艺录》

中一针见血地指出:"长吉词诡调激,色浓藻密,岂'迢迢''盎盎''明洁'之比。且按之先后,殊多矛盾。'云烟绵联',则非'明洁'也;'风樯阵马''鲸吸鳌掷'更非迢迢盎盎也。"真是马屁拍到了马脚上,说好话如此,要挑刺批评就更惹众怒。杜牧说李贺的诗欠理,话音刚落,后人的议论就没断过。赞成者继续杜牧的观点,譬如宋朝的张戎《岁寒堂诗话》就说,白居易作诗"以意为主,而失于少文",李贺作诗"以词为主,而失于少理",是"各得其一偏",他认为最好的诗应该是"文质彬彬,然后君子"。同样是宋朝的张表臣《珊瑚钩诗话》也说,诗"以平夷恬淡为上,怪险蹶趋为下。如李长吉锦囊句,非不奇也,而牛鬼蛇神太甚,所谓施诸廊庙则骇矣"。朱东润先生主编的那套教材,事实上也是这个意思,认为李贺追求形式太过,有理不胜词的缺点。

反对派则据"理"力争:

> 樊川反覆称道形容,非不极至,独惜理不及《骚》。不知贺之长正在理外,如惠施"坚白",特以不近人情,而听者惑焉,是为辩。若眼前语,众人意,则不待长吉能之,此长吉所以自成一家欤。
>
> ——宋·刘辰翁《笺注评点李长吉歌诗》

清朝贺贻孙《诗筏》也用差不多的意思反驳欠理:

> 夫唐诗所以夐绝千古者，以其绝不言理耳。……楚骚虽忠爱恻怛，然其妙在荒唐无理，而长吉诗歌所以得为骚苗裔者，正当于无理中求之，奈何反欲加以理耶？理袭辞鄙，而理亦付之陈言矣，岂复有长吉诗歌？又岂复有骚哉？

由此可见，"文化大革命"中出版的《李贺诗选注》前言中的观点，虽然打着批林批孔的招牌，虽然用的是极"左"的语调，就李贺诗是否"欠理"这一点，并非完全是自己的独创。清朝董伯音《协律钩玄序》也为李贺辩解说，"长吉诗深在情，不在辞；奇在空，不在色；至谓其理不及，则又非矣。诗者，缘情之作，非谈理之书。"或许，问题的关键还在什么算作"理"，这是李贺研究中一个经常性的话题，曾引发不少议论，有人把它当作思想内容，有人把它当作思维逻辑。极"左"的观点说穿了是强词夺理，一口咬定理就是孔孟之道，就是三纲五常。这实际上是一种蛮不讲理，和古人的反对意见貌合神离，差之毫厘，谬以千里，风马牛不相及。奇文共赏，立此存照：

> 李贺不畏"天命"，不畏"大人"，不畏圣人之言，否定天国的存在，讽刺迷信天神的行为，显示出这位青年诗人敢于向儒家传统观念宣战的反潮流精神。难怪儒家之徒和反动文人要给这个具有叛逆精神的诗人加上"欠理"的罪名，甚至叫嚣"太

无忌惮"，惊呼他的诗歌"施之廊庙则骇矣"，这恰恰暴露了这帮孔孟卫道士的凶恶嘴脸。

——《李贺诗选注·前言》

4

世上的诗篇永远不死亡，
世上的诗篇永远不停息。

在《蝈蝈和蟋蟀》中，英国诗人济慈充满激情地写下这样的诗句。在济慈看来，"美就是真理，真理也就是美"，"一件美的东西永远是一种快乐"。在谈到李贺的时候，联想到写《夜莺颂》的济慈是很自然的事情，因为这两个诗人有着非常近似的两个共同点。他们都是伟大的天才诗人，都是寿命很短，李贺活到二十七岁，济慈只活了二十六岁。济慈曾经学过医，但是他放弃了医学，全力以赴从事诗歌的创作。

李贺比济慈差不多整整早了一千年，影响了后来的无数诗人。人们学习他的精益求精，有时也确实难免走火入魔。李贺诗并不是什么人都能学，他诗中的优点和缺点十分明显，像两座高高的山峰一样对峙。不同的人，可以从李贺的诗中看到不同的东西。钱钟书先生随手将李贺写"鸿门宴"的《公莫舞歌》，与刘翰的《鸿门宴》，与谢翱的《鸿门宴》，还有铁崖的《鸿门会》作比较，认为同一题材的诗歌中，谢翱的一首最好。谢是宋遗民，曾参加过文天祥的抗战部队，他的作品风格沉郁，寄寓了对宋室沦亡的悲痛。同样是写"项庄起舞，意在沛公"，同样是写项伯拔剑，用自己的身体保护刘邦，却有两种截然不同的态度。李贺的观点是"材官小臣公莫舞，座上真人赤龙子"，意思是说项庄不要痴心妄想击杀刘邦，刘邦是真命天子，很长的一首诗，遣词造句十分出色之外，只在"真命天子"上大做文章。而谢翱的立意就完全不一样，"楚人起舞本为楚，中有楚人为汉舞""君看楚舞如楚何，楚舞未终闻楚歌"，联想起中国的大历史，为元朝灭掉南宋的是降蒙的汉人张弘范，灭宋之后，他自恃有功，特立碑"镇国大将军张弘范灭宋于此"以为纪念。扶助清朝平定江南的是洪承畴，洪不是满人，是汉人，而且是汉人的大官。启关引兵，被满人封为平西王，最后将南明皇帝绞杀的吴三桂也是汉人，是汉人的封疆大吏。换句话说，四面楚歌的悲惨局面，往往是"楚人为汉舞"自己造成的。和李贺词藻华丽的《公莫舞歌》相比，谢翱的《鸿门宴》更多了一份感时忧国的"世道人心"。

李贺《燕门太守行》差不多是所有选本必入选的一首诗：

黑云压城城欲摧，
甲光向日金鳞开。
角声满天秋色里，
塞上燕脂凝夜紫。
半卷红旗临易水，

霜重鼓寒声不起。
报君黄金台上意，
提携玉龙为君死。

  此诗写气氛可谓是绝唱。据说李贺曾携诗去谒韩愈，门人将诗稿送了进去，韩暑卧方倦，困意朦胧，准备让门人将李贺打发走，可是他打开递上来的诗稿，首篇便是《雁门太守行》，读而奇之，连忙穿上衣服赶出去见李贺。韩愈对此诗的具体评价不见文字记载，不过这个故事本身似乎已经说明问题。李贺诗中的想象和比喻永远是第一流的，"长吉耽奇凿空，真有石破天惊之妙"，所谓"创奇出怪以极鬼工者，李昌谷之幽思也"。但是，如果撇开诗高超的艺术性不谈，不难发现此诗的立意，只在"士为知己者死"这一点上。说李贺诗欠理，这或许多少也能算是个例子。清朝黎简《黎二樵批点黄陶庵评本李长吉集》，说"长吉诗似小古董，不足贡明堂清庙，然使人摩挲凭吊不能已"，属于差不多的评价。

  不管怎么说，一口咬定李贺的诗欠理是不准确的。真正欠理的诗不可能让人"摩挲凭吊不能已"。把李贺的诗说成是法家著作，当作批林批孔的刀枪使，也是自说自话，是别有险恶用心。李贺出于唐皇室，自称唐诸王孙，虽然是旁系，且已中落，贵族气息免不了，贵族倾向更免不了。不同的人，不同的阅读方式，可以得出不同的结论，说到底，问题还在于怎么去读李贺。李世熊《昌谷集注序》谈到自己的读后感时，便说"李贺所赋铜人、铜台、铜驼、梁台，恸兴亡，叹沧海，如与今人语今事，握手结胸，沧泪涟洏也"。由此可见，钱钟书得出李贺诗缺乏世道人心是对的，李世熊认为李贺"恸兴亡，叹沧海"也是对的。

　　读艺术作品，贵在有所感慨，仅以一个似是而非的"理"字，来评判该不该读，武断地得出李贺属于什么样的作者结论，显然非常幼稚。或许，读者自己的灵魂深处，有没有世道人心，这才是最重要的。这就好比触景生情，情既在看到风景以后，又更在看到风景之前。同样一本《红楼梦》，"经学家看见《易》，道学家看见淫，才子看见缠绵，革命家看见排满，流言家看见宫闱秘事"，所谓见怪不怪，见奇不奇。读者不能不自以为是，又不能太自以为是。

5

　　最喜欢李贺的《秋来》，回想当年，这首诗不知被吟诵了多少遍，感叹了多少回。尤其喜欢其中的"思牵今夜肠应直，雨冷香魂吊书客。秋坟鬼唱鲍家诗，恨血千年土中碧"。古人形容悲伤痛苦，有"柔肠寸断"之语，李贺反其道而行之。《李长吉歌诗汇解》解释说：

　　　　苦心作书，思以传后。奈无人观赏，徒饱蠹鱼之腹。如此即令呕心镂骨，章锻句炼，亦有何益？思念至此，肠之曲者亦几牵而直矣。不知幽风冷雨之中，乃有香魂愍吊作书之客。若秋坟之鬼，有唱鲍家诗者，我知其恨血入土，必不泯灭，历千年之久，而化为碧玉者矣。鬼唱鲍家诗，或古有其事，唐宋以后失传。

《昌谷集注》则说：

安知苦吟之士，文思精细，肠为之直？凄风苦雨，感吊悲歌，因思古来才人怀才不遇，抱恨泉壤，土中碧血，千载难消，此所悲秋所由来也。

二十多年前，少年不识愁滋味，为赋新诗强说愁。那年月，穿着油腻腻的工作服，靠在冰冷的铁皮工具箱上，自以为已被这首诗感动了，征服了，时至今日，不愿说当时是矫情，只能说是感触又深刻了几分。我写这篇文章怀念李贺，其实是借题发挥，追忆自己曾经有过的一段生活。恨血千年，土中成碧，前不见古人，后不见来者，毕竟中国只有一个李贺，毕竟世界只有一个李贺。然而一个李贺已经足够，他给了我那么大的恩惠，那么大的安慰，让我永远也感激不尽。

2001年8月31日　酷暑中

记忆中的"文革"开始

"文化大革命"开始的时候,我刚九岁,上小学二年级。常听人说自己小时候如何,吹嘘童年怎么样,我是个反应迟钝的人,开窍晚,说起来惭愧,九岁以前的事情,能记清楚的竟然没有几桩。很多记忆都是模糊的,一些掌故和段子,是经过别人描述以后,才重新植入了我的大脑皮层。往事是别人帮着我一起回忆才想起来。记得有一天课间休息,一位美丽的女同学突然站到了我面前,用很纯真的口气,问我母亲是不是叫什么。我说是呀,她就是我母亲。接下来都不说话,有那么短暂的一小会儿,大家都哑了,然后女同学眼睛一闪一闪地说,昨天晚上她去看戏了,是我母亲主演的《江姐》。

永远也忘不了这位女同学的表情,圆圆的眼睛红润的脸色,让人神魂颠倒,让人刻骨铭心。我似乎是从那时候才开始知道事,才开始有明确的记忆。那年头,孩子们心目中的明星,不是漂亮的名演员,而是故事中的英雄人物。我们满脑子都是黑白分明的好人坏人,个个向往烈士和革命,人人痛恨叛徒和反革命。女同学的羡慕表情，仿佛我真是江姐同志的后人，真是烈士遗孤。也许只是自己有这样的错觉，为了这错觉，我得意了好几天。我觉得那女孩子爱上我了，当然事实的真相应该是，我爱上了那个女孩子。

　　我的小脑袋瓜里乱七八糟，时间和空间都发生了错位。课堂上读过些什么书，老师在说什么，已经记不清楚，我成天陶醉在革命后代的得意之中，享受着一个烈士遗孤的幸福感觉。母亲的光环笼罩着我，她在舞台上的走红，伴随着我的童年。我的耳边反复回响着"这是谁的儿子"的絮语，她和她所扮演的英雄人物融为一体。母亲的女弟子对我宠爱有加，见了我，谁都会发出一两声惊奇的尖叫。她们抢着抱我，哄我，带我出去玩，在我的口袋塞糖果，塞各种各样好玩的小玩意儿。那是个忙乱的年代，我没有多少机会和父母在一起亲近，印象中，他们很少有时间跟我敷衍。英雄人物的光环只是一种错觉，我的父母整日愁眉苦脸，总是处在这样那样的运动之中。负责照看我的保姆，常常为整理他们的行李抱怨，因为父母要不断地出门，要上山下乡，要去工厂煤矿，去社会的各种角落，参加"四清"，参加社会主义教育运动。在还不懂什么叫"体验生活"的时候，我已经先入为主，无数遍地听到了这四个字。

　　"文化大革命"运动，只是一系列轰轰烈烈运动中最大最漫长的一个。"文化大革命"并不是在某一天突然开始，也不是突然就结束。它像一段源源不断的河流，和过去割不断，和以后分不开。我有意义的记忆，恰恰是从"文化大革命"开始的,它开始变得清晰起来,成为生命中不可分割的一部分。

也就是在九岁的时候,我突然发现母亲并不是什么英雄人物,她的走红已变成了一个巨大包袱。现实与想象,有着太大的距离。那年夏天,大家在院子里乘凉,我听见大人们正用很恐怖的口吻,谈论着刚开始发动的"文化大革命"。我们的院子里住的都是名人,都是所谓的"三名三高"。我从来就没弄明白什么叫"三名三高",只知道"名演员"和"高级知识分子"这两项。街上不时传来敲锣打鼓的声音,隐隐地有人在呼喊口号,我听见母亲说,她已经准备好了一双布鞋,革命群众要让她游街示众的话,就穿上布鞋,这样脚底不至于磨出水泡来。我的父亲照例是在一旁不吭声,有一个邻居说谁谁被打死了,谁谁被打折了腿,他们小心翼翼议论着,已经预感到大难就要临头。一个个惶惶不可终日,七嘴八舌,最后得出了共同结论,这就是造反派真冲进来揪人,绝对不能顽抗,要老老实实地跟着走,有罪没罪先承认了再说。

我不明白学校为什么突然可以不上学了。对于一个孩子来说,这可是一件天大的好事,想怎么玩就怎么玩,天天都跟过节一样。我们的小学成了红卫兵大串联的集散地,外地来的红卫兵小将安营扎寨,在教室里打起了地铺,把好端端的学校糟蹋得跟猪圈一样。他们临走的时候,桌子掀翻了,板凳腿卸了下来,电线和灯头都剪了,说是那里面的铜芯可以卖钱。"文化大革命"在我最初的记忆中,就像是狂欢节,痛痛快快砸烂一切,稀里哗啦打倒一片。这个城市里到处都是外地的孩子,而比我们大的一些本地孩子,也都跑到别的城市去革命串联了。那些兄弟姐妹多的同学,没完没了地向我吹嘘哥哥姐姐们的冒险。外面的世界实在太精彩,我记得当时最痛苦的,就是恨自己岁数太小,因为小,很多好玩而又轰轰烈烈的事情都沾不上边。

在我印象中,"文化大革命"除了革命,没有任何文化。那时候街面上热闹非凡,到处生机勃勃,到处阳光灿烂。最喜欢看的是游街示众,被游街的人戴着纸糊的高帽,胸前挂着牌子,敲着小锣,打着小鼓,一路浩浩荡荡地就过来了。我们欢天喜地迎过去,跟着游街的队伍走,走到很远很远的地方,再跟着另一支游街的队伍回来。我已经记不清楚那些被游街者的面孔,甚至也记不清楚他们胸前牌子上写着的字,看上去都差不多,是些什么人在当时就不在乎,现在更没有必要回忆。我们跑到南京大学去看大字报,看漫画,看毛泽东思想宣传队表演节目。这里是"文化大革命"的中心,是各种激烈运动的策源地,是地方就挂着高音喇叭,是地方就有批斗会,没有白天黑夜,没有春夏秋冬。十多年以后,我成为这所大学的一名学生,当时最深刻的印象,就是这个学校怎么变小了。在我的记忆中,人山人海的南京大学,广阔得像森林一样无边无际。

我们经常跑到我父母的单位去玩,家属大院与那里只是一墙之隔。有一天,我看见满满一面墙,铺天盖地都是我母亲的大字报。仿佛今天街头见到的那种巨幅广告牌一样，我和小伙伴站在大字报前面，显得非常渺小。母亲的名字被写得歪七扭八，用红墨水打了叉。记得当时自己非常羞愧，恨不得挖个洞，立刻钻到地底下去。小伙伴们津津有味地看着，我逃不是，不逃也不是，硬头皮在一边陪看。大字报上的内容早记不清楚，只记得说到母亲的反党言论，有一句无论如何也忘不了，那就是"共产党是茅坑里的石头，又臭又硬"，这句话实在太形象了，很引人注目。一起看大字报的小伙伴转过身来，指着我的鼻子申斥：

"这话太反动了，你母亲怎么可以这么说？"

我也觉得反动，太反动了。

小伙伴气鼓鼓地说："你母亲竟然要把共产党扔到茅坑里！"

我不知道母亲为什么要这么说，怎么能这么说。它成为我心中的一个秘密，直到"文革"结束，有一次聊天，偶然问起母亲，她大喊冤枉。母亲说我是共产党员，你父亲也是，我干吗要这么说呢。但是她又不得不承认，自己确实是这么说过，至于为什么要这么说，已经记不清了。

抄家是很多人都会遇到的。有一天，突然来了群气势汹汹的红卫兵小将，把我父母押到了角落里，袖子一捋，翻箱倒柜抄起家来。要说我一点没有被这大动干戈的场面吓着，那可不是实情。我被带到了厨房，小将们用很文明的方法，十分巧妙地搜了我的身。她们如数家珍，强烈控诉着我父母的罪行，然后一个劲表扬夸奖，说我是好孩子，说我是热爱毛主席的，会坚定不移地站在共产党一边。她们一点也没有把我当作外人，知道我身上藏着许多毛主席宝像，说仅仅凭这一点，已足以证明我是无产阶级司令部里的人。

这些话说到了一个小孩子的心坎上，在那年头，没有什么比这种认同，更让人感到贴心，感到温暖如春。天大地大，不如党的恩情大，爹亲娘亲，不如毛主席亲。我的身上确实收藏丰富，当时抢像章很厉害，害怕别人来抢，我把所有的像章都反别在衣服上。结果就像变戏法一样，我掀开这片衣服，亮出了几块宝像，撩起另一块衣襟，又是几块宝像。小将们一个个眼睛放出光来，惊叹不已。好几位造反派是我母亲的得意弟子，原来都是极熟悉的，她们在我身上摸来摸去，把我哄得七荤八素，目的却是想知道母亲有没有把什么东西，偷偷转移到儿子的口袋里。我对她们不无反感，只是觉得有些不好意思，因为那时候已经有了些性别意识，被这伙女造反派弄得很别扭。一个造反派摸索完了，另一个造反派又接着过来摸索，上上下下里里外外，都让她们给搜寻遍了。突然，一个小将跑过来报喜，说是找着罪证了，这边的几位小将顿时兴奋起来，一副大功告成的样子，也顾不上我了，扭头都往那边跑。

我隐隐约约听说是抄到黄金了，这在当时，就是个了不得的罪证。在我少年的记忆中，黄金绝对不是个什么好东西，只有地主资产阶级才会拥有，只有反动派才会把它当作宝贝。拥有黄金意味着你与人民为敌，意味着你是万恶的剥削阶级。听说那些被抄家的坏人，常把黄金藏在枕头芯里，埋在地板底下，既然是从我们家抄到了黄金，我确信自己父母像红卫兵小将说的那样，肯定不是什么好东西。我们家有很多书橱，听说抄到黄金的时候，我首先想到的，是那几根镶在书橱上黄灿灿的金属轨道。我至今都不明白，当时为什么会这么想，为什么会有这样自以为是的误会。也许是保姆和别人说过，我们家的书很值钱，也许是小人书和电影里的阶级斗争教育，让我产生了高度的革命警惕。反正当时确信不疑，认定那些金属轨道就是黄金。我的父母把黄金镶在书橱里，以为这样就可以蒙过别人的眼睛，可是他们没有想到，狐狸再狡猾，也斗不过好猎手。革命群众都是孙悟空，个个都是火眼金睛。

后来才知道，所谓黄金，不过是我奶奶送给母亲的一根金项链。我听见了母亲挨打的惨叫声，造反派此起彼伏地训斥着，显然并不满意只有这么一点小小的收获。他们继续翻箱倒柜，继续恶声恶气，动静越来越大，收获越来越小。我一个人待在厨房里，心里七上八下，不着边际地胡思乱想。不时地有造反派跑到厨房来，这儿看几眼，那里摸几下，连油盐酱醋的瓶子，都不肯放过。在旧作《流浪之夜》里，关于抄家，我曾经写过这么一段文字：

> 一直抄到天快黑，大失所望的造反派打道回府。除了厨房，所有的房间都被贴上了封条。我的父母就在这一天进了牛棚，保姆也拎着个包裹走

了，只留下我孤零零的一个人。

我整个地被遗忘了。我的父母把我忘了，造反派也把我忘了。

天很快黑了下来，肚子饿得咕咕直叫。一个人待在宽宽大大的厨房里，真有些害怕，于是便跑到大街上去。

那天晚上，我在大街上流浪了一夜。或许也可以称作是一种出走吧，自记事以来，还从未一个人离家这么远过，更没有深夜不归的经历。我为自己生长在这样的反动家庭感到羞愧，决定离开，决定跟与人民为敌的父母彻底决裂。夜色降临，我不知道自己要去什么地方，身无分文，茫然地在街上走着，哪儿人多就往哪儿去，哪儿好玩便往哪儿钻。这一夜，遇到的稀奇古怪，要一笔一笔说清楚，还真不容易。大街上灯火通明，在市中心的广场上，毛泽东思想宣传队正轮番演出活报剧，给我留下最最深刻记忆的，是一段轻松活泼的天津快板书。在当时，再也没有什么比快板书更适合街头宣传，说书者戴着个大鼻子扮演刘少奇，动不动就来这么一句，"提起了刘少奇，他不是个好东西"。这词非要原汁原味的天津话说起来才有趣，快板噼噼啪啪地响着，听众一边听，一边乐。

不远处，造反派正慷慨激昂辩论，你一句，我一句，没完没了。革命不是请客吃饭，革命就是斗嘴吵架。那时候，大规模武斗还没有开始，辩论者唇枪舌剑，不时地听见有人在高喊："要文斗，不要武斗！"文斗就是讲道理，可是讲着讲着，就都不讲道理了，袖子捋了起来，拳头举了起来。眼看着要打起来，不知怎么的，又突然不打了，双方握手言和，然后又接着与第三方大吵，吵得不可开交。一方说什么好得很，一方就大喊好个屁。广场上"好得很"和"好个屁"此起彼伏，谁都不肯示弱。我一直没弄明白"好得很"和"好个屁"的争论焦点是什么，"好得很"这一派后来被称之为"好"派，它的对立面就成了"屁"派，"好"派"屁"派是南京两大造反组织，都出了一些了不得的大人物。

那漫长的一夜可以分成两部分，上半夜都和革命有直接的关系，下半夜与革命就有些距离。随着夜越来越深，耍猴的，卖狗皮膏药的，要饭的，都形迹可疑地冒了出来。耍猴的一个劲数落一只老实巴交的猴子，就像教训自己的孩子一样，好几个大人围在一旁津津有味地看着，边看边笑。卖狗皮膏药的开始推销自制的肥皂，吹得天花乱坠，把机油和泥土往一块白布上揉，然后现场清洗给观众看，引得看的人赞叹不已。要饭的在数自己挣的钱，把硬币一枚枚摊在空旷的台阶上，数了一遍又一遍。在树荫深处，竟然还有一个男人在手淫。我当时并不明白是怎么回事，只是奇怪他尿个尿，干吗要那么复杂。

重新回忆这一夜，总有一种荒诞之感，连我自己都觉得它不真实，然而又确确实实都是亲眼所见。一群小流浪汉合起伙来，不费吹灰之力，就骗走了我脚上的新塑料凉鞋。他们是我新结识的伙伴，我们一起在广场上玩，从东窜到西，又从南玩到北，很快变成无话不说的小战友。夜深人静，广场上的人群渐渐散去，喧嚣的热闹劲过去了，我仿佛找到了组织，自然而然地成为他们中的一员。这伙小流浪汉郑重其事接纳了我，开始对我天花乱坠，哄得我这个九岁的孩子心荡神移，对未来产生了太多美好想象。五颜六色的肥皂泡在空中飞舞，我很轻易地就相信了他们的许诺，相信他们真能带我去北京，去见伟大领袖毛主席。为首的家伙是个瘸子，是个能说会道的语言天才，他自称是老红军的后代，曾经被毛主席亲自接见过，还跟他老人家握过手。我对这家伙的故事深信不疑，他说的每一句话都能打动我，说什么我都敬若神明。最后他对我下达命令，让我像其他的小流浪汉一样，在银行门前的大平台上躺下来睡觉，他让我把凉鞋脱下来，当作枕头垫在脑袋底下，理由是这样不容易被偷走。

我困意朦胧地当真把塑料凉鞋脱了下来，搁在脑袋下面，美美地进入了梦乡。在蜜一样的梦中，我梦到自己和成年的红卫兵一样，爬山涉水，终于到了世界革命的中心，见到了人们心中最红最红的红太阳毛泽东。人山人海，一片欢呼声，我的鞋子被挤掉了，大家都赤着脚向前涌去，一直冲到了最前面，街面上到处躺着被挤掉下来的各式各样的鞋子。

醒过来的时候天已经大亮。一时间我不明白自己怎么会躺在大街上。我已从平台的这一头滚到了另一头。我的鞋没有了,我的那些新结识的流浪汉小战友也无影无踪。

最后,我是光着脚走回家的。我被那些新结识的小流浪汉给耍了,刚建立起来的革命情谊,转眼间被糟蹋得干干净净。他们偷了我的凉鞋,兴高采烈逃之夭夭,像沙滩上的水一样蒸发了。我的失踪惊动了当地派出所,也让造反派感到不安,他们对我的失踪负有责任。我的父母还关在牛棚里,一个半大不小的孩子就这么不明不白地没有了,造反派显然意识到问题的严重,正分头在找。他们担心我被人贩子带走,落入坏人之手。我的出现让大家喜出望外,尤其是那些女弟子,虽然已经与我母亲决裂了,毕竟还有些残存的师徒情谊。她们像对待英雄回归一样地欢迎我,让我先饱餐了一顿,然后围着我七嘴八舌,一个劲地追问我把鞋子丢到哪去了。我结结巴巴说着自己的遭遇,多多少少有些添油加醋,她们听得一惊一乍。对于她们来说,这只是有惊无险,只是弄丢了一双鞋子,鞋子丢了,孩子还在,已经是不幸中的万幸了。

吃饱喝足,一个年轻美丽的女演员英姿飒爽地走过来,把我从母亲的女弟子手中接走了。她是造反派的小头目,是兵团的什么司令,穿一套草绿色军服,系一条地道的军用皮带。那时候,造反派全是这身打扮,真能穿上货真价实军服的人并不多。她身上是一套真正的军人制服,仅仅凭这套行头,足以让人刮目相看。在当时,有各式各样的军服,大多是仿制的,有的甚至是用土布自己染的,绿得莫名其妙,水洗以后,因为褪色,像迷彩服一样肮脏不堪。一套真正的军人制服,在那个特殊的年代,有着不同寻常的意义,它代表着一个人的身份,代表着一种地位。

造反派小头目正和一位现役军人在谈恋爱,她身上的军服就是那位男人的,穿在身上大了一些,可是仍然是很好看。我觉得最能给人带来视觉上的冲击,最能引起人们回想起"文化大革命"开始的场景,莫过于绿军装与红袖标的配合。民间有"红配绿,丑得哭"的说法,南京方言里"绿"和"哭"搁在一起,不但押韵,而且朗朗上口。红和绿在颜色对比上,既尖锐冲突,又十分和谐。在一片绿色的海洋中,红袖标像鲜花一样灿烂。身穿军装,戴着红袖标的小头目神情严肃,径直走到我们面前,神气十足地宣布:

"好吧,你们现在可以把这小家伙交给我了,我有话要对他说。"

女弟子们立刻都不说话,似乎已经明白她要对我说什么,看看我,又看看她。

我不知道她会说什么,只是预感到会有些不幸的事情将要发生,依依不舍地看了女弟子们一眼,乖乖地跟她走了。接下来的谈话,对于一个九岁孩子产生的强烈冲击,丝毫也不亚于抄家。她把我带到了一个没有人的地方,看了看四周,既兴奋又神秘地向我宣布,说你并不是现在的父母生的。她说,你只是一个被领养的孩子,你和现在的父母根本就没有血缘关系。我不敢相信自己耳朵听到的话,对我来说，这简直就是晴天霹雳。没有什么比这更严重的了。看着我吃惊的神情，她有些幸灾乐祸，和颜悦色地安慰我，说这其实是一件天大的好事，你应该高兴才对。为什么呢？因为你并不是坏人的孩子。龙生龙，凤生凤，老鼠的儿子会打洞。老子英雄儿好汉，她接着说出了一个更让人吃惊的秘密，她说你知道，事实上，你是一位革命烈士的后代，你的父亲是久经沙场的老革命，为了人民英勇牺牲，已经长眠于地下。

我不相信造反派说的话，又没办法不相信。突然，她的眼睛饱含着泪水，仿佛被什么事情感动了一样。我目瞪口呆地看着她。二十多年以后，在美丽的西湖附近，在革命烈士陵园，我看到了亲生父亲的墓碑，这个困惑了自己几十年的秘密，终于解开了答案。我无法形容当时的心情，是高兴，还是不高兴，是痛苦，还是麻木。对于一个九岁孩子来说，眼前所发生的一切都过于极端，极端得不可思议。你根本无法理解这些，突然之间，你美好幸福的家庭遭遇了抄家，父母变成了十恶不赦的罪人，成了反动分子，成了反革命。然后又是突然之间，原本你生命中最亲近的人，他们竟然又不是你的亲生父母。我记不清楚这次谈话是怎么结束的，只记得造反派小头目从头到尾，都没有拿我当作外人。她挑唆着我与养父母之间的仇恨，不停地安慰我，鼓励我，要我挺起腰杆做人，要像一个革命烈士的后代，要对得起那位为革命捐躯的亲生父亲。她说有毛主席他老人家给你撑腰，党和人民站在你的一边，做你的坚强后盾，你还有什么可以担心。

她说你要做一颗革命的种子，要撒在任何地方，都能生根发芽，茁壮成长，最后还会开出鲜艳的花朵来。

几天以后，下课的时候，一名同学当着众人的面，模仿我父母游街示众的情形。他曾是我最好的伙伴，爬到了课桌上，拿腔拿调地发挥着，一会扮演我父亲，一会扮演我母亲。他说我们原来都觉得你们家了不得，谁都是人物，想不到你们一家都是坏蛋，你爸是个坏蛋，你妈是个更坏的坏蛋。你父亲是个大右派，你母亲不是江姐，她是甫志高。我听见了女孩子咻咻的笑声，那个在我心目中占据着重要位置的小女孩，那个代表着美好理想的小女孩，也幸灾乐祸地混在人群其中。我的母亲曾是她心目中的偶像，现在，这个虚拟的偶像倒坍了，英雄人物已经不复存在，革命先烈江姐已经被叛徒甫志高取代了。孩子们的游戏很快进入了高潮，小女孩举起了拳头，大家突然高呼起打倒我父母的口号，异口同声慷慨激昂。

我的眼泪哗哗地流了下来，就好像被心爱的人背叛一样，一种从未有过的悲哀，笼罩在心头。真想把那个女孩子拉到一边，把自己的身世秘密告诉她。我要告诉她，我依然还是革命烈士的后代，我的亲生父亲仍然是英雄人物，可是没有勇气这么做，就算我说了，她能相信我吗？我不相信她会相信，因为我自己都不太相信。那是一个激烈的年代，革命是头等大事，革命就是一切，换了任何孩子，处在我的地位上，都应该被讥笑，都应该被诅咒。

革命是天堂，反革命应该下地狱。

后记：八个样板戏我一向深恶痛绝，在任何场合，都不愿意再听到它的声音。仔细想想，《江姐》与样板戏相比，也是五十步笑一百步。经过十年"文化大革命"，一度被禁演的《江姐》再次公演。这是件很隆重的事情，大家排队购票，争先恐后，仿佛噩梦过后，又回到了"文化大革命"前夕。观众还是老观众，历史绕了一个圈子，再次回到原点。在很多人的心目中，《江姐》以及《洪湖赤卫队》等经典剧目的重新演出，意味着一个恐怖时代的结束。说老实话，这是我始终想不明白的一件事。我想不明白，今天的年轻人大约更想不明白。"文化大革命"是个漫长的过程，三言两语说不清楚。不同人的心目中，有着不同的"文化大革命"。江姐曾是我们这一代人心目中的英雄人物，是男孩子心目中最性感的女性，虽然这个戏一度遭禁，但是它所代表的观念，说白了就是发动"文化大革命"的坚实基础。在这种意识形态的教育下，让老百姓接受"文化大革命"，其实是很容易的事情。"文化大革命"开始的时候，我是个九岁多的毛孩子，是个小学生，到"文化大革命"结束，我已经快二十岁了，在一家街道工厂里当钳工。毫无疑问，我属于那个时代里成长起来的一代人，世界观不可能不带着"文化大革命"的深刻烙印，也许是烙印太深了，时至今日，我总有一种疑惑，这就是"文化大革命"究竟有没有结束。

2005年2月18日　河西

人，岁月，生活

1

"文革"开始那年，我刚九岁，记忆中是一种轰轰烈烈的热闹。印象最深的是播放供批判的电影《清宫秘史》，在当时，这种片子不让小孩看，正因为不让看，害得一帮毛孩子心痒痒的，千方百计想混入电影院。看守电影院大门的胖老头平时很喜欢我们，小男孩只要让摸一下小鸡鸡，便可以混入剧场看免费电影，但是这一次不行，戴红卫兵袖章的造反派把守着大门，事态顿时变得很严重。

有个大不了几岁的男孩混进了电影院，一连多少天，他为我们津津有味地复述《清宫秘史》。这是巨大的诱惑，我们玩弄了种种伎俩，一次次尝试，一次次失败，最后不得不十分沮丧地放弃。《清宫秘史》是部什么样的电影已经不重要，是爱国主义，还是卖国主义，都无所谓，关键在于大不了几岁的男孩获得了成功，这种成功对于我们来说永远是种煎熬。以后的岁月里，我常陷入毫无意义的思考，也许，把守大门的红卫兵和他是亲戚关系，是他的堂哥或者表姐，也许，这个爱吹牛的家伙根本没混进电影院，他只是转述成年人的观后感。

　　禁止是个很大的磁场，越是不允许，越可能犯禁。犯禁有时候是一种非常美好的享受。我们家以藏书闻名，有人来串门，首先赞叹的都是书多。有一天，造反派冲上门来，勒令父亲将封资修的黑书，统统用板车拉到单位里封存。什么叫封资修，当然小将们说了算，结果只留下半橱书，马恩列斯毛，再加上一些革命回忆录。在那些回忆录中，其中一套十六本的《红旗飘飘》，成为我当时唯一的读物，消磨掉许多时间。时隔三十多年，我对回忆录中的故事早已模糊不清，依稀记得那紫红色的封面，而印象最深刻的几位作者恰恰是著名的黑帮分子。在当时，许多老红军已不再是英雄人物，不仅被打成了反动分子，而且还被说成是军阀。

　　换句话说，革命回忆录《红旗飘飘》最初被我当作禁书来读，它们是造反派手中的漏网之鱼。在阅读中，我享受着一些小秘密。

2

　　"雪夜闭门读禁书"，这是读书人引以为快的一种境界。或许正是因为禁，一些书因此千古流传。各朝各代的禁书并不相同，早在"文革"以前，中国文化中许多瑰宝就上了禁书黑名单,秦代禁《诗经》和《左传》,禁《孟子》和《庄子》,秦以后禁谶纬和天文类图书,禁佛禁道,到了宋代,开始有意识地禁文人的作品,譬如禁《苏轼集》,禁《黄庭坚集》,禁《司马光集》。相对而言,倒是蒙古人统治的元朝禁书最少,到了明清,文人的笔记要禁,从《逊志斋集》到《袁中郎集》,小说要禁,从《水浒传》到《红楼梦》,戏曲要禁,从《西厢记》到《牡丹亭》,禁来禁去,列入禁毁图书的总数天知道有多少种。现代人大约永远也不会弄清楚焚书坑儒,究竟把什么书都烧了。从秦始皇开始,大规模禁书运动,从来没有真正停止过。

　　禁书是一种手段,可以用于各种目的。中国封建时代的禁书到清朝文字狱集大成,但是和"文革"相比,古人禁书,无论深度广度,都小巫见大巫,级别上要相差许多。父母进牛棚不久,我被送到江南农村,在江阴长江大桥下不远处的一所祠堂小学读书。记得当时走得很匆忙,偷偷地在书包里揣了两本小人书,便在夜色中上路。一路都在武斗,通过车窗往外看,到处是铺天盖地的大标语,头戴柳藤帽的造反派,扛着长矛大刀,列队从站台上跑过,一边跑,一边喊口号。总是停车,一停就是几个小时,好不容易到站,下火车,转长途汽车,然后再乘小火轮,在河道里绕来绕去。我永远不会说这是一次愉快的经历,整个世界处在疯狂之中,人人自以为是,不明白究竟在干什么。经过漫长的颠沛流离,终于到达目的地,这以后不短的日子里,我突然明白了什么叫寄人篱下。

我随身带了两本根据电影改编的小人书,一本是《堂·吉诃德》,一本是《牛虻》。仅仅靠它们对付漫长的岁月,显然不够,我当时还不觉得《堂·吉诃德》是一本多么了不得的书,电影连环画已是再创作,我毕竟是个孩子,文学欣赏水平很差。印象中,吉诃德先生又高又瘦,一脸愁容,而他的助手桑丘又矮又胖,一脸傻样。也许是离开父母的关系,我对《牛虻》的亲切感远胜于《堂·吉诃德》,我不喜欢其中的爱情故事,让人入迷的是蒙泰尼里神父,他连续两次出卖了自己的儿子,两次出卖都激动人心,第一次他让牛虻成为革命队伍中的一名叛徒,第二次索性把儿子送上祭坛,最后,心痛欲裂的神父死了,他是那样的爱自己的儿子,心爱的儿子牛虻牺牲了,神父的生命也就失去意义。

江南农村的生活显然要慢几个节拍,与城市中轰轰烈烈的运动相比,这里多少还有几分宁静。作为阅读交换,我用两本小人书,与一位比我大十多岁的青年人,换了一本没头没尾的《钢铁是怎样炼成的》。因为没头没尾,我对这部小说的头尾,从来就没有真正弄明白过。一开始,我并不喜欢这部长篇小说,后来,有一个从上海回家奔丧的年轻中学老师,发现我在看这部书,便当着很多人的面,说我思想反动,还是小学生就看这种不健康的书。我忘不了当时的荒唐场面,尽管年轻的中学老师表现得很革命,但是在场的乡下人不明白他在说什么。

当我还是一个小学生的时候,我隐约知道一个事实,那就是革命可以成为一个最好的卖弄,再也没有什么比革命更容易糊弄人，再也没有什么比反革命更容易让人失去自尊。在省城，那些比我大不了许多的孩子，振振有词地高呼保卫毛主席，付诸的实际行动，是用人造革的军用皮带，猛抽一位中年女教师。我到了江南农村以后，村子里发生的每一次运动，都和城里的文化人有关，一旦县里的什么指示下来，老实无知的乡下人立刻忙得屁颠颠。回来奔丧的上海人成了点燃革命的火种，不久，村子里便响起一片打倒之声，大队干部和富农挨村地被游了一回街。

《钢铁是怎样炼成的》是一本不应该看的书，在没有认真阅读以前，我已经知道了这本书的症结所在。首先就是男女方面的问题，作者把冬妮娅这位资产阶级的小姐，写得那么美丽可爱，这意味着阶级立场的丧失，因为无产阶级和资产阶级之间没有任何爱情。考虑到读这本书的年龄，我还是一个小学生，爱情不仅不是个问题，对男女有别甚至也很朦胧。然而我却老气横秋，试图带着批判的眼光去阅读，结局自然很滑稽，我因为别人说不应该看这本书，于是存心作对地非要看，想批判冬妮娅，临了情不自禁地喜欢上她。也许现实生活中，遇到的都是一些不可爱的事情，我觉得冬妮娅让人心痒痒的。也许这是一个小男孩异性之爱的前奏曲，反正冬妮娅仿佛冬天里的阳光，只要有她出现的章节，春天的气息便突然降临。真不明白保尔·柯察金最后为什么不爱冬妮娅，我觉得他有点傻。

3

离开江南农村,重新回南京读初中,我开始留心文学作品中的爱情。"文革"正在向纵深发展,我的父母已成为死老虎,只不过是陪斗的对象,造反派对他们没什么大兴趣。由于单位的房源太紧张,年轻人结婚没地方,我们家被一隔为二,南面的一间大房子腾出来,成为别人的新房。被抄没的藏书也发还了,理由还是因为房子紧张。在这场史无前例的运动中,我们家的藏书损失了五分之二,父亲提到此事,难免一种幸运之感。当初如果不是突然来抄家,父亲很可能把所有的藏书统统送到收购站,作为罪证销赃。由于被没收的藏书还是个罪证,即使发还了,父亲也必须把它留着,随时随地供批判使用。

很长时间内,父亲担心家中的藏书流传出去,会有传播毒素的嫌疑。他开始了一件很愚蠢的行动,就是把很多可能有问题的图书,都用牛皮纸将封面包起来。翻译的外国文学作品大都保留下来,而损失的都是国产小说,造反派中显然也有窃书不算偷的雅贼,只不过他们的趣味,更多的是《苦菜花》《林海雪原》一类的小说。当时年轻人上门借书是件很尴尬的事情,出于对造反派的恐惧,父亲不敢拒绝他们,可是更担心"放毒"的罪名。好在这样的年轻人并不多,即使有,用今天的话来说,也是素质较好渴望上进的。很多事情现在说起来和梦一样,"文革"前高高在上的省长和省委副书记，这时候成为最大的闲人，借散步偷偷地到我们家做客，像普通平民一样诉说自己如何挨批斗，临走前，在父亲的推荐下，拎一包书带回去看。

越是到"文革"后期，父亲对书中的毒素警惕性越低，虽然心疼自己的藏书，他开始喜欢那些上门借书的年轻人。很快，因为借书终于惹了些事，所幸与政治无关，两个各有家庭的青年男女，通过交换小说，互递情书，而纸条便夹在那些有爱情描写的章节里。吃醋的丈夫大打出手，偷情的男主角狼狈逃窜。我的母亲十分担心，认定是小说在其中扮演了很不光彩的角色，她和父亲展开激烈的讨论，得出了一致结论就是，既然无法拒绝别人借书，为了怕小说中的资产阶级把我也教唆坏，最稳妥的办法是加强对儿子的禁书，我成了男女偷情的直接受害者。

可以说我的整个青春期，都在和父亲的禁书做不懈斗争，"九一三"事件以后，南京又一次掀起了大挖防空洞运动。这一次比林彪在世时规模更大，我不明白它的背景和意义何在，与我们家有切身利益关系的是地基下陷，整栋小楼突然变成了危房。于是只好匆匆搬家，去住学生宿舍，父母一间是楼上，我和几千册藏书在另一间，是楼下，朝北。父亲和我谈过无数次话，希望我做一个听话的孩子，他以自己为例，说明看外国小说的危害。父亲当时还没有解放，或是刚解放，反正充满了要重新做人的信念。他的话我每句都听了，然而没一句话听进去。那时候的文艺界人士，动不动就下乡，一会儿是干校，一会儿去海岛体验生活，少则半年，多就是一年，父亲想用他诚恳的谈话打动我，完全是白费心机。

还是那句话，我所以入迷小说，最直接的动机仍然是大人不让看。就像禁毒一样，如果不能从来源上一刀切断，禁毒的成效肯定大打折扣。我成天睡在书堆里，因为房子太小，原有的书橱放不下，许多书只好堆放在地上，一伸手就可以拿到，要我像太监一样，成天面对后宫成群的美女不动心，显然不现实。我在无意之中发现了雨果，有一本叫《笑面人》的小说让我爱不释手，这或许是作者最不重要的一本书，然而正是因为"笑面人"的特殊表情，我才会去看《九三年》，看《巴黎圣母院》，看《悲惨世界》。二十世纪八十年代初期，伯父让我选一本世界文化名著缩写，我毫不犹豫地选择了《笑面人》，着手准备的时候，突然发现时过境迁，我和这样的小说已经格格不入。

在雨果的小说中，我最痴迷的是《九三年》，这本书让人痛哭流涕，我在本子上大段大段摘抄对话，长时间地沉浸在小说中出不来。我永远忘不了那最后一章，断头台矗立在晨曦中，"外形很像一个希伯来字母，或者古代神秘字母之一的埃及象形文字"。男主人公在读者的热泪中，被押上了断头台，太阳出来了，经过一段精彩的对话，郭文人头落地，西穆尔登开枪自杀。《九三年》给我的教诲，远远超过课堂上给我的东西，在文化的沙漠上，雨果成为一片绿地。是雨果奠定了我最初的文学基础，时到今日，我仍然觉得他的作品是最好的中学生读物。

因为有了雨果，才会去看托尔斯泰，看巴尔扎克。高中的一段时间里，我始终摆脱不了《复活》的影响。我总有一种犯罪的感觉，雨果可以激发一个人的英雄气概，托尔斯泰却让你想到原罪。原罪是一种很奇怪的感觉，我想象自己做了什么样的坏事，想象自己如何忘恩负义，如何经受不了魔鬼的诱惑，然后陷入深深的赎罪之中。在同时期，我还看了萨巴哈钦·阿里的《我们心中的魔鬼》，这部并不太著名的土耳其小说让我记住了阿梅尔。阿梅尔和诱奸了年轻女佣的聂赫留朵夫一样让人耿耿于怀，言谈思想和实际行动充满矛盾，他深爱自己的妻子，却可以当着妻子的面拥抱另一个女人，他看不起狐朋狗友，偏和他们保持友谊，他甚至敲诈别人，这使他极端地鄙视自己的行为，结果又把敲诈来的钱扔掉。

  我的青少年时代有着太多的时间，中学时代没有家庭作业，高中毕业待业一年，然后到工厂当了近四年的钳工，如果不看小说，我不知道该干什么。恢复高考以后，我进入大学，中文系老师开出一个很长的阅读书目，我突然发现大部分的都已看过，而自己看过的无数小说，并不在书目上。我发现自己在不知不觉中，看了大量小说，深受资产阶级的毒害，为此，我的父母曾经非常失望。小说影响了我的做人，我变得十分内向，当我因为某些事情显得很固执的时候，我的母亲便叹气，认定是小说将我教坏了。

4

  我一向觉得自己对"文革"记忆犹新，然而近来在许多事情上，却开始感到了模糊。记不清楚是哪一年，大仲马的《基督山伯爵》在私下里突然很流行，或许是好莱坞拍过电影，电影明星出身的江青同志特别喜欢这本书。由于这部书新中国成立后没有译本，新中国成立前的译本虽然印了四版，总数也不过三千多册，因此有机会看过这本书的人很少。有一年暑假，为了让堂哥三午为我复述故事，不得不把祖父给的零花钱统统买了香烟，因为逼他讲故事的条件，是必须源源不断地提供香烟。

高中毕业以后，我开始对小说之外的故事感兴趣。红都女皇的青睐是最好的包装，我拼命地想弄明白《基督山伯爵》究竟是怎么一回事。诱惑别人阅读的理由可以有许多种，越是不让看，越是不容易得到，人们越千方百计想得到。父亲的全面禁书令既然完全不起作用，他便试图用怀柔政策来控制局势，他让我读真正意义的世界名著，开始让我看巴尔扎克，看狄更斯，看哈代，看契诃夫，看《罪与罚》和《卡拉马助夫兄弟们》，看亨利希·曼和托马斯·曼，看一部分的左拉，因为有些自然主义显然少儿不宜。我总是和父亲的阅读指导格格不入，有的书已经看过了，有的书根本不想看。我变得老气横秋，有时甚至感觉自己比父亲知道的事更多。譬如谈到德国小说，我当时最喜欢的是雷马克，喜欢《凯旋门》和《西部无战事》，二十世纪八十年代初期，北岛在《今天》上发表小说《波动》，这小说受雷马克的影响显而易见。当然，除了雷马克，或许还能看到一些苏联小说《带星星的火车票》的影子。

我已经记不清自己为什么会喜欢雷马克，在书的海洋中漫步，我曾经无数次地喜新厌旧。可能是受堂哥三午的感染，他比我大十几岁，在文学上给我的影响，丝毫不亚于我的父亲。可能是译后记的介绍，雷马克竟然那样成功，他的书还没写完，译本已经同时在世界各地报纸上连载。他跟当时同样声名鹊起的海明威和菲兹杰拉德是好朋友，很多小说都被改成了电影，其中《三伙伴》由菲兹杰拉德改编成电影剧本。我从未想过将来有一天自己也会成为一名作家，引起阅读的动机，除了想犯禁之外，小说之外的故事至关重要。我喜欢那些有故事的作家，雷马克的小说不只是畅销，更重要的是他能够坚定不移地反战，是一个杰出的"战斗的和平主义者"，他的小说与亨利希·曼和托马斯·曼的小说一起被公开烧毁，同时被扔进火堆的还有布莱希特的作品。因为拒绝回到法西斯德国，雷马克在二次大战爆发前夕被褫夺了德国国籍，而写《我们心中的魔鬼》的萨巴哈钦·阿里，却由于他犀利的笔锋直指当局，最后被"泛土耳其主义者"的特务暗杀，在卡拉拜尔森林里，锋利的匕首刺进了他的脊背。

虽然当时阅读的人群是一个很小的圈子，但是一本人们在悄悄谈论的书，我如果没看到，那真是很难受很难受。二十世纪八十年代中期《日瓦戈医生》全译本问世，我发现一个让人很难堪的事实，十年前，读到以"内部发行"字样出版的节选本时，我是那么激动，一次次热泪盈眶。我喜欢这本被称之为黄皮书的小册子，虽然它的实际篇幅，只有全书的五分之二，却已经足够了。十年后，终于将初版的全译本买回家，只是翻阅了前几章，竟然再也不想看下去。我曾经是那么喜欢帕斯捷尔纳克的故事，他获得了诺贝尔奖，但是意识到已伤害自己的祖国时，毅然放弃了领奖。这种放弃实在太令人咀嚼玩味，他拒绝离开苏联去"领略资本主义天堂的妙处"，对于一个作家来说，生他养他的祖国是那么重要，以至于离开家乡就没有办法继续生存下去。愤怒的群众在他住所的周围骚扰，呼口号，扔石块，文化官员羞辱他，说他是一头"弄脏自己食槽的猪"。不难想象作家本人内心深处的极度痛苦，人们为一种莫名其妙的意识形态而发狂，大家都不看他的作品，当然想看也看不到，在中文全译本问世以后，也就是已到八十年代中期，这本书仍然还没有在苏联公开出版。帕斯捷尔纳克所受到的伤害是致命的，在获奖的第二年，他黯然离开人世。

帕斯捷尔纳克和日瓦戈医生的故事，浑然成为了一体，这故事让我刻骨铭心。"文革"后期，我知道很多热爱文学的人，私下里没完没了地谈着小说。这些人几乎全比我岁数大，有的是知青，有的在工厂里当工人。我敢说这都是一些有写作才能的人，然而在特定的年代里，他们并没有去真正尝试写作。写作不仅仅是个禁忌，而且太神圣，因为他们知道伟大的作家们是怎么写作的，既然有伟大的作家作为参照，便有充分的理由鄙视当代写作。今天文坛上的一些著名人物，正是从那个时期开始写作，和我熟悉的那些人不一样，许多"文革"作家利用批林批孔，利用反击右倾翻案风，操练了自己的写作才能，结果在"文革"结束不久，借助已经熟练的文字技巧，文风一转，顺理成章地成为文坛骄子。我无心臧否这些成名作家的好坏，想说的话或许只有一点，即总是顺应时代的作家，在不同时代都能成为文坛的幸运儿，这既是好事，也可能不是好事。

事实也证明好事不可能老让某一个人占着。由于阅读不是为了要当作家，我可以随心所欲地读自己想看的东西，世界文学名著吓不了我，它给我带来唯一的功利心，是自己曾经读过这些玩意儿，就好比种过牛痘，有了那块难看的小伤疤，我已经有了害怕别人说自己无知的免疫力。在读中国现代文学研究生期间，有一次和外国文学专业的研究生聊天，我近乎卖弄地大侃哈代，喋喋不休地说《无名的裘德》，结果这位研究英国十九世纪末文学的同学大吃一惊，因为在二十世纪八十年代中期，现代新潮之类的词汇甚嚣尘上，哈代早就是一个很少有人关心的作家。差不多同时期，一家出版社要出版一本书，介绍美国文学在中国的影响，编者让我谈一下自己所知道的美国作品。我觉得如果照实说，不是卖弄也是卖弄，我们家藏有差不多一橱的美国书，马克·吐温、杰克·伦敦、德莱塞、辛克莱·路易斯、尤金·奥尼尔、法斯特，每个人都有不少译本，说全部看过自然是吹牛，就算看了二分之一，也足够多了。

结果只能谈海明威，我曾写过一篇六千多字的文章，谈海明威对自己的影响。我想父亲肯定也喜欢海明威，否则不讲究版本的他不会收集那么多海明威著作。仅以《永别了，武器》为例，便有四种版本，它们分别是《退伍》，一九三九年启明书局初版,由余犀译述;长篇小说节选本《康勒波康》,马彦祥译,一九四九年晨光出版公司初版;《永别了,武器》,林疑今译,是大家最熟悉最权威的一个版本,一九五七年新文艺出版社出版,印了一万多册;最后便是《战地春梦》,这是前一个版本的克隆,译者还是林疑今,改了一些字,一九八一年贵州人民出版社出版,第一版就印了十万册。有两个新中国成立前的小册子大约很少有人见到,一本是《蝴蝶与坦克》,是冯亦代先生译的,叶浅予先生设计封面,还有一本是《在我们的时代里》,由马彦祥翻译,它曾是我最初写小说的直接样板。

5

从"文革"后期开始,海明威悄悄地被文学青年所热爱。就我个人来说,必须感谢爱伦堡的回忆录《人,岁月,生活》,这本书对我的影响非同一般,虽然我家里只有三卷,它已经足以使我获得一份应该读什么书的名单。这本书让我发现了一个新大陆,从此,凡是印有"内部发行"和"供内部参考"字样的书,都值得一读。在那段时间里,有过阅读经验的人都知道,"黄皮书"中趣味无穷。有一段日子里,我专找黄皮书看,这些内部出版物毫无疑问地成了人生教科书。就好像薄伽丘说的那个故事,为了把年轻人培养得纯洁无邪,我们被放进了文化的沙漠中,为了防止产生欲念,我们又被告诫那些美丽的女孩是"绿鹅",但是所有这一切都是徒劳，苦心禁忌的结果，是所有的年轻人都惦记买头"绿鹅"回去。

如果不是处在一个禁书的时代，我还会看那么多书吗，答案显然是不会。成天看小说可不是什么健康的活动，在这个世界上，本来有许多有意义的事可以做，因为无聊而看书，是一个社会极大的悲哀。我的父母不让我养金鱼，不让养小鸟，不许说牢骚怪话，甚至觉得儿子越没文化越好。全社会只有八个戏可以看，小说只有《艳阳天》和《金光大道》，课堂上学不到任何东西，中学毕业后程度还和小学生一样，再也没什么比这种现状更糟糕的了。时至今日，书店什么书都能买到，图书馆什么书都能借到，人们想看书的念头反而不如过去激烈。就其大趋势而言，这是一种显而易见的进步。现代人往往为做学问才看书，这种美其名曰的做学问，有时候只是为文凭，为职称及待遇，说白了并不比无聊才看书好到哪里去。

黄皮书对我来说，或许要比世界名著更有影响力。"文革"初期，几乎所有的世界文学名著都是毒草，到了运动后期，不少作品事实上已悄悄解禁。青山遮不住，毕竟东流去。一些西方古典名著在"批判资本主义社会"的招牌下，正在成为公众读物，成为好学向上的举动而被社会认可。我奇怪自己为什么会有那么强烈的逆反心理，这种情绪即使到了今天也依然不改。多年的阅读经验让我养成习惯，一个人脑子只要没什么问题，就绝对不存在不能看的禁书，同样，也不存在一定要看的必读书。变好变坏的理由可以有许多，一本书把人看成雷锋，或者看成希特勒，更多的时候只是借口，书并没有那么大的魔力。

但是，确实存在着一类书，让人全心全意想看。内部发行的黄皮书像个百宝箱，一旦打开便让人目瞪口呆。我对那些传统意义的古典作品，产生了厌烦情绪，文学发展的演变史开始对我起作用，因为有了黄皮书，我觉得十九世纪的外国文学都有些老掉牙，更能吸引我的是那些现代派作品。现代派作品曾在二十世纪八十年代中期作为时髦流行过，但是，根本就不是什么新鲜事，它不过是死灰复燃，在中国的文坛上，早已折腾过好几回。对于二十世纪七十年代中后期读小说的人来说，爱伦堡《人，岁月，生活》是最好的导读，这本书为读者提供了一大堆现代派艺术家的肖像，小说家、诗人、画家、音乐家，一个个栩栩如生，足以作为楷模。现代派的精神实质是反叛，是和社会的不合作，我想象自己如果是作家，绝对不会歌颂战争，而是自发产生一种海明威式的"左"倾，融入到红色的二十世纪三十年代中去。如果我是个画家，就像毕加索那样，和传统的绘画开一次最彻底的玩笑。

处在当时的恶劣环境中，从来没有产生当作家的念头，这是一件很自然的事。我不屑去做一个写听命文章的人，更不愿意去阅读当代作品。当代走红的作品实在惨不忍睹，譬如《虹南作战史》和《较量》，我的父亲出于藏书习惯将这些东西买了回来，居然也能够在书橱上放一大排，除了搬家时有人挪动一下，谁也不愿意把它当作品看待。"文革"结束前后，一批粗制滥造小说，像雨后春笋一般地冒出来，从那时起，我就产生了一种坚定的信念，世界上从来都存在着不同的写作，如果一些人是作家，另一些人就不是作家，这两类写作者水火不容。写作者是这样，读者也是这样。一段时间里，我被这样一些作品所左右，苏联小说《感伤的旅行》和《带星星的火车票》，法国小说《厌恶及其他》和《局外人》，美国小说《在路上》和《乐观者的女儿》，英国小说《往上爬》和剧本《愤怒的回顾》，这样的名单可以开出长长一大串，它们的共同点都是被当作批判材料引进，毒草可以变成肥料，结果我也成为一名颓废的愤怒青年。

6

黄皮书是"文革"前的产物，在所谓的三年自然灾害之后，出了一批这样的内部读物。让人感到奇怪的，同样是爱伦堡的作品，长篇小说《解冻》实在没什么好看，即使到了"文革"后期，这本书仍然那么无趣，让人读不下去。解冻文学和伤痕文学在内容上，有异曲同工之妙，唯一的区别是时间上的差异，当苏维埃俄国对斯大林主义进行全面反思的时候，中国正在酝酿轰轰烈烈地"文革"。产生黄皮书的背景究竟是什么呢，"供批判使用"的"内部发行"的幌子下，是否还掩藏着什么不可告人的用心？

作为黄皮书的变种，"文革"中还出现过多种白皮书和蓝皮书，越是到运动的尾声，各种名目的内部出版物就越多。父亲对于收集这些书永远兴致勃勃，即使一边写着深刻检查，刚刚被批斗过。右派在"文革"中是死老虎，时不时被拎出来踏上几脚，习惯成自然，除了在那些最糟糕最黑暗的日子里，父亲总是想方设法将内部出版的书籍弄到手里。或许是对我采取了禁书的原因，他一度很不愿意和我谈论文学，可是一旦禁书不起任何作用，他便成了我最好的聊天对象。为此，我的母亲曾经真正地伤心过，她觉得我们像两只相斗的蟋蟀，整天叽叽喳喳地谈小说。受二十世纪五十年代苏俄文学的影响，父亲更爱看反映苏联现实生活的内部读物，譬如柯切托夫《你到底要干什么》、巴巴耶夫斯基的《现代人》、邦达列夫的《热的血》、李巴托夫的《普隆恰托夫经理的故事》。甚至到了一九七八年，人民文学出版社还用白皮书的形式，出版了一批"供内部参考"的读物，考虑到翻译和出版所需要的时间，这些书很可能在"文革"后期就开始运作，譬如《岸》，譬如《白比姆黑耳朵》，譬如《蓝色的闪电》。

我第一次见到萧乾先生，大约是一九七四年或者一九七五年，他正以有罪之身，做些翻译工作。据说巴金先生在"文革"后期，也是享受同等待遇，在翻译赫尔岑的《往事与随想》，不过他的译著要到运动结束以后，才能出版。我现在已经记不清哪本书和萧乾有关，只记得他走了以后，伯父说萧乾可以用英文思考，这是对人外语好的一种高度评价。他带来一种大字本的《敖德萨档案》，是他翻译还是校对记不清，反正这是我见到的第一本有关纳粹屠杀犹太人的文学作品，给我带来的震动远远超过二十多年后的《辛德勒名单》。更让我想不明白的，是有一批日本小说，因为时间久远，不能确定是否和萧太太文洁若女士有关，这些小说消磨了许多时间，它们是《日本的沉没》和三岛由纪夫的《丰饶之海》，多卷本的《丰饶之海》太长了，祖父没有精力把它看完，结果只好由孙辈先看，然后将故事复述给他听。

安东尼奥尼的一部电影在"文革"中非常热闹，报纸上曾经连篇累牍地批判，我至今也没有看过，一直不明白这位很不错的意大利导演，如何得罪了中国。我有印象的是黑泽明的《德尔苏·乌扎拉》，记忆深刻当然不是因为它得了奥斯卡最佳外语片奖，因为同时获大奖的还有福尔曼的《飞越疯人院》，无论是中国的读者还是观众，在过去对是否得世界大奖并不在乎，把诺贝尔文学奖和奥斯卡奖当回事，绝对是这些年的时髦。在一九七四年，《德尔苏·乌扎拉》正在拍摄的时候，中国方面就做出强烈反应，一本名为《反华电影剧本"德尔苏·乌扎拉"》的书很快出版，或者对发生在珍宝岛的冲突记忆犹新，或者林彪曾打算叛逃苏联，在大量的附录文章中，批判的火焰十分炽烈，口诛笔伐，把黑泽明骂个狗血喷头。

这是一部描写中苏边境故事的电影，黑泽明显然陷于两边不讨好的尴尬。在《拍摄"德尔苏"是我三十年来的梦想》一文中，黑泽明用几乎是沮丧的语调，为自己做着辩护，他认为已经很公平了，但是双方都不满意。虽然他一再表示，"不愿意把政治搬进影片中去"，由于拍摄资金都是苏联方面拿出来的，中国方面更有理由觉得黑泽明偏袒了苏联人。看电影剧本和看电影感觉也许不一样，我当时的印象是，影片的主角是赫哲人德尔苏，他本身就是一个中国人，是正面人物，故事说的是人和自然的关系，如果不是高人指点，还真看不出险恶用心之所在。有趣的是，这本书收录的大批判文章，统统是以日本人的名义发表的，日本左派组成了《德尔苏·乌扎拉》研究会和批判组，遣词造句全是"文革"风格，真有理由怀疑这是个"托儿"。不好的辩解会帮倒忙，影片中的坏人是"红胡子"，也就是通常所说的土匪。把人搞糊涂的是这帮研究会和批判组，硬把土匪红胡子说成是中国人的代表，而少数民族赫哲人反而不是中国人，这说法简直比苏修还反动。

7

"文革"是一片文化沙漠，能找到几处绿荫，是一件幸运的事情。其实文化沙漠也并不一定特指"文革"，只要放松警惕，不吸取教训，沙漠化的现象随时随地都可能卷土重来。"文革"语言和"文革"思维，绝不会伴随那场不可思议的政治运动一去不返，旧的禁书取消了，新的禁书说不定正在酝酿。禁书的魅力是无穷的，我记得一位非常好的地下诗人，在"文革"后期看了几首阿赫玛托娃的诗，当然是供批判用的，非常激动地大声嚷嚷，说自己太爱她了，恨不得立刻就娶她为妻。这是一个极端的例子，阿赫玛托娃的年龄足以做这位年轻诗人的祖母，她已在十年前过世。她去世的那一年，正好是轰轰烈烈的"文革"开始之际。

年轻诗人并不是在作秀,他只是从批判文章中认识了阿赫玛托娃,不可能对她做出全面判断。但是就像每一滴水,都能折射出太阳的光辉一样,诗人的敏感已经足以让他意识到阿赫玛托娃的不同寻常。一九七八年,在当了四年钳工以后,我有幸进入大学,在课堂上听老师讲文学概论,那是我听过的最糟糕的课程之一。出于礼貌,我把季莫菲叶夫的几本文学理论方面的小册子找出来看,所以会想到他,是因为一次极其偶然的阅读,从他那本厚厚的《苏联文学史》中,读到了俄罗斯白银时代的诗人勃柳索夫和勃洛克的有关章节,我喜欢这些章节中引用的诗歌,这些诗很新颖很出色,而那本《苏联文学史》却不是一般的差劲。为了几首引用的小诗,喜欢上一个诗人或许是片面的,但是,在一个沙漠化的时代里,还能有什么更高的奢求。

　　进入大学以后,我才发现竟然没有看过《红楼梦》,对中国的古典文学作品,除了大路货知道一些唐诗宋词,知道几篇明清散文,自己是那样的无知。回忆阅读生活,我发现自己差不多总是和社会提倡的阅读不合拍,正是由于这个原因,我永远成不了老师眼里的好学生。如果可能,我更愿意做一个书海里的独行侠,爱看什么就看什么,不想看那本书就把它扔掉。我依然还是那个想混进电影院看成人电影的顽童,也许,人生来就享有阅读的自由,父亲试图剥夺我青少年时代的这种权利,我却有意识地想让正上中学的女儿读世界名著,结果都是枉费心机。禁忌往往是最好的动力,也许,不让女儿看书反而歪打正着,我们今天把中学生不读世界名著，简单地认为是由于高考压力，其实也不过是欲加之罪，何患无辞。没有高考压力的成人，又有多少是在读书，我们自己不读书，怎么能够苛求孩子。

年轻的一代，正在成为媒体牺牲品，我女儿现在最关心娱乐新闻，唯一的文学读物只是张爱玲，我并不反对女孩子抱着《传奇》和《流言》，但是，如果只读张爱玲，便会成为很严重的问题。我小时候遭遇了禁书时代，现在却进入媒体时代，传媒挥舞着一支无形的大棒操纵一切，过去是不让读，现在千方百计有意识地让你读。传媒的眉飞色舞，有时候和禁止一样可恶，因为，传媒很可能教唆读一些真正不好的东西。我的朋友聊天时，曾大谈禁忌时代的好处，他从一个写作者的态度着眼，认为二十世纪中，中国作家不够出色，根本原因在于不能处理好与禁忌的关系。无所禁忌的前提是有所禁忌，作家不能让他们太舒坦，没有了方方面面的压力，没有这样那样的负担，不戴着手铐脚镣，作家就不会太有出息，艺术必须是苦难和痛苦的结晶。禁忌是过去一代作家的本钱，而当代作家恰恰在这方面吃了大亏。表面上看，当代写作什么都能玩，甚至连另类也是时髦的代名词，都到了这份上，作家还有多大的戏能折腾。

不能说朋友的话全对，虽然有打击一大片的嫌疑。写作与阅读紧密相连，如今什么样的书都能找到，有书看有时候会等于没书看。也许正是从这一点出发，生活在当代，未必就是真正的幸运。

2000年7月29日　河西碧树园

动物的意志

这是从一本书上看到的，说笨拙的熊也有意志。冬天即将来临，准备冬眠的熊拼命吃，猛吃河里的鱼，不管三七二十一地迅速增加自己的体重。鱼身上蕴藏着丰富的蛋白质，这些蛋白质能保证熊熬饿捱过一个冬天。冬去春来，熊从漫长冬眠中醒过来，饥肠辘辘，饿得晕头转向，终于有了可以饱餐一顿的机会，然而为了保持苗条的体形，尽管在湖边和水溪里有大量富足的鱼，呆头呆脑的熊此时绝不多吃。道理很简单，熊有意不让身体太胖，即将到来的夏季天气很热，熊不希望自己因为肥胖感到难受。分子生物学认为，在熊的大脑里，显然有某些东西，即某种化学反应在起着提示作用。

如果我们能把这种化学的东西，用科技的手段提炼出来，拿到超市上去销售，销路一定会超过最好的减肥药。很显然，人类所以会普遍地肥胖起来，说明我们的大脑里，已经缺乏了某些东西，这些东西最初应该是有的，就像人类的尾巴一样，它退化了。因为退化，所以失控。肥胖是贪婪的一种结果,是生物警钟的失控,我们不妨说肥胖是一种病,是某种行为的报应。人生来不应该是那么肥胖,许多肥肥胖胖的动物,并没有高血压,也没有心脏病,人类的肥胖是自己行为不检的恶果。

动物的意志对于我们来说,更多的时候,似乎只是想当然,是在编少儿童话故事。现代科学已经证明这些意志,确实存在,它们就像肉眼看不见的分子原子一样,潜藏在动物的大脑里,对动物的行为指手画脚。世界的发展,不会以人的意志为转移,当然更不会随着动物的意志转移,然而这丝毫不能证实意志的无关紧要,恰恰相反,世界能够发展到今天的这一步,怎么说也是因为意志在起着积极作用。最新研究已经证实,世界上真正勤劳的动物,并不是童话故事中的蚂蚁和蜜蜂,也不是传说中整天干活辛勤筑堤坝的海狸,海狸每天干活的时间,很少超过五个小时。真正勤劳的动物是人类,虽然现在是双休制,每周只工作四十个小时,人类的劳动时间,仍然是动物中最长的。

人的意志显然也是动物意志的一部分,因为人无论如何高级,无论如何有文化,有学历,精通几门外文,还是摆脱不了其动物的属性。人的行为是由意志决定,和动物不一样,人除了满足眼前的利益之外,还会想到更远的将来。人信奉的是一要温饱,二要发展。在这个意义上,人很容易比其他动物更贪得无厌。再也没有什么比人的追求更无止境,更野心勃勃,更不可理喻,更容易向斜路上走,一路走到黑。往小处说,身后有余忘缩手,工资永远少一级,房间永远少一间，往大处说，恨不得天下财富都进本人口袋，世间丽人皆入自家后宫。熊吃胖了只是为了过冬，而人在温饱之后，还要唱卡拉OK，要手机和与级别相适应的小车，要签字报销的权力，要比别人大的住房。

　　意志决定了人应该是一种热爱劳动的动物，虽然有人喜欢不劳而获，但是这种获得，仍然是别人的劳动，换句话说，没有劳动也无所谓收获。劳动对世界的发展推动巨大，人比别的动物辛苦，所以得到的回报也多。回报并不意味着全是好事。辛勤劳动创造了世界，发展了世界，把世界像小孩抽陀螺一样，一鞭子紧接着一鞭子赶得多远，然而如果走火入魔，失去了基本的控制，同样也可以毁灭世界。人不仅会劳动，而且还会占有别人的劳动。人毕竟比熊聪明得多，但是聪明也会被聪明误，我们得明白，我们的脑子里已经缺乏某种应有的化学反应，如果正面临的是炎热的夏季，人类太胖了，这绝不是什么好事，我们将热得喘不过气来。

1998年2月15日

动物和男人

我在农村待过三年，不是当知青，是小学高年级的那几年，在一个简陋的乡间小学读书。在这之前，我只是城市里的孩子，由大人带着，不止一次去过动物园。到了乡村以后，我可以很得意地告诉那些乡下孩子，自己见过老虎和狮子，知道大象的鼻子有多长。可惜这种优越感很快所剩无几，因为农村孩子对公园里的动物，并没有太多热情。他们对动物的态度，大多和成年人一样，只是采取一种鄙视的心情。动物算个俅，动物只是畜牲，大家要骂人的时候，最常用的词汇，就是骂某人是畜牲。

我对动物的真正了解，还就是通过农村的那些畜牲。冬天即将过去，母猫叫起春来，公猫们的节日到了，它们十分欢乐地打成一团，然后一溜眼地从打麦场上跑过去。这是在性方面最初的启蒙，从动物身上，我开始知道什么叫下流，并且知道人有时候也不高尚。我是是而非地开始知道。大人们暧昧的笑谈中，原来还潜藏着隐义。外祖母家养了一头母猫，动不动就怀胎，一生便是三四只，结果差不多半个村子的猫，都是这头母猫的后代。它一叫春，后代中的雄性，一个个便成了无耻的追求者。村上的女人谈到这事，就骂，就说要不怎么是畜牲，连自己的妈都敢追。

农村养猫，都是为了捉老鼠，大家对公猫，也只是骂骂而已，并不会因为乱伦，就立地正法，把它阉了。可是对另一些豢养的动物，就不那么宽容，譬如猪，乡下人买小猪喂养，一定是要买那种阉过的。我忘不了第一次看到阉猪的情景，活蹦乱跳的小猪在出售前，被拎到兽医面前，兽医不当回事地用小刀这么一划，轻轻一捏，便将小猪的睾丸挤了出来，然后迅速割了，涂些碘酒就算完事。阉猪的细节，几乎每个农村小孩都见过，我记忆最深的，是一大群小猪净了身以后，兽医捧着一大堆睾丸，扔给母猪吃，据说这玩意儿和女人的胎盘一样有营养，而老母猪果然有滋有味地吃了，谁让它们是畜牲。猪如此，羊也差不多，农村母羊从来不骟，因为生小羊有经济效益，遭殃的是公羊。公羊极不老实，是天生的花花公子，刚刚一点大，就知道往母羊的身上跳，因此对付的办法，就是让它做太监。

对人，因为要讲究人道，所以一般不能随随便便把男人阉了，做太监。皇帝的时代已经彻底结束了，而且就算是做了太监，也未必就真的老实。文学作品中见到的太监，大都是一些心理极不正常的坏人。通常的解释，是太监们的性，受到了压抑，一压抑，荷尔蒙乱了套，于是就变态，就想出种种恶毒的办法，来整人和害人。有一点道理，我一直想不太明白，这就是太监是否真像文学作品中描写的那么坏。根据我在农村了解到的动物知识，好像不是这样，被阉了的雄性动物，可是真的老实，就知道多吃多长膘，只等着过年时，被人宰了吃肉。

传说明太祖朱元璋曾给兽医写过一副对联：双手劈开生死路，一刀斩断是非根。真不愧是大明的开国皇帝，说出话来气度非凡，斩钉截铁。畜牲被阉了便会老实，太监为什么还会不老实呢，按照我的傻想法，还是荷尔蒙在作怪。服用过多的睾丸激素，女人也会像男人一样长出胡子，我的意思，并不是说太监偷吃了睾丸激素，滋了阴壮了阳，竟然恢复了男人的雄风，打娘娘和宫女的主意。太监不老实，显然是有一种物质，悄悄地在太监体内发生了化学反应，使本来就严重不平衡的荷尔蒙变得更加紊乱。太监的确服用了一种激素，这种激素就是权力。权力让太监狐假虎威，权力让太监有恃无恐。已经斩断了是非根的太监，所以还能不断地生出种种是非，很重要的原因，是太监离权力太近。事实上，宫廷大多数的太监都很老实，不老实的只是个别有机会弄权的贴身太监。不能太相信文学作品，文学作品中的妓女常常都是好人，这只是小说家们的想当然，在现实生活中可绝不是这样，太监中也存在着好与坏的比例，有时候，一粒老鼠屎可以坏了一锅粥。

过去英明的老皇帝，给继位者最重要的提醒，就是不许阉党过问政治。阉党弄权，往往可以造成政治腐败，造成黑暗统治，然而阉党不过问政治，江山照样易主，因此完全有理由怀疑，太监有时候只是亡国的替罪羊。权力是一个很可怕的东西，在一定时候，它就是睾丸激素，能使一个已不是男人的男人，做出比男人还男人的事情。江山美人的得失，显然都和荷尔蒙有关。让我们把话题再回到动物身上，对于很多雄性的动物来说，强权十分重要，雄性动物为了争夺异性，拼命厮杀，其结果便是胜利者获得了爱情。人类也是如此，逐鹿中原的最终胜利者，获得了江山和美人。不妨想一想，过分的权力能让已经失去了男根的太监，都变得令人恐惧，那么在一个正常的男人胜利者身上，堆积了大量失控的权力，将会造成多么严重的后果。

现实生活中，类似于睾丸激素的，不仅仅是权力，还有金钱。俗话说"男人有钱便学坏"。所谓坏，也就是荷尔蒙严重失调。失调不是好事，得重新调整，调整不是阉了，然而总得有些积极措施才行。人类永远不能离开制约，中医认为，阳气太旺就会上火，上火了便要去火，因为这是邪火，应该吃泻药。不要以为今天不会把人阉了就无所顾忌，人是高级动物，要明白身上睾丸激素太多了，非出事不可。

1998年2月21日

动物和女人

不久前，刚看过一本谈动物的书。看了觉得有趣，书虽然丢下了，满脑子依然动物世界。把动物和女人放在一起谈，似乎不太合适，我们都知道女人确实也是动物，根据生物学的观点，女人只是雌的高级动物，有许多地方可以和动物对话，譬如说荷尔蒙。

我们都知道，动物所以会这样会那样，很大程度上取决于荷尔蒙。雄性动物为了获得爱的机会，会捉对厮杀，玩命地争凶斗狠，譬如那些有角的食草动物，譬如那些残暴的食肉动物。此外，也有相对比较斯文的竞争，譬如青蛙和某些善于鸣叫的昆虫，它们不像美国佬那样爱显示自己的军事实力，动不动就嚷着要对伊拉克实施武力打击，这类雄性动物是天生的艺术家，取胜的法宝是靠自己的歌喉。还有些鸟类，雄性靠自己美丽的羽毛来打动异性，细心的读者一定早就注意到，动物世界的雄性，往往比雌性漂亮得多。

有理由相信，上面提到的一些现象，都是雌激素和睾丸激素这两种荷尔蒙造成的。很显然，雄的动物厮杀、卖弄歌喉或展示美丽的羽毛，所有这些幼稚的行为，都是雌的动物所乐意见到。比赛的规则，显然是雌的动物们开会制定的。我这么说，不是重弹女人祸水的老调，把战争罪一股脑儿推给妇女，或是艺术起源于异性，都有些简单化和不负责任。我的意思最多只是想说明，男人的确有可能为女人决一死战，有可能因为女人，萌发出惊人的创造性。让我们先不急着说爱情如何崇高，这类高调不妨在别的文章里讨论，现在要谈的议题，是男人的凶狠以及热爱艺术，既和睾丸激素有关，也和女性的雌激素分不开，尽管内外有别，对于男人来说，自身的内因往往要通过外因，才能起作用，就像电灯泡非要接上了电才能亮，鸡蛋要适当的温度才能变成小鸡。如果世界上的女人都热爱和平，如果女人不喜欢强悍，不选择所谓成功的男人，不以男人在军事上或者经济上的胜利为择偶标准，不傍大款不做小蜜，不嫌贫爱富，不恃强欺弱，战争未必就一定避免，但是起码可以省去许多。国与国之间，民族之间，战争避免不了，起码可以避免一些男人与男人之间的战争。在农村，说一个人穷，就说他穷得没钱讨老婆，如果一切能够反过来，没钱反而能找到老婆，世界也许就是另一副模样。

动物世界的许多现象，到了人类这里，多多少少也有了些走样，譬如雌的动物爱美，通常指它爱雄性之美，是他恋，而不是自恋。是否符合美，是雌性动物的择偶标准。而人类已经颠倒过来，女人现在成了展现自己美丽的动物，成了大众时装的消费者，成了各种高档洗发剂的最大买主。女人爱美的目的是为了让异性喜欢自己，是"示爱"和渴望被爱。在这一点上，女人和公孔雀相仿佛，在动物园见到展翅的孔雀，全是公的。女人的爱，已从选择，发展到了被选择。我们知道男人好斗，现实生活中，又发现女人其实也好斗，这是雌性动物雄性化的标志。动物的好斗，通常不是为了争夺食物，而只是为了获得异性。古人说，食色性也。雌的动物懒得为雄性争斗，它只视雄性为自己发情季节中可利用的对象，看着雄性可笑的表演，看着它们为了献殷勤搔首弄姿，拼得死去活来。女人却发展了自己，谁让她们是高级动物，女人不仅促使男人竞争，而且厕身其间，亲临现场参加了比赛。

我们不妨再考察一番动物的母爱。母爱是动物属性中很重要的一部分，所谓虎毒不食子。动物世界中，让人们感动的一个乐章，便是动物的母爱。科学研究证明，母爱和性爱一样，同样是荷尔蒙在起作用。通常情况下，小羊羔在刚出生的六小时内，如果和母羊分开，那么这只母羊就会不认羊羔，并且拒绝为它喂奶。科学的解释是母羊大脑里出现了问题，控制脑垂体荷尔蒙接受能力的雌激素，由于小羊羔的分开急剧减少，于是母羊不由自主地放弃了做母亲的职能。而有经验的牧民，据说有一手绝活，可以恢复母羊的爱心，具体方法说起来不太文雅，那就是按摩母羊的某个部位，只要花上五分钟的时间，母羊便会开始舔小羊，发出轻轻的咩咩声，十分顺从地让小羊吃奶。事实上，这种做法有其科学的依据，按摩能使荷尔蒙迅速释放到血液中去，荷尔蒙到达一定数最，母羊就又成为一个合格的母亲。荷尔蒙的失调，可以让母爱丧失，同样，保持正常的荷尔蒙，也可以让母爱维持，这就是为什么把小狗拿走了，母狗竟会为小老虎哺乳的原因。

女人的母爱不可能完全等同动物的母爱。新潮女性拒绝为婴儿哺乳，说是为了保持优美的体形，因为体形的改变，尤其是乳房的下垂，会在男人的眼里失去魅力。在公共汽车上，常常可以看见年轻力壮的女人，和小孩子抢座位，当然这是和别人家的小孩争夺，争不到便恼羞成怒，臭骂小孩子不知谦让。还有一些母亲，为了学习成绩，像揍贼似的暴打自己小孩，严重的，索性将自己的小孩打死了。说这些女士的荷尔蒙有问题，肯定会花容失色红颜大怒，是吃饱了撑着难受，好端端地没事找骂，弄不好还会挨耳光。但是如果荷尔蒙没有问题，为什么又偏要做出这些有违母爱的举动。这篇文章，从研究动物的观点来谈女人，肯定有些不伦不类，有些拿滑稽当有趣，不过，我们已经习惯了用人的观点去看动物，也不妨就便用观察动物的观点，来琢磨人，尤其琢磨琢磨女人，因为女人再高级，和男人一样，毕竟还是动物。

1998年2月20日

动物和儿童

美国科普专栏女作家安吉尔在一本谈动物的书里，向我们介绍了土狼的性格。安女士指出，土狼生性残忍，刚从母体里出来，就成为所有哺乳动物中最为好战的新生儿。它们急于作战，立即开始进攻，直到将对手咬死为止。我们总以为世界上最残暴的动物，是动物之王的狮子或者老虎，然而它们真要和土狼比起来，却要逊色得多。土狼不仅可以从与自己身体差不多大小的猎豹嘴里抢下食物，就算遇到比它体形大得多的狮子，也一样敢虎口夺食。在塞林格蒂平原，土狼比任何食肉野兽所猎杀的动物还要多，它还是效率最高的消费者，无论是肉，还是骨头，甚至皮毛和牙齿，它都无一例外地嚼碎了咽下肚去。再也找不到什么比土狼更贪婪的动物，用不了半个小时，二十多只疯狂的土狼，可以把一只五百磅的成年斑马，啃得只剩下地上的几滴血。它们像嚼甘蔗一样地嚼着骨头，临了，又把所有的渣子全都吃干净，结果土狼拉的屎，看上去像一种叫作白垩的石灰岩。

在孟夫子的眼里，土狼肯定属于性本恶。有了土狼作为参照系数，虽然世界上仍然有不少坏人恶人，说人性本善便毫无疑问。由于有了电视，我们已经习惯在屏幕上观看动物世界。看着动物的表演，很多人都觉得有趣。我们常常会心一笑，原来动物是这样，或者竟然是那样。看完了，有时我们也会忍不住想，所谓本性，究竟是天生的，还是在漫长的历史进化中，像地上的小草似的逐步长出来。为什么有的动物食肉，而有的动物却是被食肉。我们知道弱肉强食，可是为什么会弱，为什么会强。

我想总不至于谁下了一道命令，硬性规定动物吃荤或者吃素。或者扔出去一个硬币，狼和羊各猜一面，谁猜准了就有吃对方的资格。不同的动物显然通过公平竞争，才决定了各自的命运，胜利者吃肉，失败者吃草。这种吃与被吃的关系一旦形成，就逐渐固定下来。动物的本能，一代代发展演化，食肉动物变得越来越厉害，它充分发展了自己的狩猎本领，因为只有吃到更多的肉，自己才能生存和发展，同样，被食肉动物为了活下去，也越来越机灵，它充分发展了逃生的技能。我们于是明白食肉动物的牙齿为何如此有力，爪子为何这般锋利，舌头像锉刀一样，一舔便能将毛褪去，以及被食肉动物为何奔走如飞，身上的羽毛和表皮为了隐蔽，能像变色龙一样不停变化颜色。

说完了动物，回过头来观察人类，得出一些简单的答案也就不困难。人所以变成今天这副模样，将来还可能又怎样，和先天有关，和后天分不开。比较土狼幼崽和人类婴儿之间的差异，我们会明白人不应该像土狼那么厉害，那么贪婪。人类是有文化的动物,比其他生灵更有意识,更知道应该如何把握自己将来的命运。人类的孩子在出生之际,既用不着无师自通,像那些小鹿小羚羊一样,刚落地就会奔跑,也用不着像那些凶残的食肉动物,从一开始就表现出嗜杀的掠夺本性。如今大多数的儿童,都像天使一般地来到人间,父母已经为他们的到来,做好了一切必要的准备。在国内,独生子女制度,有效地解除了儿童与自己手足之间的竞争。

随着人类社会的越来越文明,有充分的理由相信,未来将是美好的。今天的中国儿童差不多都是温室的花朵,既不能伤害,也不会被伤害。专家不无忧虑地指出,过分溺爱对儿童不仅没有什么好处,而且有潜在的危机。有许多人对中外少年儿童现状进行比较,通过对照得出结论,虽然中国的儿童被称之为小皇帝,但是这些小皇上,并没有外国的小平民百姓过得幸福称心。今天正在苦读的中小学生,处在重点学校的竞争中,其激烈程度和土狼的幼崽相比,逊色不到哪里去。

我总是有一个很天真的念头,这就是狠狠心,真牺牲了一代儿童的幸福,结果会怎么样。儿童是祖国的未来,希望寄托在今天的这些孩子身上。激烈的竞争不一定全是坏事,中国这么多人口,不竞争结局无疑更糟。在儿童时代过早地接受优胜劣汰,这很残酷,可是如果这种残酷,若真能带来好的局面,那么这种牺牲就值得。为有牺牲多壮志,我们常说,资本的原始积累有其血淋淋的一面,既然大家还处在初级阶段,就咬紧牙关硬挺一下。

只是这种牺牲不应该仅仅只停留在儿童的身上，它应该成为我们生存本能的一部分。本能是无意识的，土狼幼崽互相残杀，并不说明真明白所作所为，是为了未来的食物短缺。土狼显然不明白为什么要这样，它们只是情不自禁。在没有找到更好的办法前，教育制度也只能是围着高考的指挥棒转。中国儿童的竞争太简单，说白了，也就是为了将来能进入大学。让孩子上大学，是许多父母心中解不开的死结，仿佛一上了大学，什么都到了尽头。于是，竞争永远是一种外在的东西，是本能之外的附加题。于是，中国儿童不是我要读书，而是家长和社会要我读书。"我要"和"要我"有着本质区别。明白了这一点，也就知道为什么我们的儿童没有后劲。从表面看，从小就遭遇了优胜劣汰，然而从心理上来说，孩子始终处于劣汰的境地，一开始，大多数的孩子被别人淘汰，因为总会有孩子成绩比他更好，到后来，又被自己淘汰，因为就算是一路过关斩将，金榜题名，临了，也仍然摆脱不了心灰意冷。有目的的竞争行为永远是一种短视。既然目的只为上大学，考上考不上，结果也就差不多，反正都是放弃，而这样的放弃则意味着，儿童时代的幸福白白地牺牲了。

1998年3月13日

动物和老人

我有个朋友，一谈起老领导就耿耿于怀。这位老领导我也见过一面，胖胖的，黑黑的，说话有些结巴，官气很足。没有退休之前，我便知道他是个书法爱好者，而且字写得很不好。我听过许多有关他的笑话，其中最著名的例子，是喜欢躲在办公室里写鬼画符一样的大字，一张纸只写一个字。机关里仅仅供应他练字的宣纸，每个月都是一笔很大的开销。大家也不心疼那宣纸，反正公家有钱，单位效益好，不在乎这种小账。我那位朋友生气，是这位老领导耽误了大家住好房子。

几年前，有一个很好的机会，可以买十套好房子。所谓好，套型和面积都比较理想。购房的钱不成问题，那时候房地产尚未热，然而老领导看到图纸很生气，觉得这房子太大，比自己儿子的住房还多几个平方。他儿子是大学的年轻讲师，学校穷，只好住父亲的另一套房子。老领导就想，我儿子还是名牌大学毕业，才住多大的房子，自己手下的那些阿猫阿狗，凭什么都住好房子？在中层干部会议上，他直言不讳地把这想法说了出来。偏偏我的朋友正好属于阿猫阿狗，于是眼睁睁看机会失去，直到今天仍然住在破房子里。一年以后，房子价格足足长了一倍，老领导也到退休年龄，临下岗，向接班人发话，仍然坚持己见，说房子便宜，都没同意买，现在这么贵，更不应该花冤枉钱。新领导是老领导一手提拔，对于这种像遗嘱一样的指示，不敢不放在心上，结果几年过后，单位经济效益大不如以前，而房产的价格，已从每平方七八百，活生生地涨到了四五千。

我的朋友咬牙切齿，每次机关开会，捞到机会，就为这位老领导三天两头派子女来报销宣纸，指责现领导。现领导和稀泥说："老同志了，干吗跟他斤斤计较！"现领导在老领导手下工作了很多年，心情一直有些压抑，据说是故意让老领导留些话柄，让大家指责。他从不说前任领导有什么不好，却喜欢别人这么说。多年媳妇熬成婆，现领导并没有多少朝气，老领导不是那种有工作能力的人，他选的接班人，也不希望能超过自己。我的朋友说了一个最有趣的现象，这就是现领导的手腕与前任有过之无不及，在用人和施政方面的平庸，却完全不相上下。

在这里，我不禁想起了食蜂鸟的故事。动物学家的观察告诉我们，食蜂鸟的儿子结婚以后，老食蜂鸟会千方百计地破坏子女的婚姻。自然不是使用暴力手段，在身体方面，年轻的儿子甚至比父亲更强壮。老食蜂鸟用的是计谋，在子女的蜜月里，它会不停地钻进新房骚扰，用心险恶地破坏别人的好事。有时候，老食蜂鸟歇在鸟巢门口，没完没了地唱歌，甜言蜜语，对已经成熟的儿子大献殷勤。老食蜂鸟的用心，说穿了让人感到哭笑不得，只是为了把已经成人的大儿子骗回家去照顾弟弟妹妹。年轻的雄食蜂鸟都有善良的一面，它们往往禁不住父亲的诱惑，结果，置夫妻的爱情于不顾，毅然飞回家去。雄食蜂鸟照顾了嗷嗷待哺的弟弟妹妹，年轻的妻子却因为没有东西吃，不得不放弃孵蛋，如果蛋已经孵出来，小食蜂鸟也只能活活饿死。

这是动物亲情关系中，十分丑恶的一个现象。还有一个相似的例子，发生在一种和黄鼠狼有远亲关系的矮脚猫鼬身上。处于从属地位的年轻雌鼬总是扮演奶妈的角色，它自己的幼鼬常常神秘地消失了，有充分的理由相信，谋杀是处于首领地位的老鼬干的。痛失亲子的母亲，奶水没有用武之地，于是就很心甘情愿地为年幼的弟弟妹妹喂奶。动物学家对观察到的这一残酷现实，感到震惊，并寻求合理的解释。食蜂鸟和矮脚雌鼬都不是自然界强者，他们的天敌很多。任何现象总有其可以解释的一面，无论是食蜂鸟，还是矮脚猫鼬，它们生存方式，所遵循的游戏规则，有利于家庭的团结，有利于一致对外，因为它们的部落，不是以无数个独立的小家庭组成，分散的小家庭，不利于保护自己。

现在屡屡提到一种"五十九岁"现象。说某些当官的，一生清廉，临了晚节不保，犯了这样那样的错误。按照我的傻想法，一生清廉绝对值得怀疑，质变必有量变的基础。偏偏在五十九岁出事，不外乎两个原因，一是来日无多，过了这村，便没这店，于是穷凶极恶了一点，太出格太离谱。二是墙快倒众人推，反正要退休了，别人也就不怕他，既然不怕，丑事也就掩盖不了。五十九岁现象，说穿了还是老年人的失败，因为从邪理上说，真正厉害的人，绝不会在五十九岁的关头出事。犯错误说明已超出了游戏规则。聪明人早在五十九岁前，便已经物色好了接班人。不止一位已并不年轻的干部向我抱怨，说他们虽然已经当了第一把手，然而个别退休在家的老领导，还在垂帘听政，稍稍有所违背，自己的乌纱帽便有风险。

　　人是自然界最强大的生命，与食蜂鸟和矮脚猫鼬相比，人类的手段会更高明。人如果把自己的智慧用于创造，用于行善，用于破坏，用于伤害，其能量都将无与伦比。我们解释一种现象，总喜欢说为什么会这样，这样如何合理如何应该。如果我们反过来推理，假设食蜂鸟和矮脚猫鼬，不采取现在的生存法则，是否能逐渐变弱为强。强越来越强，弱越来越弱，这是自然界的规律，也是人类社会的规律。我并不相信有多少已经退休赋闲的老人，仍然还在垂帘听政，事实上也不可能，多年的媳妇真熬成了婆，必定青出于蓝胜于蓝，我更相信这不过是一种推托，是一种计谋。

1998年3月10日

好人和坏人

世界上没有绝对的好人与坏人。好人和坏人是比较出来的，有了好人，我们就说某人不好。同样，有了坏人，我们又说某人好。好人的头衔是别人送给他们的，更多时候是由坏人来赠送。大家常常用好人不吃亏来安慰那些明显是吃了亏的人。别人已经吃了亏，送一句现成的好话给他，事情也就两清。有个小男孩问自己母亲，什么样的人才是好人，母亲说，没有长肚脐眼的，就是好人。从此，小男孩一直留心没有肚脐眼的人。母亲带他去女浴室洗澡，他眼睛直直地盯着别人的肚子看，别人就说这孩子长大一定好色，弄不好还有窥阴癖。长大以后，他在男浴室里洗澡，明知道母亲小时候是骗他的，可是忍不住还是要看人有没有肚脐眼。有一次，他看见一个人的肚子上，赫然竟有两个肚脐眼。他惊奇的目光让被盯着的人感到很不高兴，那人就说："怎么啦，有什么好看的。"他结结巴巴地说，人家说好人没有肚脐眼，你怎么一个人就有了两个。那位仁兄是从劳改农场里放出来的，肚子上曾被人用三角刮刀捅过一下，被他这么一问，气不打一处出，朝他面门湿乎乎带着肥皂水就是一拳，将他打翻在地。

好人不吃亏是一句没道理的话。首先好人并不在乎自己有没有吃亏，说好人不吃亏，通常是那种占了便宜的人讲的漂亮话。好人按照自己的处事原则处事，他觉得自己谦让一些，吃亏一些，这样对，这样自己觉得心安理得。不吃亏就是占便宜，然而好人并不想占便宜。说好人不吃亏，其实就是一种以小人之心，度君子之腹，以做小买卖的心情，谈论为人民服务。第二，有人习惯于得便宜卖乖，得了便宜，并不见好就收，还要说别人不吃亏，这样的人不是坏人，肯定不能算好人。自己已经占了便宜，占就占了，嘴还不肯老实，惠而不费地替别人算账，这一算，结果仿佛是别人占了便宜。

事实上，好人总是吃亏的。只能说好人不在乎吃亏，说好人天生气量大，说好人生来就缺心眼，这种观点是不对的。好人不至于傻到连自己明显是吃了亏都不知道。好人在数学方面起码不会有什么问题。在火车上，把自己的座位让给老人或孕妇坐，好人未必就觉得站着舒服，而且假定一口气儿真站上十个八个小时，反而更有利于身体健康。同样，看见有人丢了钱包，好人用自己的钱替人买票，又明知道这种钱是不会还的，未必就觉得一点也不心疼，更不会想我今天不吃亏，是大大赚了一大笔。好人首先是正常的人，他只是有自己的行为准则，觉得自己应该怎么样，不应该怎么样。千万别把好人想象得和呆子一个模样，说好人没有肚脐眼,这句话的潜台词,也就是这意思。好人做好事,只是一种生活态度,有的人愿意做,正如有的人不愿意做。好人好事不一定非要表扬,可是千万不要瞎夸奖。

与好人总是吃亏相对,坏人总是占便宜。孔融让梨,不是他不知道哪个梨子好,也不是说孔融让了梨,就能躲得了什么厄运和灾难。让不让梨,孔融先生最后一样被杀。不能说好人吃亏是占便宜,也不能说坏人占便宜也是吃亏,不能运用阿Q似的推理判断,话得说清楚,一是一,二是二,吃亏就是吃亏,占便宜就是占便宜,混淆两者的界限是不对的。这时候讲辩证法,是有意颠倒是非,仿佛为伪劣产品推销做媒子,是继续欺负好人,继续保护坏人。就好像好人愿意吃些亏一样,坏人喜欢占便宜,也只能让他占。在好人和坏人面前,放两个梨子,一大一小,坏人很自然会捡大的拿,拿到了大的,心安理得,他可以觉得这就是竞争,是优胜劣汰。好人也会想到拿大的,也知道大的甜,可就是出手慢一些,而且真拿到了,会觉得不好意思,因为这有违于好人的处事原则,得了便宜,他没办法心安理得。

坏人不得好死,只是吓唬人的鬼话,在战场上,好人与坏人一起置身于枪林弹雨,先送命的往往是好人。好人不好意思缩头缩脑,好人的反应常常要比坏人差。好人见义勇为,很可能丢了自己的性命。在单位里,无论是分房子还是评职称,总是能打能闹的坏人占上锋。做领导的,常常让好人吃亏,让坏人占便宜,因为如果不这样,颠倒过来,机关里就不会太平。我们总说一碗水要端平,不应该欺负老实的好人，其实所以这么呼吁，很重要的一个原因，就是一碗水从来就没有端平过。人难免欺软怕硬，马善好骑，人善好欺，所谓软，也就是好人，容易说话的老好人易于对付，所谓硬，当然是坏家伙，这种人，惹不起只好躲。有个别领导多少还有些把柄落在坏人手上，指望这种官僚能公正，真是白日做梦。

  我扯了半天，目的不是让大家不做好人，都去做坏人，也不是想证明好人如何做不得。就像一开始就说的那样，好人坏人并不绝对，好人有时候也会有坏人的念头，坏人有时候也会羡慕好人。好人与坏人可以转换，关键是看他们的行动，实践是检验真理的标准。我的意思是，有些道理不妨先说说清楚。做好人做坏人，悉听尊便，古话说，不以成败论英雄，这里借用一下，就是不以吃亏占便宜的结局，评论人的好坏。让人为了不吃亏去做好人，这从情理上说不通，而且最重要的一点，人来到世界，并不是为了占便宜。

1998年3月20日

拉车的和坐车的

门口的一条小巷,人多时常常堵车。有一次,一个年轻出租车司机,嫌一位骑车老人拦了他的路,摇下车窗破口大骂。众目睽睽,老人被骂晕了,幸好人已经下车,要不然非摔一个朝天跌不可,他怔了半天,忽然缓过神来,对还在喋喋不休的司机嚷道:"神气什么,在解放前,你不就是一个破拉车的!"司机没想到老人会冒出这么恶毒的一句话,光天化日之下,不至于跳下车给老人两拳头,转怒为喜,一踩油门,走人。

我在一篇文章中,谈到了这一幕情景。有个读者写了很长的一封信给我,为出租车司机打抱不平,写信人自己就开过出租车,认定我把这事写出来,就是歧视出租车司机。他觉得把司机说成是拉车的,是人格上的侮辱。此外,他还花了很长的篇幅,替出租车司机申诉委屈,谈到了税收问题,谈到了警察如何动不动就罚款。在他看来,现在的中国人很没有素质,行人和骑自行车的故意不让道,老百姓看到出租车司机赚了些钱,比教授副教授拿的钱还多,心里就不平衡。

我不是动不动就坐出租车的人，难得捞到一次机会，总是乐意和司机聊会儿天。我知道像南京这种中型城市，出租车太多，老百姓口袋里钱太少，靠出租车发财，远不像想象中那么轻而易举。但是开出租，比工薪阶层强得多，这是一个不争的事实。在这篇小文章中，我既不想谈出租车司机的经济状况，能多赚钱当然是好事，靠劳动致富光荣，也不想谈他们的委屈，谁还没有一肚子不痛快，警察罚款是狠了些，可谁让他们违反交通规则。开出租车起早摸黑不容易，警察站在马路中间疏导交通，大口大口地吃污染难道就活该。我觉得老是诉苦，很没意思。大家都去找心理医生，每人准能说上几小时的痛苦。学生抱怨家长和老师布置的功课太多，家长和老师又抱怨教育制度，下岗工人抱怨企业不景气，家庭主妇抱怨菜太贵了，小贩抱怨生意越来越不好做。就算那些大家看来混得好混得阔的人，也忍不住会牢骚满腹，当官的嫌会议多，当大款的恨自己老婆不肯离婚。世上不称心事，向来十有八九，人活着，首先得想开。

　　我想谈的第一个问题，是开出租的司机，算不算拉车的。答案显然是肯定的。虽然有歧视的嫌疑，但是我们总不能昧着良心，硬说不是。用锄头种地是农民，开着拖拉机耕地，就不算是农民，这说不过去。不管怎么说，歧视拉车的是不对的，问题在于，是谁在歧视。歧视是一种不平等，无论是谁，按理都不应该歧视别人。坐车的拉车的不平等，这不奇怪，譬如老板和打工仔就不可能平等。在人格上，大家都平等，然而人家花了钱坐车，就是为了享受一下平等之外的不平等。如果完全平等了，就应该坐车的和拉车的在中途各自交换角色，你拉我一段，我便应该送你一程。拉车的因为收了坐车的钱，也就无所谓平等不平等。同样，给领导开车，也是一种拉车，单位给了你开车的工资，你就不能和领导讲，我拉你是不平等。

这篇文章开头提到的那位老人，喊出租车司机是"破拉车的"，无疑包含了歧视。然而这种歧视，恐怕也是事出有因，因为出租车司机先骂了老人，骂人就不会有好话，不用解释，肯定也是一种歧视。老人对出租车司机的歧视，是一种以其人之道，还治其人之身，就好像人们对骂，都要提到对方的母亲一样。双方的歧视你来我往，其实是打了一个平手。开车的嫌骑车人挡道，对中国人多的现状恨得咬牙切齿，可惜他忘记了自己也是人多中的一员。人多不能光怨人家骑车的，怨人家走路的，大路朝天，各走半边，况且是在小巷里，不能因为你开着车子，别人就非得给你让路。大家都有心情不好的时候，我想老人开口就骂人家是"破拉车的"不对，而那位年轻的司机为这点小事，一笑了之，也还算有足够的度量。

我倒是觉得那位写信给我的前出租车司机，颇有些歧视拉车的。因为他眼里，开车的怎么能和拉车的混为一谈，其实，就算是了，又怎么样。人是平等的，拉车的不低人一等，正如开出租车的也不高人一等。接下来便是我想谈的第二个问题，这就是拉车的究竟算不算劳动人民。这又是一个荒诞的问题，因为根本就没人说不是。我今年已经四十一岁，很多和我年龄相仿的人，都明白一个不太愿意说出口的道理，那就是都说劳动人民伟大，其实自己却不是真的想当劳动人民。很多年来，我们已经习惯嘴上一套，心里想着另一套。劳动人民是大概念，把一个人淹没在大概念中，一些很容易明白的事情，反而闹不明白，我们总不能说坐车的，就不是劳动人民。

我们不妨分析一些拉车的作为劳动人民成员中特殊的一面。先说他和服务对象的关系，当然有阶级斗争的一面，但是我想说，拉车的拉着空车在街上溜达，他喜欢的恐怕不会是穷人。尽管是为人民服务，拉车也是为有钱的人民服务。如果他半天碰不上一个客人，真有穷人不知趣地挡道，肯定会火冒三丈。拉车的最恨人没钱坐车，这一点几乎不用怀疑，就好像在今天，开出租车的司机，自然而然不把工薪阶层放在眼里。对那些只坐了一个起步价，一定要开发票回去报销的乘客，出租车司机提到了就觉得丢人现眼。从赚钱的角度来说，出租车司机第一恨人没钱，没钱就没生意，第二恨要发票报销的，因为这样没办法逃税。过去的年代里，我们曾经强调过阶级斗争，注意的是拉车的和坐车的对立，而忽视的，却是他们和那些既不拉车也不坐车的人之间的矛盾。

事实上，拉车的和坐车的，向来只是少数人。在今天，谁都是劳动人民，坐车和拉车，也只是一种分工的不同，都有伟大和不伟大的人厕身其中。出租车司机中，有宰客的、捡人皮包不还的，也有见义勇为、学雷锋做好事的。坐车的也是这样,既有贪官和奸商,也有经济条件确实很好,不在乎那点小钱的中国特色的中产阶级。我要强调的一点,是大多数人,既不属于拉车的阶级,也不属于坐车的阶级。偶尔伸手拦辆出租车的人,怕是还不能列入坐车阶级。拉车和坐车这种服务与被服务关系,永远只是劳动人民中的一小部分。有人也许会抬杠,举出火车和飞机的例子,因为同样是服务与被服务。我想这篇文章所说的拉车和坐车,都带有一定的特指,是指一些特定的人,如果我们出门坐了火车和飞机,坐了长途大巴,就感觉良好,觉得自己已经上升到了坐车阶级,那只能说明这篇文章没写好,表述上有漏洞,要说明白的话没说明白,可是我仍然不认为自己的观点错了。

1998年2月28日

贫穷的和富有的

有的人永远贫穷。我认识一家人，买什么东西都不肯落后，就是这不肯落后，害得一直闹经济危机。你可以永远听他抱怨钱不够用，因为缺钱，永远牢骚满腹。按说如今家庭中该有的东西，冰箱彩电，电话摩托车，最新的VCD机，应有尽有，可还是觉得自己穷，觉得穷，便认定是这社会不好。嫌冰箱太小，彩电已经有了两台，嫌尺寸还没到位。咬咬牙把所有的钱都拿出来，甚至还向别人借一些，刚花完，就发现自己已经又落伍，落伍了，就更仇恨。我们谈到西方发达国家，常说那里的老百姓喜欢消费在前，凡事都预支，动不动就贷款，我认识的这家人，新潮的消费观念，似乎也像发达国家的老百姓，有理无理，也是先享受起来再说，然而最大的区别在于，外国人的提前消费是有谱的，人家有能耐挣钱，人家把自己的负债当作是一种奋斗的动力，不像我们，负了债就觉得老天不公平，觉得天下人都负了他。

我还认识一个人，他的消费观念，恰恰相反。钱放在银行里，始终不肯拿出来用。银行的钱不用，平时的收入，一定要省下一部分再存起来。人们常说有什么钱过什么日子,可我认识的这个人,始终过一种低于自己实际生活水平的日子,有一百块钱,只舍得花八十块钱。这种人永远吝啬,所有的精明和智慧,都体现在如何占别人的小便宜上。十几年前,他银行中的存款比我的十倍还多,和我在一起,却总是我用钱。不在别人身上用钱,也就算了,关键的问题,是还舍不得在自己身上用钱。二十年前,万元户是个不得了的事,那时候有一万块钱,根据当时的生活水平,似乎一辈子的吃喝都不用发愁。一万块钱在今天能怎么样,这账已经用不着我来算,于是我认识的这个人,当年有钱的时候很贫穷,现在一样贫穷,等于从来就没有富有过。他对这个社会的不满,也是显而易见,因为他总想不明白自己为什么总是贫穷,而且越来越穷。

  王小波在一篇散文中,曾引用某位哲人的观点,说贫穷是一种生活方式。我现在也重复引用一下,因为贫穷有时候,的确是一种不好的生活方式。值得一提的,我这里提到的贫穷,大都是身边的人和事,和那些边远山区穷困县无关。我所说的,只是一种相对的贫穷,因为在我们身边,有钱和没钱,从来就不是绝对的。贫穷和富有,只有通过比较,才能感觉出来。有比较才有鉴别,有了鉴别,才能把问题想明白说清楚。有三十四寸大彩电的人,他可以觉得自己比那些拥有二十一寸彩电,包括比那些已买了二十九寸彩电的人更富有。骑摩托车的人,他可以觉得自己比拥有私家小汽车的人穷得多。因此,贫穷还不仅仅是生活方式,说穿了还是一个心态的问题。

再说我的一个朋友，十年前，他的妻子没有工作，刚生了孩子，房子也不理想。那时候我和他还是同事，单位里常常发一些鲜鱼鲜肉，他就发愁，说发这么多鲜肉干什么，他又没有冰箱，根本来不及吃。他很大度地要把这些鲜肉送一部分给别人。我至今还十分欣赏他的生活态度，因为我觉得他始终有一种健康的心态，从来没有因为一时的贫困潦倒，显现出任何怨天尤人的样子。他并没有因为自己买不起冰箱急得跳脚。这是一位从复旦大学毕业的高才生，我没听他说过，那些没文化的人，怎么就比自己过得好这类混账话，也没听他说自己是白读了书，空有了一张名牌大学文凭。他总是显得很平静，觉得现在的这一切，都很平常，也很正常。有钱就过有钱的日子，没钱就过没钱的日子，他觉得这是天经地义。

我的这位朋友，现在也没有发大财，但是经济状况已经完全改变。他脚上如今穿的是一千多块钱一双的皮鞋，出门常常坐出租。他花自己的钱很舍得，去澡堂洗澡，请师傅擦背，付小费的派头仿佛大款。他花自己的钱花得喜气洋洋，自得其乐，充分享受。他没有因为过去曾经窘迫过，赶快像吝啬鬼一样拼命存钱，只是觉得自己现在这么消费，很正常，就像过去没钱时不买冰箱一样合情合理。困难的时候，既没想到跟别人借钱，更谈不上借钱不还，有钱的时候，也从来不在别人面前摆阔，笑谁谁谁小气。不妒人有，也不笑人无，他的心态永远富有。

中国有句古话，叫穷则生变。其实任何变，都有两层意思，过去，我们总是强调有积极意义的一面，对贫穷的消极面有所忽视。贫穷可以产生出动力，但是这种动力，有时候很可怕。报纸上，现在常常提到贫富不均，这是一个显而易见的事实，因此不止一次听见有人咬牙切齿，说要把钱重新进行分配，因为只有这样才公平。有些人，比进不比出，比得到而不比付出，自己在挣钱方面毫无能耐，吃不了苦受不了委屈，看别人比自己钱多，就耿耿于怀。这是一种典型的流氓无产者态度，这种态度曾经给我们的国家，带来非常大的伤害。

　　如果贫穷只是一种现状，这没有什么关系，人来到世界上，就是为了改变现状。一个积极想改变现状的人，其精神永远是富有的，精神的富有是我们这个世界越来越好的重要保证。如果贫穷偏偏只是一种心态，这种心态不加以克服，社会不但得不到发展，还会跌入我既然不好大家也别想好的怪圈。精神的贫穷是很多灾难的根源之一。

1998年3月21日

当官的和做老百姓的

朱镕基总理在回答记者提问时，动情地说，不管前面是地雷阵，还是万丈深渊，都将一往无前，义无反顾，鞠躬尽瘁，死而后已。话音刚落，下面顿时响起一阵热烈的掌声，掌声就是心声，说明大家乐意听到这样的许诺。

我老是自说自话地想，当官可不是件容易的事。过去常说，学而优则仕。并不是什么人都适合当官的，有的人打着为人民服务的口号，其实除了人民为他服务之外，什么正经事也没做好过。这种人若和他谈鞠躬尽瘁，真是痴人说梦。有一次，我们去一个娱乐场所，所谓那种一条龙服务，有奢侈的吃，有豪华的澡洗，有人擦背，可以按摩，打台球，唱卡拉OK。这是一个花钱如流水的地方，老实说我不喜欢，虽然是别人请客，总觉得这样糟蹋银子是罪过。我知道现在有许多这样的销金窟，虽然自己不喜欢，然而我并不反对。事情就是这样，有人不喜欢，也可以有人喜欢。做生意的发了大财，到这来享受，那是他们的自由，可是党政官员也大大咧咧跑到这来，多少有些不适合。换句话说，喜欢到这来的党政官员，就不适合当官。

记得哪天，洗完澡出来，有人要唱歌，有人要打台球，我们一起去的一位党政官员，提出来要开个房间打扑克。坦白说我很意外，不是说党政官员就不可以与民同乐，不可以和老百姓一样潇洒一番，但是，但是什么，我还真不好说。在我眼里，党政官员和一般领导是有区别的。有些业务干部，为了工作的需要，不得已到这种地方应酬，另当别论，但是一名纯粹党政官员，并不是没任何专业技能，他的职责就是分管思想，负责行政工作，如此娴熟地提出要开个房间打扑克，立刻让我感到有一种吃苍蝇的感觉。显然他是这种地方的常客，对花钱毫不心疼，而且认为理所当然。我对这位官员的尊重，从此消失殆尽，以后听他做报告，说得再好听，我都不太肯相信。

学而优则仕，这也许是中国文化中最优秀的一面。按理说，学而不优的人，就不应该让他们做官。至于品行不端的，就更应该从官员的队伍中清理出去。我常常听到某些当官的，说自己不想当官。我知道这是真话，不完全是假客气，因为当官的确有许多不容易。首先，如果没有什么才能，治国平天下，一窍不通，这官当起来要多累有多累。第二，是有约束，譬如既然当了官，就不应该去那种娱乐场所，就不应该接受异性按摩，更不能嫖娼。当官的有许多事都是不应该的，不应该用公家的车办私人的事，用公家的钱报私人的销，当官不应该贪污受贿，不应该打击报复，不应该视老百姓为草芥。当官的和做老百姓的，有时候就是不平等。当官不能为民做主,不如回家卖白薯。有些事,老百姓能做,当官的不能做。有些事,老百姓不能做,当官的更不能做。

朱镕基的一番话,引起了一阵掌声。老百姓愿意听,某些党政官员不知如何想。革命革到自己头上,总不会是件高兴的事。譬如前面提到的那位党政官员,就很难说不是地雷阵中的一颗地雷,不是万丈深渊中凸起的一块尖石头。恼羞成怒的后果,有时候会很严重,一些当官的,他们也会生气,可是生气,不是自己缺少约束,而是自己不应该有这种或那种约束。他会理直气壮地觉得别人是小题大做。在过去的岁月里,大家对那种极"左"的干部很烦,现在,老百姓对搞腐败的官员,其厌恶是有过之无不及。某单位发电影票,让大家都去看《孔繁森》,因为是上班时间,大家都去看了,临了发现机关中,唯一没看的恰恰是领导。

小事最见性情,堤坝坍塌,刚开始也只是因为一些小窟窿。不能说要改革开放,就把所有的规矩都弃之不用。没有规矩,不成方圆。现在一些官员身上的恶习,并不是什么新生事物,这种坏毛病,早在晚清政府时就已经泛滥。腐败是国民政府崩溃的根源之一,也是我们在抗日战争中,一直处于劣势的重要原因。我们已经习惯于大多数是好的这种说法,于是大多数是好的,客观上就形成了都不说那些少数不好的。具体的支流,被空泛的主流淹没了,结果大家心里都明白,这种情况如果不改变,支流就有可能演变为主流。

出师一表真名世,千载谁堪伯仲间。韩国发生了经济危机，人民群众拿出黄金和美元，协助政府共渡难关，这种精神太值得中国人学习。想要让老百姓掏心窝，当官的必须自己做出些好样子才行。而且，同样做出牺牲，当官的要多牺牲一些，国家才有救。我们总说人民群众是创造历史的动力，这夸大了老百姓的作用。事实上，好政府才是蒸汽机和火车头。电视上，最受老百姓欢迎的依然是清官戏，仅仅是一点，就应该让大家感到悲哀。在一个法制国家里，遵纪守法，竟然还要搞清官来维持，不可能是好预兆。朱镕基的就职演说虽然精彩，也难免一种悲壮，前途光明，道路曲折。这种悲壮表明改革绝非易事，绝非一两句豪言壮语就能解决。中国现在太需要同心协力，当官的和老百姓必须拧成一根绳，造成一种合力，当官的得像当官的，别昧良心再做昏官，做老百姓的要像个老百姓，别自暴自弃再做刁民。中国的前途掌握在自己手上，好听的话已经说过太多，千里之行，始于足下，世界的大格局已经变成今天这副模样，我们大家得赶快上路。

1998年3月20日

巴兰的驴子

　　这是《圣经》上的故事，一位国王派人携带厚礼去找巴兰，求他诅咒以色列人。巴兰是个有能耐的巫师，为人厚道，但是难免见钱眼开，欣然从命，骑驴上路。上帝担心他会做出对以色列人不利的事情，派天使拿一把已出鞘的宝剑，站半道上阻拦去路。巴兰兴冲冲赶路，没看到天使，看到天使的是驴子，那畜牲有些害怕，扬起前蹄，掉头就跑。巴兰不知其中原委，大为恼火，抡起鞭子便打。那驴也倔，怎么打，死活不肯回头。巴兰的腿被弄疼了，好像是膝盖撞在什么东西上面，疼得哇哇乱叫，一边叫，一边继续猛打驴子。驴被打急了，突然说起人话，它说："干吗这样打我？"巴兰说："我打你，因为你昏了头，竟然敢戏弄我。"驴子说："你是我的主人，我一向是听话的，怎么敢违背你的意愿！"这时候，巴兰也看到了天使，连忙从驴背上跳下来，鞠躬行礼。天使很生气，说："凭什么打你的驴，你笨得连驴都不如，要不是它改了道，你的性命早就没了。"

这个故事的寓意在于，人有时候比驴还笨，驴老实驯服，逼急了，也会开口抗议。现实生活中，类似直奔险境的例子很多，趾高气昂坐在驴子上，自以为前途光明，不知道天使正带着宝剑，守候在路口等着取我们的性命。记得十年前，我第一次有幸乘豪华旅游船，浏览三峡。一天晚上，打牌打饿了，和刘震云一起吃方便面，那时候还没有碗仔面，同船两位台湾姑娘带了很多，也正在吃，我们看得眼红，便厚着脸皮捧一大叠袋装的康师傅，想跟她们交换，没想到对方一口拒绝，还白了我们一眼。

本来不过是件小事，谁都可能嘴馋，大庭广众地被拒绝，大不了是丢大陆同胞的脸。好在不久，我们终于吃到了国产的碗仔面，顿时有出一口鸟气的感觉。不过这口鸟气是出了，新问题又接踵而来，这些年的发展迅速，日新月异，要什么有什么，但是坐火车往外看，铁路沿线到处是丢弃的快餐盒，白色污染立刻变得非常严峻。生产厂家在快餐食品上发了一笔横财，遗留的污染却可能一百年都解决不了。中国人一直眼红洋人的汽车，当官的有公车坐，老百姓心里痒，就盼着私家车成为现实。这些年来，成天闹着要入关，一会儿是美国佬作梗，一会儿又是什么什么，现在眼见着入关要成为现实，小汽车不至于便宜得像碗仔面，在价格上能承受得起将是不争的事实。如今，即使是一个傻瓜，也在盘算自己什么时候可能会有一辆私车。中国这么多人，不说人人有车，三五个人有辆车，庞大的市场不知可以养活多少企业，于是屡似市场萎缩、下岗、再就业等等，一旦汽车多了，都不是问题，前途差不多立刻就光明了。

我们从小就习惯于这么一个思路，那就是中国人也是人，别人能做到，我们一定也能做到。赶超世界先进水平，是童年时就被灌输的梦想，时至今日，在铁一般的事实面前，我们的自尊心已大打折扣，赶超这观念不再流行，最新通行的词汇是发展。我们说自己是发展中的国家，超过不了欧美，赶不上日韩，跟在发达国家们肥胖的屁股后面，发展发展总可以。偏偏有一位诺贝尔物理学奖华裔科学家宣布，中国的汽车前景，不要说发展到美国水平，就是小小的台湾水平，也不可能，理由很简单，如果这样，全世界的汽油还不够中国一个国家的汽车燃烧。

这种预测真是太煞风景。发展的前景总是美好的，我们骑在驴子上，为生活水平的改善洋洋得意，我们不是巫师或什么大气功师，既没有巴兰的能耐，屁股底下坐的也不是一头会说话的驴。天使的宝剑已经高高举起，继续傻乎乎地往前走，不明白点事，天知道会怎么样。

2000年元月17日

捡到象牙筷子弄穷人家

象牙筷子在过去很珍贵，只有富人家才用得起。有个小康之家的主人，白捡到了一双象牙筷，顿时觉得自己成了人物，家里的一切，逐步开始升级，都要和象牙筷配套使用。碗首先得换，换那种细瓷带金边的，要不然吃饭时，不上档次的大青边碗，活生生糟蹋了象牙筷。碗换了，锅、瓢、盆、餐桌餐椅，都得换，否则看着刺眼，心里不舒坦。吃饭的家伙换了一遍，其他的东西也得换，就像玩多米诺骨牌，好端端的一个小康之家，换这换那，折腾来折腾去，于是也不小康了，破了产，成了地道的穷人。

这是小时候听说的一个民间故事，已深深陷在记忆里，自己做了蠢事，想到这个典故，便忍不住会心一笑。为什么我们今天活得那么累，说白了，就是因为捡到了几双象牙筷，一下子找不到北，顾盼自雄，妄自尊大，最后害自己落入窘境。人不能太执着，活在今天这个世界上，或许过于太平无事，常常不知不觉就进入小康。捡到一些意外之物，顿时忘乎所以，感觉良好，不明白自己是什么人。小康之家摆出大富大贵的样子，非累死不可。

　　"文化大革命"中，突然掀起了轰轰烈烈的下放，记得那时候，我们全家都盼着下放，父母当时还在牛棚，如果能轮到下放，就意味着被解放，从敌我矛盾转为人民内部矛盾。不同境遇会产生不同的想法，那时候，父亲满脑子无产阶级思想，只想把家中的一切卖了，然后赤条条无牵挂地去当农民，偏偏天公不作美，藏书被没收，工资被扣发，想下放也无门。当时绝对想不到因祸得福，到"文革"快结束，父母都解放了，也不用下放，抄去的书退还，虽然损失五分之一，但是不没收，早就让父亲送到旧货站。最妙的是补发工资，真是一大笔，那年头还没有一百元的大票子，记得父亲用一个黄书包去取钱，八千多块钱，差不多一书包。"文革"前，父亲有钱从不存银行，买书、抽烟、喝酒、支援亲戚朋友，用光拉倒，"文革"中只拿一个生活费，等于强制存钱，几年下来，结果一下子成了一个富翁，当时有这么多钱很了不得。

　　事物的发展会走向反面，坏事有时候也能变成好事，捡到了象牙筷这种幸运，却能够变成坏事。我认识一个朋友说过一个故事，他单位里的某个领导，本来是有小车坐的，神气活现，很有些派头，后来犯了一点小错，职务没免，换部门继续做官，小车却不能坐了。因为坐惯小车，再骑自行车，或者挤公共汽车，太掉身价，而且绝对有一种失落感。他已经不习惯和那些没小车坐的人民群众画上等号，于是宁可垂头丧气地步行，每天单程四十五分钟，来回要一个半小时。他本来身体不太好，天天步行，老胃病也不犯了。脸色红润，刚开始说锻炼还是无奈，是一种"美其名曰"的遮羞，到后来，他竟然很认真地说，再有小车让他坐，也不坐了。

朋友说的另外一个故事，是单位里离休的老干部，老人家赋闲在家，感到最大的不自在，是没会可开。在任上的时候，他一方面抱怨会议太多，一方面只要是个会，一定不肯放弃，而且逢会必发言，不发言脸上就难看。单位里元旦联欢，新领导商量了一番，一致决定不请他，因为大家总算摆脱他的唠叨，再也不想听他的陈辞滥调。老干部给省领导写信，告状，他的文化不高，信里有好几个错字，还有三处病句，这信绕一大圈，又回到了单位，大家都传阅，都当笑话讲。告状也没什么用，依然不给他开会的机会，除了追悼会。单位里老同志多，每年要走好几位，轮不到他致悼词，他就主动要求说话，但是死者家属也不乐意，在这种悲伤时刻，他一发言，丧事就成了喜剧。

2000年1月

一棵树一样的大白菜

现在某些保健产品针对的对象，都是像我母亲一样的老太太，年龄已经过了七十，身体依然硬朗，经济条件不错，容易轻信，心软，想多活些日子，被骗点钱也无所谓。我常劝母亲不要相信推销员的话，什么东西一旦吹得神乎其神，一定有问题。尤其吃的东西，千万不要乱买，不要相信广告，否则花了钱舍不得不吃，吃下去，没什么用还好，真有什么副作用，麻烦就大了。母亲总是相信说明书上的话，戴着老花眼镜，找来找去，寻章摘句，终于找到一行小字，"本产品绝对没有副作用"，于是把这句话反复念给我听。她既想证明我的担心多余，同时也坚定自己大胆服用的信心。

这些保健品的价格，大都是几百块，这是一个离退休老人心理上能够接受的价位。太高了，心疼，太低了，怕没效。便宜无好货早已深入人心，太廉价反而蒙不了群众，几百块正好买一个心理安慰，花钱买平安，有时候，非要花些钱，心里才会踏实。花了钱，觉得它是个好东西，自然而然就有了效果。说是治头疼，服了之后，脑袋立刻不疼，治血压高，也是立竿见影。什么气功神掌，什么补钙，这个丸那个灵，类似的花样没完没了，旧的东西不灵了，新玩意立刻登场。

有人向母亲推销一个一万五千元的床垫，说是有什么磁，还有红外线，反正睡了之后，百病都治，有病治病，没病养身。因为是熟人，母亲婉言谢绝，介绍人却不肯善罢甘休，一定要坐出租去看货，说是可以免费睡一睡。于是就躺上去，睡了没几分钟，熟人反复问有没有效，母亲出于客气，说了一声有，熟人就一定缠着她，让她赶快掏钱买。母亲说，一万五一个床垫，太贵了，她买不起。熟人说，笑话，你真买不起，也不会找你了。母亲很狼狈，心里承受不了这个价位，回家后又觉得对不起人家，毕竟人家花了出租车钱，你不买这个床垫，岂不是让人白花钱了。

国外有个典故，叫作"一棵树一样的大白菜"，说的是一桩本来不存在的事情，有人随口扯了一个弥天大谎，结果很多人上当，淘金一样去寻找这棵大白菜，最后当然是找不到。这个典故颇有些像我们所说的吹牛吹过了头，它牵涉到了说谎的技巧问题。很多骗子都相信谎言千遍便成真理，但是对于我母亲这样的老太太来说，把谎言说成真理没什么太大意义。一个离退休的老人，对真理已不怎么执着，人越老，在心理年龄上就越小。譬如我母亲，和她说有一棵树一样的大白菜，通常是不会相信的，就好比不会相信一张一万五千元的床垫可以包治百病。如果换一种说法，是这种白菜是用什么肥料浇灌，含有什么元素，能治心脏病，能改善心血管系统的功能，说不定就把人给蒙住了。不离谱不是吹牛，太离谱了却是浪费口舌，别人绝不会上当。

　　母亲对包治百病的床垫，渐渐还真悟出了一些道理。首先，这床垫果然那么灵，就应该让日理万机的中央领导同志睡。人在不肯上当的时候，会显得特别清醒，一万五千元数额巨大，突破了心理防线，母亲反而成了哲学家，几百块钱的时候常犯糊涂，到一万多，陡然变聪明了。终于想明白熟人愿意付出租车的车费，不可能一点私心也没有，舍不得孩子套不着狼，联系到社会上拿回扣的种种传言，母亲一下子明白了有人暴富的秘密。母亲给我打了很长时间的电话，在电话里，她的思想变得活跃起来，觉得厂家推销一万五千元的床垫，实在愚不可及。我不愿意扫母亲的兴，其实一个人花一万多块钱，仿佛她花几百元钱，要上当也是非常可能，厂家这一次不过是找错了对象。

2000年2月1日

流言蜚语

　　女儿想到国外去，参加外语口试，主考老师问她，到了国外，如果想家怎么办，她理直气壮地回答，说很简单，如今地球不过是个村子，可以打电话，发电子邮件。老师说，打电话要钱的，你的钱从哪来？女儿说打工挣，骑自行车替人家送报纸。老师于是笑了，女儿毕竟是中学生，这种回答显然受电影或电视剧的影响。好在接下来的一段话让老师颇为赞赏，女儿说，除了借助现代的通信手段，还可以写日记。女儿说她喜欢日记，如果真在异国他乡，她将把自己的思乡情绪，都倾泻在日记之中。主考的外籍老师对女儿的回答非常满意。

　　我也觉得女儿的回答很棒。她无意中说到了心灵交流的另一种可能，那就是让文字成为猎手，捕捉那些稍纵即逝的思想火花。仅仅通过电话交流是不够的，老实说，我一直不太习惯用话筒来表达感情。电话太直截了当，有什么说什么，说完就完。流言蜚语作为一个常用词组，代表着谣言四起，我太不喜欢它的本义，更愿意它有一层新的意思。流言蜚语常常是一大堆没有意义的声音信息，人们打电话，在生活中没完没了地聊天，说了也就说了，语言的蝴蝶在空气中振动着翅膀，随风起舞，语言的流水像小河一样流淌，一去不返。

有人写了一封长信给我，说从多位候选人中挑中了我，认定我可以和他合作写一部传世的长篇小说。他不远万里，冒冒失失找来了，既道貌岸然，装腔作势，又神秘兮兮，前言不搭后语。他认为他的故事很精彩，一旦写出来便了不得。我问他为什么不亲自写，他的理由是自己不会写，因此决定把这份荣誉分一杯羹给我尝尝。这显然是一番不能接受的好意，他没料到别人会拒绝，觉得我应该慎重地再考虑考虑，否则会为失去这次千载难逢的好机会后悔一辈子。我第一次遇上这么自信的人，他沉浸在美好的前景中，你对他解释什么都没用，他根本就不打算听别人的话。想打发走这么一位陌生朋友，不是件容易的事情，也许这人以后真会成为一名作家，只要是个作家，性格中就难免神经质的一面，不管怎么说，仅从这一点上看，他已经很有作家素质。

很多人坚信他们没有成为作家的原因是没写。我不止一次听人说，要是把自己的经历写下来，早就成为作家。事实或许真是如此，有人所以成为作家，说穿了还是因为发生了写作这种行为。有人能够说许许多多的精彩故事，这些故事写下来，不用任何加工，就是天生的小说。我一向敬佩能说会道的人，他们嘴边流过那么多精彩的词汇，他们不当作家，真是太可惜。王朔曾说过作家就是写字的，有的人立刻很生气，觉得亵渎了作家的光荣称号。其实这种生气本身很可疑，和工人农民教师学生相比，作家凭什么就应该获得光荣称号的专利。再也没有比作家更便当的职业，作家是真正的皮包公司，而且拎着一个式样陈旧的人革皮包。只要发表几篇文章，就可以是作协会员，出两本小册子，就可以上名人辞典。

  思想离开不了流言蜚语，语言学的常识告诉我们，人类一旦离开语言，就没有办法进行思考。没有了语言，思想将寸步难行，即使在做梦的时候，我们也被流言蜚语所左右。无论浅薄还是高雅，我们的脑海总是塞满了流言蜚语。作家不过是一些不得不和流言蜚语打交道的文字工作者，作家的灵感体现在，我们是如何巧妙地捕捉那些来无影去无踪的语言讯息。作家用文字的形式，将活生生的流言蜚语固定下来，将生动的变化莫测的语言讯息，加工成看得见可以印成书的语言符号。作家是流言蜚语的最大受益者，是一帮高明或不高明的语言贩子，将流言蜚语制成风干了的标本供人欣赏，供人把玩。

2000年1月31日

怀念柳树

我所居住的地方，如今很难得看到杨柳。附近的市民广场，在花岗岩和草地之间，移植了一株不大不小的杨柳树，每次看到风前柳态，都有一种久违的亲切。一树春风千万枝，嫩于金色软于丝。可惜形影孤单，与周围的环境不协调，起码是不够传统，因为水性杨花，柳树更适合长在水边。

历史上的南京有很多柳树，甚至我童年的记忆中，杨柳也像在唐诗宋词中一样随处可见。无情最是台城柳，这个城市无论如何变，无论遭受什么样的挫折，柳树还是柳树。秦淮河畔，各式各样的水塘边，无人的荒野，是地方就会添出几树垂扬。柳树天生适合用来表现沧桑，一旦发生战乱，战后萧条，只有一样东西会不经意间又生气勃勃成长起来，那就是苍凉的柳树。柳树目睹人间的悲欢离合，是历史的最好见证。我觉得柳树的性格，代表这个城市的传统，虽然历经磨难，怎么样都能活下去。

一个画画的朋友曾用古典来形容柳树，它比较了法国梧桐和柳树的姿态，指出它们枝条的生长方向是相反的，一个向上，一个垂下来。一百年前，南京还见不到已反客为主的法国梧桐。今天所见到的这些学名为"悬铃木"的梧桐，确确实实来自法国，是二十年代末修建中山陵，从上海法租界花巨资购买的树苗。法国梧桐改变了南京的品位，在传统的伤感中，它增加了一些民国的华贵气。这个古老的城市有了枝条向上的梧桐，顿时发生根本的变化，用时髦的话来说，也是一种断裂，在今天，梧桐比杨柳更能代表这个城市。

城市中的绿色十分重要。树木的洋化不一定是坏事，从造福市民的角度来看，法国梧桐代替杨柳，显然是很好的进步。烈日炎炎，骑车族从巨大的梧桐树荫下走过，会少几分火气，多一丝凉意。不管怎么说，还是非常怀念杨柳，它不仅能让我回忆童年，更能让我幻想自己并不曾经历过的历史。现在，这个城市正在流行草地，和柳树梧桐相比，碧绿的草地更富贵气，是不是真好，就很难说。草地太像摆设，容不得我们亲近，常常只能作为摄影时的背景，而且老得有人在那把守，在那除杂草，在那儿浇水。也许我们人多，可以不珍惜人力，不过，草地多少还是有些华而不实。

柳树是丰子恺漫画中重要的元素，没有柳树，或许就没有丰子恺。记忆中，他的住处就好像用"小杨柳屋"命名。杨柳不是南京才有，更不是江南才有，只要有水气的地方，杨柳便能顽强地生存下来。中国传统树木中，常见的是杨柳、松柏、翠竹，还有桃树、李树。刘禹锡《杨柳枝》有这么一句:"城中桃李须臾尽,争似垂杨无限时。"桃红李白,春意盎然,都是风头一出也就完了。好花不常开,柳树反倒更值得咀嚼玩味。

2003年3月2日

折得疏梅香满袖

印象中宋人最好梅，喜欢诗词的愿意写，爱画的乐意画。梅在中国文化中有特殊意义，作为文化符号，它代表了人生的某种价值取舍。若使牡丹开得早，有谁风雪看梅花，这只是人们喜欢梅的一个理由。

文人笔下的梅往往不确切，有时候，写作者自己心里清楚，阅读的人免不了马虎。梅和松、竹被誉为岁寒三友，这梅究竟蜡梅还是春梅，不是领导说了算，还得专家下结论。寒梅最堪恨，常作去年花，真能在雪地里熬的是蜡梅，为了争春拿奥运金牌，它总是迫不及待，寒冬腊月下着漫天大雪，急猴猴就怒放起来。待春梅快马加鞭赶到，自以为拔得头筹，结果起大早碰到了隔夜人。

蜡梅和春梅都含有一个梅字，植物分类上属于不同科目，是两码子事。都落叶，一是灌木，一是乔木，花色花期各不相同。形状也有区别，蜡梅笔直往上长，是丛生，最高不过两三米，有很浓烈的香味。春梅隶属蔷薇科，与桃花梨花以及日本樱花是近亲，能长成高达10米的大树，香味远不及蜡梅，一旦盛开便十分灿烂。

画家画梅大都是春梅，造型好看，更容易入画。文人笔下也多是春梅，有梅无雪不精神，有雪无诗俗了人。明朝李渔写过一本很有趣的《闲情偶寄》，谈到花的排行榜，以开花次序定尊卑，封春梅为花中之王，这观点显然站不住脚，蜡梅开得更早，他无法自圆其说，便玩模糊学，说"蜡梅者，梅之别种，殆亦共姓而通谱者欤"。

中国的文人不约而同喜欢梅，从表面上看离开不了一个早字，所谓敢为天下先。万花敢向雪中出，一树独先天下春，谁不想争第一呢，古今中外同一道理。不过，梅在中华文化中的主旋律，与其说人生得意，倒不如说是一种遗憾。无意苦争春，一任群芳妒，文化人心高气傲，永远老子天下第一，却注定不得意潦倒，因此古人咏梅，往往指桑骂槐借酒浇愁，表达一种不能为人所用的感慨和无奈。

梅花是中华民国的国花，也是省会南京和武汉的市花。邓丽君软绵绵地唱着，"梅花梅花满天下，愈冷它愈开花，梅花坚忍象征我们，巍巍的大中华"，词虽然有些励志，骨子里仍然气弱，否则蒋委员长也不会灰溜溜去台湾。

气象专家预测的全球变暖，未必一定必然。梅花欢喜漫天雪也只是说说，不怕寒冷是相对，事实上，梅只适合在长江流域。隋唐时关中要比今天暖和，当时的京城长安随处可见梅花，到了宋朝气温骤降，全球开始变冷，北方很少再见自然生长的梅花，于是苏东坡就说"关中幸无梅"，王安石干脆嘲笑"北人"分不清梅花和杏花。

2009年1月5日　河西

天谴霓裳试羽衣

玉兰有许多品种，很难让人彻底明白。上海的市花是白玉兰，长什么模样，本地人大约没问题，外地人会摸不着头脑。近年来高大的广玉兰流行，需要决定了市场，公路边是个苗圃就在成片种植。法国梧桐差不多已取代中国的本土梧桐，若干年以后，广玉兰或许也会取代白玉兰。

新住宅区玩绿化，樟树之外最显眼的是广玉兰，四季常青树形优美，花大清香仿佛白玉，很容易让别人产生误会，以为这个就是白玉兰。广玉兰其实是洋玉兰，又叫大花玉兰或荷花玉兰，原产地在北美，与正宗国产的白玉兰相比，在现代都市中更有优势。白玉兰是落叶乔木，漫长的冬天只剩下干枯树枝，洋为中用，高大常青的广玉兰显然更适合美化广场和街道。

中国种植玉兰的历史久远，使用这两个字的时间并不长。屈原《离骚》"朝饮木兰之坠露兮"，这木兰就是玉兰，同样的道理，也是女英雄花木兰的出处。据说最早有意识移栽的人是僧侣，玉兰的纯净素雅，与佛教的清静寂灭浑然一体。后来从寺院移到了宫廷，小家碧玉顿成名门贵媛，野树闲花变为皇家后院的装饰，与海棠迎春牡丹桂花合在一起，凑成一幅"玉堂春富贵图"。

小太监想哄皇上高兴，宫女讨老佛爷喜欢，虽然只是讨个口彩，荣华富贵谁不热爱，于是民间纷纷效仿，私家园林跟风移栽。木兰一词在唐诗宋词中还十分常见，见说木兰征戍女，不知那作酒边花，渐渐就英雄气短儿女情长，到后来，木兰不知不觉地成了玉兰，只强调其形如玉，香如兰，人们再见时，只注意到"独饶脂粉态"，早忘了替父从军的英姿飒爽。

明朝的文征明歌咏玉兰，"我知姑射真仙子，天谴霓裳试羽衣"，还是娇憨的女儿态，然而木既成玉，这女孩子便成了凡间试穿羽衣的姑射仙子。或许在文人心目中，舞枪弄棍治国平天下，毕竟男子汉大丈夫的买卖，指望"一树女郎花"去保家卫国，多少有些说不过去。

玉兰以白玉兰为最常见，也最可爱，堪将乱蕊添云肆，若得千株便雪宫。然而好花不常开，春归如过翼，一去就无踪无影。玉兰花势极旺，千千万蕊尽放一时，来得快去得也快，一树好花禁不住一场春雨，不像有的花卉花期长久，你方唱罢我登场，前仆后继。玉兰盛开时满树晶莹，如冰似雪，往往一败俱败，说谢都谢。因此古人赏玉兰，讲究"玩得一日是一日，赏得一时是一时"，该抓紧时必须抓紧，说出门就得立刻出门，"初开不玩而俟全开，全开不玩而俟盛开"，结果便是"好事未行，而煞风景至矣"。

2009年1月9日　河西

别萼犹含泣露妍

小时候，后园有一排石榴，花红叶绿十分好看。我老是发呆和傻想，琢磨书上说的石榴裙颜色，是像这绿叶呢，还是更像那红花。小孩子眼光有些特别，邻家有个女孩常穿一条漂亮的绿裙子，爱屋及乌，井里的癞蛤蟆想吃天鹅肉，我因此觉得石榴裙就应该是绿的。

后来读白居易的《琵琶行》，读到"血色罗裙翻酒污"，才知道石榴裙千真万确应该是红。风卷葡萄带，日照石榴裙，石榴裙不仅血色，而且还可以象征女性魅力。石榴裙下死，做鬼也风流，我们常说某贪官拜倒在某佳人的石榴裙下。

拜倒在石榴裙下据说与杨贵妃有关，渔阳鼙鼓没有动地来那阵子，有一次君臣联欢，有大臣喝高了，竟然提议贵妃娘娘跳舞助兴。杨贵妃立刻不高兴，在唐玄宗耳边一阵嘀咕，说这些家伙平日一个个假正经，看到老娘爱理不理，我凭什么赏脸。唐玄宗立刻下旨，让大臣以后见了杨贵妃，都得下跪行叩拜大礼。于是众大臣们谢恩，再看到贵妃娘娘的石榴裙，忙不迭地乖乖跪下来。这个典故耐人寻味，说明男人表面上好色，骨子里更害怕权势。

石榴原产西亚，汉朝张骞出使西域时引入中国，转眼间也已有两千多年的历史，因为花朵和果实都很耐人寻味，深受老百姓的喜爱。与梅花玉兰相比，石榴的花期要漫长许多，通常农历五月开花，所以这段时间又称之为"榴月"。榴花来时略晚一点，所谓开从百花后，占断群芳色，好在花期漫长也有好处，这时候，该看的花都看过，该出的风头都出了，赏花者自会有种十分平和的心态。

自古红颜都薄命，不许美人见白头，石榴作为观赏植物，各种排行榜上都不会出人头地，独占鳌头这样的字眼与它无关，但是在园林里却总会有石榴的一席之地。古典诗词中说到石榴的好词琳琅满目，榴枝婀娜榴实繁，榴膜轻明榴子鲜。我更喜欢"怀芳不作翻风艳，别萼犹含泣露妍"，和"谁知盘中餐，粒粒皆辛苦"一样，李绅的名句通常美得实在，有一种人文关怀。

石榴全身都是宝，果皮树根包括花骨朵都能入药，既治中耳炎，还治妇女的暗疾，石榴汁可以防止高血压和心脏病，美国研究人员的一份报告证明，那深红色的汁甚至能够抵制癌细胞。石榴作为水果没什么可吃，但是成熟季节正好中秋节，常被用作送人礼物，过去是象征多子多福儿孙满堂，现在计划生育，只剩一些喜庆吉祥的意思。

石榴最适宜种墙角，有阳光有土壤，就能悄然生长。石榴不怕挤压，最适宜和假山为伍，在园林中常与玲珑的太湖石做伴。

2009年1月12日　河西

十里荷花

　　一直没弄明白"利用小说反党是一大发明"出自谁口，过去是最高指示，后来有人拿出了铁的证据，说这话源于大坏人康生，他偷偷给老人家递了张纸条，毛主席一看内容，既正中下怀，又怒不可遏，脱口用湖南话念了出来，于是小说家立刻倒血霉。

　　有人十分生气地退出作家协会，一经媒体传播张扬便大义凛然，其实没多少风险，柿子捡软的捏，有能耐退个别的什么试试。文人说到底还是文人，太当回事难免自欺，真以为小说家能怎么就是蒙人。

　　一千年前，诗人柳永歌唱杭州，写得太漂亮了，金主完颜亮看到"有三秋桂子，十里荷花"，羡慕钱塘繁华，遂起投鞭渡江之志，动了侵吞南宋的野心，有人因此把亡国的账算到柳公子身上。文人与女人常会沦为亡国的替罪羊，因为二者都是软柿子，然而话说回来，这十里荷花的描写，确实美得让人惊艳。看荷花就得要多，要一望无际。十里还只是一个虚数，不妨越多越好，镜湖三百里，菡萏发荷花。要很容易地就误入藕花深处，要郑板桥笔下的那种气势，百六十里荷花田，几千万家鱼鸭边。

读屈原的《离骚》，会听到他不停念叨香草美人，正是从屈原开始，历代文人都喜欢在植物上寄托自己情感，胡乱爱上某种花卉或草木，最著名的例子便是"采菊东篱下"的陶渊明，还有"何可一日无此君"的王子猷之爱竹。宋代周敦颐的《爱莲说》被选入了教材，于是是个中学生就记住了"予独爱莲之出淤泥而不染，濯清涟而不妖"。

明代的王冕喜欢画荷花，清代的八大山人和石涛也好这一手，到了近现代，齐白石张大千都是画荷花的高人。画品即人品，他们所以喜欢，不只是荷花容易入画，最适合用水墨方式，而是一种文化的寄托，是精神追求。荷花表现出来的人格符号，很容易被大众接受。

浮照满川涨，芙蓉承落光。接天连叶无穷碧，映日荷花别样红。在中国古典诗人笔下，鲜艳的荷花可以醒目，可以沁人心肺，甚至连枯枝败叶也是别样风情。坐看飞霜满，凋此红芳年，林黛玉据说非常不喜欢前辈李商隐，可是不得不佩服那句"留得枯荷听雨声"，她能做的一件捣蛋事，是悄悄地将"枯荷"改成"残荷"，结果害得后人为此喋喋不休，有学问和没学问的都跑出来，不断地写文章考订，论证曹雪芹先生是否笔误。

有人喜欢在院内挖个小池子，或者干脆放口缸，供养几枝荷花。红绿相间，螺丝壳里做道场，多少有点小家子气。文人写小文章，画家画小品，道理差不多，都有玩的意味，格局却总是小，也没办法，说白了，艺术再高就那么回事。

2009年1月16日　河西

窗前一丛竹

高楼大厦还不像今天这么多的年月，门前有几棵竹并不太难。城市中寻常人家，多是种植小竹子，细而疏淡的几簇，绝不会遮天蔽日。新松恨不高千尺，恶竹应须斩万竿，这是杜甫的名句，有人觉得松竹梅既为岁寒三友，查老杜诗中与竹有关的字眼，基本上都在热情歌唱，想不明白他为什么突然改口。

文人喜欢竹应该是从南北朝开始，在洛阳纸贵之前，竹子的最好用途只是写字。屈原《离骚》中提到了很多植物，常让今天的人绕不明白，比如江离辟芷留夷揭车，很认真地查了古旧字典才认识，偏偏看不到最常见的竹。

显然过于平常的竹不入屈大夫的法眼，终于纸张代替了竹简，古人也开始爱上修竹。有节骨乃坚，无心品自端，人怜直节生来瘦，自许高材老更刚。有了文化渲染，人云亦云，传统因此而生，大家突然发现这玩意儿很适合抒情，太容易寄托个人理想。清朝的郑板桥喜欢画竹，作为一名处级干部，衙斋中卧听萧萧竹，仿佛听到了"民间疾苦"之声。

借居未定先栽竹，文人雅士眼中，竹子可爱何恶之有。苏东坡说过，可使食无肉，不可居无竹，无肉令人瘦，无竹令人俗。对于竹一味拔高和称赞，这是文人努力的结果，是坐着说话不腰疼。凡事还得看人心境，黄芦苦竹绕宅生，不一定都赏心悦目。人可以做到不以物喜，很难不以己悲。事实上，如果窗前竹子太高太大，恰巧又竖在你家屋子的正南方，冬天北风狂叫怒吼，高大的竹荫把阳光完全挡住，这时候或许就可以读懂杜甫的诗。

　　在乡间租了一处房子，当时看中满山的翠竹，望着那一片绿，不禁雅兴大发，立马付了许多年租金。真在竹园中安家，很快意识到这竹长得太快。雨后春笋，说来就轰轰烈烈来了，劲道大势头猛，很沉重一块石头，轻易地便顶起来。难怪过去乡下盖房子，总要离竹园有一段距离，否则竹笋不久会从房间里冒出来。在我房子周围，都是碗口粗的高大毛竹，吃笋季节招亲唤友，买上两斤五花肉，随便挖一个便能烧一大锅，这已是我家春天的招牌菜。

　　长笋的时候，看它一节节往上蹿，舍不得斩，成了新竹更心疼。窗前有竹可喜可贺，我喜欢笋柱往上蹿的倔劲，更喜欢新竹翠绿。看新竹要耐心等待初夏，夏竹最漂亮。春天只能吃笋，是以旧换新的季节，竹叶又枯又黄，像秋天的柳树梢，春天之竹一无可看。

　　春天里百花齐放，飞莺舞燕招蜂引蝶，竹子要慢一拍，就不凑那份争春的热闹了。

2009年1月29日　河西

百年终竟是芭蕉

芭蕉与香蕉是兄弟姐妹，江南人眼里毫无瓜葛，香蕉应该到水果摊上去寻找，芭蕉叶大成荫，是点缀庭院的绿色植物。中国古典诗词中，芭蕉常与孤独忧愁为伍，特别适合离情别绪。如果要和后来的言情小说联系，那就是张恨水和琼瑶，有一点自艾自怨，满纸矫情和造作。是谁无事种芭蕉，早也潇潇，晚也潇潇，芭蕉最好是与南方的雨季配合，雨打在蕉叶上面，会给人一种听觉的冲击。

芭蕉没什么富贵气，与石榴一样，非常适合种在墙角，当然也不妨移栽窗前，有个小园子就能生长，非豪门方可独有。唐朝书法家怀素居住的寺庙周围尽是芭蕉，那庙便命名为"绿天庵"，取其绿色之胜。芭蕉能让"台榭轩窗尽染碧色"，李渔《闲情偶寄》曾说它让人风雅而免于庸俗，无论男女，只要坐在芭蕉底下，便可自然入画。《红楼梦》中的姑娘常用花卉来形容，譬如探春就自称"蕉下客"。

先秦的古人写字用刀刻在竹片上，一字一句皆辛苦，因此不得不字斟句酌，仔细打磨用心吟唱。写字方式也会决定写作态度，那年头的诗歌都得先肚里玩得滚瓜烂熟才行，不像今天张口就来提笔便写，电脑键盘上一阵胡乱敲打。在中国古代，红叶题诗是常见的行为艺术，是作秀给别人看，意淫成分居多，属于自吹自唱，是否真有其事很难考证。

芭蕉上写字赋诗也差不多，也是我娱我乐，但是却多了一些纪实，似乎有很强烈的可操作性。红叶通常只是一片小小的枫叶，写不了几个字，顶多来一首绝句，签个把人名，宽大的蕉叶想怎么写就怎么写，甚至可以抄一篇像模像样的古文。无事将心寄柳条，等闲书字满芭蕉，红叶太小，竹简上刻了字不能抹去重来，芭蕉叶却只要下场雨，上面的墨迹就"不烦自洗"，又成为可供练字的纸版。

后人形容怀素的书法，挥毫掣电随手万变，壮士拔剑神采动人。据说这超人的技艺，就是在芭蕉叶上苦练出来，怀素少年出家，是个好饮酒的"醉僧"，当和尚穷，没有那么多纸张可供练字，只能自带笔墨，进蕉林狂写不止。好在寺庙周围有近万株芭蕉供他折腾，写完这棵写那棵，临了，终于成了大书法家，成了"草圣"。

我对在芭蕉上练字始终持怀疑，古时候没什么炒作，文人为文，画家作画，常常都会很寂寞，因为寂寞，编些小段子娱乐一下也是人之常情。一位玩书法的朋友谈到此事，根本不相信芭蕉叶上练字的传奇，他的观点是真正书家用手指在空气中都能写字，心里有则有，知白守黑神明自来，否则终究是写字匠。

2009年2月1日　河西

买了垂丝海棠

在乡间居住，一到春天，最喜洋洋的事是赶庙会。兴冲冲去，灰头土脸回来，照例流一身臭汗。买几棵小树苗，买两根当地的土产青皮甘蔗。味道很淡，不好吃，还咬不动，老婆大人一定会买。

今年买了两棵垂丝海棠，一棵桃树。桃树门前已有两棵，种了不过四年，却已经很粗壮，又高又大，完全是老树模样。每每看着桃花灿烂，就有些激动，就想在空地上再补一棵。去年女主人冒雨在后山挖了棵正开花的小桃树，眼见着栽活了，红花继续开，绿叶也冒了，最后未能挺过夏天的酷热。当地农民说，一定要在树未开花前移栽，花开了，春心荡漾了，树便活不了。

常向别人吹嘘自己的田园生活，吹嘘房子周围的花木，除了两棵桃树，还有一棵果实累累的枇杷，两棵柿子树，两棵枣树，两棵橘子树，一棵山楂，一棵李子，一棵樱桃，一棵梨树，五棵紫薇，都是很便宜的价格买的，都是半大不小，除了桃树，都像没发育的小孩。

院子不大，都栽满了，仍然想见缝插针。一直想种海棠，不知道为什么，当地农民并不看好它，也许嫌长得太慢。农家门前常见的是红白玉兰，是枣树，是柿子树，更多的是桃树梨树。海棠很好看，花期也相对长久，偏偏就是没有人种。

每次去庙会，都会留心有没有海棠。正是植树季节，一路上，可以看见买树苗的当地农民，玩杂耍一样使用各种运输工具。有时候，你会看见一棵树迎面而来，一张脸掩藏在绿叶中，那是载着树苗的摩托车，骑车人本事很大，身后还驮着位时髦女郎。卖树苗的农民来自各地，苏南苏北，江西安徽浙江，最远的居然会是四川。我喜欢跟他们聊天，总是忍不住问，为什么不带些海棠过来。

在花木公司曾见过一棵很漂亮的垂丝海棠，开价竟然要几千元。去年上过一当，卖树苗的说是海棠，买回去种了，长出叶子才知道是腊梅，到冬天居然开了几朵黄花。今天在庙会上终于看到了垂丝海棠，小蕾深藏数点红，已是含苞待放。还了价，五十元买两棵，心里暗暗得意，总算有海棠了，虽然只是小树苗。

海棠有很多种，最中意的就是垂丝海棠。小时候，很少会想到赏花，花开花落，不往心上去。这几年常在乡间住，与大自然亲近，逐渐成了赏花人。过去祖父在北京写信，常会提到一句，说海棠又开了，可惜你们不能过来赏花。祖父院子里有两棵大海棠，比花木公司见到的那棵大得多，开花时，偌大一个四合院都映红了。

2010年3月21日

世间宁有杨州鹤

中国历史上的宋朝，军事乏善可陈，说起文化洋洋得意，随手捞个人都能评价。譬如有位叫王十朋的浙江人，定位著名政治家，四十六岁中状元，是文官，提到他不是为了主战，而是为了几首诗，为了一句"世间宁有杨州鹤，休讶人间食肉难"。

看来古人吃点肉也不容易，"杨州鹤"典出"腰缠十万贯，骑鹤下杨州"。把扬州的扬，写成"杨"，按照咬文嚼字标准，绝对错别字。不过古人眼里，这错误很风雅，有文化的表现。有人送了些腊猪肉给诗人杨万里，他一高兴，想起王十朋前辈，立刻赋诗一首，煞尾两句情不自禁，"却将一脔配两螯，世间真有杨州鹤"。

非常想向古文字专家请教，天下分九州，扬州的"扬"究竟何意。厥土下湿而多生杨柳，《梦溪笔谈》说"扬州宜杨，荆州宜荆"。《扬州画舫录》进一步发挥，说扬州不仅"宜杨，在堤上者更大"。古人说杨，说来说去往往是柳，无非是扬州的柳树多，所以得名。

较起真来，杨是杨柳是柳。春风桃李花开日，羌笛何须怨杨柳，桃和李属蔷薇科，杨和柳属杨柳科，桃李杨柳各有身份，眉毛胡子不能一把抓。写《本草纲目》的李时珍曾解释过，"杨枝硬而扬起，故谓之扬。柳枝弱而垂流，故谓之柳"。毛泽东当年写"我失骄杨君失柳，杨柳轻扬，直上重霄九"，传唱一时，他老人家显然知道杨与柳有别。

古诗中的"杨"基本上都是柳树之别名，杨花即柳絮，垂扬是柳条，说到杨树，前面要再加字，譬如白杨黑杨，譬如胡杨意杨。其实杨树的学问很大，江苏境内泗阳有个中国杨树博物馆，进去转一圈，知识立刻大长。馆前有几棵杨树，三十多年前从意大利引进，高耸入云，两个人合抱不过来。

过去这些年，泗阳种植了六十多万亩意杨，成片林海非常壮观。黄河故道上大片的人造林，听上去有点违背自然规律，可是在雾霾成灾的今天，每一片绿叶都有特殊意义。你还真想象不出比多种树更好的招数，杨树生长极快，意杨更快，简直就是杨树中的姚明同志。历史总会有些吊诡，想当年，此地老百姓面朝黄土背朝天，辛苦种粮食，吃不饱喝不足，现在很写意地多种杨树，日子便开始好过起来，食肉早已不难。

家有梧桐招凤凰，杨的本义从木从昜，"昜"意为播散，是一种可以乘风远播的树木。意杨来自遥远的意大利，正暗合古意。古人骑鹤下扬州，仙鹤飞过来，歇在柳枝上不太合适，必须是高大向上的杨树。因此古"扬州"命名，真与树种有关，我更倾向硬而扬起的杨树，不选择弱而垂流的柳树。

2014年5月31日

樟之盖兮麓下

只要会嘀咕几句唐诗，都知道唐朝有位叫陈子昂的诗人。"前不见古人，后不见来者，念天地之悠悠，独怆然而涕下。"用今天的眼光看，诗人遗世独立，难免狂妄，难免不得志，结果只能暗自神伤，躲角落里偷抹眼泪。

说起陈子昂的结局，古书上有记载，不多，通常根据沈亚之的一封信。信中有个段子，说陈子昂与武则天侄子武攸宜不和，受迫害，最后被小人诬陷致死。沈亚之比陈小了差不多一百岁，都是唐人，记录八卦是不是靠谱，很难说。

总之一句话，陈子昂怎么死的不重要，重要的是有几句好诗，是那几句好诗中透露的不同凡响。后人知道沈亚之，不是由于他的才名，而是写到了陈，也就是说沾了陈子昂的光。此外，同时期著名诗人写过沈亚之，譬如李贺，譬如杜牧，还有李商隐，都曾赠诗给他，于是诗坛上留名。

这例子充分说明早在伟大的唐朝，玩名人或跟名人玩，都是不错的买卖。我今天提到沈亚之，不想谈如何和名人交往，想说的是沈诗中偶然写到樟树。古人与树木，跟今天不太一样。我们为了雾霾,忽然明白绿色植物的重要,一说起就是环境保护,就是清新空气。古人不太知道污染怎么回事,寄情草木品味自然,感时花溅泪,恨别鸟惊心,只与个人情绪有关。

古人诗句中喜欢写柳,写桃花杏花,写梧桐,真正描写樟的句子并不多。豫樟生深山,七年而后知,沈亚之有一句"樟之盖兮麓下,云垂幄兮为帷",读了让人心生喜欢。这说明要写诗,能言别人所不言,写别人不乐意写的,另辟蹊径取巧,也可以文坛留名。当然话说回来,不多不代表没有,李白"挥手杭越间,樟亭望潮还",白居易"富阳山底樟亭畔,立马停舟飞酒盂",意思与沈的描写差不多,都是写樟树铺天盖地的外观。

今天我们看见一块空地,最强烈愿望是赶快种树,种什么树呢,种香樟。香樟是别名,臭樟也是,都是情绪化,其实香臭为同一种树。古人不喜欢樟,重要原因是缺少节气变化,一年四季绿油油,太单调。不宜房前屋后,太高太大,冬天遮阳,夏日不透风,只适合寂寞地长在空旷的村口。

历史上的南京多柳,无情最是台城柳,依旧烟笼十里堤。到了民国,引进法国梧桐,很快蔚为壮观。现在最多的是樟,春夏秋冬绿意盎然。就个人喜好,说老实话,更中意柳和梧桐的风情万种,然而现代化高楼林立,少一些草地,少一些广场,多种高大的香樟树,用立体绿色对抗水泥森林,不失为一个好选择。

童年记忆中,南京马路旁都是梧桐树,遮天蔽日,下小雨出门不用打伞。后来砍了几千棵树，很惨烈，砍了也就砍了，老百姓有怨言，文章里只要写到，当地报纸照例不让刊登。于是怨言又多一种声音，文化人胆子太小，作家只会唱赞歌，都他妈吃软饭，连树被砍这事都不敢写。

南京的香樟曾经屈指可数，少得可怜。玄武湖东边，有过两三棵，十分高大，仿佛一个天然的凉亭。夏日里，我常在树下读书。人老了，回忆年轻时代，突然发现自己当年还真是用功的好学生。为什么大老远骑车去那读书呢，现在想想也仍然不明白。

上大学后，发现校门口那条汉口路，也挺立着一长串香樟，骑车走过熟视无睹，并没觉得与满街梧桐有何区别。只是遇到下雪，才知道它的脆弱，梧桐冬天没树叶，香樟四季常青，一下雪就惨了，很粗的树枝都会压断。

因此南京大种香樟，真的很担心下雪天出问题。好在雪越来越少，大雪更少，积雪会压断一些树枝，与它带来的好处相比微不足道。两害相权取其轻，有利必定有弊，南京人引以为傲的法国梧桐，到春天飘毛絮，同样会给出行的市民带来痛苦和烦恼，该忍受还得忍受。

法国梧桐和香樟都是理想的行道树，时至今日，种树不仅仅是面子工程，空气污染越来越严重，城市中每棵树都将成为救命稻草。香樟冠大荫浓，有很好的吸滞粉尘能力，是天生的空气净化器，任何城市不会嫌多。想当年高楼不多，民居都矮房子，香樟冬日遮阳，直接影响民生，现在满眼摩天大厦，相对高楼的黑暗阴影，小巫见大巫，算不上什么。

樟之盖兮麓下，云垂幄兮为帷，旷野上，孤零零有一棵樟树才好看。香樟不宜成片，需要充足的生长空间，挨得太近，会相互恶性竞争。生长速度惊人，没过多少年，南京城的高大香樟随处可见，记得十五年前，刚搬进现在住的这小区，见不到一棵树。然后开始绿化，移来半大不小的香樟，转眼间绿树成荫。再然后越来越高大上，眼下树梢与五楼窗台已齐平。

　　不知道会长多高，好在是东窗下，不担心冬日阳光。写作疲倦了，常去观察香樟生长，看它一天天长高，看它开花，换新叶，生出绿色小果。小果引来许多小鸟啄食，有个问题始终想不明白，为什么果实最后熟了，反而没什么鸟来吃。成熟的香樟果光泽透亮，像紫色樱桃，让人有采摘试吃的欲望。当然只能是想，想想不被虫蛀的樟木箱，想想樟叶为原料制作的樟脑丸，想想连鸟都不愿意再吃，冒险的念头顿时全无。

2014年11月19日

桃花飞尽东风起

十多年前,与友人为邻,一起在乡间租房子,躲避城市喧嚣。门前有片竹园,友人是画家,画水墨的,讲究视觉艺术,感叹说眼前有竹固然不俗,总是绿油油的,太素太单调,必须有色彩点缀。

于是种了三棵桃树,乡下树苗便宜,几块钱一棵,种下去,当年便开花,淡淡几朵。然后看着一天天长大,最初手指头细,很快小孩胳膊一样粗。不自己种植,不知道它们生长起来有多快。第二年迫不及待结果,也没几个,一点点大,长着长着都掉了,当时觉得很心疼。再然后,树的形状有模有样,到日子,三棵桃花红成一片,非常好看。

一开始挂不住果,花谢了,留下绿豆大小的桃子,挂满枝头。可惜童年期都夭折,也不知道为什么,心里着急,看它们中了魔法一样,突然僵住了,突然不再生长。绿叶越来越茁壮,越来越茂密,无数小桃子,最后剩不了几个。

按照当地农民建议,给桃树施肥。买鱼,跟卖鱼的顺带讨些鱼肚肠,还买过豆饼,小心翼翼服务侍候。转眼间,桃树开始疯长,树桩更粗更壮,翩翩少年变成结实壮汉。冬去春来花期到,满眼红色,衬着后面竹林,正所谓"桃花春色暖先开,明媚谁人不看来"。这时候,赶紧呼朋唤友,花期说来就来,说走就走,好日子一定要抓紧。

赏花时节,坐门前吃农家菜,喝乡下米酒,顿时小人得意。陶渊明爱菊,唐朝民众喜欢牡丹,宋儒周敦颐因为"出淤泥而不染"写《爱莲说》,其实往白里琢磨,红雨随心翻作浪,花无富贵贫贱雅俗,只要能开,都好看。

到收获季节,结了很多桃子,个头不小,有点像水蜜桃,也有点脆。口感朴实淳厚,不太甜,自家吃不了,摘了送人,别的不敢说,保证绝对绿色环保,没化肥农药。这年头,农家商家心里都知道,水果店卖桃子,怎么可能不化肥,怎么可能不农药。桃树很招虫,我们宁愿让虫子吃光,宁愿养虫子喂鸟,坚决不施农药。

与农民聊天,听说桃树寿命不过十年。不相信,事实果然这样,两年前,一棵桃树没任何征兆,突然不行了。去年又死一棵,剩下那棵老态龙钟,花还开果还结,再也不复当年健壮风光。估计也坚持不了多久,看它孤零零的模样,不免惆怅。千年银杏万年松,过去纠结好花不长开,春风桃李花开日,到时间来到时间去,想不明白也懒得去细想。现在终于觉悟,桃花飞尽东风起,病树前头万木春,植物世界有自己的游戏规则,根本不以尔等喜好为转移。

2015年3月8日

登泰山看雾凇吃驴肉

计划去泰山，在济南赶上雾霾，好大的雾，好厉害的霾。尽管爆表，行程也改不了，只能将就。每人发个口罩，都不肯戴，都觉得一行人戴着口罩，仿佛电影恐怖片。好在大多数时间在车上，隔玻璃往外看，一阵阵感慨。

天色灰沉沉，一切都显得不真实。先去孔孟故里，孔庙孔府孔林已谒过，孟子老家路过，没去，这次算补课。雾霾太恐怖，感觉高速会封，果然封了，昏暗中看见警察同志在挥手，知道事情不妙。这没商量，高速公路走不了，走国道。速度就慢下来，紧追慢赶，总算把孔孟之乡拜访了。匆匆又匆匆，最后一站孔府出来，天完全黑，再赶路，晚上住泰山脚下。

一九七九年暑假，和大学同学登过一次泰山，好不容易到山顶，正遇上大雾，几步之外不见人影。当时就想，反正看不清楚，干脆下山吧，于是扭头走人。因此名义上登过泰山，其实什么没看到。心想这次肯定好不到哪里，或者更差，起码当年是雾没霾。

第二天天气放晴，一夜大风，雾霾没了。阳光灿烂心情大好，兴致勃勃去坐缆车，得到消息是风太大，缆车停运。刚好起来的情绪立刻遭沉重打击，一行人七嘴八舌，不知道怎么办，最后决定坐汽车去半山腰的中天门，真没缆车，聊胜于无地看看，溜达几步，也算登过泰山。

中天门一无可看，风太大，几天前下过一场大雪，所处位置没阳光，更加阴冷。见不到几个人，有人去交涉，希望缆车营运。忽然间，空中的缆车动起来了，去的人回来汇报，要在风中先试运行二十分钟。然后呢，终于坐上缆车，"牛喘四十里，蟹行十八盘"的艰难路程，转眼大功告成。我们的好运气开始了，缆车上往外看，万里无云，和此前严重雾霾尖锐对照。

远看山顶上怪怪的，一种难以描绘的色彩，有些蓝有些灰黄，看上去很不真实，走近细看，才知道是雾凇。造化钟神秀，雾凇之神奇让人震惊，我们是第一批到达南天门的游客，登泰山绝顶，没有一览众山小，反倒被眼前的雾凇给迷住了。这是我第一次见到如此美妙的景色，因为雾凇的晶莹剔透，一次不顺利的泰山之行，最终的句号非常圆满。登泰山机会很多，有了缆车，上山并不困难，有幸遭遇千姿百态的雾凇，实属难得。

晚餐在泰山脚下一家驴肉馆，写着百年老店，顺其自然就进去，味道好极了，大快朵颐。民谚有"又吃粽子又醮糖，又讨便宜又卖乖"，一顺百顺，小人顿时太得意，登泰山看雾凇吃驴肉，雾霾引起的各种不快和担忧，似乎很可笑地已不复存在。

2015年12月7日

东京看樱花小记

女儿读完博士,好不容易去大学当了老师。这年头新人新办法,大学里评个副教授,比混博导还难。各项规定,条条和框框,铁板上钉钉,不能一丝一毫含糊。必须在国外大学进修一年,还必须名牌大学,于是就选择了日本,选了世界排名十分靠前的东京大学。都说东瀛的樱花最好看,女儿去时已经说好,到日子一定安排老爸老妈去观赏。

小日本做事讲究,各个城市樱花开放的最好节点,都有详细说明。我这人过日子糊涂,能马虎则马虎,此次专程去看樱花,突然也变得特别认真起来,网上查了又查,日子算了又算。几年前到过东京,还去了其他几个地方,导游一个劲吹嘘樱花如何,这樱那樱,名目繁多,说得心动,当时便许下愿,要选个盛开季节,再次造访。

一定要选好日子,不为别的,为了好好地看樱花。因为难得认真,自己都觉得好笑。不就是出门看个樱花嘛!有什么必要那么当回事。自家门前也有几棵樱花,看花蕾,已做好绽放准备,便在电话里跟女儿唠叨,讨论花季会不会提前,毕竟离预定日子还有二十天。女儿也担心,她所在的东京大学一株最具有代表性的樱花已经盛开。

　　惜春长怕花开早,我们的担心当然挟着几分自私。东京大学的藤井先生研究中国现当代文学,是著名的汉学家,他安慰女儿,说每棵樱花花期虽然很短,至多一个星期,可是日本有太多樱花,树多品种多,次序开放,意味着会有一个相对长的周期。总之一句话,要坚决相信数据。日本人作记录绝不敷衍了事,以东京为例,今年的开花预测日是3月21日,盛开预测日为3月29日。去年实际开花日是23日,再前一年实际开花日是25日。我们预定23日到达,要待足半个月,怎么都耽误不了。

　　有心栽花花不开,无心插柳柳成荫,凡事不能太当真,太有心就不对了,太过分执着就可能是问题。父亲生前常说,无心无意最好,不知不觉才是最高境界。蓦然回首,那人却在,灯火阑珊处,人生乐趣在于不经意的偶遇,做人如此,赏花也如此。譬如人之身体,平时无病无灾,突然意识某部位的存在,你开始感觉它了,很可能是出了故障。

　　说到底,我根本不太在乎花期,人若有情,天涯何处无芳草。苏东坡在《记承天寺夜游中》就曾感慨,"何夜无月,何处无竹柏",只要人有心,哪里都能欣赏,"岂必太牢然后为礼哉"。能看樱花的地方太多,在哪都是看,南京就有很多可以欣赏的好去处,譬如鸡鸣寺附近,到日子去看看,同样相当壮观。

　　樱花据说产自中国,真正发扬光大,毫无疑问是在人家日本。早在一百多年前，日本樱花就已经非常了得，黄侃先生赋诗咏樱花，开头两句是"春风被广堤，复值蛮花开"，到了结尾便是感伤，"故宇多芳华，何必栖蓬莱"。说来说去，还是思念负笈游学的女儿。如果不是她在日本，我们也犯不着千里迢迢赶过去。自出生以来，为进个好学校，为做好学生，女儿总是在辛苦读书。此次去日本，又一次感觉到她真长大了，真成熟了，一切都由她具体安排。订机票，计算连接的班次，去哪里观光，如何租车，在什么地方泡温泉，看富士山，吃什么，怎么吃，哪家寿司又美味可口又不太贵，都事先全盘考虑，安排得非常妥当。

女儿大了，我们便老了，心里还总是放心不下。仍然要不停地问这问哪，女儿便说不要操心了，别唠叨了，老老实实地听安排就行。机会难得，既然是机会，也就顺乎天意，让女儿带我们好好看看樱花，看个够。女儿住东京大学医学院附近，初到居住地，天完全黑了，先带我们粗粗瞄一眼，反正到处都是樱花。女儿随手一指，说这棵就是，那棵也是，黑夜中含苞待放，天气还有些阴冷，看势头，根本不像要绽放的意思。这让我们感到很意外，出国前，南京的樱花早已怒放。我们去过鸡鸣寺，去过石头城，附近有樱花的地方都流连过，当时就想象，这些已经很好看了，日本的樱花还能怎么样美丽。

没想到真到了东瀛，所谓开花日都过了两天了，基本上还没什么动静。日本樱花太多，说没动静，是指大部分的樱花树，百分之八九十的花蕾，此时此刻还处于含苞待放阶段。春天已拦不住了，一眼望出去，多少也能看到几株率先绽放的樱花，我们忍不住心里盘算，算日子，不知道究竟还得等上多久才会盛开。反正要待半个月，今日不开，明日不开，迟早都还是会开。转眼之间，一个星期过去，开放的樱花渐渐多起来，红的，白的，粉的，非常招惹人眼球。

按计划要离开东京几天，去伊豆泡温泉，顺便眺望富士山。下榻川端康成住过的"汤本馆"，这是女儿特地安排的行程，日本人对作家非常敬重，要去的这家旅店，因为川端康成住过，而且在这写了著名的《伊豆的舞女》，顺理成章成为文学爱好者朝圣地，中国作家莫言就曾在这住过。我们驱车穿过非常窄小的马路，经过一个个小城镇，终于到达目的地，服务员首先安排参观，用生硬的英语向女儿介绍挂墙上的一张张老照片。客厅电视也在同时反复播放与川端康成有关的图片，播放根据他小说改编的电影镜头。迄今为止，《伊豆的舞女》拍过很多版电影，中国观众最熟悉的，恐怕要数上世纪八十年代三浦友和和山口百惠合拍的那部。

离开东京不过三天，一路都是樱花，有的只开了五六分，有的正准备开。回到东京，忽然之间，好像此地的樱花全部开放了。忽如一夜春风来，千树万树樱花开。日本不仅樱花树多，而且每一株都很大，巨大，不开放则罢，一开放，遮天蔽日，望不到尽头。中国古人形容花开之盛，最著名的一句便是"红杏枝头春意闹"，不是一个闹字，写不出春意之盎然。日本的樱花之盛，要为它找个恰当形容，除了拾人牙慧的"闹",恐怕也只剩下"疯狂"这两个字,日本的樱花一旦开放,实在是太疯狂。

第二天连忙去上野公园,又去了目黑川沿岸,根据旅游指南介绍,两个景点是东京最负盛名的观赏樱花之地,教科书必须要提到。在国内时,还担心日本樱花提早开放,到了这里,又一度担心它会晚开。现在呢,所有担心不复存在,该开的,转眼间争先恐后都在怒放。为了痛痛快快看樱花,做足了功课的女儿带着我们一次次远征,接下来一天,去了代代木公园。根据百度记载,上野公园有710棵樱花,目黑川沿岸有多少棵,数不清,反正一路走过来,腿都要走断了,而这个叫代代木的公园又是730棵。凡是可以看樱花的地方,基本上都免费,可以通宵达旦,只有新宿御苑因为皇家公园,要收差不多十块钱人民币的门票,而且下午四点多便关门,我们没经验,不急不忙赶到,正好遇上这个点,看见浩浩荡荡的人流,从不同的公园门口涌出来,只能非常遗憾地从围墙隙缝往里看上几眼。

接下来的又一天,先去神宫周围溜达,然后呢,再赶去新宿御苑。东京拥有上百棵樱花的好地方,据说不少于十处,我们也算凑足热闹,是个有名的好地方,能去观赏的,就都去点个卯。一时间,好像全东京人都出门去看樱花了,好像全东京人都坐在樱花树下喝清酒,全城处于欣赏樱花的狂欢氛围中。无数人流连在樱花大道上,无数手机高举在半空中拍照。仿佛中国的民间庙会,人山人海,各式各样小吃摊生意红火,空气中弥漫着烧烤气味,旅店差不多都订满了，外国观光客没头苍蝇似的到处乱窜。说不清楚此时的日本究竟有多少株樱花在盛开，更不知道此刻的东京有多少游人。公共厕所排着长队，太长的队伍，一眼望不到尽头。随处可以看见穿和服的女孩，浓妆艳抹，穿着日式木屐拖鞋，背着双肩包，艰难地行走在石子路上。女儿提示说这种打扮，必定中国游客，日本女子绝对不会这样。悄悄走近听口音，果然是中国同胞，说上海话，说东北话，日本人安静，很少大声，你很容易在人流中听到中国各地的方言，长沙话、四川话、浙江话，还有台湾腔的国语，一时间，你会觉得中国人都很任性地跑到东京来看樱花了。

女儿在日本已待满十一个月，此情此情，这般美妙的樱花盛筵，也还是第一次看到。作为一名外国人，如此近距离地欣赏樱花，非常很难得。很显然，如果不是女儿在这做交流学者，我们同样不太可能有机会。很多事情说起来容易，真要落实很难，像我这样，一个习惯于埋头写作的人，一个天天都想写点文字的人，专程去日本看樱花，以前不可能，以后恐怕也不会再有。

春风得意马蹄疾，一日看尽长安花。东京樱花太多，观赏了许多天，仍然没看完。看多了难免审美疲劳，不过一生中真能看这么一次，有这样一次，也算心满意足。或许看得太多太多，眼前情不自禁地会浮现出樱花的粉红色，粉粉的一片，铺天又盖地，以至于有一次走进厕所，发现连墙壁都是粉红的，小便池也是淡淡的樱花色，不由地有些惊慌，以为自己老眼昏花，视觉出了问题，出来带着些困惑说给女儿听，女儿也很惊讶，不相信，连忙去女厕所实地考察，然后含笑走出来，拍着我的肩膀，安慰说老爸没看错，你还真没看走眼，厕所墙砖和洁具，确实有一点樱花的粉红。

    2016年4月6日　东京至上海的飞机上

文学少年

　　一九七四年,我十七岁,高中刚毕业,说懂事,什么都懂了,说不懂,真正明白的事实在太少。那是个知识被成群地赶进深山的年代,一切都被扭曲,一切都很荒唐。我是那个时代带着几分奇怪的标本,算是高中毕业,实际水平比初中生还差。我留过一级,从农村回到南京后,又莫名其妙跳了一级,甚至还泡过将近一年的病假。读不读书上不上课都一样,我的字写得像小学生,像外国人写中文,错字别字连篇。高中毕业考试,考数学是珠算,我们只学过加减乘,连除法都没来得及教。

　　我那时唯一值得自豪的,就是书看得多,相对而言的多。父亲是南京的藏书状元,所藏的书绝大多数是翻译过来的外国小说。"文革"后期是我拼命看世界名著的年代。卖弄自己看过的外国小说,一向是我的嗜好。多少年来,我一向自以为是,觉得在阅读方面没人吹牛吹得过我。我的父亲毕竟是藏书状元,强将手下无弱兵,父亲在他那一辈人中读书最多,我自然在我这一辈中也没什么对手。为了在吹牛时立于不败之地,我实实在在读了不少书。

因为祖父在北京,我经常有机会去,一去就住很长时间。北京这地方多少有些巴黎的沙龙气氛,即使在"文革"后期这一特殊阶段也不例外。作为一个经常有机会接触沙龙的外省文学少年,北京老家给我在文学上的影响的确太重要。我的堂哥三午长年累月在家歇病假,他的客厅永远有人,高谈阔论,胡说八道。三午的客厅是当年北京一些诗人们经常光顾的地方,都是些看上去神经兮兮的年轻人,没日没夜,高兴时来,尽兴则去。三午的客厅常常有人高声朗诵诗,有时候是诗人自己朗诵,有时则是由漂亮的女郎代劳。漂亮的女郎多半是诗人的崇拜者,多才多艺,会唱会弹钢琴。

三午自己就是一个很不错的诗人。我曾在他的客厅里朗诵过他的诗。他的诗免不了有些颓废,有些痛苦,当然也有些矫情。我所以在客厅卖弄他的诗,原因是三午在念自己的诗时大哭起来。事实上我也是一边流眼泪,一边朗诵。在三午的客厅里,感动得哭起来是一桩雅事,没什么可难为情。对于这样的场面我已经太熟悉。常常有人写了一首好诗,大家喝彩,于是当场作曲,当场唱。根据三午的诗作曲的有首歌在北京的一小圈子里曾经很流行,诗如下:

不要碰落麦芒上
凝结的露
不要抹去睫毛上

颤抖的泪
露珠里映着
整个的太阳
泪滴上闪着
我们走过的路
脚在田野里迈
衣领上全是露水
心在生活里滚
脉搏上全是泥和泪
露在深深的花芯
泪在层层心田
烈火枯竭源泉
烘不干露和泪
手捧起滴滴露珠
便成一道瀑珠
心积起颗颗泪滴
那是无边的海
不要碰落麦芒上
凝结的露
不要抹去睫毛上
颤抖的泪

这诗写于一九七二年十月十日。以今天的眼光看,诗当然算不了什么。文学从本质上来说就是历史,在历史的参照系数面前，我们说大话最好留些余地。关键是那种氛围，与世隔绝，与世无关。是"四人帮"之流肆虐的年代，是文化的沙漠，是没有春天绿色的严冬。三午另一首诗似乎写得更好一些：

> 摸熟了块块斑驳的门牌
> 翻厌了张张嘈杂的脸
> 从来到人世，我
> 就揣着一封无法投寄的信
> 羞愧？不安？焦急
> 憧憬？痛苦？渴望
> 从来到人世，我
> 就揣着一封无法投寄的信

这诗从没有变成铅字发表过。三午写了近百首诗，然而任何一本谈诗人的书都不会见到他的名字。

一九七四年，我这个十七岁的外省文学少年，在三午的客厅里，开始了最初的文学梦想。沙龙的气氛自然使我向往成为诗人的一员。我老气横秋地加入了侃文学的清谈，指点江山，信口开河。这些诗人说到底也不过是一些文学青年，大家生活在浪漫的诗意中，悄悄地较着劲。和年轻狂妄的画家们相仿，都觉得自己行，都看不上别人。那一代诗人似乎都喜欢巴尔蒙特。他们都喜欢这句话：

> 我来到这个世界上
> 只是为了看看太阳

　　三午的客厅里常常为了文学吵架。诗人最多，有作曲的，有唱歌的，有画画的，有摄影的，还有研究哲学的。有的显然是风流潇洒的公子哥儿，一脸的八旗子弟样，有的却像乞丐，衣衫褴褛，只差随地吐痰擤鼻涕。所有的这些人都是野路子，是诗人一定颓废，一定朦胧，画画的离不开一个怪字，都喜欢留长发，言谈时，最擅长的一句话就是："这哪是诗，这哪叫画！"

　　我毕竟只是文学少年，除了多读过几本书之外，一无可夸耀处。在烟雾缭绕的客厅里，我学会了说"这哪是诗，这哪叫画"。我做梦也不会想到多少年后，自己会成为一个小说家，会跻身于混稿费的人流中。

　　三午是我们叶家第三代人当中最有希望成为作家的一个人。他身上有着饱满的诗人气质，他写诗，看小说吹小说，发疯地喜欢外国音乐。三午常说，他喜欢文学，是因为受我父亲的影响，他说起我父亲不该中途放弃写作时甚至掉眼泪。我父亲早在二十岁前就写了一大堆短篇小说，不止一个人说过我祖父是中国的契诃夫，但是三午一向认为如果我父亲不停笔，真正成为契诃夫的应该是他。我父亲把爱好文学的毛病传染给了三午，这毛病最终又到了我身上。朱自清先生曾夸奖我父亲少年时的文章写得"头头是道，历历如画"，说他的小说中有"他自己的健康的调皮和机智"。三午总是为我父亲抱屈,他老说:"叔叔的小说太不合时宜。"

不合时宜的评价同样适合于三午自己,适合于他那一代过早来临又过早凋谢的年轻诗人们。父亲在和我谈起三午的遗诗时曾说过,时至今日,三午的诗歌完全可以发表。这的确也是实情。今日已是个诗人多如牛毛的年代,出版物泛滥,只要是诗,只要是那些分了行的短句子,混迹于刊物之上并非太难。可是三午的诗毕竟只适合于他曾经活着的那个时代,他的诗,包括他在内的那一代诗人,说到底仍然是时代的产物。

我从来不认为三午的诗最好。即使当年我作为一个外省的文学少年,跟在三午后面亦步亦趋,志大才疏且又装腔作势,我也仍然不甘心做一个像他那样的诗人。我的偶像是一位更年轻的诗人,他是那年头突然闪现出的新星中最灿烂夺目的一颗星。当年北京民间沙龙中几乎没有不知道毛头的诗的人。毛头要比三午年轻得多,他狂妄地出现在三午的客厅里,目无一切,孤芳自赏。

> 他以流浪汉的姿态睡倒
> 盖着当天的报纸,枕着黑面包
> 不在乎胡须上淌下的口水
> 也不在乎雀斑,在他脸上充满
> 嘲笑

这幅艺术家的速写似乎更适合于毛头本人。

毛头是天生的艺术家。他会唱歌,正经学过西洋美声唱法。那时候,谁手头有一盘好的意大利歌剧磁带,谁就有幸在短时期内,做他最好的朋友。孤傲的毛头并不是和什么人都可以交朋友。我对毛头的身世不太熟悉,只知道家境不错,人在白洋淀插队,并且知道他曾当过学习毛泽东思想积极分子。在我作为文学少年的那个年头里,父亲的书和三午的客厅,潜移默化地使我和文学产生了不解之缘,毛头的行为却直接为我提供了模仿学习的榜样。毛头似乎具备了一个和常人不同的大脑,他的诗永远让人感到新颖感到震惊。我那时候虽然已经知道了洛尔迦,知道阿赫玛托娃,知道普希金,知道马雅柯夫斯基,知道勃柳索夫,知道巴尔蒙特,但是活生生的毛头比任何一本诗集更能影响我。

毛头的诗实在太多,太多。他每年都为自己编一本诗集。他的身上永远揣着笔,走到哪,想到哪,有时灵感来了,扯上一张纸,刷刷记下,然后把纸片藏口袋里,继续海阔天空说大话。据说每年的11月下旬,是他结集的痛苦时期。在这时期里,他把自己关在房间里,把写在乱七八糟纸片上的诗整理出来,绞尽脑汁,怨天怨地,就仿佛女人坐月子。他年年都掉一身肉,胡子拉碴、死去活来。大功告成,他又开始神气十足,重新露面。

毛头的魅力在于他自身就是一首充满激情的诗。他对诗歌本身的迷恋,对文字的执着,只有过分这两个字才能形容。一九七六年的唐山大地震把北京人吓得不轻,到处有一种世界末日之感。毛头当时的行为最可笑，他拎着个旅行包，包里装满了他自己手抄的诗集，灰溜溜地像个流窜犯，非常狼狈，形迹可疑地东躲西藏。面对大自然的威胁，别人不过是怕死而已，他在怕死的同时，更担心他的天才作品会毁灭。

和大多数文学少年一样，我最初的文学梦想，就是写诗，做个像毛头那样的诗人，生产太多太多的诗，满满一旅行包，拎着到处走。在三午的客厅里，我学着三午或毛头的口吻，堂而皇之地说着"这哪叫诗，这哪是小说"。既然我自认为毛头的诗最好，我便老气横秋地用毛头的诗来压别人的诗。像不像毛头的诗是我在相当一段时间内，判断好诗坏诗的唯一标准。

我学着毛头的样子开始写诗，疯疯癫癫，绝对形似。我在纸片上，小本子上，甚至书的空白处胡涂乱抹。十七岁那一年真值得我很好地回忆一番，我开始学着抽烟，偶尔也喝点酒，并且正经八百地开始幻想女人。我变得有些颓废，玩世不恭，我母亲因此对三午耿耿于怀，老觉得我是跟他学坏的。我的读书也是在那时候开始发生变化，我从雨果的忠实信徒，突然转变为对整个十九世纪的西欧文学格格不入。浪漫主义文学的作品尚未读完，我已经跳过了现实主义文学作品，一头栽进了二十世纪西方现代派文学的皮毛之中。爱伦堡的《人·岁月·生活》给了我无穷无尽的知识。当我回到南京，远离北京的沙龙，我便在爱伦堡的回忆录中寻找刺激。我决心不顾一切地写诗，希望有一天能在三午的客厅里像毛头一样露脸。

诗人也许真是天生的。我很快就写了不少分了行的诗。这些诗丑陋得让人感到恶心。我学会了做作,学会了矫情,学会了把句子折腾得疙里疙瘩,就是写不出一句像样的好诗。在我的文学少年时代,令我最痛心的一桩事就是发现自己实际上根本不可能成为一个好诗人。我经常一个人到野外去找诗,寻章摘句,在春天的草地上,我想着想着便睡着了。干别的什么事时,我的脑子里老在想诗,等到正正经经要写诗,我又肆无忌惮地开起小差。我像诗人一样活着,神经兮兮,无病呻吟,和当时的时代绝对格格不入。我进了一家小工厂当工人,早出晚归,逃避一切政治学习,并且从来不看报。当时的那些出版物和我没任何关系,在我越来越意识到自己的诗写得实在不像话的时候,我便发誓,除了外国小说,我什么都不看。

几年以后,形势发生了重大变化,小说尤其是短篇小说开始变得时髦。我考上了大学,也跟着起哄写小说。最初的小说跟我最初的诗歌一样糟糕。我曾把这样的小说寄给北岛看,北岛看了以后,写信给我,说我的小说不行,但是很有写诗的潜力。他夸奖我有良好的感觉,大可以在诗坛上闯一闯。他的客气话使我绝望了很长时间。如果我的小说感觉还不如诗,要走文学这条道路,还不如去寻死。我已经清楚地知道自己的诗歌不可救药,但却的的确确正在明白,我的小说实在不怎么样,时至今日,我的小说仍然没有真正写好过,重温旧作,羞愧难忍,苦不堪言。十年来,我能不懈地写小说，和退稿做斗争，本身就是桩了不得的奇迹。也许是为了赌气，当然也是因为自己另寻新欢以后，太喜欢小说这玩意儿，我总算没有像写诗那样半途而废。

十几年前，有一个文学少年幻想着将来会是个骇人听闻的诗人，和大多数美好的理想注定要破产一样，我的诗人梦遥远得仿佛是别人的故事。我并不后悔自己销毁了那些惨不忍睹的诗稿。时光不会倒流，艺术永无止境，过去的一切都化为亲切的回忆。我怀念三午，忘不了毛头，多少次旧梦重温，老毛病再犯。十几年前的文学少年一去不返，隔着时间的长河，我向那个已经死去的已经虚无缥缈的我招手致意。海枯石烂，这毕竟是一个不能忘怀也无法忘怀的我。我看着我，脉脉含情，顾影自怜。我们曾经是个整体，我们永远是整体。

> 我们彼此的思念
> 仍在无声地前进
> 就像雪橇
> 在伤口上继续滑行

文学青年

　　我写第一篇小说是上大学一年级的时候，写作的原因完全是受了作家方之的诱惑。方之是我父亲的挚友，那时候刚从下放的农村调回南京，房子尚未落实，整天泡在我们家聊天。聊得最多的是他一再声称要写的小说，就那么几个故事，反复说，一直说到别人厌烦为止。除此之外，他老是想不通地质问我为什么不写小说。随便和他说着什么，他动不动就眼睛一瞪，非常严肃地说："这完全可以写一篇小说，写下来，你把它写下来。"

　　于是我就试着写一篇小说。当然刚开始只是用嘴写，我告诉方之，自己打算如何如何，开局怎样，结局又怎样。方之总是点头称好，说他正在筹备一个专为青年作者提供机会的文学刊物，我的小说写出来以后，可以在那上面发表。

　　我那时候对发表小说的兴趣并不大，也许是自己书见得太多了，我从小生活在书的世界里，家里到处都是书，总觉得一个人有几个铅字印出来，实在算不了什么。使我入迷的是那些世界级的外国作家，人人都写了一大堆作品，和他们相比，中国作家简直就不能算是作家。方之一有机会就问我小说写得怎么样了，我便一次次敷衍他，说："就写，就写。"

一直到方之筹备的文学刊物创刊，我许诺要写的小说仍然没有一个字。这个刊物就是后来一度大红大紫的《青春》。创刊号上的头题小说是李潮的《智力测验》，李潮是与我从小一起长大的好朋友，看了他的小说，我不免有些羡慕，也有些嫉妒，于是正经八百地开始写那篇在嘴上念叨了无数遍的小说。

我写的这篇小说名字叫《凶手》，开头的场面颇有些传奇色彩，一位杀了当代花花公子的青年人，在一个风雨交加电闪雷鸣之夜，背着铺盖敲开了派出所的大门，向正在值班的警察投案自首。接下去便是倒叙，以凶手的口吻，叙述一场凶杀的全过程。小说的结尾也很有戏剧性，凶手忍无可忍，接过匕首，为民除害，破膛开肚，把仗势欺人的花花公子杀了。

这是一个非常拙劣的短篇小说。写到一半的时候，方之便从我手上抢过纸片，一段一段地看，一边看，一边笑。那时候正是右派平反不久，我父亲、方之、高晓声、陆文夫、梅汝恺几位为同一桩事打成右派的难兄难弟，常常有机会就聚一起喝酒谈文学。方之最不善饮，几口酒下肚，把我正在写的小说当笑话，讲给大家听。大家都觉得方之是在为我的事瞎起劲，明摆着，当时我写的这种小说绝对不可能发表。伤痕文学虽然正走红，但因为描写了阴暗面而屡遭非议，我的小说比伤痕文学走得更远，因此父执们都觉得方之太书呆子气。

　　小说终于写完，方之也承认这小说的确难发表。有一次，方之组织了一次座谈会，讨论当时得全国奖的短篇小说，议题是说坏不说好，大家不妨横挑鼻子竖挑眼，谈谈这些得奖小说的不足。别人发言的时候，方之把我的小说又细细读了一遍，会一散，他拉住高晓声，说："兆言这篇小说，我们帮他加工一下，说不定还真能用。把高干子弟改了怎么样？"我已经记不清高晓声当时说了句什么，反正他当时很不以为然，笑着，看着似乎还有些孩子气的方之。方之让他看得有些不好意思，说："老高，怎么啦？"

　　我的小说最终果然没有发表。尽管有方之为我力荐，不止一位编辑说这小说不错，但是无一例外的是在终审的时候被淘汰下来。多年以后，安徽的一位老编辑写信给我父亲，仍然为我的小说发不出来耿耿于怀。小说的原稿早不知到哪去了，有一段时间内，我手上积了近三十万字的手稿发表不了。我和退稿笺结下了不解之缘，铅印的或者编辑手写的不关痛痒的三言两语，常常让我羞愧难当，恨不得将手头正在写的稿子扔掉。有几篇稿子在寄来寄去的途中遗失了，有的却是编辑部懒得退稿，时间长了，写信去讨，连回信都没有。我至今也不明白我的第一篇小说到哪去了，反正也不是一篇好小说，根本谈不上心疼。让我念念不忘的，是已故的方之当年对我的诱惑，没有他，我根本不会写我的第一篇小说。

我发表的第一篇小说,刊登在我们自己办的油印刊物上。那是一本地地道道的民间刊物。发起人,都是一班从小就认识的朋友。我们的刊物叫《人间》,在当时很有些影响。《人间》社刚开始分两批人马,一批是写东西的,如顾小虎、李潮、徐乃建、黄丹旋、吴倩,另一批是画画的,如刘丹、朱新建、丁方、高欢、汤国。这批人在二十世纪七十年代末,很有些新潮人物的味道。有些人已经饮誉当时的文坛,如顾小虎,他是顾尔镡的公子,他发表在《上海文学》上一篇评论文章,反响很大。李潮和徐乃建是二十世纪八十年代初期十分走红的两位青年作家。黄丹旋和吴倩都去了美国,依然继续在写,听说已得了好几个台湾和海外华语报的文学奖。画画的混得也不差,刘丹早就去美国淘金,他的妻子便是那位大名鼎鼎的洋贵妃魏莉莎。朱新建是这几年风行画坛的新文人画的始作俑者,他属于半仙,法国和比利时都去过一阵,喜欢的女人也多,喜欢他的女人更多。其他几位自然也不弱,各人有各人的成就,各人有各人的福分。

刚开始办《人间》的时候,"四人帮"刚粉碎不久,"左"的思潮很猖狂,动不动就有人跳出来扣帽子。很多人好心地要我们吸取父辈当年办《探求者》的教训。然而我们根本不肯听劝,一个个仿佛中了邪,别人越说越来劲。

《人间》结果只办了一期。办刊物实在不是桩容易事,我们那时候个个囊中羞涩,而且都缺乏动手的能力。刻钢板天经地义是由画家们承担了,对于这些未来的大画家们来说,刻钢板自然有些委屈了他们。办油印刊物,画家们除了刻钢板，刻那些线条最简单的插图，没任何用武之地。此外，要去买纸，买油墨和订书机，乱七八糟的事多得不堪设想。

　　刊物办不下去最主要的原因是没稿子。当时作为两大主力的李潮和徐乃建，都因为外面约稿太多，自己写的小说在不在《人间》上发表无所谓。民间刊物的宗旨说穿了很简单，主要是为了发表那些公开出版的刊物上发表不了的东西，一旦大家的发表渠道畅通，民间刊物的气数就到了头。那时候称民间刊物又叫地下刊物，和今天的黄色刊物不同，当年我们的刊物很有些艺术追求，发表的小说水平应该说在许多公开发表的小说之上。

　　我们办的唯一的一期《人间》上，刊登了四篇小说，除了我的一篇，其他三篇都是女作家的。《人间》的几位女将特别能折腾，到哪去都特别热闹，南京的文坛因为有了这几位女将，很长一段时间内，都显得阴盛阳衰。

　　我发表在《人间》上的那篇小说叫《傅浩之死》。虽然是油印的，这毕竟是我的第一篇发表的作品。小说的情节今天看来实在不值一提，写一个书呆子兮兮的人物，在"文革"中，因为喝酒说了一些不该说的话，被别人向造反派告了密，酒醒以后，吓得半死，于是决定自杀，他跑到了一座悬崖边上，在跳崖之前，把赶来的造反派痛痛快快地骂了一顿，越骂越痛快，结果有人从悬崖后面爬了上去一把抱住了他，他没死成，然而因为积累在心头的怨恨已发泄了，竟然不想死了，决定好好地活下去。这篇小说后来因为朋友的帮忙，发表在安徽的《采石》上。

《人间》时期是我文学活动中的一个重要时期，正是从这一时期，我的兴趣开始转到了小说上。在这之前我觉得写小说很容易，在这之后，我因为连续不断的退稿，越退稿越赌气。我认定了一个死理，那就是别人小说能写好，自己就一定能写好。况且我常常感到别人的小说事实上写得很不好。从《人间》时期开始，我才正式把写小说当回事。

我非常怀念《人间》时期，一本印得很糟糕的《人间》，记录了我的文学青年时代。那是一个躁动的不安分的时代，充满了生气和活力。

我真正变成铅字的第一篇小说，应该是发表在一九八〇年第十期《雨花》上的《无题》。那年暑假，我的创作热情高涨，除了骑自行车几百公里去和女朋友相会之外，我一口气写了八个短篇。《无题》便是其中一篇，只花了一天的时间，写完以后，父亲看了觉得不错，当时《雨花》正准备发一期江苏青年作家专号，父亲说可以把这篇小说交给当时正负责编专号的高晓声，但是字写得太潦草了，最好重抄一遍。我脑子里酝酿的另一篇小说已经成熟，因此也懒得再抄，结果是父亲为我誊写了一遍。在父亲还没来得及誊写完之际，我的另一篇小说《舅舅村上的陈世美》又写好了。

《舅舅村上的陈世美》发表在一九八〇年《青春》的第十期上。这一期的《青春》是处女作专号，虽然是和《无题》同时问世，却因为在此之前我未曾有过铅字，因此大觍老脸地打了确系处女的招牌。没有多少人知道我一下子发了两篇小说,这最初的两篇小说,我竟然斗胆用了两个名字,一个是真名,另一个却是笔名。我那时候对自己有一种莫名其妙的自信,从一九八〇年十月到一九八一年三月,不到半年的工夫,我发表了五篇小说,用了三个笔名。我自我感觉良好地认为,在未来的日子里,将有好几个都是属于我的名字在文坛上大红大紫。人们将惊喜地发现,原来谁谁谁,谁谁谁,还有谁谁谁,都是我。

我将《无题》寄给了祖父,祖父让我的堂哥给他念,念完了,祖父写信给我,说这篇小说写得不错,说出了一点意思。《舅舅村上的陈世美》我觉得写得不好,因此就没往北京寄。事实上,《无题》在读者中反响极小,而《舅舅村上的陈世美》倒使我收到了好几封热心读者的来信。记得有一封是一个农村的女孩子写来的,写得很动情,她把我当成了小说的主人公,对我的遭遇深表怜悯,而且乐意当我的小妹妹。

我的第一篇真正有影响的小说,是五年以后发表的《悬挂的绿苹果》。我的感觉良好短暂得不可思议。发了最初的五个短篇小说以后,连续五年,我一篇小说也发表不了。

退稿实在是一种磨难和不幸。我的信心打了很大的折扣,在频频退稿的日子里,我总有一种自己犯了错误的恐慌。写小说对于我来说,逐渐变成了一桩赌气的事,我把所有的退稿收集在一起,挑一个好日子,统统寄出去,然后带着惆怅的心情,愁眉苦脸地等待小说鸽子似的一个接一个飞回来。再寄出去,再飞回来,如此不断循环,周而复始。时来运转的美梦做多了,我对写作的前景如何已无所谓。退稿退多了,我一赌气,干脆就把稿子放在抽屉里。

写《悬挂的绿苹果》,正是准备硕士论文期间。这一年也是我可爱的女儿出世的年头,该花钱偏偏手头拮据,人穷志短,我不得不托朋友把这篇小说转到《钟山》编辑部。一年以后,小说竟然在一个不起眼的位置上发表了,我赶快用那笔稿酬买了一个小电冰箱。想不到我这篇小说会得到当时南北两位很红的青年小说家的称赞。南方的是王安忆,她写了一封热情洋溢的信给编辑部,大大地夸奖了我一番。北方的是阿城,我的小说发表一年以后,电影厂的一位导演写信给我,说是他去拜访阿城,阿城说我那篇小说是那一年度发表的最好的小说。这究竟是不是阿城的原话我很怀疑,不过阿城确实不止在一个人面前表扬过我。他去美国以后,写信给我的朋友时,还提起我,说我真是个写小说的人。

我很难用笔墨表达对这两位作家朋友的感激。尤其对阿城,虽然都活在这个地球上,至今也没机会见过一面。走红的作家有时一言九鼎,王安忆和阿城对我的赞许起了非常了不起的广告作用,终于有编辑找我组稿来了,来了便摆谱,便侃:阿城怎么说怎么说,王安忆又怎么说怎么说。上海的陈思和与杨斌华率先为《悬挂的绿苹果》写了评论,我这篇并不起眼的小说悄悄地走起红运来,得了让人羡慕的《钟山》奖,还差一点中了两年一度的全国奖。

时过境迁,人生无常。如今稿债累累,常常听好话,参加笔会游山玩水,想起自己过去的遭遇,免不了一种小人得志的感伤。小说的艺术本来是无止境的,我清楚地知道自己的小说并不像想象中那么好。《悬挂的绿苹果》给我带来了好运气,仅仅是凭这一点,我就应该感谢这篇小说,当然更感谢那些热情关心我的朋友,没有他们,我也许至今仍然一事无成。

革命性的灰烬

1

记忆总是靠不住,小说家契诃夫逝世,过了没几年,大家为他眼睛的颜色争论不休,有人说蓝,有人说棕,更有人说是灰色。同样道理,历史也是靠不住的玩意儿,有人进行了认真研究,考证出胡适先生并没说过那句著名的话,他并没有说"历史是个任人打扮的小姑娘"。但是我们更愿意相信,胡适确实是说过这句格言,有些话并不需要注册商标,谁说过不重要,大家心里其实都明白,历史这个小姑娘不仅任人打扮,而且早已成为一个久经风尘的老妇人。

一九七四年初夏,我高中毕业了,接下来差不多有一年时间,都在北京的祖父身边度过。这时候,我读完了能见到的所有雨果作品,读了几本爱伦堡的《人,岁月,生活》,读海明威读纪德读萨特,读帕斯捷尔纳克的《日瓦格医生》,读了一大堆乱七八糟的东西。我胡乱地看着书,逮到什么看什么。事实上，北京的藏书还没有南京家中的多，因此我小小年纪，看过的世界文学名著，已足以跟堂哥吹牛了。

这是一个非常荒唐的年代，就在前一天，在网上看到一篇文章，分析我们这一代人，中间有首打油诗，开头的几句很有意思：

> 五十年代生，今生是苦命。
> 生下吃不饱，饿得脸发青。
> 本应学知识，当了红卫兵……

我们这一代人都是吃狼奶长大，公认最没有文化。世事洞明皆学问，人情练达即文章，就像做生意算账要仔细一样，爬雪山过草地，打日本鬼子打右派，这些都可以算作资历和本钱，经历了最残酷的"文化大革命"，为什么却不能算。江山代有人才出，各有各的造化，轻易地就为一代人盖棺定论，硬说人家没文化，多少有些不太妥当。记得有一次和女作家方方闲聊，说起我们的读书生涯，很有些愤愤不平，她说凭什么认为这一代人读的书不多，凭什么就觉得我们没学问。本来书读得多或少，并不是什么了不得的事，跟有无学问一样，有，不值得吹嘘，没有，也没什么太丢人，可是这也不等于说你说有就有，你说没有就没有。

事实上，相对于周围的人，无论父辈还是同辈晚辈，大多数情况下，我都属于那种读书读得多的人。说卖弄也好，说不谦虚也好，在我年轻气盛的时候，跟别人谈到读书，谈古论今，我总是夸夸其谈口若悬河。有一次在一个什么会议上，听报告很无聊，坐我身边的格非忽然考我，能不能把白居易《长恨歌》中"渔阳鼙鼓动地来，踏破霓裳羽衣曲"的后两句写出来，我觉得这很容易，不仅写出了下面两句，而且还顺带写出了一长串，把一张白纸都写满了。

女儿考大学，我希望她能背些古诗，起码把课本上的都背下来。对于一个文科学生，已经是最低要求，女儿觉得当爹的很迂腐太可笑。我说愿意跟她一起背，她背一首，我背两首，或者背三首四首。结果当然废话，女儿的抢白让人哭笑不得，她说不就是能背几首古诗吗，你厉害，行了吧。现如今，女儿已是文科的在读博士，而我实实在在又老了许多，记忆力明显不行了，不过起码到目前为止，虽然忘掉太多的唐诗宋词和明清小品文，然而那些文明的碎片，仍然还有一些保存在脑子里，我仍然还能背诵屈原的《离骚》，仍然还能将白居易的《长恨歌》和《琵琶行》默写出来。

丝毫没有沾沾自喜的意思，我知道的一位老先生，能够将五十一万字的《史记》背出来，这个才叫厉害。真要是死记硬背，一个十岁的毛孩子就能背诵《唐诗三百首》。我所以要说这些，要回忆历史，无非想说明我们这一代人未必就像别人想得那么不堪，同时，也想强调我们这一代人曾经非常的无聊，无聊到了没有任何好玩的事可做。没有网络，没有移动电话，没有NBA，没有电视新闻，今天很多常见的玩意儿都根本不存在。塞翁失马，焉知祸福，现在回想起来，索性废除了高考，没有大学可上，有时候也并非完全无益。譬如我，整个中学期间，有大量的时间读小说，有心无心地乱背唐诗宋词和古文。坏事往往也可以变为好事，我知道有人就是因为写大字报练毛笔字，成为了书法家，因为批林批孔研究古汉语，最后成了古文学者。

2

在一九七四年，我第一次看到了厚厚的一堆小说手稿，这就是姚雪垠的《李自成》第二部。因为毛主席他老人家的特别关照，别的小说家差不多都打倒了，都成了黑帮，独独他获得了将小说写完的机会。我还见过浩然的《金光大道》手稿，出于同样原因，这些不可一世的手稿，出现在了我祖父的案头，指望祖父能在语文方面把把关。后一本书没什么好看的，是一本非常糟糕的书，根本就让人看不下去。我一口气读完了《李自成》，祖父问感觉怎么样，我当时也说不出好坏，回答说反正是看完了，已经知道故事是怎么一回事。不管怎么说，在那个文化像沙漠一样的年头，阅读毕竟是一件相对惬意的事情，毕竟姚雪垠还是个会写小说的人，还有点故事能看看。

在此之前，能见到的小说，都是印刷品，都已加工成了书的模样。手写的东西，除了书信，就是大字报。虽然隐隐约约也知道，我第一次完全明白，小说还是先要用手写，然后才能够印刷成文字。第一次接触手稿的感觉很有些异样，既神秘，又神奇，仿佛破解了一道数学难题，一时间豁然开朗，原来这就是写作的真相。有时候，故事的好坏并不重要，关键是你得把它写出来。李自成是不是高大全也无所谓，它消磨了我的时间，满足了一个文学少年的阅读虚荣心，你终于比别人更早一步知道了这个故事。很多事情无法预料，八年后，《李自成》第二部获得了首届茅盾文学奖，我跟别人说起曾在"文革"中看过这部手稿，听的人根本就不相信，说老实话，我自己都有些不太相信。

有时候，阅读只是代表自己能够与众不同，我们去碰它，不是因为它流行，恰恰是因为别人见不到。"文化大革命"中文学爱好者对世界名著的迷恋，很重要的原因，是大家不能够很顺利地看到。同样的道理，人们更容易迷恋那些被称之为"内部读物"的黄皮书，我们如饥似渴地阅读，是因为它们反动，是毒草，因为禁，所以热，因为不让看，所以一定要看。有时候，阅读也是一种享受特权，甚至也可以成为一种腐败，当然，在特定时期特定环境下，写作也会是这样。《李自成》这样的小说，从来不是我心目中的文学理想，它也许可以代表"文革"文学的最高水准，但它压根儿不是我所想要的那种文学，既不是我想读的，也不是我想写的。我曾不止一次说过，从小就没有想到过自己将来要当作家，因为家庭关系，作家这一职业对我并不陌生，然而我非常不喜欢这个行当，而且有点鄙视它，因为按照别人的意志去写小说，勉为其难地去表达别人的思想，这起码是一点都不好玩，不仅不好玩，而且很受罪。

一九七四年，民间正悄悄地在流传一个故事，说江青同志最喜欢大仲马的《基督山伯爵》。记得有一阵，我整天缠着堂哥三午，让他给我讲述大仲马的这本书。三午很会讲故事，他总是讲到差不多的时候，突然不往下讲了，然后让我为他买香烟，因为没有香烟提精神，就无法把嘴边的故事说下去。这种卖关子的说故事方法显然影响了我，它告诉我应该如何去寻找故事，如何描述这些故事，如何引诱人，如何克制，如何让人上当。我为基督山伯爵花了不少零用钱，三午是个地道的纨绔子弟，有着极高的文学修养，常会写一些很颓废的诗歌。同时又幻想着要写小说，他的理想是当作家，可惜永远是个光说不练的主，光是喜欢在嘴上说说故事。

我不止一次说过，谈起文学的启蒙，三午对我的影响要远大于我父亲，更大于我祖父。历史地看，三午是位很不错的诗人，刘禾主编的《持灯的使者》收集了《今天》的资料，其中有一篇阿城的《昨天今天或今天昨天》，很诚挚地回忆了两位诗人，一位是郭路生，也就是大名鼎鼎的食指，还有一位便是三午。这两位诗人相对北岛多多芒克，差不多可以算作是前辈，我记得在一九七四年，三午常用很轻浮的语气对我说，谁谁谁写的诗还不坏，这一句马马虎虎，这一句很不错，一首诗能有这么一句，就很好了。

关于三午，阿城的文章里有这么一段，很传神：

三午有自己的一部当代诗人关系史。我谈到

> 我最景仰的诗人朋友,三午很高兴,温柔地说,振开当年来的时候,我教他写诗,现在名气好大,芒克、毛头,都是这样,毛头脾气大……

振开就是北岛,毛头是多多,而芒克当时却都叫他"猴子",为什么叫猴子,我至今不太明白。是因为他一个绰号叫猴子,然后用英文谐音给自己起了一个笔名,还是因为这个笔名,获得了一个顽皮的绰号。早在一九七四年,我就知道并且熟悉这些后来名震一时的年轻诗人,就读过和抄过他们的诗稿,就潜移默化地受了他们的影响。"希望,请不要走得太远,你在我身边,就足以把我欺骗。"除了这几位,还有许多稀奇古怪的人,有画画的,练唱歌的,玩音乐的,玩摄影的,玩哲学的,叽里呱啦说日语的,这些特定时期的特别人物,后来都不知道跑哪去了。

有一个叫彭刚的小伙子给我留下很深刻印象,他的画充满了邪气,非常傲慢而且歇斯底里,与"文革"的大气氛完全不对路子。在一九七四年,他就是梵高,就是高更,就是摩迪里阿尼,像这几位大画家一样潦倒,不被社会承认,像他们一样趾高气扬,绝对自以为是。新旧世纪交会的那一年,也就是二○○○年十二月,在大连一个诗歌研讨会的现场,我正坐那等待开会,突然一头白发的芒克走了进来,有些茫然地找着自己的座位。一时间,我无法相信,这就是二十多年前见过的那位青年,那位青春洋溢又有些稚嫩的年轻诗人。会议期间,我们有机会聊天,我问起了早已失踪的彭刚，很想知道这个人的近况。芒克告诉我彭刚去了美国，成了地道的美国人，正研究什么化学，是一家大公司的总工程师，阔气得很。

一时间，我不知道说什么才好，就好像有一天你猛地听说踢足球的马拉多纳，成了一个弹钢琴的人，一个优雅地跳着芭蕾的先生，除了震惊之外，你实在无话可说。

3

在一九七四年，"毛头的诗"和"彭刚的画"代表着年轻人心目中的美好时尚，这种时尚是民间的，是地下的，是反动的，然而生气勃勃，像火焰一样猛烈燃烧。如果说在一九七四年，我有过什么短暂的文学理想的话，那就是能够希望自己有朝一日，成为一名像毛头那样的诗人。三午的诗人朋友中，来往最多的就是这个毛头，对我影响最大最刻骨铭心的，也正是这个毛头。毛头成了我的偶像，成了我忘却不了的梦想。我忘不了三午如何解读毛头的诗，大声地朗读着，然后十分赞叹地大喊一声：

"好，这一句，真他妈的不俗！"

从三午那里，常常会听到的两句评论艺术的大白话，一句是"这个真他妈太俗"，另一句是"这个真他妈的不俗"。俗与不俗成为最重要的评价标准。说白了，所谓俗，就是人云亦云，就是跟在别人后面亦步亦趋。所谓不俗，就是和别人不一样，就是非常非常的独特，老子独步天下。艺术观常常是摇摆不定的，为了反对时文，就像当年推崇唐宋八大家一样，我们故意大谈古典，一旦古典泛滥，名著大行其道的时候，我们又只认现代派。说白了，文学总是要反对些什么，说这个好，说那个好，那是中央台《新闻联播》，那不是文学。

有没有机会永远是相对的，国家不幸诗家幸，赋到沧桑句便工，在一九七四年，因为没有文化，稍稍有点文化，就显得很有文化。因为没有自由，思想过分禁锢，稍稍追求一点自由，稍稍流露一点思想，便显得很有思想。有一天，三午对毛头宣布，他要写一部小说，然后滔滔不绝地说自己准备怎么写。那一阵，毛头是三午的铁哥们儿，三天两头会来，来了就赖在了长沙发上不起来，说不完的诗，谈不完的音乐。也许诗谈得太多了，音乐也聊得差不多，三午突然想到要玩玩小说。他是个非常会吹牛的人，这个故事他已经跟我说过一遍，然后又在我的眼皮底下，兴致勃勃地说给毛头听。在一开始，毛头似乎还有些勉强，懒洋洋坐在那儿，无精打采，渐渐地坐直了，开始聚精会神。终于三午说完了故事梗概，毛头怔了一会儿，不甘心地问："完了？"三午很得意，说完了，于是毛头突然从沙发上跳起来，说"我要向你致敬"，说"你太他妈有救了，这绝对太他妈的棒了，你一定得写出来"。

和许多心目中的美好诗篇一样，三午的这部小说当然没有写出来。人们心目中的好小说，永远比实际完成的要少得多。时至今日，我仍然还能清晰地记得那个故事梗概，一名老干部被打倒了，落难了，回到了当年打游击的地方，从庙堂回落到江湖，老干部非常惊奇地发现，有一位年轻人对他尤其不好，处处要为难他，随时随地会与他作对。老干部想不明白这是为什么，他忍让着，讨好着，斗争着，反抗着，有一天终于逼着年轻人说了实话。年轻人很愤怒地说，你身上某部位是不是有个印记，说你还记不记得当年的战争年代，还能不能记得有那么一位村姑，在你落难的时候，她照顾过你，她爱过你，可你对她干了什么。这位老干部终于明白了，原来这位年轻人是自己的儿子，是他当年一度风流时留下的孽债。年轻人咬牙切齿地说，你把衣服脱下来，你脱下来。老干部心潮起伏，他犹豫再三，终于在年轻人面前脱光了自己，赤条条地，瘦骨嶙峋地站在儿子面前，很羞愧地露出了隐秘部位的印记。

如果三午将这个故事写出来，如果时机恰当，在此后不久的七十年代末和八十年代初，这样的小说获得全国奖也未必就是意外。说老实话，就凭现在这个故事梗概，它也比许多红极一时的得奖小说强得多。不妨想一想一九七四年的文学现场，不妨想一想当时文学观念上的差异。"文化大革命"已是强弩之末，"四人帮"正炙手可热，那年头，最火爆的文学期刊的《朝霞》，那年头能发表的作品不是说基本上，而是完全就不是文学。当然，这话也可以反过来说，如果当时文学期刊上的文字是文学，我以上提到的那些活跃在民间的东西，那些充满了先锋意义的诗歌，三午要写的那个小说，就绝对不是文学。

极端的文学都是排他的，极端的文学都是不共戴天。事隔三十多年，以一个小说家的眼光来看，三午当年准备要写的那部小说，就算是写出来，也未必会有多精彩。同样，白云苍狗，时过境迁，当年那些让我入迷的先锋诗歌，那种奇特的句式，那种惊世骇俗的字眼，用今天的评判标准，也真没什么了不起。无可否认的却是，好也罢，不好也罢，它们就是我的文学底牌，是我最原始的文学准备，是未来的我能够得以萌芽和成长的养料。它们一个个仍然鲜活，继续特立独行，既和当时的世界绝对不兼容，又始终与当下的现实保持着最大距离。有时候，文学艺术就只是一个姿态，只是一种面对文坛的观点，姿态和观点决定了一切。从最初的接触文学开始，我的文学观就是反动的，就是要持之以恒地和潮流对着干，就是要拼命地做到不一样，要"不俗"。我们天生就是狼崽，是"文化大革命"不折不扣的产物，是真正意义的文学左派。舍得一身剐，敢把皇帝拉下马，我们来到这个世界上，如果要从事文学，就一定要革文学的命，捣文学的乱。

4

上世纪七十年代末，我开始偷偷摸摸地学写小说，所以说偷偷摸摸，并不是说有什么人不让写，而是我不相信自己能写，不相信自己能写好。我从来就是个犹豫不决的人，一会儿信心十足，一会儿垂头丧气。记得曾写过一篇《白马湖静静地流》的短篇，寄给了北岛，想试试有没有可能在《今天》上发表，北岛给我回了信，说小说写得不好，不过他觉得我很有诗才，有些感觉很不错，可以尝试多写一些诗歌。

到了一九八六年秋天，经过八年的努力，我断断续续地写了一些小说，短篇，中篇，长篇，都尝试过，也发表和出版了一部分，基本上没有任何影响，还有很多小说压在抽屉。这时候，我是一名出版社的小编辑，去厦门参加长篇小说的组稿会，见到了一些正当红的作家。当时厦门有个会算命的"黄半仙"，据说非常准确，很多作家都请他计算未来。我未能免俗，也跟在别人后面请他预言。他看了看我的手心，又摸了摸我的锁骨，然后很诚恳地说你是个诗人，你可以写点诗。周围的人都笑了，笑得很厉害，笑出了声音。不知道他为什么会这么说，也许是我当时不修边幅，留着很长的胡子。反正让人感到很沮丧，因为我知道自己最缺的就是诗才，根本就不可能成为一名出色的诗人。我无法掩饰巨大失望，问他日后还能不能写小说，他又看了看我，斩钉截铁地说：

"不行，你不能写小说，你应该写诗，你应该成为一个诗人。"

这位"黄半仙"也是文艺圈子里的人，他只是随口一说，根本没想到会有什么后果，根本就不在乎我会怎么想。当时在场的还有很多位已成名的小说家，小说家太多了，多一个不多，少一个不少，我只是一名极普通的小编辑，实在没必要再去凑那份热闹。一时间，我想起了北岛当年的劝说，说老实话，那时候真的有些绝望。虽然已经开始爱上了写小说，虽然正努力地在写小说，但是残酷的现实，也让我开始怀疑自己真没有写小说的命。

这时候，我已经写完了《枣树的故事》，《夜泊秦淮》也写了一部分，《五月的黄昏》在一家编辑部压了整整一年，因为没有退稿，一直以为它有一天可能会发表出来，可是在前不久，被盖了一个红红的公章，又无情地退了回来。《枣树的故事》最初写于一九八一年，因为被不断地退稿，我便不停地修改，不停地改变叙述角度，结果就成了最后那个模样。我已经被退了无数次稿，仅《青春》杂志这一家就不会少于十次。我有两个很好的朋友在这编辑部当编辑，可就算有铁哥们儿，仍然还是不走运。

一个人不管怎么牛，怎么高傲，退稿总是很煞风景。还是在二十世纪七十年代末，南京的一帮朋友聚在一起，像北京的《今天》那样，搞了一个民间的文学期刊《人间》。我的文学起步与这本期刊有很大关系，与这帮朋友根本没办法分开。事实上，我第一部被刊用的小说，就发表在《人间》上。没有《人间》我就不会写小说，那时候我们碰在一起，最常见的话题就是什么小说不好，就是某某作家写得很臭。我们目空一切，是标准的文坛持不同政见者。这本刊物很快夭折了，有很多原因，政治压力固然应该放在首位，然而自身动力不足，克服困境的勇气不够，以及一定程度的懒惰，显然也不能排除在外。我们中间的某些人在当时已十分走红，他们写出来的文字不仅可以公开发表，而且是放在头条的位置上，产生了巨大的影响。

不管今天把当时民间文学刊物的作为拔得多高，希望能够公开发表文章，希望能够获得广大读者的认同，还是一个最基本的原始动机。官方的反对和禁令会阻碍发展，文坛的认同同样可以造成流产。毫无疑问，民间刊物是对官办刊物的反抗，同时也是一种补充。我们的文学理想是朦胧的，不清晰的，既厌恶当时的文坛风气，又不无功利地想杀进文坛，想获得文坛的承认。很显然，在公开的文学刊物上发表自己文字是很难抵挡的诱惑，二十世纪八十年代初期，在北京家中，有一次北岛来，我跟他说起顾城发表在《今天》上的一首诗不错，北岛说这诗是他从一大堆诗中间挑出来的，言下之意，顾城的诗太多了，这首还算说得过去。安徽老诗人公刘是我父亲的朋友，也说过类似的话，因为和顾城父亲顾工熟悉，让顾城给他寄点诗，打算发表在自己编的刊物上，结果顾城一下子寄了许多，仿佛小商品批发一样，只要能够发表，随便公刘选什么都行。

写作是写给自己看的，当然更是写给别人看的。公开发表永远是写作者的梦想，有一段时候，主流文学之外的小说狼狈不堪，马原的小说，北岛的小说，这些后来都获得很大名声的标志性作家，很艰难地通过了一审，很艰难地通过二审，终于在三审时给枪毙了。我是他们遭遇不断退稿的见证者，都是在还不曾成名时，就知道和认识他们。我认识马原的时候，还是在二十世纪八十年代初期，那时候的马原非常年轻，用今天的话来说，是标准的帅哥，他还在大学读书，小说写出来了无处可发，正在与同学们一起编一本非常好卖的"文学描写辞典"。而北岛的《旋律》和《波动》，也周转在各个编辑部之间，在老一辈作家心里，它们也算不上什么大逆不道，尤其是《旋律》，我父亲和高晓声都认为这篇小说完全可以发表，然而最终也还是没有发出来。

5

上世纪的八十年代中期，现代派一词开始甚嚣尘上，后来又出现了新潮小说和先锋小说。这些时髦的词汇背后，一个巨大的真相被掩盖了，这就是文坛上的持不同政见者，已消失或者正在消失，有的不再写作，彻底离开了文学，有的被招安和收编，开始功成名就，彻底告别了狼狈不堪。先锋小说这个字眼开始出现的那一天，所谓先锋已不复存在。马原被承认之日，就是马原消亡之时。北岛的《波动》和《旋律》终于发表，发表也就发表了，并没有引起什么波澜。诗人毛头改名多多，也写过一些小说，说有点影响也可以，说没多大影响也可以。

多少年来，我一直忍不住地要问自己，如果小说始终发表不了，如果持续被退稿，持续被不同的刊物打回票，会怎么样。如果始终被文坛拒绝，始终游离于文坛之外，我还有没有那个耐心，还能不能一如既往地写下去。也许真的很难说，如果没有稿费，没有叫好之声，我仍然会毫不迟疑地继续写下去，然而如果一直没有地方发表文字，真没有一个人愿意阅读，长此以往，会怎么样就说不清楚了。时至今日，写还是不写根本不是一个问题，再说仍然被拒绝，再说没什么影响，再说读者太少，多少有些矫情。我早已深陷在写作的泥淖之中，生命不息战斗不止。写作成了我生命的一部分，为什么写已经不重要，重要的是写什么和怎么写，无法想象自己不写会怎么样，不写作对于我来说，已完全是个伪问题。

一九八三年春天，我开始写自己的第一部长篇小说。显然是因为有些赌气，不断地退稿，让人产生了一种不可遏制的冲动，退一短篇也是退，退一长篇也是退，为了减少退稿次数，还不如干脆写长篇算了，起码在一个相对漫长的写作期间，不会再有退稿来羞辱和干扰。从安心到省心，又从省心回到安心，心安则理得，名正便言顺。事实上，我总是习惯夸大退稿的影响，就像总是有人故意夸大政治的影响一样，我显然是渲染了挫折，情况远没有那么严重。被拒绝可以是个打击，同时也更可能会是刺激和惹怒，愤怒出诗人，或许我们更应该感谢拒绝，感谢刺激和惹怒。

思想的绚丽火花，只有用最坚实的文字固定下来才有意义。我知道对于一个作家来说，除了写，说什么都是废话，嘴上的吹嘘永远都是扯淡。往事不堪回首，我希望自己的写作青春常在，像当年那些活跃在民间的地下诗人一样，我手写我心，我笔写我想，睥睨文坛目空一切，始终站在时代前沿，永远写作在文学圈之外。在史无前例的"文化大革命"中，我们最耳熟能详的一句口号，就是要继续革命。要继续，要不间断地写，要不停地改变，这其实更应该是个永恒的话题。"文化大革命"是标准的挂羊头卖狗肉，它只是很残酷地要了文化的命，并没有什么真正意义的文学革命。文学要革命，文学如果不革命就不能成为文学，真正的好作家永远都应该是革命者。

2010年8月4日

皇帝的小红裤衩

认识朱新建,是在上世纪七十年代末。那时候刚考上大学,青春得不像个话。有一天,他来到我家,送了一本小画册,大家就算认识,成了朋友。说过些什么话,记不清,他怎么来的,也记不清。能记住的是那本小画册,江苏少儿出版社出版,画的是《皇帝的新衣》。这样的小画册出版社出过许多,我印象最深刻的就是这一本。朱新建画的皇帝,穿了个小红裤衩,大约这就是时代特色,我们都知道皇帝他老人家,应该是什么都没有穿,可在当时,你还真不得不给皇帝穿点什么。

很快,时代风气变化了。思想解放,皇帝的小红裤衩,说脱,也就脱了。在首都机场画《泼水节》的袁运生到南京来办画展,做讲座,把偌大的一个南京师范大学,弄成了乱哄哄鸡犬不宁的大码头。那几天,到处都是形迹可疑的年轻人,穿喇叭裤,留长头发,哼邓丽君的歌曲。我们一伙人正折腾一本民间刊物《人间》,我和朱新建混迹其中,既不想管事,又多少要跟着瞎起哄。反正在哪都是碰头见面,哪儿乱,就在哪儿捣乱。天天赶过去凑热闹,拜见张三,幸会李四。我又不是画画的,对画的好坏也弄不明白,听袁运生说教,完全是因为熟悉的朋友都去的缘故。

袁运生能获得年轻人的欢心,与《泼水节》上的裸女被禁有关。什么玩意儿一禁,年轻人心目中立刻有很大反响。我们这伙人有画画的有写小说的,美术院校已开始裸体写生,画画的没事喜欢说这事,写小说的听着心里痒痒的。有一天,朱新建拿了一大沓写生稿给我们看,画的都是裸女,有鼻子没眼睛的,一个个全夸张变形,我们觉得奇怪,议论纷纷,说怎么都是这副腔调。自恃懂点画的,便说这是马蒂斯风格,是有来头,而且来头还不小。又说那不叫写生,是速写,是快速地写。别人写生,一节课至多画一两张,他一节课就可以画一大沓。

那一阵我正恶补世界美术史,到处跟人借画册看,知道了一点现代派皮毛,又仗着有好几位画画的朋友指点,并不觉得朱新建的写生稿有什么特别的好,当然也不觉得有什么特别不好。不知道朱新建对我是什么态度,说老实话,当时大家并不太关心对方,他不留心我的小说,我也不在意他的画。都是刚起步,年少气盛,很多事都还不明白。心里只有一个单纯的念头,相信他是个好的画家,起码以后会是。如果当初的交友还有什么功利心,那就是你隐隐约约地能感觉到,彼此之间的友谊,多少能给对方一些事业上的促进。我们乐意成为对手,物以类聚,人以群分,什么人玩什么鸟,他喜欢画,我喜欢写,干的事不一样,行当不同,追求的艺术趣味却差不太多。

　　说白了,画画也好,写小说也好,都只能按照自己的感觉去做,有什么样的感觉,就有什么样的东西。这么多年来,朱新建很勤奋地画,我老老实实地写,在各自的路上越走越远。虽然一个城市里住着,见面的机会并不多。我心里常常惦记他,也常常听朋友说起他。他的名气越来越大,传说越来越多,故事越来越离谱。反正是皇帝的小红裤衩一旦脱了,就不可收拾,从此以后,很少再穿上。有个好朋友说起朱新建,说他的画真他妈的"色"。这个色,是很赞赏,是极度的赞赏,那意思就是看了他的画,感觉还真有点不一样。感觉是个说不清楚的东西,得心里真有才行,反正我喜欢他的画,老想到他那里去看上几眼,学习学习。有一阵,还看到他的书法,自然是画画的风格,与书家的字相比,别有奇趣。打个不恰当的比方,这字就像小孩子看皇帝新衣的目光一样,单纯天真,不掺任何假。

　　朱新建曾送给我父亲一张画,是个小和尚。父亲跟我一起欣赏,一边把玩,一边嘀咕,说他画的裸体女人最有意思,为什么偏偏要送这么一张给我。我笑着说,画以稀奇为贵,都不穿衣服,穿衣服的就珍贵了。父亲也笑,说这话也对,穿衣服就穿衣服吧,这小和尚的一袭袈裟倒别有深意。

　　不能说把皇帝的小红裤衩脱掉,是朱新建一个人的功劳,但是他确实开了风气。小裤衩的有无之间,实在是一种大学问。有一年看画展,所谓"新"字当头的,还用什么"文人"和"水墨"出来点缀,声势浩大,很有些江湖气。

我匆匆而过，可惜许多人物画，都一个味道。对画界的事，我不想多说，不过坐实了要说有些画是学朱新建，也没什么大错。所幸画展中没有朱新建在凑热闹，真是可喜可贺。武侠小说中有一种境界，叫孤独求败，朱新建心里是怎么想的，我不知道，想来也是去之不远，对今天的画风应该有种说不出的寂寞。无可奈何花落去，我想有些人，我们自然是不愿意与之为伍。现实生活中，《皇帝的新衣》仍然还在上演，大家仍然喋喋不休，继续为皇帝的新衣大唱赞歌。残酷可笑的现状却是，眼下已不是穿不穿衣服的问题，而是连皇帝都根本没有了。皇帝已经跑了，皇帝跑哪去了，我不明白，不知道朱新建明白不明白。

我第一篇小说中的插图，是朱新建画的。对我，这是第一次，当然记住了。在朱新建，未成大名的时候，反正是经常帮人画插图，画了也就画了，不会往心上去。如今是不是悔其少作，我说不准。那天在电话里聊天，说起当年的事，都忍不住哈哈大笑。一转眼，二十多年过去了，很快要三十年，我们显然做梦也不会想到能有今天。

2005年3月30日　河西

大桌山房

盛世玩收藏，五个字里很多意味。盛世自然不用解释，爱怎么想怎么想，一个玩字，五花八门千奇百怪。我对玩收藏一向不当回事，常有人跟我卖弄，去哪淘到什么宝贝，哪朝哪代，北京潘家园捡了个漏，南京朝天宫得了个宝，仿佛真赶上买彩票必中的盛世，到处遇上好东西。

天下哪有那么多好事，碰上这种人就想笑，我有个叫高欢的哥们儿，收藏丰富，拥有的好东西之多，与那些三脚猫相比，仿佛拳王泰森站拳击场上，看一个三岁孩子挥着棉手套，天真地要跟自己叫板。

都说现如今的黄花梨按重量卖钱，和民间的俗人一样，我总忍不住要用银子来衡量事物。说老实话，直到现在，也不明白什么叫黄花梨。有一次在外地玩，到场诸位都有头有脸，突然谈起了收藏，又议论附近的古玩市场，说某家有好玩意儿，很多人过来淘宝捡漏。于是酒足饭饱随大流赶过去，走进一家神秘店面，溜到布帘后头，拿出了一样样小东西，其中有张小凳子，造型古朴，都说是黄花梨，就听见热热闹闹一番叫好，夸夸其谈绝对是真，一说真似乎就假不了。当场砍价，喊得高，砍得也狠。瞄一眼赶快往外走，心想这么个玩意儿，请回去也只能搁个花瓶，不值得一惊一乍。

高欢有张黄花梨大桌子，得十几个人才能搬得动，如果要按重量算钱，我算不过来。桌面是整张的，厚度一只手量不了。有多长不好说，就说那个宽吧，一个大男人趴上去正好。那根本不是张桌子，是东北人家的火炕，给人的感觉就是，十多张老板桌并排放，可以坐下来召开军事会议，讨论乌克兰的克里米亚前途。

始终想不明白，明朝人弄这么一张大桌子干什么。这大家伙完全邪门歪道，不符合常理。晚明人弄小品，他生未卜今生休，尊崇唐宋八大家古文，写点小文章，有张普通的写字桌足矣。唐伯虎画美女，文徵明写行书，八大山人苦苦吟诗，都不可能想到天下还会有这样的玩意儿。

反正故宫是见不到这样的大桌子，皇帝他老人家肯定不会喜欢，它更像《金瓶梅》里的物件，是小说家写出来蒙人的，现实生活中竟然真有，你不能不目瞪口呆。艺术高于生活，还是生活高于艺术，不好说。高欢是我几十年的老朋友，说起这大桌子也有些不明不白，它肯定是明朝的，从海外用船运过来。

高欢为大黄花梨桌子盖了个大房子，又索性造一个庄园，取名为大桌山房。还把几十年的收藏转移过来，据说当年搬家，光好东西足足装了六卡车。一转眼，认识高欢三十多年，标准的老友。这年头，套近乎称老友的很多，标准二字真不能随便用。

很多年前，在他家聊天，他突然拿出一把剪子来，要给我剪头发，为什么会有这一幕，年代太久，已记不清。或许是去理发店，看到人太多，就跑到他家吹牛去了，反正两家挨得近，一抬腿就到。他那时还跟父母住在一起，有一间自己的小房间，到处堆放着东西。必须要说明的是，那些乱七八糟玩意儿，基本上都是有品位的文物，他的烟灰缸，他的垃圾桶，全都是艺术品，都可以拿出去拍卖。

用剪刀理发是卖弄功夫，不是那种艺术家的长发飘飘，那个可以乱来。是简简单单小平头，头发一般长的寸头，用推子推，不稀罕，他是用剪子剪，上下左右一样齐整，这就厉害了。我是不相信，他想做的就是要让我相信。一边剪，一边还跟我聊天，最后一照镜子，完活。也没弄得到处都是头发，在一个狭小的空间，谈笑间，居然剪好了，很满意。

玩艺术的人必须手巧，古来万事贵天生，熟能生巧只是一方面，他不是剃头的，或者说根本没在理发店待过。他只在照相馆工作过，我一帮朋友中，高欢是最聪慧的一个，画画，做雕塑，搞刊物，编报纸，玩过的门类太多。一开始是玩油画，却为我刻过图章，印象中，似乎什么都干过，什么都能干，不怕事，敢折腾。养过马，想当年，他是南京最有名气的马场老板。玩艺术的人按理都该心无旁骛，专心自己的门类，就像传统基督教一样，结婚讨了老婆，就得一心一意终身厮守。高欢的人生不是这样，他的活法，是首先让自已变成艺术。

高欢有一点跟我相似，就是别人说起我们，总要跟上人连带在一起。这种捆绑让人无话可说，很不舒服。我到哪都是谁的孙子，他呢，人家要介绍，必定是谁的公子。因此这篇文章，没必要再强调高欢父亲是谁，是多著名的画家。当年我们认识，几个画画的，几个写东西的，因为家庭出身，常被讥为没出息的八旗子弟。别人眼里，我们都属于那种带有贬义的"二代"。谁人背后没人说，谁人背后不说人，我们好像也不在乎，当然事实上，心里还是蛮在乎的。

前天去大桌山房，高欢让我看最近画的一组画，厚厚的一大沓，是真画得好，一起去的速泰熙一边看，一边赞赏。然而最让人感慨的还是，说如果老爷子还活着，能看到这些画，多好。我也是，过去很多年，写一堆书，如果父亲还活着，看了会多高兴。

高欢为庄园起名"大桌山房"，道理很简单，喜欢这大宝贝大桌子。不是因为黄花梨，不是因为值银子，是因为它的独一无二，因为它的霸气。所谓庄园，不是土豪豪宅，就几间平房，不过有些特色，无非是些文化。当初花不少心血，一转眼，做了许多年庄主。

早听说有人要撵高欢走，早听说他已成了钉子户。这是个让人哭笑不得的消息，我查了网上文章，当初十足的正面报道，言犹在耳，标题是"艺术家高欢卖掉房子在南京建博物馆"，卖掉房子是指南京的住房，博物馆就是"大桌山房"，又名"古歌博物馆"。

当时晚报文章上还有这样的煽情文字，"捐出半生收藏，在南京开建首家艺术类私人博物馆"。这全然是个义举，也是所有玩收藏的高人必然之举。再好的东西都是身外之物，玩大了都是国家的，收藏者大不了也就是个看管人的角色。收藏家目的很简单，愿聚不愿散，百年之后，个人总会灰飞烟灭，这些宝物由于有心人的照料，才得以流传后世，传递历史的声音。因此，高欢不惜要借用"古歌"这看上去有点斯文的两个字。

然而说搬就让搬走，当初高高兴兴来，皆大欢喜，没想到说变卦就变卦，该翻脸立刻翻脸。就在庄园旁边，一家大的国际化酒店已准备动工，工人居住的活动房正源源不断搬过来。我曾跟有关领导提过这事，人家觉得这根本不是事，大局谁也不能改变，叫你走只好走，树挪死人挪活，换个地方不就行了吗。规划永远赶不上变化，谁都知道安居乐业最好，谁都知道政府最大文件中有"不折腾"三个字，在一个讲究利益最大化的时代，开发乃头等大事，发展和创新有时候会成为最大的不讲理。

留得青山在，不怕没柴烧。都说好女不愁嫁，此处不留爷，自有留爷处，但是高欢跟我同岁，毕竟也是五十好几，重新选地，重新设计，重新这重新那，想想都让人不寒而栗。秀才遇到兵，文化人遇到不文化，还能怎么办呢。

高欢妻子喻慧，现如今南京最好的女画家，写文章说在庄园里种了五十棵海棠。我太太看了很吃惊，五十棵垂丝海棠，花开依旧，多么壮观的景象。一向喜欢海棠，前几年种过两棵，没很好照料，花开两年死了。想到高欢处于危急之中，趁火打劫之心顿生。他好东西太多，六朝的文物，唐宋元明清的国宝，不敢有觊觎之心。眼见着雨疏风骤，割爱挖棵海棠，巧取也罢，豪夺也罢，让他们先痛一下。

三月二十一日下午，春分时节，在大桌山房，海棠花似开非开，高欢赠画一幅，大喜望外，这是更应该记录的一件妙事。

2014年3月22日　南山

李小山的箴言

　　李小山开一辆豪华越野车，宝马还是奔驰，搞不清楚。看人看车，什么人玩什么鸟，什么身份配什么车。能开这车，肯定混得很牛的人。李小山学画出身，上世纪八十年代中国艺术界风云人物。什么叫风云人物，就是那种搅得画坛不得安生的家伙。

　　画画的款爷眼里，拿稿酬的作家都乡巴佬。李小山是不是教授我也不知道，真不知道。很多年前，他很生气地说，我们这个艺术学校现在就我和毛焰不是教授，这句话透露着狂妄和得意，反过来理解，意思是他和毛焰才配教授。

　　这个李小山还写小说，写长篇，一写好几部。时髦的说法叫跨界，其实是手太长，一个开豪车在美术界呼风唤雨的人，有什么必要再到文坛上来搅和。文坛不是禁地，谁都可以来撒野，问题是态度比较可恶，因为他就是来捣蛋的，就是想证明文坛是个狗屁。

　　李小山很轻易地证明了自己比文坛上很多人强，强得多。他觉得这样很爽，爽就爽吧，还要逼着人表态，逼着我承认，逼着我对他的小说发表意见。我很恼火，他给我打电话时，一场好看的NBA还剩几秒钟，绝杀还是被绝杀，心口怦怦直跳。在这节骨眼上，他来电话了，要跟你讨论文学。

我说我们搞文学的人，现如今都不谈文学。真这样，作家们碰到一起，什么话都可以说，就是不谈文学。李小山立刻生气，说这样对吗，这样当然不对。我也知道不对，但是现实总是有道理，我说你们画家碰在一起，难道都谈论绘画吗，这画怎么样，那画不怎么样。李小山怔了一下，说这倒也是。

李小山继续跟我谈他的小说，问这小说到底看过没有。他的意思显然是你若不敢跟我谈，就说明你没看。这又让我十分恼火，电视里绝杀没有成功，比赛还要打延长期，我却不得不回答咄咄逼人的追问。有一句气话差点脱口而出，经常有人送书给我，凭什么非得看，而且我也曾送书给别人，如果也像他这样追着问，像老师考学生，这叫一个什么事。

好在我是看了，所以会看，知道这家伙可能查岗。果然查岗来了，而且一定还要说感想，跟他妈突击考试没任何区别。我说我这样的人，搁在你们画界，就是个死心塌地画画的，就知道埋头苦干画画，你突然送一张画来，问我这张画画得怎么样，让我发表评论，说出美术史上的意义，不是存心为难兄弟。我向来不是个会发声的人，你应该找那些搞文学批评的哥们儿，他们习惯这个，张口就来。

李小山说我就是不想找搞什么文学批评的人，他没说搞文学批评的人是狗屁，但是能够感觉到电话那头的他就是这么想的。一提起文学批评，他口气更加不屑。在他心目中，不仅当代写小说的人狗屁，搞文学批评的更加狗屁。跟李小山这样的人谈文学，我总是感到很不自在很尴尬。显然，他在文学上表现出来的热情和专注，远比文学圈子的人更强烈。

想不明白的是，既然文学这圈子如此不堪，何苦还要过来插上一脚。当然我也明白，树欲静而风不止，文坛现状确有严重问题，先天不足后天失养，不仅现在有毛病，自有新文学以来，五四新文化运动之后，每个文学时代都可以痛心疾首地指责一番，总会有着这样那样的不应该。

李小山文学上始终是个理想主义者，这是他的可贵之处，也是他让人难受，更让他自己难受的原因。上世纪八十年代，一篇《当代中国画之我见》石破天惊，李小山成为画坛著名的坏小子，从此玩画画的，大白天遇到了鬼，不拍他的马，也得绕着他走。

李小山或许不会承认在文坛上也有类似野心，不过若想人不知，除非己莫为，事实上他早就身体力行，已有了实际运动，正用货真价实的长篇小说表明自己的"当代中国小说之我见"。文坛是潭死水也好，是个大粪坑也好，他搬起一块块石头，非常淘气地往里扔，结果扑通几声，然后呢，什么也没有了。

这是李小山为什么要生气的缘故，好歹接连三部长篇，好歹还都有特色，偏偏文坛上没事一样。有几篇评论，有几个哥们儿叫好，然后呢，然后又什么也没有了。

这就是文坛，大家早已习惯。李小山不甘心，非要别人发表意见，我只能汇报，要说喜欢，喜欢小说中的非现实，喜欢关于"禽人"的描写，一个人在天上飞来飞去，这很好玩。我还喜欢吃麝香的细节，一个女人拿把金属汤匙，在男人肚脐眼里掏麝香吃，一汤匙接着一汤匙，吃得津津有味，吃到最后，把分泌麝香的肉囊拔出来，举在手上看，发现它很像平时吃的猪肚子。

　　一个玩画画的，天生不会缺乏想象力，当今文坛上最缺的就是想象。真要说点不足，小说中的写实部分，大约也就是李小山的软肋。我不太喜欢新闻报道上常见的那些真实和荒诞，譬如周老虎故事，譬如领导干部随心所欲玩女人。小说越新奇越好玩，我一直在想，神通广大的"禽人"为什么玩不了女人，为什么。

　　李小山将小说命名为《箴言》，封面亮光闪闪，仿佛清明烧给先人的银锭。不明白为什么要这样，自然会有道理。作为老朋友，我更愿意相信，他没安什么好心。

2014年4月4日

徐乐乐的开脸

现在人怕已不明白沙士怎么回事,十多年前,那个学名叫"严重急性呼吸系统综合征"的非典型肺炎家喻户晓。沙士病毒成了电视主角,屏幕上全是它的报道。大街上不再熙熙攘攘,公交车是空的,商场里像荒芜沙漠。机场上的候机者全都戴着口罩,有哥们儿偷偷去首都会情人,后果呢,当然很严重,东窗事发,跟老婆没法交代,连带一栋大楼里的住户都被隔离。

十多年后,近乎惨痛的往事仿佛不曾存在过。只记得风声刚过去,我们跟着徐乐乐去乡下看房子,地方很远风景很好,有山也有水,价格还便宜。当时便果断拍板,决定像她一样,山洼里选个竹林深处盖栋房子。徐乐乐洋洋得意,自己宣布是带头大姐,是"毒王",这是"非典"流行期的一个时髦词,代表着病毒源头。她最先在这有了落脚点,然后一大拨人传染中毒,都跟着在这插队落户。

徐乐乐是著名画家,那些追随她一起玩乡村别墅的哥们姐们,自然会有一批也著了名的书画家。美协的朱道平主席，书协的孙晓云主席，还有南京艺术学院的江宏伟教授、方骏教授、杨志麟教授。一时间，竹林中又有七贤，山沟里突然有了文化，我这美术界门外汉，也跟着附庸风雅，凑热闹追随其中。

可惜好景不长，春风桃李花开日，秋雨梧桐叶落时，都说这地方很漂亮，已被批准为国家三星级风景区，非常适合养老，然而画家们一个个太有钱，来得快，去得也快。新房子住了没几天，人还没老，还没退休，说走就走，说翻脸就翻脸，又花更多的钱去买更奢侈豪宅。江宏伟率先走，紧接着，徐乐乐顾不上各位兄弟姐妹，走了。孙晓云房子空关很多日子，一年之中，无非是带条黄狗过来玩玩，最后也走了。

山还是那山，水还是那水，竹林依然竹林，想象中的那份美好，那份可能会有的快乐，顿时不复存在。串个门去看孙晓云写字，看徐乐乐绘画，看朱道平布置园林，立刻从可能会有的现实，变成了根本不现实。不是我不明白，这世界变化快，变化太快。剩下来的居民形单影只，物是人非，房子还是那房子，人已经不是那人，风景再好又有什么意思。

有些事真要仔细想，也能够想明白。回顾大中华的优秀历史，盛唐也好，大清的康熙乾隆也好，画家们日子从来没这么美好过，肯定是空前，会不会绝后，真很难说。除了画家们太有钱，徐乐乐的搬走，与家中的一次失窃多少有点关系。大家都知道，乡间别墅总是空关日居多，有一次，她的房子遭窃，小蟊贼破门而入，竟然将冰箱给搬走了。庞大的冰箱都能偷走，这叫一个什么事，是可忍，孰不可忍。好在蟊贼毕竟蟊贼，只看中了冰箱，没将墙上的三幅画偷走，他们哪会知道，徐乐乐任何一幅画，都可能是套房子。

"悄悄的我走了，正如我悄悄的来"，与民国年间那位著名徐姓诗人一样，徐乐乐挥一挥衣袖，没带走一片云彩，便把我们这些追随者给扔在山沟里。她就这么被吓走了，甚至来不及去品味此地民风中还残存的淳朴。山丹丹开花红艳艳，咱们的中央红军去了陕北，冲这一条，带头大姐头衔已严重不称职。所幸南京郊区山都不大，水都不深，离城市也不太远。我们留下坚持抗战，因树为屋随遇而安，不欢迎蟊贼，也不害怕小偷，反正没啥细软，更不可能有值钱字画。

南京话中有个词叫"刷刮"，意思是干脆爽快，用徐乐乐自己的解释，就是"稳、准、狠、快"的总和。很显然，这是她很喜欢的一个词，做人要刷刮，做事要刷刮，绘画更要刷刮。跟她谈话，讨论问题，经常用到的一个词是"好玩"，要不然就是"不好玩"。朱新建生前也喜欢说"刷刮"，动辄是"好玩"和"不好玩"。可惜她搬走了，刷刮也好，好玩也罢，见一面不容易，听她怎么谈绘画更不可能。能听到的传闻就是她还在画，躲在新豪宅里拼命用功，画价还在涨。有一段日子，又听说她不怎么画了，说是钱太多了，不想画了，老是挣钱挣大钱，不好玩。

偶尔在一起，感觉她总是在抽烟，在国内是这样，在国外也是这样。哈着腰，撅着嘴，垃圾桶旁边吞云吐雾。烟瘾是不是那么大不重要，重要的是旁边必须得有个垃圾桶，这样才像艺术家，这样的pose才好看，才酷，才值得玩味。徐乐乐永远是徐乐乐，不刷刮不好玩，就不是她。她是画人物画的，不喜欢别人为她拍照，可是她自己也许不知道，徐乐乐其实很入画，绝对属于世界名画上的人物。

今年十二月十二日，徐乐乐画展在南京隆重开幕。我人在云南丽江，来不及凑热闹捧场，只能事后补课。补课的好处是可以静下心，避开喧嚣，展览馆里慢慢品味。我不懂画，看了也就看了，不敢乱说瞎评价，反正是觉得好，觉得像徐乐乐做的事，像她画的画。

为配合这次画展，印了一本精美的画册《开脸集》，副题是"徐乐乐的功课"。看完画展，回家再翻阅画册，感慨很多。"开脸"容易解释，"功课"含义丰富，三言两语说不清楚，无端地特别喜欢，真的很喜欢，先留着这两个字以后再细说吧。

2015年12月17日　河西

关于速泰熙的采访

1. 您是什么时候第一次见到天人椅的，第一感觉是什么？

叶兆言：一个很偶然的机会，在餐桌上，泰春让我看他的微信，看微信上的动画。他说你看看我哥哥玩的新东西，一边说，一边笑。然后我就掏出了老花镜，兴致勃勃地看了，一边看，一边笑。老实说，我一点都不吃惊，一看就知道是泰熙的东西。我跟泰熙已经是几十年的老朋友了，他弄出一些什么新玩意儿，我丝毫不会吃惊，他要是弄不出一点新东西，我反倒会觉得很奇怪。

我不知道为什么叫天人椅，这个命名肯定是有用心的，故意的，而且显而易见，不深奥。见面的时候，我想问他，可是聊着聊着，就说到别的事情上去了。好像他嘀咕了一句："总要有一点什么不一样吧。"这句话也许就是最好的回答，关于天人椅，专家也许会做头头是道的解释，泰熙自己也会有意点破，我们都知道，世界上很多说明都是被逼出来的。

按照我的傻想法，这把椅子肯定不会像"天人合一"那么复杂，也不会像"天人合一"那么简单。说没那么复杂，因为不管怎么解释，它也就是一把椅子，四个脚要着地，还是要让屁股坐上去。天人合一说白了也就是个药引子，一个导航的指路牌，它可以引起话题，引发想象，但是太复杂就不是椅子了。当然，天人合一又不可能会那么简单，凡事只要和玄学扯在一起，不复杂也复杂了。关于天人合一，古人有古人看法，现在人有现在人观点，儒家道家禅宗各不相同，最最重要的一点，是速泰熙有速泰熙的独到之处。

泰熙的独到之处，常常让人会心一笑，让人思考，让人拍案称绝。于无声处听惊雷，换句话说，艺术也就是他不知不觉的那声嘀咕：

"总要有一点什么不一样吧。"

2. 今年，天人椅参展威尼斯双年展。您觉得一把椅子能漂洋过海，入选世界顶级艺术设计展的价值在哪儿？

叶兆言：其实用不着漂洋过海，价值已经在那里，是泰熙的这把椅子增加了世界顶级艺术展的价值。它不过是锦上添花，泰熙兄已经一把年纪，功德早已圆满，早就有了定评，又有名又有利，算不上什么雪中送炭，他有没有这个荣誉都一样。

当然，我们是个喜欢出口转内销的国度，有了洋人肯定，有了"世界顶级"字样，起码还可以再次吓唬一下外行，吓唬吓唬那些冒充的内行。外来的和尚好念经，外国的月亮更圆,平心而论,洋大人有时候确实比中国人更识货。

3. 您和天人椅的设计者,有三十多年的友谊,是同事,是邻居,是志同道合的朋友,您是如何评价设计者速泰熙?

叶兆言:速泰熙是个认真的人,太认真,都说世界上怕就怕认真二字,其实世界上很多人最不讲究的也是认真。现实生活中,不认真的人远比认真的人多,多得多。我们都知道,认真才能做成事情,认真才能做好事情,不过,人太认真有时候也会让别人讨厌,让别人受不了,对泰熙我不敢说讨厌一词,可是为他着急,为他摇头跺脚,不是一次两次。

他不仅认真,而且是个十足的慢性子,认真加上慢性子,基本上就永远是让他的朋友哭笑不得。我们合作过很多次,对他的态度是必须要有足够的耐心,要耐心耐心再耐心,你着急也是白着急,摇头跺脚都没用。他就是这样一个人,事无大小活无轻重,对别人是这样,对自己也是这样,什么事只要上手,只要开始做了,好像怎么也马虎不起来。

我曾经写过一篇文章,说他装修自己厨房,那种老房子中的厨房,面积很小,可是硬被他弄成了一个艺术品,好像那小厨房不是用来使用的,而是用来展览的。说到底,认真的人只会认真,永远认真,有没有意义,值得不值得,常常不在考量范围内。泰熙是学化学出身,他的所作所为,不仅是个处处都想着创新的艺术家,更像个凡事都要追求精准的科学家。

我想起了化学元素周期表,不管这世界有序还是无序,有些化学元素还有没有被发现，它们都是一种客观存在，都已经存在于某个合适的位置上。感觉泰熙的人生，就是始终在寻找这种存在，在寻找一个最合适的位置。艺术追求有时候就是看合适不合适，合适了就好，不合适就不好，合适了就精确，就精准，艺术就是恰到好处。

泰熙涉足的领域很多，他最大的强项是设计，各种设计，总会有一些很好的想法。他的人生无非是在完成和努力要完成那些设计和想法，因此，如果不去说成功说辉煌，把获得的功名和荣誉扔得远远的，他基本上就是一个苦行者，一个成天愁眉苦脸的人。他天生是一个干活的命，认认真真，不急不慢，实实在在。他是个不折不扣的生产者，一个劳模，一个命中注定得不到休息的人。

4. 您对当下艺术界、设计界有什么看法？

叶兆言：没有，我是外行，无话可说。要有的话，以上的文字也都顺带说了。

2015年7月14日

妙在无处可寻

读小学时，离学校不远，有个十竹斋。郭沫若题写斋名，那年头经常念叨主席诗词，都知道喜欢唱和的郭老。一直觉得这名字怪，正处于"文革"中，店铺门板一会儿开，一会儿关。从外边走过，能看见挂着的字画，有人在裱画，摊大案板上一层层乱抹。

那年头，十竹斋与修自行车的车行，与卖旧货的信托商店，与沿街的小饭馆和丧葬用品店，并没太大区别。我们这些孩子不知道何为艺术，书法就是用毛笔写大字报，篆刻就是造反派的印章。几十年后，玩篆刻的孙少斌兄随手给了张名片，上面印着十竹斋字样，我的回忆立刻又回到少年。

十竹斋的历史和辉煌，曾经不比北京荣宝斋逊色。多年以来我一直懊恼，恨年少时无所事事，大好春光白白耽误，没有学习书法和篆刻。要是能到十竹斋当个学徒多好，后悔已来不及，少小不努力，老大徒伤悲。我的祖父能写一手不错的毛笔字，也能篆刻，可惜他并不赞成我们学这些。为什么这样,至今想不明白,五四一代的老文化人,都这态度,譬如鲁迅也是这么认为。

萧娴老人让少斌刻过一方"不食鱼"的闲印,正好他也不喜欢食鱼,老太太很高兴,说自己终于有了传人。生于一九四八年的少斌,"文革"那年十八岁,他的过去我不太了解,只知道从这时候开始,正经八百学习篆刻,拜师南京博物院的王敦化先生。他的学艺生涯,其实与十竹斋并无瓜葛,他这岁数,生长在红旗下,"文革"中无非当知青,进工厂,能混进了十竹斋,也是后来。

人生一世,说到幸福,莫过于年轻时喜欢,终生可以从事。就像陈丹青当年迷上画画,为了亲近艺术,可以进一家小工厂,在骨灰盒作画。少斌年纪轻轻便与篆刻较上了劲,下乡当农民,进钢铁厂当工人,这些经历都无法阻拦求艺步伐。追求艺术的最大好处,妙在无处可寻,不仅能够忘情投入,打发无聊之人生,而且与时俱进弥觉其甘,越老辣,越能发扬光大。

"文革"耽误许多年轻人,偏偏成全了少斌。因为篆刻,他有了与别人不一样的生活。因为喜欢,因为入了门,即使在文化的大沙漠,也能不被耽误。当然,"文革"那样的灾难,有一次已足够。

少斌的刀下功夫十分了得,从艺四十余年,出神入化,达到很高境界,说称雄一方也不为过。篆刻无数,他的一本印谱,收录为宋文治父子的治印,居然有二百多方。宋氏父子都是著名画家，少斌的印和他们的画天作地合，成为南京艺坛一道风景线。人生得一知己足矣，不由地想到了老上海的篆刻名家陈巨来，他就曾为吴湖帆刻过近一百方印。

2011年4月10日

南京的女书画家

大约二十年前，在北京一家高档酒店，有位画商神秘兮兮地问知道不知道南京有个喻慧。我回答说当然知道，画画的喻慧难道还会有第二个。画商又问知道不知道南京玩书画的很厉害，我想了想，说不知道。后来有人用同样的语气说起孙晓云，很神秘很羡慕，我装作一无所知，说真的假的，她的字那么厉害那么值钱？

再往远里说，上世纪八十年代，有一天，对书画不甚了解的父亲很得意地告诉我，他跟徐乐乐讨了一张画。理由非常简单，都说南京年轻一茬的女画家中，她的画最有味道最有前途。父亲认识很多老画家，在他看来，自己不懂，老朋友的话总得相信。俗话说隔行如隔山，俗话又说他山之石，可以攻玉。作为一个作家，你可能会编故事，把文章写漂亮，却不一定懂书画，然而有几位画画的朋友，耳闻目睹，受其影响，也可以似是而非地说出一二。

不识庐山真面目，只缘身在此山中。要想了解南京的书画，最好是离开此地，以一个外来人目光重新打量。南京这城市的艺术氛围，让许多从艺的同行激赏，偏偏南京自己人见奇不奇看怪不怪。事实上，只要多听听外面议论，看一看别人评价，就会明白什么是"一览众山小"，就会明白南京的书画水平多么不同寻常。譬如这次《与佛有因》邀请展的五位书画家，个个都是女中豪杰，一出手便知道有没有，一出手已达到绝对的高度。

我很幸运，对她们不但全部了解，起码有三位十分熟悉。不但人头熟悉，而且喜欢每一位的艺术风格。有一次跟孙晓云开玩笑，说她身上有股侠气，她很乐意，说这么夸人，比称赞字好还爽。我想这就是地道的南京女子，这五人若填写籍贯，恐怕没一个南京人，又无一例外出生在南京，成长在南京。一方水土养一方人，她们的成功显然与独特地气分不开，金陵女子非得有点侠气才行。

都说宗教催生艺术，西方有拉斐尔和米开朗基罗，中国有王维和弘一大师。不敢说此次参展的五位女书画家与佛有缘，不能因为画了几尊菩萨和罗汉，摘抄一段佛经，就自说自话认定佛教影响。知之为知之，不知道就是不知道，妄谈禅很不好，能说想说的只是，中国书画或多或少都应该有些禅意。

根据年龄，杨春华是大姐，胡宁娜是四妹，喻慧最小，徐乐乐和孙晓云同岁。她们属于同一个时代，有着相同文化背景和不一样的艺术风格，都在画界占据了重要位置，都是重量级的人物。艺高人胆大，此次联袂展出，每人的作品虽然不多，仿佛华山论剑，奇招迭出精彩纷呈，让观众眼睛为之一亮。

2012年10月5日

初识弘一法师的岁月

三十多年前,还是一个高中生,伯母带我去浙江上虞白马湖边的春晖中学。那时候"文化大革命",我对这所大名鼎鼎的学校一无所知,傻乎乎跟伯母后面听她说这说那。

在一个小得不能再小的火车站下车,坐人工摇的小船,不一会儿到了。三十多年后,我十分怀念那个小车站,根本没什么站台,一间欧式的小屋,车到站,把门打开,下去就行。印象中也不用检票,上车买票,下车拉倒,全无今天是个火车站就一定乱糟糟的惨相。当然还有那个湿漉漉的小木船,河水清清,小船儿轻盈,一路桨声。

白马湖待多少天已记不清,有一天,伯母很认真地指着一丛断壁残垣,说李叔同当年就在那住。当时并不知道他是何方神圣,只知道是个有些名气的和尚。弘一法师是我祖父最佩服的人,伯母解释说,大家都说你爷爷做事认真,他要比他老人家更认真。接下来,又说了许多李叔同,今天要是写出来,都会是很好的文章。伯母说当年请李叔同吃饭,和尚是要吃斋的,菜做咸了,伯母的父亲夏丏尊先生感到歉意，一个劲埋怨。李叔同就说这菜不咸，很好吃啊。后来他又去河边洗脸，从包里拿了条破毛巾，夏先生要为他换一条，他连声说还能用，说你看，这不是挺好。

在老宅阁楼上，看到许多落满灰尘的玻璃底片。由于底片是黑白颠倒，加上历史知识浅陋，我并不知道照片上的都是谁。伯母告诉我，她二哥喜欢拍照，这些底片都是他年轻时拍摄。李叔同对书法有着过人的领悟，他出家成了弘一法师，把所有的书法作品都留给了夏先生。在李叔同眼里，这些都是俗世之恋，弃之如同废纸。

随着对李叔同的逐渐了解，我对这位传奇人物一度非常入迷。与弘一法师有关的一切，都会引起我的注意。我有意无意地收集李叔同的资料，一直想以他的故事写部小说。弘一法师出家前最要好的友人就是夏先生，难怪伯母有这个资本，可以喋喋不休地说起他。

我一直在想，当年阁楼上看见的那些玻璃底片，会不会有李叔同的影像。曾经为这事问过伯母，可惜她当年太小，后来又太老糊涂，始终没有一个确实答案。这些玻璃底片后来也不知道弄到哪去了，现在的白马湖边，有弘一法师的晚晴山房，有丰子恺的小杨柳屋，有夏丏尊和朱自清的故居，但是没人知道这些珍贵底片的下落。

这篇小文章匆匆写于去奔丧的飞机上，伯母过世了，即将举行遗体告别仪式。再差一个月，就是她九十岁的诞辰，望着窗外云海，我想到更多的竟然是李叔同，是初识弘一法师的岁月。

2008年12月4日

圆霖法师的回忆

我对佛法一窍不通，这是门很深的学问，始终敬而远之。读旧书常会遇到妄谈禅三个字，知之为知之，不知道就是不知道，因此总是提醒自己，虚心使人进步，低调是一种美德。见了菩萨要先磕头，这是表达敬意，我虽然不懂佛教，无缘进入法门，但是敬仰几位修行的法师，也见过一些很好的和尚，他们给我的基本印象，都是认真，都是不打诳。大家都习惯用俗世的目光打量那些信佛的人，习惯以小人之心，度君子之腹，其实我们什么也不知道。

一九八二年的一个春天，一位大学同学火车上结识了一位和尚，两人聊了起来。和尚说，你的面相很有佛缘，不妨到我的小庙来看看。于是同学便拉着我一起去拜访，小庙叫兜率寺，在江浦老山的丛林中，现如今要去很方便，当年绝对不容易，骑自行车，摆渡过江，要翻山越岭，得大半天时间，去了，不在庙里住下是不行的。

这位和尚就是兜率寺的住持圆霖法师，见了我，也说面有佛缘，说如果与佛学有兴趣，应该是很有前途。当时我正面临大学毕业，那年头，大学生青春气盛，牛得很，对前途并不担心。况且他说的那个前途，差不多是要让人出家，这当然更不靠谱。圆霖法师说，修行最好是能够出家，不过你只要有心，在家当居士也是可以的。我不记得对他说了什么，反正有些心不在焉，胡乱敷衍。为了表示自己对佛学也有一知半解，随口提到了李叔同，一听到这三个字，圆霖法师顿时满脸红光，问我是如何知道弘一法师的，说这个人可了不得，能知道这样的高僧，太有缘了。

  在今天，知道弘一法师的人太多了，在上世纪八十年代初，年轻人大都不知道这人是谁。我只能回答说曾听祖父提起，又说李叔同的至交夏丏尊先生是我们家远亲。圆霖法师满脸红光的样子让我不知所措，显然是对李叔同非常敬仰，他实在太真诚了，跟这样的人敷衍你会感到心中不安。

  圆霖法师喜欢书画，他的卧室就是画室，四壁皆字画，迎面一张很大的林散之，看内容，原来与林老也是有交往。圆霖法师的字很有弘一法师的味道，很淳厚，我看了喜欢，开口问他要字，他就把刚写给弟子的一幅小字递给我看，说你先拿着这张吧，我待会再给你写。这事情后来没了下文，因为我们一直在听他说，除了吃饭睡觉，他始终都是在开导我们，写字的事搁在了一边。

  这次会面，印象最深的不是圆霖的字画，而是刚吃过就肚子饿，不管吃多少，一会便饥肠辘辘。这是非常奇怪的事，你可以说是庙里的食物不扛饿，总之，所有的注意力不知不觉地都集中到了自己的胃上。我读过李叔同的断食日记，形容饿的感觉有"腹中如火焚"和"腹中熊熊然"，当时就想，我注定是个俗人，不说别的，就这一个"饿"字的门槛便迈不过去。坦白地说，我们完全是因为饿逃下山去，想不明白为什么会突然饿得这么夸张，这么忍无可忍。让人百思不得其解，一到山脚下，我们竟然就不饿了。

若干年以后，古鸡鸣寺重修，形神兼备的罗汉画像都是圆霖法师所绘。一位女居士听说我见过绘画的画师，非常激动，说人生有四个幸运，你已占据其三。有幸成为人，没当畜生；有幸成为男人，而不是做女人；有幸遇到明师，这是很了不得的缘分，圆霖法师是当代最出色的法师，在佛教界有着很高的地位。十全十美只剩下最后一个，那就是有幸进入佛门。女居士的话让我感到惭愧，同时也没太往心上去。

又隔了若干年，我太太学会了开车，心里便琢磨周边可以去的地方，很自然地想到了兜率寺。于是开车过去，太太觉得这地方很美，很幽静，适合隐居，我便告诉她当年更美，更幽静，更适合隐居。没有通往山上的公路，连山门都没有，就几间破房子，柱子都是歪的，比现在要小很多很多。当然了，即便是到现在，兜率寺还是一座小庙，一点都不金碧辉煌，还是没有几位和尚，但是圆霖法师的名声早已传出去。坊间有"徐悲鸿的马、齐白石的虾、圆霖法师的观音菩萨"，他的名声之大完全出乎意外，据说有许多藏家和官员都喜欢他的字画。不少寺庙挂着他画的佛像，看到这些佛像，我心中不免一阵涟漪，情不自禁会想到当年的会面。

再次见到圆霖法师，老人家快九十岁，由于画名传开了，想见他一面不容易。我远远地看着法师的寮房，门前挂着牌子，上面写着"师父休息"四个字，心里便不忍打扰。带着太太四处看，向她介绍这地方原来的样子，告诉她哪些字是圆霖法师写的，分析他的字与弘一法师的区别。盘桓许久，走着走着又绕回到圆霖法师的寮房前，"师父休息"的牌子还在，却看见不时有人进出。太太知道我非常想见法师，说人家不是照样进去，你干吗不试一试呢。

还是鼓不起这个勇气，我对太太说，就算了，凡事都是缘。今天能来到这里，与法师隔墙相望，已经心满意足。这时候，一名老和尚从里面出来，太太便上去搭讪，说我先生二十多年前来过这里，与老住持有过交往，今天旧地重游，很想再见一见圆霖法师。老和尚说这还不简单，你们直接进去就是了。太太指了指门上的牌子，老和尚摇摇手，意思是说别理这个，进去吧。

圆霖法师居然还能记得我，他确实老了，完全不是二十多年前喋喋不休的模样。反应略显迟钝，说话要慢上半拍，很安静地坐在那里，慢吞吞地回应我的问候。我突然发现自己只是非常地想见圆霖法师，真见面了，却不知道说什么好，一时间，感到非常羞愧。穷巷唯秋萍，高僧独坐门，二十多年，法师还是那个法师，隐居在此山中，依然一尘不染，我再也不是当年的那个幼稚的学生，早已满头华发，一身尘土。

圆霖法师为我写了一张字，这是对当年许诺的一个了结。回去路上，既高兴，又若有所思，很想与太太讨论，如果真有缘进入法门，一直隐居在此山之中，又会是一种什么样的人生。然而这话说不出口，我爱我的太太，我们在一起无怨无悔，事实上从未有过真正的出家念头，偶尔会想到隐居，想过几天与世隔绝的清净日子，也无非以退为进，一闲对百忙，自己依然还脱不了那个俗字。

2012年6月1日

苏北水乡的感伤

要不是亲眼所见，真不相信苏北也有个与江南一样的水乡。江南水乡是个固定词组，看到江南就想到水乡，看到水乡便认定江南。我是在南京长大，父母是苏南人，亲戚生活在苏锡常一带，受环境影响，满脑子苏北的错误观念。读万卷书才能见多，行万里路方可识广，自忖读的书不算少，跑的地方也丰富，偏偏对近在身边的苏北有些糊涂，糊涂得几乎可笑。

我始终弄不明白三泰是哪三泰，刚有些知道，又糊涂了。我糊涂，周围朋友也是不清不楚。在行政区域划分上，我弄不明白三泰与扬州和南通的关系。这是一个典型的苏南人思维定式，过去中原地区的人看不上江南，把长江以南的大好河山，统称为江表，表者，外也，中原人的眼睛里，江表意味着长江之外。苏南和苏北的隔阂是历史造成，如果我没有记错，在明朝以前，苏南苏北没什么瓜葛，并不归一个行政长官管辖。苏南苏北成为一省，是明朝皇帝包办婚姻的结果。以中国大历史的眼光看，苏北一向看不上苏南，后来苏南开始攒几个银子，经济繁荣了一些，便也不把苏北人放在眼里。

好出门游玩的人都知道周庄，知道同里和甪直，喜欢拿它们来见证苏南的繁华。其实在长江下游，类似的水乡古镇有很多，说出来大家不相信，当年只要是个名镇，江南江北都这样。一年前的清明，我有幸去苏北参加溱潼会船节，看十里溱湖竹篙如林，千舟竞发，那种热闹至今不能忘怀，但是记忆深处最刻骨铭心的，还是当地人回忆往事时流露出的懊悔。位于苏北水乡的溱潼，说起周庄便不服气。不服气自然是有理由，溱潼的历史和规模，不仅可以与古镇周庄媲美，甚至有过之无不及。

上世纪八十年代初，为适应形势发展，千年溱潼突然想到了出新，所谓出新，是不顾一切毁旧。结果古河道填了，老房子拆了，原有的大好格局，一转眼都被人为破坏。历史的经验值得注意，发展不一定是好事，有时候只是灾难。如今走在溱潼麻石铺就的深巷里，跨过小桥流水，拜访老井当院的民居，仿佛走进了往日岁月。溱潼古镇更像一块华丽的碎瓷片，它五光十色，折射出了苏北水乡有过的辉煌。作为匆匆游客，面对随处可见的历史沧桑，难免一种说不出的感伤。

已成为旅游热点的江南古镇周庄，能有今天，不是因为发展，而是因为不发展。直到上世纪八十年代中期，周庄仍然很闭塞，著名的阮仪三教授从上海过去，近在咫尺，单程却得花两天时间。是闭塞和落后保护了周庄，想破坏还没来得及。溱潼很遗憾没遇上阮教授那样的高人，历史无情，一旦毁坏了，便不可能再恢复。

2005年3月15日

城市的幸福感受

我上大学的时候，中文系还是很小的系。毕业以后，有同学分配去了南通，那年头全国分配，动辄五湖四海。临行前，不免互相叮嘱，苟富贵，无相忘。这一届赶上好时光，所谓好，清一色大城市好单位，分到南通已算吃了亏。我这位同学热情好客，最喜欢尽地主之谊，老同学路过南通，若不拜他这个码头，就忍不住要生气。人这个玩意儿，难免有怕别人不知道的毛病。富贵不还乡，如锦衣夜行，混好混阔了，无人去问津，也是一样道理。

南通是个很适合老百姓居住的地方。我的这位同窗，最想向老同学传达的，其实还是这么一份简单心情。他的基本观点是，人活着是为了过日子，而过日子，莫过于生活在南通。生活在此地很容易让人产生一种幸福感，风景如画，有狼山，有濠河。价廉又物美，工资不比别的地方低，姑娘比别处的好看，房价也没有被温州人炒上去。起初我并不太赞成这种自大的观点，人要是有点钱，有点权，在哪过日子都好。反过来，没有钱，没有权，在哪讨生活都不爽，都不痛快。金窝银窝，不如自己的狗窝，从来都是说说而已。

　　印象中，好像什么地方，多少年前都是大海，连最高的珠峰也是从海底里冒出来的。沧海变良田，这就是历史。我发现南通的演变很有意思，很多年前，它只是长江下游靠海的一个小沙洲，长江之水天上来，奔腾到海，不愿意再回到天上去。它把上游的沙土带了下来，长江滚滚，泥沙俱下，于是就有了南通。用形象来举例，万里长江是条巨龙，下游入海口为龙头，当年的南通就是一条伸出去的龙舌头。渐渐地，龙舌头越长越大，动弹不得了，竟然和大陆粘到一起去，成了长江巨龙的上嘴唇。

　　龙有上嘴唇，自然也有下嘴唇，这下嘴唇就是上海。一提到上海，南通人立马就来了精神。如果让南通的这个上嘴唇，和上海的那个下嘴唇，两者相互联动，像鱼嘴一样能够唖巴起来，长江三角洲的经济腾飞，必定会达到一个新的高度。我对经济学没有研究，不过一些傻道理也明白，在长江三角洲，谁傍上了上海这个大款，沾了这个庞大经济帝国的光，谁就是注定前途无量。

　　南通的前途，会往何处去，显然是我这样的半瓶子醋，说不清道不白。说到前途，说到未来，我忍不住会变成一个保守主义者。保守者总是可笑的，愚蠢的，我不认为像大上海那样，就一定是好。大上海永远只能有一个。我希望南通能更持久地维持那种独特的幸福感受，因为随着经济大潮的汹涌澎湃，越来越多的城市，正在丧失这种感受。

2005年8月9日

沙家浜的记忆

前几年去海南,游览为纪念红色娘子军新建的公园,印象最深,是园子里养了几位当年的娘子军,都是清一色的老太太。有一个保留的节目,将颐养天年的老太太请出来,与游客拍照纪念。公园里很冷清,游客稀少,只听见大喇叭里不停地放着红色娘子军军歌。

与这个冷清形成对比,是不久前去过的沙家浜,那个热闹劲,那个喜气洋洋,不由地让人生出一番感慨。同样是样板戏,同样是"文革"那个怪异时代的宠儿,阴晴两重天,待遇完全不一样。仔细想也不奇怪,其实早在当年,两个戏的受欢迎程度,就已经有了高下之分。

前者的芭蕾舞太雅了,不比粗俗的迪斯科,谁都敢站出来乱蹦几下。也进不了KTV包厢,要唱什么卡拉OK,要联欢娱乐一番,样板戏中最合适的表演节目,便是"智斗"。八个样板戏中,最有人缘最有群众基础,算来算去还是《沙家浜》。譬如当地的一位女宣传部长,就可以在大会上曝光自己的经历,说当年读中学,学校里排演《沙家浜》,她本人特别想演阿庆嫂，偏偏没选上，被选上的那位，又是一位笨女孩，记不住台词，结果未来的女宣传部长，只能躲在后台为人家提词。

能不能在《沙家浜》中扮演一个角色，可以生出不同的人生故事。很少会有女孩子觊觎《红色娘子军》中的吴清华，她像戏中的木偶丈夫一样，太单薄了，一点都没趣。女孩们向往的是阿庆嫂，为什么呢，因为这个人物好玩，有戏，是个两面派。人生之乐，莫过于当好人演坏蛋，既过了坏人的瘾，又保持着好人的名声，正邪两道的好处都占了，不亦乐乎。

不只是学校的女孩想演阿庆嫂，剧团的专业演员，对这个角色更是朝思暮想。可以肯定，演过阿庆嫂的人数，如果统计一下，业余和专业加在一起，一定史无前例。京剧不算，在"文化大革命"中，只要是个剧种，一定移植过《沙家浜》，只要是个女主角，一定演过阿庆嫂。

我自小在一个剧团大院长大，扮演阿庆嫂的女演员都认识，掰起手指清算，前前后后老的少的，演过阿庆嫂的竟然超过了十个。通常一部戏的女一号，只有A、B两个人，可是偏偏是这个阿庆嫂，扮演者浩浩荡荡。要说剧团的男男女女，也就几十号演员，一个阿庆嫂的角色，像小孩子过家家一样，皆大欢喜，给多少女人带来过满足感。

扮演新四军的男演员，除了郭建光，基本都跑龙套。戏结束前有个小高潮，战士们在指导员的率领下，翻跟斗跃过一个不矮的院墙。业余剧团通常玩不了，就连专业剧团，也不免要去杂剧团引进人才。我认识的一个男演员，没怎么见他演过戏，却天生能跳高，别人翻跟斗翻过围墙，他倒好，像跳高运动员那样跳过去，这在当时是一绝，观众目瞪口呆。

2006年5月11日

养在深闺人已识

提到贵州，不外乎几个关键词——茅台酒，黄果树。出好烟好酒，有好山好水，这样的地方，照例可以吸引游客。朋友邀集游玩贵州，知道几位已游览过黄果树，便说还有比它更好玩的地方在恭候。自然是不太相信，心虽然动，却存着疑惑。

糊里糊涂地到贵州，主人介绍要去的地方，来头更大，言之凿凿，竟然敢说比九寨沟更好。于是好奇心顿起，仍然有点不相信，胃口吊上来了。一行人都有出游的经验，不怕上当。首先是一帮熟悉朋友聚一起，有了好玩的人，地方的好坏已退居其次。再说谁都知道贵州有山有水，风景再差，也不可能太离谱。

抱着这么一种平常心出门，用时髦的话说，这才叫有境界的休闲旅游。去的地方叫荔波，在黔南，路不难走，从贵阳出发，还要花五个多小时。高速公路时代，这就是很遥远的路程了。去的那天，贵州省的一位省委副书记，带了本省的几位厅长，到荔波现场办公。目的是为了加大荔波的开发力度。据说未来贵州的发展重点,是大力发展旅游,而发展旅游的突破口,就是选中了这个荔波。

养在深闺人未识的荔波,已被揭开了神秘面纱。箭在弦上,想不发出去都不行了。我们一行人中,有在张家界大开发前去过张家界的,有在九寨沟大开发前去过九寨沟的,此番到了荔波喀斯特风景区,都有一种过来人的得意和感慨。得意之处,是自己见多识广,早就是休闲中人,早就有机会游山逛水。感慨便太多了,一个好的风景区开发,难免伴随破坏,智者千虑,必有一失。不开发,游人难以尽兴,开发了,忍不住伤心可惜,忍不住要像九斤太太一样痛说革命家史,当年如何好,过去怎样人少。

丝毫没有反对开发的意思,螳臂当车,不自量力,我才不会做这种傻事。我们只是感到庆幸,能先睹为快,先看一眼处在开发初级阶段的荔波,看看这个被中外专家誉为全球喀斯特地貌上,保存完好绝无仅有的绿色宝石。有一天,人们聚在一起,像谈论张家界神农架九寨沟那样,神采奕奕说起荔波这个地方,我们几位可以略带卖弄地宣布:

"这地方,早就去过了。"

我不会在这篇文章里为荔波做广告,网络时代,想知道荔波的种种神奇和出彩,上网搜索一下就行了,铺天盖地的宣传文章,可以吓你一跳。山青灭远树,水绿无寒烟,张爱玲的名言是"成名要趁早",出去玩,也是一样道理。很多人都去的地方,不去也罢。要玩就玩一个新鲜劲,要玩就玩一个原生态,晚了就来不及。如今的深闺,都是相对而言,好日子得赶快过，人这玩意儿实在太厉害，好风景隐藏得再深，迟早都会将你揪出来嫁人，而且是包办婚姻，不管你愿意不愿意。

2006年5月19日

翻越高黎贡山

我的地理知识比较差，常绕不清东南西北，据说世界上大多数的山脉，都是东西走向，通常是西边高，东边低。水往低处流，长江黄河就是因为这个缘故，源源不断，一路向东。

当然也有例外，譬如云南西部的高黎贡山，被誉为一座圣山，它南北走向，跨越了五个纬度带，是地球上唯一从湿润热带森林过渡到温带森林，深受生物学家的青睐。凡事只要例外，一定有特殊。简单说，东西走向，在差不多的纬度上延伸，它的生物多样性，远不如南北走向的山脉。我们知道，大多数动物都没有翅膀，气候剧烈变化，造成了相当数量的动物灭绝。有的动物只能生活在南方，有的动物只能生活在北方。南北走向的山脉沟通了不同的温带，气候发生突变，动物可以沿着山势游走，当北方突然变冷，它们可以沿着山脊移动，转移到温暖的南部。

高黎贡山很高，最高处已超过四千。春天去腾冲，从保山出发，必须翻越高黎贡山。主人好意，除了安排了舒适的汽车，还有心给大家一个徒步翻越的机会，由当地武警战士护送。一年前，我曾经有过两次高原反应，一次在四姑娘山，一次在若尔盖。感觉都很不爽，头晕乎乎的，整夜睡不着觉。主人告诉我们，徒步翻越高黎贡山，要十二个小时，一旦走不动，后果不堪设想。

这听上去很刺激，说老实话，爬山我并不怕，想到高原的缺氧反应，心里还真有些发怵。同行的几位女作家，兴奋得忘乎所以。云南本土的海男海惠姐妹，视高山为平地，把缺氧当笑话，不停地为大家鼓劲打气，再三强调机会一旦失去，再反悔已来不及。过了这村就没这店，毕竟这是一座圣山，人的一生能与圣山对话的机会并不多。我犹豫了半天，还是决定放弃，决定追随大队人马坐汽车。从众向来不会有什么大错，我为自己的放弃，找了个很充足的理由。我说已经仔细想过了，突然想明白一个道理，这就是人世间有很多美好，失去其中一两件，也没有什么大不了。为什么一定要徒步翻越高黎贡山呢，不就是在你面前的一座山嘛。

女作家林白体质最虚弱，最弱不禁风，翻越高黎贡山的态度也最坚决。对我的临阵逃脱十分不屑，她愤怒地说："我们的人生价值观不一样！"结果一行人，只有几位女作家，徒步翻越。中国的女人比男人强，又是一个现成例子。临行前，场面不免悲壮，毕竟还有十二个小时的艰难路程，变化莫测地在前面等候。作家出版社的水舟脸色沉重，"风萧萧兮易水寒"竟然脱口而出，总算下半句没敢说出来。大家心里都犯嘀咕，事后算账，说哪有这么掉书袋为人送行的。

我还是有些后悔没有徒步翻越高黎贡山。

2006年7月28日

路过歌德故居

名人故居是道风景,到什么地方,不能不看。我就有这毛病,到了一地,听说有谁谁谁故居,便忍不住要去看上几眼。据说这也是偷窥欲的一种,希望在不经意间,看到意想不到的东西。天下没有无缘无故,老母鸡为什么下这样的蛋,必定事出有因,总有独特道理。温故而知新,看了以往,才能想明白今天。明白了旧社会,才能享受新生活,不能知其然,不知其所以然。

那年路过法兰克福,导游算算时间,准备放弃歌德故居。我一听就着急,说哪怕是看上一眼,进去上个厕所,也比过门不入为好。高山景行,私所慕仰,怎么说也是一个作家代表团,到了人家德国地界,这歌德差不多就是中国的孔夫子了,到门前不朝拜,不烧香磕头应个卯,实在说不过去。于是一路协商,最后放弃了另外一处景点,一行人直奔故居。

不得不承认在歌德故居其实没看到什么。和参观大多数名人故居一样,失望注定是难免的。良好的希望开始,不良好的失望结束，这是人生最常见的写照。因为结果不怎么样，就放弃了美好愿望，这不对。不管如何，到了法兰克福，你只要还是个文化人，这歌德故居一定得去。

或许导游说得不好，或许因为语言隔阂，仿佛一个调皮的孩子，我跟着参观队伍，听了没几句，看了刚几眼，很快便消失在歌德故居，鱼一样自由自在地游进小溪。参观参观，要靠自己的眼睛去看，靠心灵去感受。歌德故居已在二战中完全被毁，现在所见是原址的复制品。这是个大宅子，说明歌德的生活背景，绝非穷人出身。穷人家孩子，享受不了这样那样的教育机会。据说歌德父亲是皇家顾问，这顾问是多大的官闹不明白，反正得是个贵族。

西方没有科举，穷孩子几乎没有出头的可能。耕读传家，书中自有黄金屋，书中自有颜如玉，这类中国式的老生常谈，在洋人没什么意义。东走西看，神游八极，让时光倒流至歌德还在庭园玩游戏的岁月，这时候，中国的曹雪芹正一边喝粥，一边写《红楼梦》。比较两位大师，难免感慨，作家这词如今听着有点时髦，那年头却什么都不是。对于那时代的人来说，无论中外，写作都不是什么好活，都不挣钱，都没地位。无论曹雪芹，还是歌德，都因为喜欢写，而不是这个行当伟大，才选择当作家。他们成为作家，可能有很多原因，说来说去，还是因为写出了作品，写出来才是硬道理。

记忆最深，是躲在墙角的一个巨大取暖炉，那是我见过最厚实的铁炉子，看上去像一头熊，黑乎乎蹲在那儿。猜想它很可能是原物，战火纷飞，只有这么笨重的玩意儿，才可能幸存下来。我喜欢这个在隆冬中给歌德带来温暖的大家伙。

2006年10月26日

古代文人的当官

唐朝的时候，杜甫和岑参同在朝中做小官。那年头没作家协会，不给诗人发工资，又不可以发表拿稿费，只能自娱自乐，相互赠诗打发无聊时光。始终搞不明白唐朝官场职务的大小，只知道这两个诗人，一个是拾遗，一个是补阙，都是不能再小的官。望文生义，所谓拾遗，是给朝廷提些不痛不痒的建议，而补阙，是为朝廷找点不大不小的毛病。搁在今天，撑死了是个科级副处，或者县区级的人大代表。

学而优则仕，这是文人的理想。文人当官，起码在中国古代，从来不是丢面子的事。当个小官也能兢兢业业，这是读书人的本分。不过说老实话，也许与童年接受的英雄主义教育有关，对文人当官，尤其是当弼马温，多少有些看不上眼。十大元帅十大将，我崇拜的都是英雄好汉。文人既然当官，最豪迈的就是投笔从戎，风萧萧兮易水寒，壮士一去，要么不还，要么弄个师长旅长干干。人生一世，出将入相，干就得干出些名堂。

杜甫又被称为杜拾遗，记得刚读杜诗时，总是喜欢不起来，一个重要原因，是诗中常见那些可怜之处。"明朝有封事，数问夜如何"，第二天要去上朝汇报，他老人家竟然紧张得一夜都睡不好，一遍遍问人家几点钟了。当官是有头有脸的买卖，当到这个份上，何苦。杜甫的粉丝硬说这表明了诗人的高风亮节，说人家老杜上朝，汇报芝麻绿豆的小事，也是如履薄冰，辗转反侧，为人臣子就应该这样。要忠心耿耿，不能因为自己官小，就混日子。

岑参与杜甫相比，显然要潇洒一点点，知道该怎么混日子。在写给杜甫的诗中，他描述自己的工作，干干脆脆地说，"圣朝无阙事，自觉谏书稀"。意思是说，今上太好了，让我这个补阙小吏，竟然挑不出什么小毛病。明眼人一看就知道他没说真心话，安史之乱以后，盛世已不复存在，大唐正走下坡路，这谁都能看见。马屁拍得很肉麻，说给杜甫听又有什么意思呢，难道杜甫会把这诗送给皇上看，不可能。

大诗人屈原给人的印象，牢骚满腹，郁郁不得志。众人皆醉我独醒，生不逢时，完全是愤青形象。当年初读《离骚》，或许人太浅薄，学养不足，我怎么也读不出个好来，只觉得老是在闹情绪，一切皆不满意，原因就是楚王不肯赏识，不肯给他一个恰当的官做，不给他施展才华的机会。

另一位大诗人李白也如出一辙，"生不愿封万户侯，但愿一识韩荆州"。这韩荆州什么玩意儿，差不多就是奸臣，给诗人提靴子都不配，李白却偏要冷脸贴热屁股，有辱斯文地去巴结。

百无一用是书生，古代文人当官，当好的，扳指头数数，真不多。

2006年11月8日

关于顾阿桃

今天的人不知道顾阿桃,就像四十年后,人们将不再记得眼下最当红的歌星影星。四十年前,一字不识的顾阿桃,牛气冲天地登上天安门城楼,和毛主席他老人家一起,向欢呼着的人民大众挥手。

毛主席挥着他的军帽,说:"人民万岁!"

徐娘半老的顾阿桃会说什么呢,大约只惦记着一遍遍地喊"毛主席万岁"。这个一字不识的农村妇女,这个特殊时代的特殊人物,在"文化大革命"的血雨腥风里,因为"活学活用"四个字,不但当上了九大代表,而且还进入大会的主席团。人生如梦,不用再说这个那个了,就凭她能如此轰轰烈烈一场,已是何等荣耀和耐人寻味。

顾阿桃最风光的日子,我刚好十岁,在江阴农村上小学。那时候江阴不像现在这么富裕,穷得仿佛万恶的旧社会,连电灯都没有。学习顾阿桃的热潮突然开始了,老师带着我们去一户学习毛泽东思想积极分子家参观,这是全大队最穷的一家人,虽然当时大多数农民都把猪养在家里,都有猪粪臭,可是像这位老农家这样又黑又脏又臭,真是不多见。

　　老师是位复员军人,他把我们领了进去,自己捂鼻子走了,留给他的学生一个艰巨任务,数数有多少幅毛主席像。在这位老农的家里,到处都是毛主席像,用绳子像晾衣服似的挂着,我们数了一遍又一遍,结果还是没有数清楚,所有的同学都忽视了在林副主席的胸口,还挂着一枚小小的毛主席像章。

　　四十年后,在顾阿桃旧居,听说这里当年也是到处挂着毛主席宝像。多少年来,一直以为是我所知道的那位老农独创,现在终于明白,原来还是顾阿桃的原创传到了离此地不远的江阴,传到了我所在的那个生产大队。

　　顾阿桃性格开朗能说会道,这一点,不由让人想起了《沙家浜》里的阿庆嫂。辉煌十分短暂,她是叶群培养的典型,林副主席折戟沉沙,好日子便到了头。虽然贵为省革委会常委,相当于今天的省委常委,顾阿桃的遭人白眼,很快就是家常便饭。还是同为大老粗的许世友将军给她面子,说"我们那么多人都给林彪蒙了,她一个没文化的农村妇女,上当受骗又有什么奇怪"。

　　如果顾阿桃活着,今年正好九十岁。她的老公还健在,一个不能再老的瘦老头子,眼泪汪汪有些辛酸地看着我们,知道来参观的这些人,好奇的目光都是冲着他死去的老妻。往事不在,据说他当年很不赞成妻子的行为,一个女人不安分守己,抛头露面出风头,何苦呢。

顾阿桃一生清贫,她的旧居像个标本,破败,哀怨,充满历史沧桑。在它周围,一座座漂亮小楼房拔地而起。此地农民正令人难以置信地致富,他们对顾阿桃的美好记忆正在模糊,也许,很快就会真忘了。

2006年12月6日

乡关何处

少年时代背过些唐诗，大都有口无心，背了也就背了。不求甚解，反正那时候"文化大革命"，读唐诗是吃饱了撑着，没事找活解闷。其中有一句念念不忘，"日暮乡关何处是，烟波江上使人愁"。背得滚瓜烂熟，隐隐地有那么点愁意，始终想不太明白"乡关"是个什么东西。

柳永的一首词中，有"万水千山迷远近，想乡关何处"，这个乡关，自然还是明目张胆从唐诗那里抄来，而唐诗中的乡关，又更是古代文人笔下的爱物。打起笔墨官司，这就是版权纠纷。唐诗宋词中有很多抄袭，好在古人不在乎这个，当然，也没办法在乎。

学问学问，最害怕别人问。有一天，突然有人问我，什么叫乡关，冷不丁儿把人给问傻了。答案就在嘴边，不敢轻易说出来。提问的穷追不舍，成心要看人笑话，我于是脱口而出，大大咧咧地说"乡关者，故乡也"。这是典型的望文生义，无知就胆大，胆大就可以乱说。没想到提问的这位反倒不吭声了，我心里不踏实，回家偷偷查字典，见了鬼，厚厚的书上也是这么说的。

辛亥革命前，少年毛泽东离开了家乡，出外闯荡。这是他人生历程的第一个重要转折，临行前，改写了一首诗，夹在父亲每天必看的帐簿里。诗是这么改写的，"孩儿立志出乡关，学不成名誓不还。埋骨何须桑梓地，人生无处不青山。"我不知道少年毛泽东是否知道乡关的本义，反正为了合辙押韵，只能是出"乡关"，而不是离"故乡"。

我们现在见到的这个乡，是个简化字，字一被简化，就不太会去想它的本字。繁体字的"鄉"，还多少能看出一些古趣。根据甲骨文的造型，是两个人相向对坐，共食一簋。乡的本义是用酒食款待别人，在中国文化中，吃向来是个重要内容。民以食为天，离家万里，出门在外是吃，荣归故土，衣锦还乡大快朵颐，还是吃。为客黄金尽，还家白发新，就算是混得不好，穷困潦倒囊中羞涩，无颜见家乡父老，回到老宅里还得喝酒吃肉。

乡愁是个奢侈品，是文化人没出息的表现。唐诗宋词中，有一大堆乡愁。大丈夫马革裹尸还，真英雄豪情万丈。好男儿立志出乡关，不混出点名堂，绝不惨兮兮把家还。毛主席是真牛，"别梦依稀咒逝川，故园三十二年前"，诗虽然不缺乏文人情调，满眼乡愁，可是他老人家一离韶山，愣是三十多年不照面。这一点，一般俗人绝对做不到。大人物中，邓小平更厉害，据电视专题片介绍，他离开故乡，像诗仙李白那样沿长江而下，漂洋过海，去了法兰西，然后回国南走北闯东征西伐，最后做到了西南的封疆大吏，再最后是党和国家的最高领导人，仍然是没有回过生养他的故乡。

一生中最大遗憾，是没离开故乡。没离开，就谈不上归来，就谈不上乡愁。无家可归，不亦哀哉。没有乡愁，不亦憾哉。读唐诗宋词，读元人的小曲，读到关于乡愁的好句子，总有些淡淡悲凉。于右任《望大陆》中写道：葬我于高山之上兮，望我故乡；故乡不可见兮，永不能忘。这诗句深深打动了温家宝总理，为什么，因为写得好。为什么写得好，因为于老夫子离开了故乡大陆，一肚子乡愁。等是有家归未得，杜鹃休向耳边啼，难怪古人会说，欢愉之词难工，而愁苦之音易好也。

月有阴晴圆缺，人有悲欢离合，乡愁的大前提，必须是背井离乡。余光中把乡愁比喻成一张邮票，比喻成一张船票，要是不狠狠心肠走出去，老死在自己的狗窝，撑死了也只能是玩玩集邮或收藏一沓老船票。一位来自乡村的朋友，说起自己老父亲无限感慨，老人家一把年纪，竟然为了变成城里人，兴奋得像个三岁小孩子。他没有文化人的远虑，对自己赖以为生的土地被开发商拿走了，毫无丧权失地之痛，对未来可能有的严重后果全然不顾。一位德国诗人说过，哲学就是怀着永恒的乡愁寻找家园。老人家不是哲学家，他完全被眼前的利益给蒙蔽了，儿子的童年梦想，是成为一城里人，现在连老迈的父亲也是。

昔我往矣，杨柳依依，今我来思，雨雪霏霏。悲歌可以当哭，远望可以当归。城市化节奏越来越快，是好事，当然也不完全是好事。城市化使得更多的人背井离乡，使得充满诗意的乡愁，成了铸铁一般的事实。浩浩荡荡走出去，已成为历史发展的大趋势，客观地说，这不是件让人急得要跺脚的坏事。都说人挪活，树挪死，在眼下这个大时代里，好大的一棵树，从遥远的他乡搬移到大都市里来，都不一定是个死，更不用说战无不胜的人类。不妨想想，人的能耐有多大，不妨再想想，这世界各个角落，又有哪一处没有黑头发黄皮肤的中国人。

孤客一身千里外，未知归日是何年。不管怎么说，真能走到千里之外去，肯定还是个好兆头。在家则为虫，离家则为龙，湖南人毛泽东必须出湘，四川人邓小平一定要出川。伟人自有伟人的道理，为什么人和人会不一样，毛泽东能成为毛泽东，邓小平能成为邓小平，前提都是因为，他们当年勇敢地走了出去。

说来说去，还是不太清楚伟人们的乡愁，会是什么模样。伟人不是普通的平常人，可毕竟也是人。逢人渐觉乡音异，却恨莺声似故山，对大多数人而言，乡愁总是难免，思乡也是注定，回不回故乡都一样。人生之悲，莫过于无家可离，离不了家。其次才是无家可归，归不了家。也许，先潇洒地走遍天下，再带着些乡愁过年回家，这才是最普遍最令大家向往的人之常情。

2007年1月10日

古人也曾包装

三国之后，是司马氏的晋朝，有个叫左思的文人心血来潮，想写三国的旧都。于是构思十年，寻人访事，写成了轰动一时的《三都赋》。结果令人羡慕，过程却不无可怜，因为左思是出身寒门的无名之辈，早丧先妣，除了用功，也没别的什么招数。史料上说，他为了这个《三都赋》，"门庭藩溷皆著纸笔，遇得一句，即便疏之"。

从大门到厕所，一路都备好了纸和笔，有一句赶紧写一句，真是不容易。文章刚写完，就有人"讥訾"，也就是非难，说这是什么狗屁。有个比左思更牛的文人叫陆机，觉得这是个好题材，也曾想写，听说他已先动笔了，便"抚掌而笑"，写信给自己弟弟，说洛阳城里有个傻家伙竟然想写"三都赋"，好吧，等他写完了，我们可以用它来盖酒坛子。

好在陆机还不是有眼无珠，真看了左思的文章，大为赞赏，立刻知道自己不是对手。奇文共赏，在一开始，《三都赋》也就是小圈子里叫好。有个叫张华的文人又为左思出主意，说文章还得靠包装，"君文未重于世，宜以经高名之士"。用今天的话说，得请个名人写序。于是请了一个叫皇甫谧的名角写序，他一说好，别人不敢再说不好，不说不好，一个个都跟着叫起好来。这一叫好，立刻火了，大家争相传抄，结果便是"洛阳为之纸贵"。

我从来没有把《三都赋》读完，只记得其中的"吴都赋"有几句不错。或许生长在南京的关系，对于描写此地的好句子，总是情有独钟。六朝时期的文章，大都是骈文，风格夸张绮丽，左思描写南京的昔日繁华，"挥袖风飘，而红尘昼昏；流汗霡霂，而中逵泥泞"，翻译成流行大白话，就是人太多了，挥袖子扬起的灰尘可以蔽日，身上流下的汗珠滴路上便成一片水浆。

左思长得很丑，他生活的那个时代，很像今天女足球迷爱帅哥，美男子在街上走，往往引来喝彩。有个叫潘岳的文人玉树临风，到处都是粉丝，左思也想"效岳游遨"，在女读者面前露脸，结果"群妪齐共乱唾之"，他只能"委顿而返"。洛阳纸贵并没带来什么太大好处，他也就是火了一阵而已，妹妹左芬与哥哥一样又丑又有才，皇帝要装门面，表示自己有文化，便把她弄宫里当了贵妃，可怜她"姿陋体羸"，很快便打入冷宫。

印象中，左思的诗比赋好。相依为命的妹妹进宫，生离成了死别，他的《悼离赠别》是四言诗，情辞恳切，成就并不在《三都赋》之下。查《辞海·文学分册》，为左思作序的皇甫谧没被收入，本文提到的另外几位文人，虽然名列其中，可惜除了左思，陆机张华潘岳都是被杀，结局十分糟糕。由此可见，对文人来说，那可真不是个好的年代。

2007年3月7日

爱杀诗人

有个和毕加索差不多的画家，当年画坛上也小有名气，老惦记着要和毕加索一争高低。毕加索宽宏大量地对别人说，这家伙是我朋友，他的画确实还不错。那画家是个没心计的，既然毕加索肯抬举，也就不计前嫌，把他当成了知音。两人你来我往，为表示友谊，各挑了对方的一幅画，毕加索花大价钱买下一幅很差的画，那画家也依葫芦画瓢，却买了一幅毕加索的精品。各自挂在自己画室，那画家心想，毕加索真傻，我以劣换精，倒是占了大便宜。他没想到这画跟广告一样，别人跑到毕加索画室去参观，看了他的画，便会忍不住说，这个和毕加索齐名的画家，画怎么这么糟糕。毕加索只好叹气说，有什么办法呢，他的画就这样，可是他觉得画得与我一样好。

人和人玩，最能见智慧，毕加索是上世纪最伟大的画家，也是最会玩人的艺术大师。文人间钩心斗角，总会产生一些有趣的故事。在中国古代六朝，一个叫殷少浩的人，与当时的大将军桓温文才齐名，桓温官大，以傲慢的口气问殷，你和我相比，谁更强一些？殷少浩也是个高人，很有智慧地说，我跟自己玩惯了，还是就做做我自己算了。这话答得十分漂亮，桓温听了无可奈何。不过殷少浩仍然有失算之处，当年曾写过一首诗向桓温谄媚，桓温以此为把柄，时不时要敲打他一下，说你以后别招我，惹火了我，我会把你拍马屁的诗拿出来给别人看。六朝人讲究风流，讲究儒雅，更讲究气节，殷少浩叫人捏着这么一个短，真是一失足，千古恨。

要说玩，殷少浩远不是桓温的对手。这是明争，还有暗斗。唐诗人李贺有个表兄，极其嫉妒表弟，最受不了李贺的地方，是李贺太傲气，根本不把他放眼里，李贺死了，这位表兄为泄愤，竟然将李贺诗稿用最快速度收集起来，然后全部"投溷"，也就是投到了茅厕。这事记录在了《幽闲鼓吹》一书中，还被清人当笑话写在了戏里。

唐诗人张藉喜欢杜诗，他是超级粉丝，追星方式有些特别，具体做法是将杜诗烧成灰烬，然后"副以膏蜜"，当补药吃。这一招真邪门，用张藉的原话就是，"令吾肝肠从此改易"。当然，最恐怖的还是宋之问，这位老兄也是唐众诗人中的一个，看中自己外甥刘希夷的诗，喜欢那句"年年岁岁花相似，岁岁年年人不同"，为了据为己有，竟然"怒以土囊压杀之"，将刘给活埋了，这事今天说起来，都让人毛骨悚然。

宋之问在文坛上留下恶名，除了"爱杀诗人"，还因谄事武则天男宠张易之张昌宗兄弟，"天下丑其行"，为士林所不齿。唐玄宗也很讨厌他，刚当上皇帝，便下诏赐他一死。

2007年3月10日

举子过夏和夏巢

过去科举，一般在春天进行，举子大考又叫春闱。考中者春风得意，一日看尽长安花。考不中的，哭丧着脸回家。也有不回家的落弟秀才，眼见炎热夏天即将来临，就在附近找个清静地方读书，准备再战来年。这个就叫举子过夏，用今天的例子，是复读生补习应考。过去科举几年才进行一次，于是举子要过夏，时间上还真有些漫长。

南京有个比较有名的景点，叫清凉山，说比较有名，是因为其他地方更大名鼎鼎。在清朝时，有位叫管同的文人官场不得意，回老家隐居，就住在清凉山附近。朋友常来拜访，穷在闹市无人问，富在深山有人寻，这位老兄也没什么钱，不过是能写几篇文章，好掉掉书袋，是桐城派中的一尊人物，喜欢奇文共赏的人愿意去拜访，他呢，也乐意与文友一起领略山水。

好地方很快玩得差不多，有一天一位姓王的朋友来访，说附近的清凉山不错，那里的扫叶楼非同寻常。管同不以为然，不相信家门口会有好风景，然而盛情难却，只能一起去喝茶。没想到一喝茶，登高而望远，近接城市远挹江岛，烟村云舍沙鸟风帆，万千气象都在眼前。于是乎一阵感慨，好文章立马写出来，喜欢读古代散文的应该都读过那篇《登扫叶楼记》。

人之常情，骛远而遗近，总喜欢跑远一些，最好能出国旅游。因此最容易犯的错误，是对身边美景熟视无睹。清凉山在南京城最西面，石头城就是沿此山势而建。除了扫叶楼和石头城遗址，这一带有名的还有崇正书院。二十年前，汪曾祺先生来南京，我陪着去中华门城堡，又到清凉山登扫叶楼。汪先生是地道文人，很满意我的导游，夸完城堡，对扫叶楼无限向往，只感叹再也看不到滚滚长江。

当时并不知道崇正书院，我自恃对南京掌故了解不少，汪先生更是博览群书，竟然失之交臂过门不入。一耽误就是二十年，我已搬到龙江居住，离这很近，几年前蔡兄玉洗重修书院，听介绍查资料，才知道大有来头。原来崇正书院始建于明朝，取文天祥"天地有正气"之义，曾经历过许多文化名人。

这年头，敢玩一把书院的，必定儒雅，同时也得有经济实力。蔡兄原是出版社社长，后来当大酒店老总，赫然已是文化大鳄。新整修的崇正书院，品位规格之高之典雅，可比五星酒店。蔡兄雅意，吩咐为其中一间客房命名，并宣称这将是我的专用书房。戏言岂可当真，我想到了"举子过夏"，就取名"夏巢"。坊间于是盛传我有间豪华的私人书房，记者也几次追问，仿佛藏娇之金屋，越传越离谱。我只能据实禀报,清凉山崇正书院确有几间很不错的书房,据为己有绝不敢当,也不可能,枉担了一个虚名而已。

夏日酷暑,此地大树浓荫,山风西来,是个读书的好地方。

2007年7月24日

江南，天堂和生态

江南给人的印象总是湿漉漉、绿油油的，弥漫着水气，可是只要手头有个地球仪，像小学生那样用手指按着转一圈，就会发现在江南这道纬线上，很多地方都是沙漠。专家告诉我们，隆起的青藏高原挡住了什么风，于是美丽的江南有了今天。

生态这玩意儿无所谓好坏，适者生存，优胜劣汰，今天说起某地的生态好或者不好，通常都是以人为本，夹杂着太多的人类观点。人既然有幸处在生物链的顶端，我们的评判难免自说自话，难免有点霸王条款。人说江南好地方，都这么说了，它就是个好地方。

在秦汉之前，江南并不是很好，天下分成九等，江南排在最后一位。那时候西部的人很牛，看不起东夷，北方人也很牛，眼里基本上没有南蛮。江南的生态并不宜人，杂草丛生，野兽乱跑，夏天残酷地热，冬天非常地冷，用蛮荒这两个字来形容一点都不过分。

时至今日，虽然空调已相当普及，每到严冬烈夏，江南人仍然叫苦不迭。江南能成为好地方完全得力于人工，汉人在北方失败了，狼狈地逃到江南，于是就大开发，北方的生产技术被引进，北方的生活方式开始流行。河流被整治，良田被开垦出来，东晋以后，江南开始富裕，开始越来越适合人居。江南的落后地位终于变了，大家不再轻视，不再觉得此地原始和野蛮。

　　说起一个地方的生态环境，首先是强调它的自然属性，但是我们的内心深处，还是忽略不了一个贫和富。因此生态说到底，既是自然的，也是非自然的，对人类来说，纯粹离开了人的生态并不存在。以苏州为例，我们心目中的那个"水陆相邻，河街并行"，这个良好的传统并不是天生，它显然得力于人工。宋朝时金兵大举入侵，把城市破坏得不成模样，苏州人索性推倒了重来，引水进城，有计划地开凿一条条河道，构成了非常完善的城市交通系统。太湖在城西，大海在城东，湖水潺潺东流，前街后河家家临水，从此便成了日常生活的情景。

　　把生态理解成适合人居无疑有些狭隘，不过自东晋开发江南以来，总体的路数还是和谐的。古人讲究天人合一，江南的发展虽然缓慢，这里的老百姓能安居乐业，似乎众口一词。人人尽说江南好，游人只合江南老，大家提到江南，都是一个好字，要不就是离不开一个富字。鱼米之乡也好，富得流油也好，在老百姓心目中，幸福指数首先还是一个温饱问题，有了这个，下一步才是享受和发展。春来南国花如秀，雨过西湖水是油，江南不止是一个风光秀丽，毕竟好看还不能当饭吃。

　　幸福的另一个重要指数是比较，别人饥寒交迫，自己还有点温饱，这就是最大的快乐。多少年来，江南一直以鱼米之乡自豪。江南人喜欢卖弄自己上缴的赋税，古人是这样，现代人还是这样，只不过把赋税改称为GDP。上有天堂，下在苏杭，江南人自恃富裕，永远也改变不了感觉良好的毛病。事实上，多少年来，江南一直存在着一个过度开发的隐患。此地是中央财政的支柱，自从有了大运河，江南的财富源源不断地被运往北方，如果大运河是中国古代交通的大动脉，那么流淌的便是江南的血浆。

　　江南人是天生的劳碌命，习惯可以成为自然，大家难得去仔细品味，为什么苏杭是天堂，这话究竟是什么人说的，又有什么样的深刻含义。对于中国的老百姓来说，"天堂"不仅仅是有多富庶，它还有一个更重要的衡量指标，这就是应该能够远离战乱。江南自古以来便是太平的年月居多，宋朝时期中原地区战事频繁，民不聊生，大批难民纷纷避祸南下，他们来到江南，看到一片和平景象，便产生了一种恍若来到天堂的感觉。苏杭像天堂最初正是出于难民之口，由此可见，这个谚语的隐含是一种辛酸和无奈。

　　开发永远是一把双刃剑，自东晋以来，由于生产力水平限制，江南的总体发展还不太能对生态造成致命的毁坏。没有必要过分地夸耀古代江南的繁华，事实上只要国泰民安，到处都可以成为天堂。而且仅以繁华二字看，古人和今人各有千秋，东南西北都有特长。今天的江南正在创造前所未有的经济奇迹，同时也以惊人的破坏力，迅速改变此地的生态环境。一方面，江南比过去更有钱更阔；另一方面，原有的小桥流水，原有的迷人风光，正一天天减少和消失。

身在福中不知福，天堂往往是别人眼里的感受。在现代人心中，逝去的江南永远是一个痛。不要说唐诗宋词，就是几十年前的江南，如今也已无迹可寻。工业化城市化彻底颠覆了鱼米之乡，大片的水田没了，那些翡翠一般的禾苗曾经是最好的湿地，在不经意间调节着江南湿热的空气。潮汐没了，河水不再流动，水面也不再有波澜，水污染触目惊心。农民兴高采烈地住进了小楼，房子一个劲地拆了盖，盖了拆，到处都是脏乱的工地。绿色的竹园基本上没了，成片的桑园没了，农村的概念眼见着就要不复存在。

也许江南的过去，并不是真正的天堂，但是今天的生态，正在不可逆转地恶化。江南人最勤奋，江南人最能吃苦，如果一味勤奋和吃苦，只是走向事物的另一面，这结果实在得不偿失。以人为本是社会发展的底线，也是我们必须要追求的终极目标。历史地看江南，因为人工，它变得美好，变得越来越人性化，而现在要做的，就是不能再人工地将它变得更糟，变得越来越不人性化。

2008年1月11日　南山

芥子园在什么地方

浙江朋友来南京玩，狡黠地问芥子园在什么地方，我立刻犯糊涂，一时真答不出来。他早料到结局，笑着说在兰溪，我连声嚷嚷不可能，芥子园在南京，众所周知，差不多文化人都晓得，怎么会跑到浙江去。

朋友为家乡辩护，说李渔是浙江老乡，籍贯是兰溪。我听着不乐意，说李渔在江苏长大，一口苏北话，与浙江的关系，也就剩下一个籍贯。这话有点较真和赌气，李渔叶落归根，毕竟死在杭州。胡搅蛮缠地抢夺历史文化名流，不仅有失风度，而且十分俗气。但是就算李渔浙江人，人是活的，园子是死的，芥子园明明建在南京，怎么可以把它移到浙江兰溪。

朋友说，上网一搜索，就知道它在哪了。他拿出笔记本电脑，无线上网查寻，果然跳出许多崭新的图片。我看了不以为然，原来是个货真价实的假货。朋友说知道它假，问题是真的在哪，又有谁能拿出一个真货。芥子园早没了，它曾经辉煌一时，大出风头，然后无影无踪。人去园废，沦为菜地，盖起了房子，旧房没了，又盖起新高楼。今天，专家或许能告诉你大致什么地方，譬如南京城的西南处，譬如秦淮河边，说白了，也就是给人一点历史信息和文化破烂。

李渔搁历史上，是个可有可无的人。不喜欢的，觉得他旁门左道，聪明过于学问，立身不谨，甚至有些下流。喜欢的，认为他非常了不起，多才多艺，戏曲和小说都玩得不错。他的喜剧，与同时代的莫里哀可以一拼。代表作《闲情偶记》，后来的很多文化人极力推崇。他在南京的别墅芥子园，被誉为园林艺术的经典，而在这编辑出版的《芥子园画谱》，成了中国画的教科书。

文化正在变得越来越时髦，李渔的行情也越来越看好。重建芥子园，成了许多有识之士的梦想。浙江人捷足先登，南京方面也在喋喋不休，为选址暗暗较劲。园址应该在什么地方，公说公理，婆说婆理，个个理直气壮。我们总是习惯再造历史，政协委员毅然请命，政府官员慷慨立项，劳民伤财在所不辞。为此，我的观点很简单，真迹既然不存在，假的赝品建哪都多余。

不妨把芥子园建在内心深处，人的脑袋只有椰子那么大，却能装下万卷诗书。如果我们的心里有，现实世界是否重建一个芥子园，已根本不重要。如果没有，再造十个八个也白搭。重建芥子园，完全可以成为虚拟的事实，按照这个思路，尽可能地出版李渔原著，多写一些与他有关的文字，充分发表不同观点，编丛书或出刊物，在网络上建立一个专门的网站,让物质的芥子园变成精神的文化家园,少花钱,多办事,何乐不为。

2008年7月4日

在金华的李清照

和辛弃疾一样,李清照也是山东人,都是我最喜欢的诗人。到了南宋,两位地道的北方人仓皇北顾,一起逃到江南做义民,中年老年都在南方度过,说他们是南方人也不为过。这次去金华,导游小姐为大家背诵李清照留在当地的两首诗词,我恰巧过去也背过,觉得十分亲切。

组织这次活动的《华东旅游报》要我们写几句话,不知道陈村兄如何措辞,反正我因为想到李清照,便随手写了如下意思:

> 到金华就会想到李清照,就会想到她留在这的一首词和一首诗,词十分婉约和悲苦,诗非常豪放和激昂。景色依旧,物是人非,今天的金华显然要比过去更美好,"江山留与后人愁",美景如此,何愁之有。

写完了意犹未尽,觉得有必要补充几句。先说那首词,

"风住香尘花已尽,日晚倦梳头,物是人非事事休,欲语泪先流。 闻说双溪春尚好,也拟泛轻舟,只恐双溪舴艋船,载不动许多愁。"这首词集婉约之大成,一个"载不动许多愁",变虚为实,悲苦之情跃然纸上。

再说那诗,"千古风流八咏楼,江山留与后人愁,水通南国三千里,气压江城十四州"。同样是写金华,同样是写大好河山,诗和词气息完全不一样。李清照显然更传统,在她看来,词乃诗余,诗和词各有所宗,形式不一样,反映的内容也不应该一样。词有词的写法,诗有诗的规矩,标准不同,二者不能合而为一。境界上看,无论词还是诗,都属于第一流。

《儒林外史》中的书呆子发议论,认为八股文做好了,玩什么都行,要诗就诗要赋就赋,一鞭一道痕,一掴一掌血,否则就是野狐禅。这观点当然迂腐,也不无道理。兼听则明,偏信则暗,好的写作者总是要遵循游戏规则,这就好比写古诗必须押韵,要讲究平仄。要想突破,首先要知道怎么才能突破,要知道分界线在什么地方,否则便是没头苍蝇。

李清照是位心高气傲的女诗人,就写作而论,实在是有些真本事。学诗漫有惊人句,评论家常推崇她后期的作品,理由是生活历练,她的晚年十分不幸,所谓不平则鸣,愤怒出诗人,不过显然只说对了一半。写作有时候就是会写不会写,就是你能不能写好,考察李清照前期的诗词,我们不难发现,她的优秀同样不容置疑,真正的写作高手,体物之工抒词之雅,丝丝入扣针针见血。

  造化弄人,是生活决定了我们的写作,可惜不能写或者不会写,终究还是白搭和落空。说白了,李清照在哪都能写出不朽篇章,碰巧她来过金华,这就是此地的幸运了。

2009年8月15日

不喜欢屈原的理由

无意中看电视的文化节目,画家范曾正孩子气地背《离骚》,因为剪辑,开头几句还明白,后面便不清楚。总之是背完了,据网上介绍,他七分钟就把近三千字的《离骚》背完。这相当厉害,不由地感叹,那么一把年纪,还能记住。

如果久经考场,背《离骚》也没什么,我们小时候背主席语录,背老三篇,基本上都能倒背如流。难就难在上了年纪,难就难在一口气不停顿。若给人一支笔几张纸,允许慢慢想,这活或许容易许多,毕竟默写有停顿,注意力也容易集中,可以一边写一边想。当众背诵仿佛演员念台词,具有表演性质,说走神就走神。

凡是中文系出身的人,为了应付考试,都被《离骚》折磨过。它不仅漫长,而且诘屈聱牙,有的字,查了字典还不会读,有的字,会读却不知道意思。记得大学时讨论,一位来自北京的高才生怒不可遏,气鼓鼓地说屈原一点都不谦虚,从头到尾自吹自擂,一个劲地自我表扬,都是我怎么好,别人怎么不好,这叫什么事呀?!

《离骚》在文学史上有着非同寻常地位，但是很长时间，我总是喜欢不起来。理由一，恰如那位同学说的那样，见过自恋的，没见过这么自恋，众人皆醉我独醒，凭什么说你是醒着。众女嫉余之蛾眉兮，谣诼谓余以善淫。理由二，是忍受不了他的忠君思想，为什么要对愚蠢的楚王那么忠心耿耿。

　　屈原一生，都想成为伟大的政治家，治国平天下。事实却是只能洁身自好，长年沉浸在理想的虚幻中。百无一用是书生，屈原放逐乃赋《离骚》，这是苦难出诗人的最好例子，也是文人不得志的安慰剂。东晋的王恭有句名言，"但使常得无事，痛饮酒，熟读《离骚》，便可称名士"。这位仁兄是熟读了《离骚》，可惜不会带兵打仗，结果兵败被杀。

　　这些年来，谈不上多喜欢《离骚》，可是常用它来检验记忆力。遇到无聊的会议，当官的喋喋不休，作家们胡说八道，无良学者慷慨陈辞，我就假装在记录，想一段写一段。说老实话，到今天这把年纪，脑袋里储藏的玩意儿，是黄鼠狼拖鸡，越拖越稀，说不定哪一天，今天还能默写的那些句子，说没就没了。

　　不喜欢屈原的理由，其实都站不住脚。他自恋，文人都自恋。不喜欢诘屈聱牙，在两千多年前，他只能用这种腔调说话，我们今天习惯的时髦词，他老人家不会。当然，最糟糕的是他只能忠君报国，毕竟是书生，毕竟一腔热血，君王昏庸报国无门，也不是他的错。

2010年4月30日

点点香魂清梦里

晚明的秦淮八艳,个个传奇,每一位都侠女,柳如是排第一。一九八六年,在上海一家旧书摊,我花五元钱买了一套陈寅恪先生的《柳如是别传》,煌煌八十万字巨著,以这价格得到,而且精装本,让人又惊又喜,同行的江苏作协领导章品镇先生,一个劲夸会买书。

文化人都喜欢柳如是,那时候我已发表一些文字,跃跃欲试准备当小说家,很想写写这位不同寻常的女人。于是留心再留心,读了不少笔记,后来却不了了之。写的人太多,都一个味。写来写去,关键词避免不了妓女、青楼、冶游、忠君、爱国。无论怎么冠冕堂皇,皆离意淫好色不远,像通俗的电视剧。

多少年来,我一直在琢磨,柳如是身上的文艺才情从何而来。天生两个字,不足以说明要害。柳的出身不可详考,能说清楚的就是,自小卖入娼家,十四岁时,被"吴江故相"周道登家买于勾栏。一开始是周府老夫人侍婢,《红楼梦》中袭人和鸳鸯那样的小角色,深得老夫人欢心。

很快呢，老头子动了邪念，收为小妾，常抱置膝上，教以文艺。由此可见，柳如是文学上的开窍，得益于文人大款。始乱终弃，她很快成了女屈原，周府群妾不能忍受这等异物，谣诼蜚语加害，很快逐出周府，再卖于娼家。一买一卖，出淤泥而不染，身价倒是长了，毕竟"相府"出来的。

柳如是与钱谦益定情前，一直主动出击勇敢追求，努力寻找一位文学上的导师。假以文学知音之名，占过她便宜的男人不在少数，有老有小，七老八十，文坛上刚露头角，都是当时精英，史册上有名有姓。有时候看中人家，有时候人家看中她，好在功夫不负有心人，最后呢，一树梨花压海棠，与一大把年纪的钱谦益修得正果。

钱谦益为爱好读书学习的柳如是建了红豆山庄，筑绛云楼，藏书七十三柜，又在楼下设立床帐，双双栖居。惹得缙绅们惊呼过分，大叫"亵甚矣"。客观地说，虽然相差了三十六岁，不是生逢乱世，钱柳也算美满姻缘。人才两得你情我愿，偏偏遭遇亡国，不能不随着动荡。读柳如是留下的清丽文字，情不自禁地便想到了李清照，一个出自名门，一个出自青楼，以水平论，都该进中国作协，都可以得鲁奖。

点点香魂清梦里，桃花扇底看前朝，与李清照一样，柳如是文艺上的取胜，不止是才情，更有人生沧桑。遗憾成全了美，乱世造就文章，红豆山庄仅剩下一株红豆树，绛云楼毁于大火，钱谦益降清，柳如是悬梁自尽，三百多年前种种往事，后人想起不由歔欷。

2011年3月26日

为谁流下潇湘去

秦观是苏东坡弟子,名列苏门四学士。这几位学生都是文艺上的叛徒,基本上不像老师,风格迥然不同。弟子之一的黄庭坚开创了江西诗派,秦少游则一味委婉,全无大江东去的豪放。譬如"销魂,当此际,香囊暗解,罗带轻分",不仅婉约,而且近乎香艳。柳永的学生可以,李清照的老师也不为过,尽管李对他评价刻薄,说词写得很漂亮,极妍丽丰逸,终是"贫家美女",缺少富贵姿态。

郴江幸自绕郴山,为谁流下潇湘去,这是秦观词中最美的句子,据说苏轼曾书写在扇面上,日日把玩,连连哀叹:"少游已矣,虽万人何赎。"这段子要比苏小妹下嫁靠谱,我还是半信半疑。作为学生,秦观死在前面,白发人伤黑发人,老师悲伤自在情理之中,可是苏东坡多活了不到一年,在生命的最后时刻,都忙着从流放地往内地迁移。

一想到苏东坡以及弟子一次次被流放,我的心就不由地难受。他们很像上世纪五十年代的右派,有一腔热血,莫名其妙地遭遇文字之狱,然后便一蹶不振,踏上贬谪之路,一下子打到社会底层，吃足了几十年的苦。好不容易熬到哲宗驾崩，徽宗即位，迁臣纷纷内徙，苦难结束，新时期刚开始，生命已到尽头。

往细里说，秦观与文字狱无关，不过是站错了队。新党也好，旧党也好，认死理地站在老师一边，恩师一个劲倒霉，他便跟着接二连三不幸。一〇八四年，苏东坡途经高邮，与秦观一起登文游台，凭高望远饮酒作诗，成就了一段后人津津乐道的文坛盛事。然而当事人说什么也不会想到，此后二十多年，会有那么多磨难。

秦观的墓在无锡，很长一段时期，我想不明白，为什么不葬在老家高邮。难道是为了躲避金兵入侵，因为很快靖康之变，北宋面临灭亡。秦氏后人对移葬的解释非常简单，秦少游喜爱惠山美景，生前就有隐身此山之愿，而他儿子秦湛正好在当地做官，所以将先父灵柩移葬无锡。

秦观葬在何处并不重要，印象中，对他的最好纪念，还是高邮的文游台。中国文化讲究文脉相承，高邮人相信，九百多年前那次雅聚，仿佛兰亭之曲水流觞，为自己两千多年历史的古城攒足了文气，很显然，秦观永远属于高邮，永远属于文游台。

秦观后人非常发达，迁居江南后，官做得很大，远远超过苏轼后代。康熙和乾隆下江南，秦家曾经接驾十四次，这纪录让人瞠目结舌，由此可见皇恩浩荡。据说台湾马英九的母亲秦厚修女士也是秦观后人，她这一支出自江南，再转迁到了湖南宁乡。

2011年4月4日

后 记

编辑这本散文，感慨电子时代的方便，只要电脑里有，选好篇名，很快成为一本书。当然也懊恼，一转眼，电脑写作二十六年，这期间屡遭病毒，不止一次灭顶之灾。好多文章没了，我写过太多文字，多得自己记不清。这个选本有些随意，东拼西凑，端上桌子就是菜。有出版社要出版散文全编，粗粗统计，差不多可以二十本。实在太多，说明我喜欢写，写作之外没干别的。因此非要说特别，只能强调这本书会有你没见过的，有不少首次结集，有许多年代久远。阅读从来都是一种缘分，能在这本书里相遇，面对读者法眼，已让人感激不尽。

2016年6月15日　河西

© 叶兆言　2016

图书在版编目（ＣＩＰ）数据

桃花飞尽东风起／叶兆言著．－－沈阳：万卷出版公司，2016.9
ISBN 978-7-5470-4263-2

Ⅰ．①桃⋯　Ⅱ．①叶⋯　Ⅲ．①散文集—中国—当代
Ⅳ．①I267

中国版本图书馆 CIP 数据核字 (2016) 第 192197 号

出 品 人：刘一秀
出版发行：北方联合出版传媒（集团）股份有限公司
　　　　　万卷出版公司
　　　　　（地址：沈阳市和平区十一纬路 25 号　邮编：110003）
印 刷 者：北京鹏润伟业印刷有限公司
经 销 者：全国新华书店

幅面尺寸：145mm×210mm	装　　帧：平　装
印　　张：13.5	字　　数：300 千字
出版时间：2016 年 9 月第 1 版	印刷时间：2016 年 9 月第 1 次印刷
责任编辑：王亦言	责任校对：李志宇
装帧设计：张　莹	

ISBN 978-7-5470-4263-2
定　　价：36.00 元

联系电话：024-23284090　　　邮购热线：024-23284050
传　　真：024-23284521　　　E－ｍａｉｌ：book_light@sina.com
腾讯微博：http://t.qq.com/wjcbgs　　　网　址：http://www.chinavpc.com

常年法律顾问：李福　版权所有　侵权必究　举报电话：024-23284090
如有质量问题，请与印务部联系。联系电话：024-23284452